AFGESCHREVEN

ALLES OF NIETS

Van Jane Moore verschenen eerder:

Vierspel
Rozengeur en schone schijn
Dubbelklik
Het ex-complex

Jane Moore

Alles of niets

VAN HOLKEMA & WARENDORF
Unieboek BV, Houten/Antwerpen

Oorspronkelijke titel: *Perfect Match*
Vertaling: Harmien Robroch
Omslagontwerp: Boooxs.com
Omslagfoto vrouw: Dan Hallman/Getty Images
Omslagfoto baby: RBV/Shutterstock
Opmaak: ZetSpiegel, Best

Tweede druk 2010

www.unieboek.nl
www.janemoore.com

ISBN 978 90 475 1143 4 / NUR 302

Voor Paul Duddridge

Proloog

'Weet je zeker dat het veilig is?' Joe hing boven haar met een weifelende uitdrukking op zijn gezicht. 'Ik bedoel, moeten we niet... nou ja, voorzichtig zijn?'

'Veilig?' zei Karen spottend. 'Natuurlijk is het veilig. Het is niet alsof ik zwanger kan worden, of wel?'

Ze snoof luid en liet zich op haar zij rollen, hees zich behoedzaam overeind en huiverde omdat haar dikke buik haar in de weg zat.

Joe stak plagerig zijn tong uit. 'Ik maak me alleen zorgen om de baby. Dit is een krachtig wapen, hoor.' Hij grijnsde en staarde naar zijn misvormde boxershort.

'Nou, dat kan zich terugtrekken,' zei ze giechelend, 'want ik heb geen zin meer.'

Ze liet haar gezwollen voeten op de grond zakken en deed een voorzichtige poging om op te staan, terwijl ze snel haar badjas pakte om haar bolle vorm te verhullen.

Joe zei voortdurend dat ze er prachtig uitzag, dat het hem opwond dat ze zijn kind droeg. Dan gaf hij kusjes op haar buik, terwijl hij in haar steeds dikkere billen kneep alsof hij rijpe perziken in de supermarkt uitzocht.

Maar Karen had niet zoveel op met haar zwellende buik. Ze

voelde zich lomp, traag en vreselijk onsexy, zeker nu de datum dat ze was uitgerekend al zes dagen voorbij was. Dit kind is klaar om te komen, dacht ze. Het zit daar maar, wordt met de dag groter en zit te wachten tot het door een piepkleine ruimte naar buiten geperst wordt. Bij die gedachte alleen al sprongen de tranen haar in de ogen. Voor de zoveelste keer keek ze omlaag en vroeg ze zich af hoe haar lijf de bevalling zou overleven.

'Het komt helemaal goed,' zei Joe geruststellend, en hij sloeg zijn ogen ten hemel. Hij herkende haar blik van de vele keren dat ze hardop over haar angst sprak. Hij kwam overeind, liep rond het bed, legde zijn handen tegen haar wangen en staarde met zijn vriendelijke bruine ogen in de hare.

'Maak je toch niet zo'n zorgen,' zei hij smekend. 'Vrouwen doen dit elke dag... Ze zeggen dat het niet erger is dan een bal door het oog van de naald duwen.'

Het duurde even tot ze doorhad wat hij zei, waarna ze allebei in de lach schoten en ze hem een duw gaf zodat hij achterover op bed viel.

'Klootzak.'

Hij lag te grijnzen, begon toen te kronkelen en deed alsof hij een groot, rond voorwerp tussen zijn gespreide benen vasthield. Toen hij doorhad dat ze het niet grappig vond, duwde hij zich op zijn ellebogen overeind.

'Oké, kom op.' Hij pakte zijn spijkerbroek van de grond en hinkelde door de kamer terwijl hij probeerde hem aan te trekken. 'Even serieus. Laten we maar eens proberen of we dat kleine ettertje de grote boze buitenwereld in kunnen lokken. Als seks van de baan is, werkt kip Biryani misschien wel.'

'Verdomme, kolere!'

Karen kneep haar ogen dicht en perste met een kracht waarvan ze niet wist dat ze die had. Haar gezicht was paars en haar haar zat tegen haar voorhoofd geplakt.

Joe's hand lag om de hare en zijn blik was bezorgd. Hij had zich nog nooit zo overbodig gevoeld.

Hij en Karen waren maar één keer naar zwangerschapsgymnastiek geweest, waar ze zichzelf belachelijk hadden gemaakt door de slappe lach te krijgen toen de mannen de opdracht kregen om samen met de vrouwen te hijgen en te puffen. Joe was de eerste die het niet meer hield en zó hard snoof dat de docent stopte met puffen en vroeg of alles wel goed met hem ging. Een paar seconden later kon Karen niet meer, en was ze niet meer in staat haar gezicht in de plooi te houden. Toen de docent haar complimenteerde omdat hij dacht dat ze een gezicht tijdens een bevalling nadeed, gierden ze van het lachen en stroomden de tranen over hun gezicht.

En dus had Joe maar één les, plus een A4'tje 'Wat papa kan doen' met instructies van het ziekenhuis gehad over alles wat met de bevalling te maken had.

Hij stak zijn hand in een kleine zwarte tas aan zijn voeten en haalde er een waterverstuiver van Evian uit, drukte op het pompje en stoof een fijne, vochtige mist in Karens bezwete gezicht. De manier waarop ze met een ruk opzij keek, was satanischer dan Linda Blair in *The Exorcist*.

'Waar ben jij in godsnaam mee bezig?'

Joe hield het pompje op. 'Je afkoelen?' waagde hij aarzelend.

Ze keek hem schamper aan. 'Denk je nou écht dat ik me daar beter door voel?'

Hij bestudeerde het pompje om maar geen oogcontact te maken met het monster met de trillende neusvleugels in bed. 'Eh, nee, niet echt. Maar het stond op de lijst met dingen die ik mee moest nemen.'

'Zodat jij je nuttig voelt,' snoof ze minachtend met opgekrulde lip. 'Want als een vrouw eenmaal zwanger is, heeft haar man niks meer te doen... Aaaah!' Ze werd weer overvallen door een wee en haar hele lichaam vertrok van de pijn.

Joe pakte haar hand vast en zocht steun bij de verloskundige, een Indische vrouw van ongeveer vijftig met glinsterende ogen en een brede, warme, rustgevende glimlach.

'Maak je geen zorgen,' zei ze stralend. 'Dit hoort er allemaal bij. Het schelden ook.'

Ze stond tussen Karens knieën en keek omlaag. 'Ik zie een prachtige rand donker haar, dus blijf persen. Nog een flinke en dan hebben we het hoofdje, denk ik.'

'Oooooogoooooood!' De pijn stond op Karens samengeknepen, bezwete gezicht geschreven, toen ze uit alle macht perste. Ze kneep zo hard in Joe's hand dat zijn huid wit wegtrok.

'Goed zo, goed zo,' moedigde de verloskundige haar aan. Ze deed een stapje achteruit en slaakte een tevreden zucht. 'Kijk eens! Het hoofdje is er al. Het moeilijkste is voorbij. En nu de rest.'

'Ik kan niet meer, ik kan niet meer.' Karen snikte en draaide haar hoofd heen en weer. 'Ik ben zo moe.'

'Je kunt het best,' zei de verloskundige enigszins berispend. Ze keek naar Joe. 'Zeg dat ze het kan.'

Joe durfde helemaal níéts meer tegen Karen te zeggen wat met bevallen te maken had, dus glimlachte hij alleen en hoopte dat het geruststellend en bemoedigend was.

'Godsamme!' schreeuwde ze, en haar hoofd schoot naar voren van de inspanning. Haar nek was zo lang dat ze wel een schildpad leek die uit haar schild kwam, maar zodra Joe dit dacht, schudde hij zijn hoofd. Dit was waarschijnlijk niet het moment om dat hardop te zeggen.

Opeens klonk er een zompig geluid en spetterde er iets in zijn gezicht toen de verloskundige moeiteloos het kind in de lucht hief. Het zat onder het bloed, zag een beetje blauw en had een van boosheid verwrongen gezicht, maar er kwam geen geluid uit. Ze nam het mee naar de andere kant van de kamer, legde het op een weegschaal en noteerde het gewicht. Een oorverdovend geblèr doorboorde de stilte.

'Is alles wel goed?' vroeg Karen bezorgd.

'Je hoeft je pas zorgen te maken als hij niet huilt,' zei de verloskundige over haar schouder.

'Hij. Het is een jongen!' Karen wendde zich tot Joe die erbij was gaan zitten en met zijn gezicht vlak bij haar was.

'Het is je gelukt,' zei hij met een glimlach.

'Het is ons gelukt. Het spijt me dat ik zo tegen je tekeerging.'

Hij haalde zijn schouders op, streelde haar haar en streek een natte lok uit haar ogen. 'Ik snap niet waarom ze vaders een lijst met dingen geven om mee te nemen,' zei hij met een grijns. 'Er zou in koeienletters op moeten staan: JE BENT ER ALLEEN OM VERWIJTEN NAAR JE HOOFD GESLINGERD TE KRIJGEN EN UITGESCHOLDEN TE WORDEN. Dan is het tenminste duidelijk.'

Ze wilde reageren, maar keek toen met samengeknepen ogen naar zijn gezicht en wreef met haar vinger langs zijn neus. 'Je hebt bloed op je gezicht.'

'Dat verbaast me niks.' Hij trok een quasi-gepijnigd gezicht. 'Het was ongelooflijk zwaar en pijnlijk.'

Met duim en wijsvinger kneep ze in zijn wang, en ze klakte met haar tong als een moeder tegen haar kind. 'Ach gut. Arme jongen.'

De verloskundige kwam bij het bed staan met de baby in een deken gewikkeld. Ze legde hem op Karens borst en het kind keek met twee donkere oogjes naar zijn moeder.

'Kijk eens, jullie zoon,' zei ze. 'Ik zal jullie even met rust laten.'

'Het is een jongen.' Karen keek naar Joe en glimlachte.

'Ik weet het. Dat zei je al.' Hij kon de brede grijs niet van zijn gezicht houden. Met zijn wijsvinger trok hij voorzichtig de deken een stukje opzij en keek ingespannen naar het gezicht van het kind.

'Op wie lijkt hij?' vroeg ze.

Joe dacht even na en tuitte toen zijn lippen. 'Eerlijk gezegd? Op Mr. Magoo.'

'Onbeschofte zak.' Ze keek naar haar zoontje. 'Je bent beeldschoon, hoor. Je lijkt op je moeders familie.'

De deur kraakte en de verloskundige reed een kar binnen met daarop een kom water. Ze knikte naar Karens lagere regionen. 'Tijd om jou eens op te frissen.'

Joe nam het bundeltje in zijn armen, liet het hoofdje van de baby in de kom van zijn linkerarm zakken en liep naar het raam van de verloskamer. Hij tilde het kind iets op en keek voor het eerst sinds hij en Karen hier in paniek waren gearriveerd, naar de daken van Londen. Het verbaasde hem dat het ziekenhuis, met uitzicht op de rivier en de Houses of Parliament, nog niet was verkocht aan de rijkste projectontwikkelaar en naar een of ander achterafstraatje was verplaatst.

Joe keek omlaag. Zijn zoon staarde naar hem op met een gerimpeld voorhoofd en een bos zwart haar die tegen zijn hoofd zat geplakt. Hij maakte een gorgelend geluid en bewoog een handje. Een piepklein vingertje kwam onder de deken vandaan en klemde zich om de rand.

Joe had nog nooit zo'n golf pure, onvoorwaardelijke liefde voor een mens over zich heen voelen komen. Als hij vrienden had horen praten over het vaderschap had hij vriendelijk geglimlacht en in stilte gewenst dat ze hun kop zouden houden zodat ze het over voetbal konden hebben.

Maar nu snapte hij het. Helemaal. Dat intens beschermende gevoel en de diepgewortelde angst dat ergens iemand zijn kind ooit iets zou aandoen. Het was overweldigend: de wereld was gekrompen en alleen Karen en hun zoon telden, zelfs andere familieleden waren naar de rand van zijn gedachten verbannen. De wens om ooit een wereldreis te maken of een superauto te kopen was verdwenen. Nu was er alleen het verlangen dat zijn zoon altijd veilig en gelukkig zou zijn. Dit was een gloednieuw mensje, onbeschreven computersoftware die door hem en Karen geprogrammeerd moest worden. Een grotere verantwoordelijkheid was er niet, mijmerde hij.

Hij hield zijn hoofd scheef en kuste zachtjes het gerimpelde gezichtje van het kind.

'Dag, jongen. Ik ben je vader. En ik zal ervoor zorgen dat niemand je ooit pijn doet.'

1

Ben hield zich aan de bank vast en probeerde zich op te trekken. Zijn kleine beentjes trilden van de inspanning. Hij leek wel een dronkenman die op zaterdagavond de kroeg uit komt.

'Goed zo!' Karen klapte in haar handen, waarop hij haar probeerde na te doen, met zijn handjes heen en weer zwaaide en prompt op zijn billen viel.

'Oeps, lang leve die dikke luiers,' zei ze lachend. Ze pakte hem onder zijn armen en tilde hem voorzichtig op.

Ze keek op de klok. Zes uur. Haar blijdschap vervloog en werd vervangen door het bekende gevoel van angst. Bijna bedtijd.

In de meeste gezinnen was dit het moment voor een vrolijk spetterend badritueel, gevolgd door dikke handdoeken, kietelen, een warme pyjama en een fles melk. Maar voor Ben had het woord 'bedtijd' een veel dreigender ondertoon.

De deur ging open en Joe kwam de woonkamer binnen met een bezorgde maar vastberaden blik op zijn gezicht.

'Kijk eens, papa!' Karen wees naar Ben, die langs de kant van de bank was gelopen.

'Weet ik. Dat deed hij gisteren ook.' Joe liep doelbewust op zijn zoon af en nam hem met een zwaai in zijn armen. Ben keek naar hem op, glimlachte even, waarna zijn lijfje intuïtief verstijfde.

Binnen twee seconden kronkelde hij heen en weer in een wanhopige poging om aan zijn vaders greep te ontkomen. Zijn donkere ogen straalden doodsangst uit en hij liep rood aan van de inspanning.

Ben was nog maar acht maanden, maar hij was zo koppig als een peuter en hij slaakte een doordringende kreet die zijn ouders het gevoel gaf dat er met een mes in hun hoofd gestoken werd.

'Laat anders nog even.' Met een bleek gezicht keek Karen toe hoe haar zoon tegen het onvermijdelijke vocht.

'Je wéét dat ik dat niet kan.' Joe's blik was opstandig. Hij versterkte zijn greep, draaide zich om en liet haar alleen.

Doodstil staarde ze naar de deuropening en liet zich toen met een machteloos gevoel in een stoel zakken. Ze hoorde Bens gekrijs afnemen toen Joe de trap op liep, en weer toenemen toen ze bij zijn slaapkamer boven haar hoofd waren.

Ze kon niet aanhoren hoe dat kleine lijfje van hem die kwelling moest ondergaan. Ze duwde haar vingers in haar oren en wiegde met haar ellebogen op haar knieën heen en weer terwijl de tranen over haar wangen stroomden.

Een halfuur later duwde Karen aarzelend de deur van Bens slaapkamer open en tuurde de duisternis in.

Het enige licht was afkomstig van zijn Thomas de Stoomlocomotief-lamp, en ze kon Joe naast het ledikantje zien zitten. De inklapbare zijkant was omlaag. Zijn arm lag op het matras en met zijn hand streelde hij het haar van zijn zoon.

'Ik weet niet hoe lang ik dit nog kan volhouden,' mompelde hij zonder haar aan te kijken.

'Hoe gaat het met hem?' Op haar tenen liep ze naar het voeteneind en keek in het bed. Ben lag met opgetrokken beentjes op zijn zij, zijn knieën tegen zijn borst en zijn gezicht gezwollen van het huilen.

'De pijnstillers werken.' Zijn stem was laag, maar zijn toon was een beetje kortaf. 'Hij vocht ertegen, maar hij is vijf minuten geleden in slaap gevallen.'

Ze werd overvallen door verdriet. 'Arm diertje. Acht maanden oud en dan al deze ellende.'

Haar ogen waren nu gewend aan het halfdonker en ze zag dat Joe kapot was. Zijn ogen stonden vermoeid en zijn haar was warrig, een teken dat hij zijn handen door zijn haar had gehaald, wat hij alleen deed als hij onder hoge druk stond.

'En hoe gaat het met jóú?'

'Zoals te verwachten.' Hij glimlachte even, maar het was niet gemeend.

Het werd even stil, en allebei keken ze hoe Ben zachtjes lag te snurken, zich niet bewust van de zorgen van zijn ouders.

'Die rottige injecties.' Ze slaakte een diepe zucht. 'Maar goed, het moet gebeuren.'

Joe verschoof ongemakkelijk op de harde kunststof stoel die Karen tot drie maanden geleden had gebruikt voor de borstvoeding. Hij trok zijn wenkbrauwen samen. 'Ja, dat moet. Dus vraag me niet om ze uit te stellen, maar steun me, alsjeblieft,' mompelde hij. 'Het is al erg genoeg dat ik bijna elke avond een enorme naald in mijn zoons lijfje moet steken, zonder dat jij steeds de lieve ouder speelt.'

'Het spijt me. Maar hij raakt er zo overstuur van.'

Joe's blik verzachtte iets. 'Dat weet ik. Gek, hè? Hij is nog maar een baby, maar hij weet intuïtief wanneer het tijd is voor zijn injectie. Anders is hij altijd blij me te zien.' Hij kwam overeind en liep om het bed heen tot hij zo dicht bij haar stond dat ze zijn warme adem op haar wang kon voelen. Hij legde een hand op haar arm. 'Kom, alles is goed met hem.'

Ze liep achter hem aan de trap af en bestudeerde zijn achterhoofd, de gladde, gebruinde nek en zijn brede schouders die ze altijd zo aantrekkelijk had gevonden. De schouders die alles konden dragen, zelfs de last van het kwellen van de zoon op wie hij zo dol was.

Joe was zesendertig en in een goede conditie voor zijn leeftijd, een combinatie van goede genen, een actief leven en een paar keer per week hardlopen. Hij was een 'stoere vent', zoals haar vriendin Tania gespierde mannen omschreef, maar vanaf het moment dat Ben was geboren, had hij haar verrast met zijn tederheid voor zijn zoon. Ze wist dat hij door zijn aangeboren vriendelijkheid een zorgzame vader zou zijn, maar zijn betrokkenheid bij de dagelijkse zorg voor zijn zoon onderscheidde hem van andere vaders die ze tegenkwam in de wachtkamer van de huisarts voor wie ze parttime als receptioniste werkte.

Joe was een goede grafisch ontwerper, maar de opdrachten kwamen onregelmatig en dus nam hij, waar mogelijk, vaak schilderklussen aan. De rest van de tijd was hij gelukkig als hij achter de buggy boodschappen deed en Bens eten klaarmaakte.

Karen, daarentegen, was een ster in kant-en-klaarmaaltijden. Vanwege haar werk kookte ze zelden en als ze het deed, grapte hij vaak: 'Wat warmen we vanavond op?'

Hij had het eten van die avond al klaargemaakt: een lamsstoofschotel met knoedels die hij zes uur eerder in de oven had gezet. Onder het genot van een fles wijn vertelde hij dat Ben die dag een jongetje op de speelplaats had gezien met eenzelfde teddybeer als hij en dat hij had geprobeerd die af te pakken.

Terwijl Karen lachte, bedacht ze dat hun gesprekken sinds de geboorte van Ben enorm waren veranderd. Voor de komst van Ben hadden ze levendig gediscussieerd over goede en slechte films en hadden ze geroddeld over hun collega's, vooral toen Joe nog als grafisch kunstenaar fulltime voor een reclamebureau werkte.

Nu hadden ze het veel eerder over Bens stoelgang of over het feit dat hij een nieuwe groente had geprobeerd. Ze werden allebei gefascineerd door hun zoon, maar wisten dat het geen goed idee was om eindeloos over hem te praten met anderen. In tegenstelling tot sommige mensen, die vonden dat elk woordje of elke nieuwe ontwikkeling van hun kind wereldnieuws zou moeten zijn, wisten Joe en Karen dat niets zo vervelend was. Ze vonden het prima om hun lofzangen binnenshuis te houden.

Afgezien van Bens ziekte was het leven fantastisch, dacht ze, terwijl ze een slokje wijn nam en glimlachend naar Joe keek.

Nick en Stella Bright zaten aan hun eettafel en keken zwijgend hoe een boot met toeristen langs het raam voer. De zoeklichten gleden langs de oever op zoek naar interessante gebouwen.

Nick stak zijn hand op en zwaaide. 'Als je over tien minuten nog eens langskomt, kun je me zien schijten.'

'Ze kunnen je helemaal niet zien,' zei Stella nuchter. Ze sloeg haar ogen ten hemel en deed of ze moest gapen. Het was zijn vaste jammerklacht.

'Zo voelt het anders wel. Kunnen we geen gordijnen nemen, of zoiets?'

'Gordíjnen?' Ze spuugde het woord uit alsof hij net had voorgesteld kamer te behangen met afbeeldingen van Hitler. 'Als je een penthouse aan de rivier hebt, wil je toch van het uitzicht genieten?'

'Welk uitzicht? Een krakkemikkige ouwe toeristensloep, ouwe autobanden en god weet hoeveel condooms die langs drijven? Lekker.' Hij glimlachte om te laten zien dat hij een grapje maakte. Min of meer.

Stella genoot van een modern, minimalistisch leven. Nick had liever een hoog, klassiek ingericht, zeventiende-eeuws huis aan een van Londens vele schilderachtige pleinen, maar, zoals Stella hem regelmatig voorhield: hij zat meestal op zijn werk en zij deed het huishouden en was het meest thuis, dus haar voorkeur telde. Ze vond de extra veiligheid van hoogbouw ook plezierig en het feit dat de huismeester pakketjes voor je aannam als je niet thuis was. Ze had geen zin om bij het postkantoor in de rij te staan met een formuliertje in de hand.

En dus zaten ze achter een ruit van spiegelglas te eten, terwijl Nick zich een gorilla in de dierentuin voelde. Hij stak een stuk brood in zijn mond, maakte wat aapachtige geluiden en keek op om te zien of Stella lachte. Maar zij ging op in haar eigen gedachten en staarde naar haar buik, waar haar linkerhand op lag.

Nick keek een tijdje en slaakte toen een gelaten zucht. 'Het spijt me echt heel erg. Maar wat kan ik eraan doen?'

'Weet ik, weet ik. Ik had je er gewoon graag bij gewild... om de eerste echo te zien.' Haar toon was verzoenend maar vermoeid.

Nick leunde naar voren en gaf haar een geruststellend kneepje in haar arm. Hij hield de zorgzame blik op zijn gezicht vast, maar vanbinnen voelde hij zich een beetje afgestompt, alsof iedereen iets van hem wilde. Niet voor het eerst stelde hij zich voor hoe zijn kleren in een keurig stapeltje op het strand lagen en de politie op zoek was naar zijn lichaam, terwijl hij in een vliegtuig naar Buenos Aires zat om een nieuw, ongecompliceerd leven te beginnen onder een andere naam. Maar hij wist dat het hem na een paar dagen al zou vervelen, en trouwens, hij hield veel te veel van Stella om haar ooit te verlaten.

'Ik wil erbij zijn, maar ik kan niet op dat tijdstip vanwege het vragenuurtje van de premier,' mompelde hij. 'Kun je de afspraak niet verplaatsen naar de ochtend?'

Ze glimlachte slapjes. 'Als minister van Volksgezondheid zou je toch moeten weten hoe het afsprakensysteem van de NHS werkt. Bij de eerstvolgende nieuwe afspraak die ik zou kunnen krijgen, is de baby waarschijnlijk al geboren.'

Hij glimlachte, opgelucht dat de stemming wat luchtiger werd. 'Het is maar goed dat ik jou heb om me scherp te houden, al heb ik de baan natuurlijk nog maar drie maanden. Vraag me over de spoorwegen en ik zou je uren kunnen vervelen.'

'Spaar me.' Ze deed haar ogen dicht en trok een gezicht.

Nick stortte zich op de laatste happen pasta op zijn bord. 'Misschien kan ik wat invloed uitoefenen in het ziekenhuis.'

'Waag het niet!' Ze was ontzet. 'Stel je eens voor dat dat uitlekt. De pers zou je levend villen… en terecht.'

Nick glimlachte gelaten en wreef met zijn hand over zijn korte kapsel. Het was een gewoonte van vroeger, zijn knuffeldeken voor wanneer het leven onrustig en zelfs onzeker was. Hij stond op, gaf haar een zoen op haar hoofd en snoof haar geur op, een mengeling van muskus en citroenverbena. Het bracht hem altijd tot rust. 'Het komt wel goed, let maar op.'

'God, dat hoop ik.' Ze zuchtte diep. 'Ik zou het niet aankunnen als ik een miskraam kreeg.'

Nick had al een paar passen gezet, maar draaide zich om en liep terug, zijn blik quasi bestraffend. 'Toe, je weet wat de dokter heeft gezegd.'

'Positief blijven,' zei ze monotoon. Maar dat is wel verdomd moeilijk na vijf jaar proberen, dacht ze. Ze had genoeg van de banale opmerkingen van iedereen die iets met haar zwangerschap te maken had. Ze nam het Nick niet kwalijk, hij kon het niet begrijpen, maar als haar huisarts en gynaecoloog zo'n 'lach eens, zo erg is het niet'-houding aannamen, had ze het gevoel dat ze geen haar beter waren dan de bouwvakkers die het vanaf de steigers tegen iedere vrouw onder de vijfendertig brulden. Erger nog, want de artsen wísten hoezeer ze eronder leed. Nicks stem doorboorde haar gedachten.

'Nu we het toch hebben over het studeren op de NHS… Laat ik maar eens wat gaan doen.'

Hij slenterde in de richting van zijn werkkamer en liet haar achter met de rommel en de lege borden. Nick deed bijna nooit iets in huis, maar Stella zeurde er niet over omdat zij niet werkte. Hij verdiende het geld, zij runde het huishouden. Dat was de stilzwijgende afspraak.

Maar zo nu en dan, wanneer hij zich weer eens moest profileren in de media, gaf hij interviews waarin hij tot vervelens toe vertelde dat hij zo'n moderne man was die niet bij de afwasmachine weg te slaan was.

Tegenwoordig was een enigszins ouderwetse en traditionele

uitstraling al een politieke doodssteek, ondanks het feit dat de meerderheid van de kiezers precies zo was, achter de gesloten deuren van Nicks landelijke kiesdistrict. Het probleem was alleen dat de burgerlijke intelligentsia van de media het land leken te besturen, mijmerde ze, en dat politici naar hun liberale, progressieve ecopijpen dansten.

Ze glimlachte bij de gedachte dat Nick maar een onaangepaste man was en dacht lacherig aan het geld dat haar memoires zouden opbrengen als ze een boekje open zou doen over overheidsgekonkel van huwelijkse aard.

Ongewild slaakte ze een diepe zucht en begon daarna de tafel af te ruimen.

Karen lag in bed en bladerde door een *Hello*. Al die celebrities die maar klaagden dat ze geen tijd hadden voor hun relatie, maar waar haalden ze in godsnaam de tijd vandaan om er zo goed uit te zien? Ze hadden zeker nagelstylistes die vierentwintig uur per dag voor ze klaarstonden, dacht ze, terwijl ze naar haar eigen gescheurde nagels keek.

Ze was tweeëndertig en zag er nog goed uit voor haar leeftijd, aldus Joe. Maar ze was zich ervan bewust dat Bens ziekte, de zorgen en het slaapgebrek hun invloed hadden gehad op haar uiterlijk. Haar blauwe, amandelvormige ogen waren opvallend, maar de donkere wallen eronder verraadden haar permanente uitputting. Haar moeder had vroeger gehamerd op een goede gebitsverzorging en ze had een aantal jaren een beugel moeten dragen, waardoor haar tanden er indrukwekkend recht en wit uitzagen en ze een oogverblindende glimlach had die haar hele gezicht oplichtte. Helaas kwam het daar niet meer zoveel van met een ernstig ziek kind.

Vroeger had ze trouw zeepjes en crèmes gebruikt, maar nu had ze amper de puf om een vochtig doekje over haar gezicht te halen voordat in naar bed stapte. Schoonheidsregimes waren onbelangrijk als je kind tegen een levensbedreigende ziekte vocht.

In haar kast, die eens vol trendy kleding had gehangen, lagen nu praktische T-shirts, spijkerbroeken en haar vertrouwde oude roze gympen. Ze trok alleen nog enigszins nette kleren aan als ze naar haar werk ging in de huisartsenpraktijk, dagelijks van 13.00 uur tot 18.00 uur.

Joe scharrelde wat door de slaapkamer, legde zijn kleren weg en deed nieuwe batterijen in de afstandsbediening van de televisie. Ze verbaasde zich erover dat hij lichamelijk niet veranderd was vergeleken met vier jaar geleden toen ze elkaar hadden ontmoet: iets minder haar misschien, als je echt goed keek, en een scherp maar vriendelijk gezicht dat er met de jaren alleen maar mooier op was geworden. Maar emotioneel was Bens ziekte een uitputtingsslag voor hem. Met elke vezel in zijn lijf wilde hij zijn zoon beschermen tegen de nare dingen in het leven, maar Joe stond machteloos tegenover deze afschuwelijke ziekte die Ben verteerde. En híj was degene die de medicijnen in zijn zoons bloedbaan moest pompen waardoor het jongetje het elke avond uitschreeuwde van de snijdende pijn.

Het gevolg van dit alles was dat zijn aangeboren levensvreugde was verdwenen. Vóór Ben was hij de gangmaker van elk feest, maar nu was hij uitgeput en nog slechts een schaduw van zijn oude, levenslustige zelf. Als ze ergens op bezoek waren, lachte hij nog steeds veel, maar het was alleen in reactie op anderen. En het viel Karen op dat zijn lach zelden zijn ogen bereikte. Daarin lagen intens verdriet en pijn, die met stoere kroegverhalen geen seconde vergeten konden worden.

Nog niet zo lang geleden had hij haar verteld dat wakker worden zijn favoriete moment van de dag was, die gelukzalige seconden waarin hij het gevoel had dat alles goed was. Maar dan begonnen zijn hersenen te werken en werd zijn hoofd gevuld met gedachten aan de onverdraaglijke realiteit van Bens akelige ziekte en was het tijdelijke droombeeld vervlogen. Ze wist precies wat hij bedoelde: zij had hetzelfde.

Ze sloeg het tijdschrift dicht en liet het op de grond naast haar bed vallen. 'Doe gauw het licht uit, Joe, we hebben morgen een belangrijke dag.'

Joe knikte zwijgend en liep met zijn blote borst en een gestreepte pyjamabroek op zijn aantrekkelijke heupen naar het bed. Hij ging op de rand van het bed zitten, trok zijn benen onder het dekbed en liet zijn hoofd in de berg kussens zakken die hij naar eigen zeggen niet kon missen.

Karen staarde zonder met haar ogen te knipperen naar het plafond tot hij het licht uitdeed. Het licht op de overloop wierp een vaag schijnsel op het bed.

Het gewicht van hun pijn en het gevoel van wanhoop drukten zwaar op hen in de duisternis. Karens hoofd zal vol met deze gedachten en ze wist dat het Joe ook bezighield, zodat er geen ruimte meer overbleef voor de ontspannen lichtzinnigheid die zoveel andere stellen door de vaak wat alledaagse momenten van hun huwelijksleven heen hielp.

Ze schrok toen hij opeens op zijn zij ging liggen en haar zachtjes op de mond kuste. Ongemakkelijk trok ze zich terug. 'We moeten slapen.'

Hij liet zich in de kussens vallen en staarde ingespannen naar de vochtplek boven hun hoofd, een herinnering aan de lekke watertank afgelopen zomer. 'Ik wilde je alleen maar welterusten wensen...'

Ze lagen verstard in bed zonder iets te zeggen. Karen deed haar ogen stijf dicht, wist dat ze het goed moest maken, maar het kostte haar moeite om in beweging te komen. Ze hield intens veel van Joe en kon zich een leven met iemand anders niet voorstellen, maar de last van een ziek kind was zo verwoestend dat ze bijna geen energie overhad om ook nog hard aan hun huwelijk te werken. Uiteindelijk draaide ze zich om en kroop ze tegen zijn borst aan, kuste hem.

'Het spijt me.'

Hij keek even omlaag, streelde haar schouder en plaatste een plichtmatige kus op haar hoofd. 'Geeft niet. Kom, dan gaan we slapen.'

Karen ging op haar zij liggen, opgelucht dat het ongemakkelijke moment voorbij was. Ze deed haar ogen dicht, verlangde ernaar om zich over te geven aan haar slaperigheid. Maar zoals altijd hadden haar gedachten andere ideeën, waren ze druk bezig met wat er morgen zou gebeuren, analyseerden ze elke mogelijkheid. Ze sliep al heel lang niet goed meer, en ze was zo bang dat Ben haar midden in de nacht nodig had dat ze de slaappillen die haar dokter had voorgeschreven niet nam.

Joe had zich ook omgedraaid en ze lagen nu met de ruggen naar elkaar. Maar ze wist dat hij, net als zij, rusteloos zou slapen, gekweld door zorgen en het schuldgevoel vanwege het lijden van hun zoon.

2

Robert Pickering bladerde door zijn medische aantekeningen en perste zijn lippen op elkaar. Hij had grijs haar en een afgetobd gezicht met een half brilletje op zijn neus – het klassieke beeld van een arts, iets wat Karen geruststelde. Ze wist dat hij al twintig jaar in het ziekenhuis werkte en er waarschijnlijk aan gewend was om talloze ouders slecht nieuws te geven.

Joe en Karen zaten met strakke gezichten op ongemakkelijke stoelen voor zijn bureau. Ben had niets in de gaten; hij zat met een houten treintje te spelen en duwde het locomotiefje heen en weer over de linoleumvloer.

Na wat aanvoelde als een eeuwigheid zette Pickering zijn bril af en keek hun aan. 'Helaas is niemand in het donorregister een geschikte match.'

Karen kneep haar ogen dicht en vocht tegen het misselijke gevoel diep in haar maag. Er stonden duizenden mensen in het register en ze had echt gehoopt dat iemand geschikt zou zijn. Ze hoorde hoe Joe zijn keel schraapte.

'En wij?' Zijn stem sloeg over en hij kuchte nog een keer.

'Ik heb jullie DNA-resultaten hier voor me.' Pickering zette zijn bril weer op en haalde met een nietszeggende blik een vel papier uit het dossier. 'Geen van de grootouders, helaas...'

Hij legde het papier terug en haalde een ander vel tevoorschijn. Zijn vaalblauwe ogen richtten zich op Karen. 'Mevrouw Eastman? U komt in de buurt, maar helaas is het niet goed genoeg voor de ingreep. En meneer Eastman...' Hij aarzelde even, zweeg, bekeek de gegevens op het papier voor hem nog eens goed. Hij knipperde een paar keer met zijn ogen, legde zijn bril op het bureau en wreef met zijn duim en wijsvinger over zijn neus. 'Helaas ook niet. Het spijt me.'

Joe had zijn blik al die tijd strak op Pickering gericht gehouden. Hij bolde zijn wangen en zuchtte diep. Karen was lijkbleek. Ze staarden naar de specialist alsof hij ieder moment kon zeggen dat hij zich had vergist en dat een van hen toch het leven van hun zoon zou kunnen redden.

'Maaaaaaaa!' Het was Ben die hun aandacht probeerde te trekken. Hij had een plastic poppetje in zijn mollige handje en zwaaide er verrukt me, zich niet bewust van het gesprek over leven en dood dat boven zijn blonde krullenkopje werd gevoerd.

'Wat mooi, lieverd,' zei Karen met een glimlach, haar gezicht nu rood van emotie. Ze wendde zich weer tot Pickering.

'Wat nu?' Ze hoorde zichzelf praten, maar had het gevoel alsof ze buiten haar lichaam was getreden. Ze wilde het liefst wegrennen, naar haar jonge jaren zonder verantwoordelijkheid en verdriet. Ze voelde hoe Joe's hand om haar heen gleed en haar schouderbladen geruststellend masseerde.

'Zoals u weet, is het syndroom van Diamond-Blackfan zeer zeldzaam...' Pickering zweeg, wachtte op hun instemming, die ze netjes gaven door middel van een ernstige knik. '... en onmogelijk te genezen zonder stamceltransplantatie van een volmaakt geschikte donor.'

Ze knikten opnieuw. Ze hadden er zoveel onderzoek naar gedaan op internet dat ze het gevoel hadden dat ze de ingreep bijna zelf konden uitvoeren.

'Hoe is het bij andere gevallen gegaan?' vroeg Joe. Hij en Karen hadden over de ervaringen van anderen gelezen, maar wilden een algemene, vakkundige samenvatting.

'Voor sommigen is een geschikte donor gevonden, en van één stel weet ik dat ze proberen zwanger te worden in de hoop dat de baby een geschikte donor is, aangezien het een zeldzame aandoening betreft die niet erfelijk is.'

Karen klaarde iets op en vond dat hij dit wel eens eerder had mogen vertellen. Ze wendde zich tot Joe en zag dat er ook in zijn ogen een optimistisch schijnsel lag.

'Dat zouden we kunnen doen,' zei hij dringend.

Ze knikte en haar blik verzachtte iets.

Maar Pickering was somber. 'De kans dat een kind dat op een natuurlijke manier is verwekt een geschikte donor zou zijn, is een op de twaalf, dus is het wel enorm ingrijpend zonder enige garantie op succes.'

Joe's gezicht betrok weer. Karen leek in shock.

'En met genetische diagnostiek voorafgaand aan de implantatie?' Haar stem was nauwelijks hoorbaar.

Pickering lachte kort. 'U hebt uw huiswerk gedaan.'

'Tot op zekere hoogte. Maar je hoort veel enge verhalen.'

'Laat me u in dat geval de feitelijke medische versie geven.' Hij leunde achterover in zijn stoel en duwde zijn vingertoppen tegen elkaar. 'U zou een ivf-behandeling krijgen, waarbij enkele eicellen worden bevrucht. Dan wordt daarna het embryo met de meeste genetische overeenkomsten met Ben teruggeplaatst voor een verder normale zwangerschap.'

Karen leunde met een ernstig gezicht naar voren. 'En daarmee zou hij genezen kunnen worden? Geen bloedtransfusies meer, geen injecties meer?'

Hij schudde langzaam het hoofd, wilde duidelijk dat ze niet te hard van stapel liepen. 'Er zijn geen garanties. Maar het is zijn beste kans.'

Nick Bright haalde de rode doos van zijn knieën en zette hem bij zijn voeten neer om ruimte te maken voor het grote groene dossier dat James Spender hem had gegeven. Hij sloeg het open en onderdrukte een zucht, zodat die via zijn mondhoeken ontsnapte. 'Godallemachtig, komt er ooit een einde aan deze ellende?'

'Dat is het probleem van een minister van Volksgezondheid,' zei James nuchter. 'Het is slecht voor je gezondheid.'

Een mobiele telefoon ging; de onheilspellende noten van een polyfone versie van *Romeo en Julia* van Prokofjev.

'Hallo?' James klonk geprikkeld. Hij had uitdrukkelijk gezegd dat hij niet gestoord wilde worden tijdens zijn briefing met Nick op weg naar het Lagerhuis, en alleen op kantoor hadden ze zijn nummer. Zelfs zijn moeder kon hem alleen via zijn assistente bereiken. 'Nee, zeg maar dat ik in een vergadering zit en niet gestoord kan worden. Wat ik je verdomme daarstraks ook al heb gezegd, dus ik begrijp werkelijk niet waarom je me hiermee lastigvalt.'

Hij klapte zijn telefoon zo fel dicht dat Nick ineenkromp.

'Ze willen maar niet luisteren, hè,' zei hij met een vage glimlach, bij wijze van uitleg. 'Zo, aan de slag.'

Nick werkte nog maar drie maanden samen met zijn spindoctor, sinds hij minister van Volksgezondheid was, maar schrok nog altijd van James' agressieve houding. Eerlijk gezegd was hij ook onder de indruk van diens dikke huid, waar die van een neushoorn maar flinterdun bij leek. Zoals een beveiligingsmedewerker een kogel voor zijn werkgever zou opvangen, zo slikte James de scheldkanonnades en sloeg hij irritante, kritische journalisten weg alsof ze hinderlijke vliegen waren.

Dit was geen *good cop, bad cop*-spelletje. Dit was koorknaap versus seriemoordenaar. Nick kon bijzonder sympathiek overkomen, de indruk wekken dat hij bereid was alle vragen van journalisten te beantwoorden, terwijl James er dan met de botte bijl tussen ging staan en verkondigde dat de minister geen opheldering kon geven omwille van 'veiligheidsredenen'. James was begin dertig, had een gemiddelde lengte, maar een gespierde bouw en een blik in zijn ogen die aangaf dat er met hem niet te sollen viel.

'Goed, om te beginnen.' James sloeg *The Post* open en bladerde direct naar pagina acht waar een dreigende kop stond. NIEUWE OPINIEPEILING: TOEKOMST LABOUR NIET ROOSKLEURIG.

'Shit!' Nick staarde ernaar en schudde langzaam zijn hoofd. Slechte opiniepeilingen betekenden niet het einde van de wereld en een beleidsaankondiging kon er nog het een en ander aan veranderen, maar de opinieartikelen die er vaak bij stonden konden de publieke opinie beïnvloeden omdat de grens tussen nieuws en mening steeds vager werd.

'Die drol van een Jake Thompson heeft het geschreven,' mompelde James. 'Herstel. Die enórme drol.' Hij tikte tegen zijn telefoon. 'Dat was het kantoor net om te zeggen dat hij heeft gebeld voor commentaar.'

'Ga ik dat geven?' Nick wist inmiddels wel beter dan zich in te beelden dat het zijn beslissing was. 'Waarom zou je een rottweiler nemen en zelf blaffen?' had James geantwoord toen zijn baas hem de eerste keer had voorgesteld dat hij zelf een vraag van de media zou afhandelen.

James schudde het hoofd. 'Nee. Als we op elk halfbakken verhaal gaan reageren, wordt het een lastige gewoonte om mee te breken wil je een gooi doen naar het leiderschap wanneer de premier aftreedt. We moeten ons kruit niet verschieten.'

Hij zei het alsof het premierschap een tweemanschap zou zijn. De auto remde af en reed stapvoets naar de veiligheidscontrole bij de parkeerplaats van het Lagerhuis. James tuurde uit het raam en bekeek de omgeving, terwijl hij zo de veiligheidsmedewerkers zijn gezicht liet zien. Wee degene die dat niet als legitimatiebewijs zag.

'We gaan voor het imago van een waardig staatsman,' zei hij en leunde weer achterover. 'Onthou dat goed als iemand je een microfoon onder de neus duwt en vragen begint te stellen.'

Nick knikte gehoorzaam en stapte uit.

Pickering keek op zijn horloge en sloeg het dossier dicht om duidelijk aan te geven dat het tijd was en dat hij nog meer patiënten had.

'Ik stel voor dat u beiden de tijd neemt om na te denken over wat u wilt doen.'

'Na te denken?' zei Joe spottend. Hij wierp de arts een geergerde blik toe. 'Wat valt er nog na te denken? We hebben het hier over het leven van onze zoon, niet over een nieuwe keuken.' Hij bukte zich, trok het plastic poppetje uit Bens handje en liet het in de mand met speelgoed vallen. Het jongetje begon te dreinen, zijn gezicht vertrokken door deze onrechtvaardigheid.

Joe staarde Pickering recht aan. 'We hebben het de afgelopen twee weken, sinds de officiële diagnose, nergens anders over gehad, dus we hebben genoeg tijd gehad om na te denken. Het besluit is genomen. Kom maar, jongen, we gaan naar huis.'

Hij pakte Ben met een zwaai op en liep zonder omkijken naar buiten. Karen wilde hem achterna, maar aarzelde en draaide zich om. Ze schaamde zich een klein beetje voor Joe's toon, ook al vond ze eigenlijk dat Pickerings houding wel wat beter mocht.

'Het was niet zijn bedoeling om zo kortaf te zijn.' Ze glimlachte verontschuldigend. 'Hij en Ben zijn de beste maatjes.'

Pickering knikte. 'Dat kan ik wel zien.'

'Ik werk elke dag, en hij zorgt voornamelijk voor Ben.' Karen begreep niet goed waarom ze hem dit vertelde, maar ze vond dat ze haar man moest verdedigen voor het geval Pickering hem zijn uitbarsting kwalijk nam. 'Hij werkt wel,' bazelde ze verder, 'maar zijn werk is wat flexibeler dan het mijne. We doen ons best... snapt u?'

Hij snapt er niets van, dacht ze ondertussen. Naast zijn werk voor de NHS runt hij waarschijnlijk een privékliniek waar hij een fortuin verdient aan ouders die even zieke kinderen hebben, maar die wel bulken van de poen. En mevrouw Pickering, ervan uitgaande dat dit de gezette vrouw op de foto op zijn bureau was, moest ongetwijfeld een huismoeder zijn die elke dag vers brood bakte en de sokken van haar kinderen zelf stopte, in plaats van ze weg te gooien en nieuwe te kopen bij Primark, zoals Karen.

Pickerings stem onderbrak haar gedachten.

'Mevrouw Eastman, pre-implantatie genetische diagnostiek is een lange, ingrijpende procedure zonder garanties. Uw man zei net dat de beslissing al genomen is, maar ik raad u aan het écht samen goed te bespreken.'

'Dat zullen we doen. Dank u.' Ze glimlachte dankbaar en schudde zijn hand. Ze liepen naar de deur en hij stak zijn arm naar voren als een ober die graag wil dat je betaalt zodat hij door kan naar de volgende klant. Toen zijn hand tegen de deurpost lag en Karen goed en wel in de gang stond, schraapte hij zijn keel. 'Ik vrees dat het niet vergoed wordt door de NHS, dus u moet rekening houden met behandelingskosten van zo'n vijfentwintigduizend pond.'

Karen sperde geschokt haar ogen. 'Vijfentwintigduizend pond? Waar moeten we dat in vredesnaam vandaan halen?' Ze wist dat het een retorische vraag was, maar wachtte toch even in de vage hoop dat hij haar een idee aan de hand zou doen. Op een korte meelevende blik na, bleef zijn gezicht uitdrukkingsloos.

'Het gaat om een kind, een doodziek kind,' mompelde ze, en ze voelde haar boosheid toenemen. 'We hebben ons hele leven meebetaald aan de NHS.'

'Ik ben helaas niet degene die de regels opstelt, mevrouw Eastman.' Hij slaakte een diepe zucht die erop duidde dat hij deze smeekbede al van zoveel boze en wanhopige ouders had gehoord.

'Goed, dank u voor de informatie. Maar het is nogal schokkend om te horen dat je moet betálen om het leven van je zoon te redden.' Ze toverde een dappere glimlach op haar gezicht en verwachtte er bij hem ook een te zien, al was het maar een koele, beroepsmatige glimlach die zei dat hij dit allemaal al eens eerder had meegemaakt. Maar hij wreef vermoeid in zijn ogen en keek somber.

‘Er is nog iets wat ik u moet vertellen…’

‘Kaaaaren! Kom op, nou.’ Joe’s ongeduldige stem was tot ver in de gang te horen.

Ze riep terug: ‘Ik kom al!’ Hierna wendde ze zich tot dokter Pickering. ‘Het spijt me. Gaat u verder.’

Eindelijk was daar de beroepsglimlach. ‘Geeft niet. Dat komt een volgende keer wel.’

3

Stella zat in de wachtkamer van het St. Thomas's Hospital in Zuid-Londen door een oude *Country Life* te bladeren en bijna te kwijlen bij het zien van de indrukwekkende huizen die te koop stonden. Ze wist dat veel foto's met een visooglens vanaf een gevaarlijke nabijgelegen snelweg waren genomen, of strategisch waren bewerkt zodat je het kraakpand een eindje verderop niet zag, maar dat kon haar niets schelen. Ze kon er toch bij wegdromen. Ondanks haar socialistische inslag was het als klein meisje al haar droom geweest om met een rijke landheer uit een aristocratische familie in de buurt van Londen te trouwen, inclusief oranjerie, boomgaard en stallen. Stella was een enthousiaste amazone en zag zichzelf al in Barbour-kledij over het landgoed galopperen, terwijl haar vier prachtige kinderen hun ontbijt kregen van de kinderjuffrouw en wachtten tot hun moeder terugkwam met verse groente en fruit van de boerenmarkt in het dorp. In het weekend had ze dan een verscheidenheid aan fascinerende vrienden te gast, en kleedden ze zich voor het diner, dronken uitgelezen wijnen en voerden sprankelende gesprekken.

In plaats daarvan had ze Nick ontmoet – een jongen uit de arbeidersklasse en nederig parlementslid uit een noordelijk fabrieksstadje. Bepaald geen landheer, ook zonder die ambitie, gezien zijn minachtend opgekrulde lip wanneer hij iemand tegenkwam die hij ook maar als enigszins aristocratisch beschouwde. Ze had hem tijdens een plaatselijk overheidsseminar ontmoet waar zij een praatje hield over liefdadigheidsinstellingen en waar hij de kamer had afgewerkt, met iedereen contacten had gelegd en haar vanuit de verte had bewonderd, zo had hij haar later verteld. In die tijd was Stella Bower, zoals ze toen heette, een hoogvlieger die verantwoordelijk was voor de liefdadigheidsafdeling van een van de grootste banken in Londen. Daar werkte ze al sinds ze haar studie economie summa cum laude had afgerond aan de Universiteit van Oxford. Ze was buitengewoon professioneel en gerespecteerd, en haar afdelingshoofd had haar al snel bij zich geroepen om haar te laten weten dat ze was voorbestemd voor meer.

Dat was tien jaar geleden en haar vriendjes waren tot die tijd allemaal uit hetzelfde hout gesneden – afkomstig uit de omgeving van Londen, hardwerkend, financieel succesvol en, als ze eerlijk was, een ietsepietsie saai. Uitgaan was een verplicht nummer voor haar om de buitenwereld te laten zien dat ze een normale, warmbloedige vrouw was in plaats van een op haar carrière beluste robot die op haar vijfenveertigste wakker zou worden en zou schreeuwen: godsamme, ik ben vergeten te leven! De waarheid was dat het voor haar gewoon niet hoefde: afspraakjes waren bedoeld om de tijd te doden buiten haar werk om. Nick was als een wervelwind door haar drukke maar voorspelbare leven geblazen, had haar op gewone werkdagen voor heimelijke lunches uitgenodigd en haar mobiele telefoon verstopt die ze altijd bij zich had. Hij had haar geleerd om zich een beetje te ontspannen, van het leven te genieten.

Aanvankelijk waren haar ouders geschokt bij het zien van deze vrijpostige, openhartige man die het geordende leven van hun dochter overhoop leek te halen. Natuurlijk waren ze dolblij dat hij nu minister was, maar in het begin, toen hij lange dagen maakte en weinig geld verdiende, was de relatie met haar ouders door zijn grove houding gespannen geweest. Stella glimlachte bij de herinnering, keek op van haar tijdschrift en wierp steelse blikken op de andere vrouwen in de wachtkamer, van wie de meesten in verwachting waren. Met uitzondering van zijzelf en een andere vrouw hadden ze allemaal hun partner bij zich, en Stella keek weemoedig hoe een van de mannen over de dikke buik van zijn vrouw wreef. Zelfs als Nick hier was, zou hij dat niet doen, zeker niet in het openbaar.

Vanuit een zijkamer kwam een verpleegkundige die schalde: 'Mevrouw Bower?'

Vanaf het begin had ze zich als Nicks vrouw op de vlakte gehouden, had ze elk interview afgewimpeld. Ze was blij dat ze thuis een steunende echtgenote kon zijn, maar voelde er niets voor om haar privéleven te laten doorlichten of buitenshuis te poseren voor fotoreportages. Het gevolg was dat ze zelden werd herkend en dat was vandaag in de wachtkamer ook het geval, mede doordat ze haar haar in een staart droeg en geen make-up op had. Ze had uit voorzorg haar meisjesnaam gebruikt, en toen ze opstond en achter de verpleegkundige aan door de gang naar de spreekkamer liep, was er niemand die ook maar met zijn ogen knipperde.

Eenmaal op het bed rilde ze toen de koude gel haar buik raakte. Konden ze dan geen zelfverwarmende gel uitvinden, ondanks alle vooruitgang in de medische wereld, dacht ze. De specialist zag dat ze huiverde.

'Sorry. Koud, hè?'

En dit zijn de kundige handen waar ik het lot van mijn kind in leg, dacht ze spottend. Hij haalde het echoapparaat over haar buik heen en weer zonder zijn ogen van het beeldscherm af te halen. Zo nu en dan stopte hij, duwde wat harder en tuurde nog meer naar het beeld op het scherm. Elke keer dat hij dit deed, voelde Stella haar hart in haar keel kloppen, bang dat er iets mis zou zijn. Uiteindelijk deed hij zijn mond open.

'Het heeft een mooie, sterke hartslag. En kijk, daar kunt u het hoofdje zien.'

Stella tilde haar hoofd op om naar het scherm te kijken,

maar zag alleen een verzameling korrelige vlekken. Het deel dat hij het hoofdje noemde leek op een kopie van een deel van iemands duimafdruk.

'Dus het is allemaal goed?' vroeg ze aarzelend, bang om over het alternatief na te denken.

Hij haalde het apparaat weg, zette de monitor uit en reed zijn stoel naar een tafel waar hij wat aantekeningen maakte.

'Tot nu toe wel.'

'Tot nu toe?' Dat was een merkwaardige opmerking. Of was het een noodzakelijk kwaad omdat de maatschappij steeds procesbeluster werd, een vage opmerking om schadeclaims te voorkomen? 'Wat betekent dat?'

'Het betekent dat alles gaat zoals het op dit moment moet gaan,' antwoordde hij nuchter voordat hij haar angst opmerkte en naar haar glimlachte. 'Dat is goed.'

Enigszins gerustgesteld kwam Stella overeind, terwijl de verpleegkundige haar een papieren handdoekje gaf om de gel mee weg te vegen. Ze trok haar kleren recht en pakte haar handtas van de stoel die naast haar stond.

'Kon uw man vandaag niet komen?' De specialist keek niet op van zijn aantekeningen.

'Nee. Er kwam wat tussen.' Ze schrok even van zijn opmerking in deze politiek correcte tijd. Stel dat ze een alleenstaande, aanstaande moeder was met een trouwring om de schijn hoog te houden?

Hij glimlachte veelzeggend. 'De politiek is veeleisend.'

'Aha.' Ze sloeg haar blik ten hemel. 'En ik dacht nog wel dat ik hier incognito was.'

Hij schudde het hoofd. 'Er belde iemand van het kantoor van uw man om ervoor te zorgen dat u niet te lang hoefde te wachten.'

Stella fronste haar wenkbrauwen en vroeg zich af of hij een grapje maakte. Zijn blik zei haar dat hij het meende. 'Wat? Jezus christus!'

De specialist schoot in de lach. 'Nee, James Spender.'

Joe duwde Bens buggy door de deuren van het ziekenhuis de koele buitenlucht in. Zijn gezicht stond gespannen van zijn nauwelijks onderdrukte woede.

'U hebt uw hele leven gerookt en nu hebt u kanker, meneer? Natuurlijk, geen probleem, de NHS betaalt uw levensreddende operatie wel,' zei hij woest tegen niemand in het bijzonder. 'Wat zegt u?' Hij hield zijn hand tegen zijn oor alsof hij naar iemand luisterde. 'O, uw kind heeft het syndroom van Diamond-Blackfan en is stervende, iets waar hij totaal niets aan kan doen. Nee, sorry hoor, dat dekken we niet. Doei!'

Hij trapte tegen een muur, waardoor stukken metselwerk rondvlogen.

Karen ging op haar hurken zitten om Bens jas dicht te knopen. Haar gezicht was uitdrukkingsloos, maar vanbinnen voelde ze de spanning.

'Het heeft geen zin om je erover op te winden,' zei ze pragmatisch. 'Het leven is al moeilijk genoeg, zonder ellende waar we toch niets aan kunnen doen.'

De kracht van hun relatie had altijd gelegen in het feit dat Joe de opruier was en Karen de vredestichtster, dat ze hem altijd tot rust kon brengen met redelijke argumenten.

'Maar vijfentwintigduizend pond?' Zijn blik was één brok frustratie. 'Dat hebben we niet. Het geld dat we hebben, hebben we nodig om de week door te komen.'

'Dan moeten we het op de een of andere manier zien te vinden.' Karen stond op en duwde de buggy weg van het ziekenhuis, weg van Joe's woede. Ze wist dat ze daar Joe's boosheid niet mee verzachtte, maar wat had het voor zin? Het veranderde niets aan hun toekomst.

Na een paar seconden liep Joe haar achterna. 'Ik vind het wel,' zei hij door op elkaar geklemde kaken. 'Al moet ik er een moord voor plegen.'

Ze liepen een paar meter in stilte, allebei diep in gedachten. Uiteindelijk zei ze: 'Vergeet je niet dat ik vanavond een afspraak met Tania heb?'

Hij knikte zwijgend en bleef toen staan bij een café met terras. Hij ging aan een tafeltje buiten zitten, maar ondanks de heldere lucht en het gematigde klimaat rilde Karen van de kou.

'Het is zomer.' Hij trok zijn wenkbrauwen spottend op en keek haar goedmoedig aan.

'Het is nog maar mei,' antwoordde ze, 'en dat is eigenlijk nog lente.'

Hun zeer verschillende lichaamstemperatuur betekende dat ze bijna nooit van hetzelfde klimaat konden genieten, wat vakanties lastig maakte. Maar 's avonds wisten ze elkaar te vinden als Karen naast Joe lekker onder een dubbeldik dekbed lag.

'Trouwens,' voegde ze eraan toe, terwijl ze bezorgd in Bens richting knikte, 'moet hij niet de warmte in?'

Zijn bleke huid en blauwe lipjes deden haar denken aan de eerste twee maanden van zijn leven, toen hij constant snifte en lusteloos was, lang niet zo levendig als andere baby's. Karen had haar bezorgdheid toen gedeeld met een van de artsen in de huisartsenpraktijk waar ze werkte, en die had wat onderzoekjes gedaan, maar concludeerde daarna dat Ben mogelijk gewoon een 'ziekelijk' kind was.

Maar toen zijn lusteloosheid erger was geworden en hij ademhalingsmoeilijkheden kreeg, waren ze verwezen naar een ademhalingsspecialist, die na nog meer onderzoeken vermoedde dat hij een soort bloedarmoede had. Uiteindelijk was Ben zevenenhalve maand toen ze in het kinderziekenhuis Great Ormond Street Hospital terechtkwamen, waar eindelijk duidelijk werd dat hun zoon een aandoening had die zo zeldzaam was dat er maar honderdvijfentwintig patiënten van waren in heel Groot-Brittannië.

Eerst hadden ze hem steroïden voorgeschreven die de ziekte in de meeste gevallen kon beheersen. Toen hij hier niet op had gereageerd, volgden er injecties en transfusies en was hun leven voorgoed veranderd.

Joe's stem doorbrak haar gedachten.

'Wat frisse lucht kan geen kwaad, maar als je dat zo graag wilt...'

Braaf pakte hij de buggy en duwde die het café binnen, koos een tafeltje bij het raam waar twee serieuze dames van middelbare leeftijd net opstonden. Ben begon te jengelen zonder zijn blik van zijn vader af te houden.

'Ja, ja, eventjes geduld. Je appelsap komt zo.' Hij rommelde in de tas die aan de buggy hing en haalde er een drinkbeker uit met tandafdrukken in de tuit.

Karen glimlachte aarzelend en voelde zich een buitenstaander. 'Jullie hebben een eigen taal met zijn tweeën.'

Joe haalde zijn schouders op. 'Niet echt. Dat is gewoon het geluid dat hij maakt als hij dorst heeft.' Hij gaf de beker aan een dankbare Ben. 'Alsjeblieft, jongen. Babybier.'

Met een toegeeflijke glimlach liep ze naar de bar en bestelde twee koffie, en niet voor het eerst verwonderde ze zich over het feit dat Joe zijn situatie als huisman ongelooflijk sexy wist te maken. Veel vrouwen in dezelfde situatie voelden zich verscheurd tussen dankbaarheid om het feit dat hun partner zo'n steun was en het gevoel dat het hem op de een of andere manier onmannelijk maakte. Maar Karen niet.

Ze vond Joe's kracht en bekwaamheid ongelooflijk aantrekkelijk. Het enige probleem was dat ze 's avonds meestal te moe was om iets met dat gevoel te doen.

Stella zette een bord gehaktschotel met aardappels voor Nick neer en ging tegenover hem aan tafel zitten. Hij zag dat haar portie twee keer zo klein was. 'Geen trek?'

Ze schudde het hoofd. 'Ik ben de hele dag al aan het bunkeren.'

'Je hebt ook een flinke hap uit James Spender genomen, hoor ik,' zei hij met een vrolijke grijns.

Stella probeerde boos te kijken, maar kon haar lachen niet inhouden. 'Niet te geloven dat hij het ziekenhuis had gebeld.

Ik was woest en dat heb ik hem gezegd ook. Daar heeft hij zich verdomme helemaal niet mee te bemoeien.'

Nick stak zijn handen in de lucht alsof hij zich overgaf. 'Ik had er niets mee te maken. Ik hoorde het pas toen hij op trillende benen mijn kantoor binnenkwam, nadat jij hem ervan langs had gegeven.' Hij moest hartelijk lachen bij de herinnering. 'Ik zei nog: "Mijn echtgenote is een buitengewoon onafhankelijke vrouw die wel adellijk overkomt, maar nog altijd iemand van gelijke rechten voor iedereen is. Als je dat vergeet is het risico voor jou."'

'Ik denk niet dat hij het gauw nog een keer doet,' zei ze met rode wangen en een glimlach rond haar lippen.

'Zeg, nu we het toch over het ziekenhuis hebben, vertel.' Hij had haar eerder op de dag gebeld om te vragen of het goed was gegaan, maar ze hadden niet uitgebreid gesproken. Stella hield niet van gebabbel aan de telefoon, ze sprak liever rechtstreeks met iemand.

'Hij zei dat ik de eierstokken van een vrouw van tweeëntwintig heb.'

Nick zette grote ogen op en slikte een flink stuk aardappel weg dat hij net aan zijn vork had gespietst. 'Wordt het bijpassende lichaam erbij geleverd?'

Ze schoot in de lach en gaf hem een por tegen zijn bovenarm. 'Helaas, het was een grapje, geloof ik. Maar het was wel heel bijzonder om de baby te zien...'

Ze wilde net vertellen hoe fantastisch de echo was geweest, maar aarzelde toen ze zag dat Nicks blik naar de televisie in de hoek van de kamer gleed. Hij pakte de afstandsbediening, zette het geluid aan en draaide zich om, om naar het vragenuurtje met de premier te kijken.

'... dat zo'n kleine hoopje werkelijk een mensje kan worden,' ging ze slapjes verder.

'Mmm.' Hij bleef met zijn rug naar haar toe zitten, zijn blik aan de televisie gekluisterd. Opeens liet de presentator beelden zien van Nick, die in het Lagerhuis op een lessenaar leunde.

'De NHS wordt met de dag beter, er wordt elke dag meer in geïnvesteerd,' galmde hij, zonder zijn blik van oppositieleider John Tucker te halen die recht voor hem zat. Aan de kant van de conservatieven barstte luid boegeroep los en onder zijn eigen gewone Lagerhuisleden werd gejuicht. De beelden lieten zien hoe Nick geduldig wachtte tot het stil werd, met een glimlach op zijn gezicht.

'En vandaag kan ik met trots het begin van een miljoenencampagne aankondigen die gericht is op het verminderen van geslachtsziekten onder jongeren tot vijfentwintig jaar in dit land.'

Het Lagerhuis barstte weer los en Nick ging met een triomfantelijke houding op de vaalgroene leren bank zitten, terwijl premier Harold Maynard hem op de rug sloeg.

Nick wendde zich half tot Stella en keek haar met glimmende ogen aan. 'Zag je dat? Harry vond het geweldig.'

Stella opende haar mond om te reageren, maar Nick had zich alweer omgedraaid. Ze wist dat de politiek veel voor hem betekende, maar ze wou dat hij kon doen alsof andere dingen zo nu en dan ook belangrijk waren, zoals de ophanden zijnde geboorte van hun eerste kind.

'En toen,' ging ze verder, 'wierp de specialist me op het bed en hadden we waanzinnige seks...'

'Mmm,' zei hij afwezig, terwijl hij de tv afzette voordat ze John Tucker in beeld konden brengen die een goedgeoefend weerwoord klaar had. Hij kromp ineen toen Stella hem een speelse stomp op zijn arm gaf.

'Waar waren we? O ja, seks met de dokter...'

Karen strekte haar benen en bekeek haar voeten. Ze moest toegeven dat haar schoenen betere tijden hadden gekend. Er zaten schaafplekken op de neuzen en de zolen waren afgesleten, maar aangezien ze op haar werk toch altijd onder een bureau zaten en ze belangrijker dingen had om zich zorgen om te maken, had ze nog steeds geen nieuwe gekocht.

Ze zat in het Great Ormond Street Hospital waar zij en Joe eerder op de dag hun afspraak met Pickering hadden gehad.

Vreemd genoeg had zijn secretaresse gebeld om te zeggen dat de specialist haar alleen wilde spreken. Ze had Karen ervan verzekerd dat hij niet nog meer slecht nieuws over Bens gezondheid had – dat ze dat specifiek van de arts had moeten zeggen – maar dat ze geen idee had waarom hij Karen wilde spreken.

Karen keek op de klok. Het was tien over zes, tien minuten na de afgesproken tijd. Verdomme, dacht ze, terwijl ze op een velletje bij haar duim beet. Alsof dit niet allemaal al eng genoeg is.

Ze werd afgeleid door enige opschudding achter zich, en toen ze zich omdraaide, zag ze Tania Fletcher languit op de grond liggen, omgeven door felgekleurde houten blokken.

'Welke idioot legt die daar nou neer, verdomme?' mopperde ze, terwijl ze haar rok rechttrok en een lok roodbruine krullen uit haar ogen veegde.

'Het is een kinderziekenhuis, schat,' zei Karen lijzig. 'Gelukkig heb je geen patiëntjes geplet.'

'Het is hier levensgevaarlijk, zul je bedoelen.' Ze grimaste en liet zich naast Karen op een stoel ploffen, terwijl ze haar omgeving in zich opnam. 'Afijn, doe mij maar een glaasje koele witte wijn.'

Karen huiverde. 'Ja, sorry hoor, maar het duurt niet lang en hier om de hoek zit een goeie pizzeria met meer wijn dan zelfs jij op kunt.'

Een gedempte polyfone versie van ABBA's 'Dancing Queen' klonk opeens uit het koffertje op de grond. Tania maakte het open waardoor de telefoon zoveel lawaai maakte dat een passerende verpleegkundige een boze blik hun kant op wierp.

'Doe uit dat ding!' siste Karen.

'Dat probeer ik ook. Dit is dan wel rood...' Tania tikte tegen haar hoofd, '... maar eigenlijk ben ik erg blond.'

Ze zette de telefoon uit en gooide hem terug in haar koffer.

'Het is vast James Spender. Ik ben verdomme het kantoor nog niet uit, of hij valt me alweer lastig.'

Karen sloeg haar blik ten hemel. 'Duik toch gewoon met die vent in bed, dan heb je het maar gehad.'

'Met dat glibberige reptiel?' Ze deed alsof ze moest kotsen. 'Echt niet. Ik doe het nog liever met een dakloze die op een hete zomerdag de Tour de France heeft gereden in een strak lycra broekje.'

Karen vertrok geen spier; ze was gewend aan de theatrale, choquerende vergelijkingen van haar vriendin.

'Geen wonder dat je zo geschikt bent voor de politiek – jouw fantasie is echt enorm.' Ze zweeg even. 'Heeft hij een vriendin?'

'Had. Ze deed het met een ander. Ik kan het haar niet kwalijk nemen.'

'Ah,' zei Karen melancholiek. 'Dat kennen we allemaal.'

'Ja, maar toen jij Joe's slippertje ontdekte, gebruikte je dat niet om iedereen om je heen doodongelukkig te maken, of wel?' Tania keek haar vragend aan.

'Nee, alleen hem.' Karen glimlachte treurig.

Tania wilde net reageren toen de deur links van hen openging en een verpleeghulp haar hoofd om het hoekje van de wachtruimte stak. Ze keek naar Karen, gaf een rukje met haar hoofd, kennelijk om aan te geven dat Pickering haar eindelijk kon ontvangen.

Hij zat aan zijn bureau, maar droeg deze keer een overjas, alsof hij op het punt stond om naar huis te gaan. Kennelijk had hij Karen aan het eind van een drukke dag nog ingepland. Hij zag er moe uit, maar trommelde met zijn vingers op het bureau waardoor hij gespannen overkwam.

'Mijn excuses dat het allemaal nogal mysterieus klonk toen mijn secretaresse u belde, maar ik moest u persoonlijk spreken.'

Zijn ernstige blik maakte haar bang.

'U zei dat het niet over Ben ging.'

Hij schudde het hoofd. 'Dat is ook zo. Niet over zijn gezondheid, in elk geval.'

'Is er iets anders?' Ze staarde hem strak aan.

Hij knikte en tikte tegen het beige dossier dat voor hem lag, hetzelfde dossier waar hij tijdens hun eerdere afspraak in had gekeken.

'Ik weet niet goed hoe ik dit moet zeggen, mevrouw Eastman, dus wind ik er maar geen doekjes om.' Hij leunde achterover in zijn stoel en slaakte een diepe zucht. 'Uit het DNA-onderzoek is gebleken dat uw man onmogelijk Bens vader kan zijn.'

4

Gloria Eastman was bijzonder trots op haar huisje. Het was weliswaar modern en erg klein, maar het had alles wat ze nodig had en ze hield van de doodlopende straat waar maar drie andere gezinnen woonden. Allemaal aardige mensen, wat voor Gloria betekende dat ze geen luide muziek draaiden en regelmatig hun huis een grote schoonmaakbeurt gaven.

Achtereenvolgende overheden hadden de buurt omschreven als 'betaalbare huisvesting', een van die alomtegenwoordige nieuwbouwwijken die overal aan de rand van kleine en grote steden de grond uit schoten. Verzorgd en ambitieus op de blauwdrukken, maar tien jaar later nogal haveloos.

Eerst had ze ertegen opgezien om hier te komen wonen. Voordat Joe's vader acht jaar eerder onverwachts was overleden, was ze gewend geweest aan de luxere omgeving van hun grote Victoriaanse woning in het centrum van de stad, met een tuin van achttien meter diep, in de buurt van een buurtsuper.

Maar nu ze gewend was aan het moderne huis, voelde ze zich bevrijd. Geen lekkend dak of krakende muren, geen rot, tochtige ramen of loshangende goten. Dit was goed te onderhouden en, wat nog veel fijner was, veel makkelijker netjes te houden. Orde en netheid waren belangrijk voor Gloria, en ze bracht haar grotendeels eenzame dagen door met vegen, stoffen en het herschikken van haar meubeltjes die net een dag daarvoor waren afgeveegd, afgestoft en herschikt.

Het enige moment waarop ze het niet erg vond dat haar huis er niet helemaal volmaakt uitzag, was wanneer Ben kwam spelen die overal zijn speelgoed liet slingeren. Maar zelfs dan moest ze zich ervan weerhouden om ze opgeruimd en netjes in een kastje te leggen. Vandaag zat hij op een trommel te roffelen en had hij zijn Thomas de Stoomlocomotief-puzzel op de grond gegooid. Het waren vier stukjes, maar in Gloria's ogen leken het er wel duizend.

'Hij lijkt vandaag wat minder buiten adem,' zei ze tegen Joe, toen hij de stukjes opraapte en in de doos gooide.

Hij hield op, alsof haar opmerking vervelende gedachten had losgemaakt. Toen slaakte hij een lange, diepe zucht.

'Maar toch moet hij vanavond die rottige injectie hebben.' Hij slaakte nog een zucht. 'Het houdt niet op.'

Ze keek boos en fronste haar wenkbrauwen nog meer dan anders. 'Waarom moet jíj het altijd doen? Kan zij het niet een keertje doen?'

Joe pakte het trommelstokje waar Ben net niet bij kon en gaf het hem. 'Mam, begin nou niet weer... alsjeblieft.'

Er viel een ongemakkelijke stilte en Gloria staarde naar haar kleine terras met een tafeltje voor twee en kleurrijke hangmanden die ze elke dag verzorgde alsof het haar kindjes waren. Toen draaide ze zich om en staarde naar haar zoon.

'Zijn jullie echt van plan een tweede kind te krijgen?' vroeg ze monotoon.

'Als we het niet doen, haalt Ben de dertig niet!' Het was niet zijn bedoeling om te snauwen, maar hij wilde dat ze eens ophield met al die vragen, want het eindigde altijd op dezelfde ellendige manier.

Zijn moeders zucht deed de krant op tafel ritselen.

'Wat een toestand.'

Hij gooide het laatste puzzelstuk in de doos en kwam met een nietszeggend gezicht overeind.

'Laten we nou niet wéér over mijn huwelijk beginnen.'

Joe wist dat ze het beste met hem voor had, maar soms wou hij dat ze haar mening over zijn privéleven voor zich hield.

Ze trok haar wenkbrauwen op. 'Je moet toch toegeven dat het altijd wankel is geweest, vooral sinds jouw...' Ze zweeg even met een licht afkeurende blik op haar gezicht, alsof ze het woord nauwelijks uit haar mond kon krijgen.

'Verhouding is het woord dat je zoekt,' zei hij. Hij had geen zin in haar opgeblazen uiterlijk vertoon. Als ze er niet op stond om de melk in een kannetje te doen of haar eigen bestek meenam naar restaurants, dan deed ze wel of ze zich bezoedeld voelde door de weerzinwekkende realiteit van het leven. Meestal vond hij het wel grappig, maar zo nu en dan kon hij er niet tegen.

Ze vertrok haar gezicht. 'Nee, ik wilde "flirt" zeggen. "Verhouding" klinkt zo achterbaks.'

'Dat is het meestal. Slinks, zweterig en achterbaks.'

Hij werd overweldigd door een verlangen om haar te choqueren en het leek te werken. Ze perste afkeurend haar lippen op elkaar alsof ze iets smerigs rook.

'En nu staan jullie op het punt samen een kind te verwekken.'

'Onvermijdelijk, zoals ik al zei.'

Hij wreef met zijn handen over zijn gezicht, doodmoe van haar onverzoenlijkheid. 'Getrouwd zijn is niet altijd gemakkelijk, ma. Jezus, pa en jij hebben vaak genoeg ruzie gehad, maar jullie hebben er wel wat van gemaakt.' Hij keek haar aan en glimlachte treurig. Hij zou het zo graag over alledaagse dingen willen hebben, over wat er op tv was, of over het feit dat de postbode tegenwoordig steeds later kwam. 'Trouwens, het gaat op het moment heel goed. Ik denk dat we door Bens problemen een betere kijk op dingen hebben gekregen.'

Gloria glimlachte terug, maar hij zag dat ze niet overtuigd was. 'Ach Joe, ik kan me niet herinneren wanneer ik jullie voor het laatst samen heb zien lachen.'

'Er valt niet veel te lachen als je zoon het elke avond uitschreeuwt van de pijn, of wel?' reageerde hij somber.

Hij liep naar de leunstoel in de hoek van de kamer, pakte Bens jas van de rugleuning en besefte verbaasd dat die niet keurig in de kast was opgehangen.

'We moeten gaan.'

Ze keek ontzet en hij had direct medelijden met haar.

'Nu al? Maar jullie zijn er nog maar net en ik heb hem de hele week niet gezien! Drink nog even een kopje thee.'

Terwijl Joe in de nette, steriele woonkamer stond realiseerde hij zich dat hun bezoek het hoogtepunt van haar dag was, misschien wel van haar hele week. Ze kon hem het bloed onder de nagels vandaan halen, maar hij hield van haar en kon de gedachte niet verdragen dat ze eenzaam was.

Verslagen deed hij zijn ogen dicht. 'Goed dan. Eén kopje. Maar kunnen we het alsjeblieft over iets anders hebben?'

Karen zat op een bankje in het park, keek naar de grond en speelde met het natte zakdoekje in haar trillende handen. Ze zag lijkbleek en de schok stond op haar gezicht te lezen.

Tania sloeg een arm om haar heen en gaf haar een bemoedigend kneepje in haar schouder.

'Het is een vergissing,' zei ze zacht. 'Ze hebben Joe's testresultaten met die van iemand anders verwisseld. Dat lees je zo vaak, ooit zullen we hierom lachen.'

Karen bleef omlaag staren en schraapte met haar voet heen en weer in de modder.

'Bel de specialist.' Tania hield haar mobiele telefoon voor Karens gezicht. 'Zeg dat het een vergissing is.'

Karen rechtte haar rug, wreef in haar ogen en keek ongemakkelijk naar haar vriendin voordat ze haar blik weer omlaag richtte. Ze had het gevoel alsof ze systematisch in haar buik werd gestompt. 'Het is geen vergissing.'

Tania fronste haar wenkbrauwen. 'Maar dat betekent dat je het met een ander...' Ze zweeg even, trok zich terug en bekeek Karens gezichtsuitdrukking eens goed. 'Heb je het met een ander gedaan?'

Karen knikte treurig, maar zei niets. Het bonkende gevoel was naar haar hoofd getrokken. Ze keek naar de bewolkte lucht en tuurde naar het grillige spoor van een lang verdwenen vliegtuig dat mensen een uitvlucht bood voor het weer, hun rottige leven, wat dan ook. Ze werd getroffen door het verlangen om zich tussen hen te bevinden, een zwijgende, eenzame vreemdeling die ergens anders opnieuw kon beginnen zonder de emotionele bagage van dít leven.

Als een patiënt die na de narcose wakker wordt, was ze zich bewust van iemand die haar naam riep. Het was Tania die haar terugbracht naar de onaangename realiteit.

'Met wie?'

'Het is voorbij.'

'Dat vroeg ik niet.'

Karen zag een vage trek van boosheid rond Tania's ogen en vroeg zich af of hun vriendschap op het spel stond. Ze kreunde. 'Het was een onbezonnen, verdomd stom slippertje.'

Ze zaten in stilte bij elkaar. De sfeer was uiterst ongemakkelijk. Uiteindelijk wendde Tania zich tot haar.

'Ik vraag het nog één keer. Met wie?' Haar toon en vastberaden blik duidden erop dat ze het zou blijven vragen tot ze een eerlijk antwoord kreeg.

'Als je zweert dat je het niemand vertelt.' Karen voelde paniek in zich opkomen, alsof haar tenen over de rand van een afgrond stonden en ze op het punt stond de vergetelheid in te springen.

'Jezusmina, dan is het dus iemand die ik ook ken.' Met ongegeneerde nieuwsgierigheid in haar ogen kruiste Tania haar vingers en hield ze voor Karens gezicht. 'Ik zeg niets. Erewoord.'

Karen haalde diep adem. Springen, dacht ze.

'Nick.' Ze keek haar vriendin angstvallig aan, wachtte tot de bom barstte. Maar dat gebeurde niet.

Toen ze besefte dat Karen niet van plan was om meer te

zeggen, sperde Tania haar ogen open om aan te geven dat ze niet wist wie Karen bedoelde.

'Nick Bright.' Karen huiverde toen ze het zei.

Tania keek haar ingespannen aan en glimlachte toen verward. 'Wat een vreemd grapje.'

'Het is geen grapje.'

En toen kwam de uitbarsting, al was het een kleine, in de vorm van uitpuilende ogen en een verstikkend geluid. Ze sloeg haar hand voor haar opengevallen mond en sprak tussen haar vingers door.

'Dit is goddomme een nachtmerrie.'

Karen knikte en keek haar smekend aan.

Met een boodschappentas in de ene hand en Ben in de andere duwde Joe de woonkamer met zijn voet open, voordat hij zijn zoon op de grond zette en diens blauwe jas uittrok en in de richting van de bank smeet.

'Wat dacht je van de *Teletubbies*?'

Ben trappelde opgewonden met zijn beentjes bij het zien van de vier vrolijk gekleurde figuren op de hoes van de dvd die voor hem heen en weer werd gezwaaid. Joe stopte het ding in het apparaat en zette hem aan.

'Maar zeg het alsjeblieft niet tegen je moeder. Die vindt dat we de hele dag wiskunde moeten doen.'

Hij kwam overeind, keek op zijn zoon neer en glimlachte vertederd bij het zien van Bens blonde kopje en het rommelige plekje op zijn hoofd waar hij op lag als hij sliep.

Nu hij om de meubels in huis kon lopen, waren zijn beentjes niet meer zo slap en kreeg hij sterkere spieren. Op het eerste gezicht leek hij een sterk kind dat het voorspoedig deed, een rugbyspeler in de dop. Maar ze zagen niet hoe buiten adem en moe hij was door de verborgen ziekte die hem van binnenuit verteerde.

De gedachte alleen al maakte Joe overstuur en hij beet op zijn lip om de bijtende tranen tegen te houden.

Ben keek naar hem op en stak zijn mollige armpjes naar hem op. 'Dada!'

Joe ging op zijn hurken zitten en nam hem in zijn armen. Hij deed zijn ogen dicht en genoot van het moment.

'Ik hou ook van jou.'

'Wanneer? Wáár?' Tania keek naar Karen alsof ze een vreemde voor haar was.

Ze zaten nog steeds op het bankje en de lucht begon met dreigende grijze wolken te betrekken, met als gevolg dat maar een of twee mensen in het park waren om hun hond uit te laten.

Karen knoopte haar jas dicht en duwde haar kin in haar kraag. 'Kun je je de avond van de gemeenteraadsverkiezingen nog herinneren, toen je me had uitgenodigd om de uitslag met jou en de rest van Nicks stemmenwervers te vieren?'

Tania tuitte haar lippen bedachtzaam. 'Maar ik kan me niet herinneren dat jullie elkaar die avond gesproken hebben, afgezien van het gebruikelijke "hallo, aangenaam kennis te maken".'

'Hebben we ook niet. We hebben een paar blikken gewisseld.' Ze keek met een meewarige glimlach naar Tania, twee vrouwen onder elkaar. 'Maar verder niet. Op een gegeven moment stonden we samen buiten op zoek naar een taxi en hij stelde voor dat we er samen een zouden nemen...'

'Jullie hebben in een táxi geneukt?' Tania keek ontsteld.

'Doe niet zo idioot.' Karen sloeg haar ogen ten hemel en glimlachte mat. 'Ik heb toch wel iets meer stijl.'

'Maar niet genoeg om nee te zeggen tegen seks met hem.'

'Dat is laag.' Ze keek nijdig naar haar vriendin, die bijna onmerkbaar knikte.

'Je hebt gelijk. Sorry.'

'Hij nodigde me uit voor een kop koffie...' Ze zweeg en schoof weer afwezig met haar voet heen en weer tot de neus van haar schoen onder de modder zat.

'Ik was een beetje bezopen en ik voelde me eigenlijk best

gevleid dat hij me aantrekkelijk vond… ook al was het alleen maar voor de seks.' Ze wachtte even en keek snel naar Tania om te zien hoe haar uitleg viel. Die keek nog steeds lichtelijk afkeurend.

'Ik had net gehoord dat Joe een verhouding had gehad…'

Aan Tania's opgetrokken wenkbrauwen kon Karen zien dat ze niet onder de indruk was van dit excuus. 'Waar was Stella, verdomme?' mompelde ze.

'Heb ik niet gevraagd.'

Opnieuw stilte. Diep in gedachten verzonken zag Karen twee keurig geklede dames van middelbare leeftijd op hun gemak hun bijpassende hondjes uitlaten. Ze vroeg zich af hoe die zouden reageren als ze hun haar geheim vertelde. Zouden ze meeleven? Of zouden ze haar net zo scherp veroordelen als ze nu zelf deed? Een stomme, onverantwoordelijke vrouw die door haar eigen onzekerheid een roekeloze daad had veroorzaakt die op het punt stond veel levens kapot te maken. Ze werd verteerd door een intens gevoel van schaamte en keek naar Tania die haar blik omlaag had gericht. Haar zwijgen sprak boekdelen. De omvang van de situatie begon kennelijk tot haar door te dringen.

'Dat was… is… mijn baas,' zei ze uiteindelijk. 'Wat een klerezooi.'

'Het spijt me.' Karens stem was zo zacht dat ze nauwelijks hoorbaar was. Ze schrok toen een plastic bal tegen haar voeten aan kwam, omhoog stuiterde en net langs haar gezicht schoot. Een meisje van een jaar of zes verscheen in beeld.

'Het spijt me,' hijgde ze. Haar stem klonk gedempt van achter een grove, wollen sjaal.

'Mij ook.' Karen glimlachte en gaf haar de bal. 'Geeft niks, speel maar lekker verder.'

Ze keek hoe het kleine meisje naar haar moeder in de verte rende en wendde zich tot Tania wier blik nu hard en vragend was.

'Waarom heb je niets gezegd?'

'Ik weet het niet. Uit schaamte, denk ik.' Ze glimlachte even naar niemand in het bijzonder. 'Ik ben er niet trots op. Ik wilde het niet weten. Als ik het niemand vertelde, kon ik doen alsof het niet was gebeurd.'

'En je hebt nooit eerder gedacht dat Ben wel eens van hem zou kunnen zijn?'

Ze knikte. 'Jawel, een of twee keer, maar dan stopte ik het weg. Ik kan het nog steeds niet geloven.'

Ze werd overvallen door verdriet. Het was waar: de vraag wie Bens vader was, was een paar keer in haar opgekomen, maar ze had hem direct verworpen, zich voorgehouden dat de jongen zoveel op Joe leek dat hij onmogelijk het kind van een ander kon zijn. Maar waar bestond die gelijkenis eigenlijk uit, nu ze de akelige biologische waarheid wist over wiens bloed er door de aderen van haar zoon stroomde? Ben had blauwe ogen, die van Joe waren bruin, maar de gelaatstrekken van haar zoon waren zo mollig en slecht afgetekend dat het moeilijk was om andere gelijkenissen te zien. Had ze het al die tijd vermoed en haar voorgevoel gewoon weggestopt?

Als ze eerlijk was, moest ze toegeven dat de seks met Nick honderden keren door haar gedachten was geschoten, bijna als een scène uit een pornofilm; het was opwindend, maar ze associeerde het niet met haar eigen leven. Het was een onschuldige fantasie die ze bewaarde voor wanneer de sleur van alledag haar te veel werd en ze eraan wilde ontsnappen.

Ze voelde hoe Tania een geruststellend kneepje in haar been gaf. Karen was opgelucht dat de gezichtsuitdrukking van haar vriendin iets vriendelijker was geworden.

'En je weet zeker dat Ben van Nick is?'

Ze knikte verdrietig. 'Hij is honderd procent zeker niet Joe's kind en ik ben tijdens ons huwelijk maar met één andere man naar bed geweest – en dat is Nick.' Ze keek omhoog naar een vogel die door de lucht scheerde. 'Kut. Hier zal hij kapot van zijn.' Tranen sprongen in haar ogen.

'Moet je het hem vertellen?' Tania wreef over Karens rug in een poging haar te kalmeren.

'Natuurlijk.' Ze streek met haar wijsvinger onder haar ogen.

'Misschien moet je eerst eens alle mogelijkheden op een rijtje zetten.'

Karen fronste haar wenkbrauwen. 'Die zijn er niet. Ik moet het hem vertellen. Ik kan deze leugen niet bewaren én Ben helpen.'

Tania dacht hierover na en knikte meelevend. Toen besefte ze wat Karen zei en haar ogen werden groot.

'O nee, je gaat toch zeker niet Nick hierbij betrekken?'

'Doe nou niet zo achterlijk, natuurlijk wel. Wat moet ik anders?' Karen stak haar handen uit en bewoog ze op en neer als een weegschaal. 'Het leven van mijn zoon redden... of me druk maken om iemands politieke carrière... Wat een dilemma.' Ze trok een gezicht om aan te geven dat de keus wel duidelijk was.

Tania had haar hoofd in haar handen laten zakken en schudde het heen en weer. 'Even voor de duidelijkheid...' Ze ging abrupt rechtop zitten. 'Je gaat Nick bellen om hem te zeggen dat een dronken slippertje achttien maanden geleden een kind tot gevolg heeft gehad... en dat hij nu nóg een kind bij je moet verwekken om het kind waarvan hij het bestaan niet wist te redden?'

'Als zijn beenmerg niet geschikt is, dan ja, zoiets. Maar hij hoeft alleen maar wat sperma af te staan.'

'Alleen maar?' Tania keek ongelovig. 'Karen, heb je enig idee wat voor gevolgen dat zal hebben?'

'Ik weet dat het geen gemakkelijke situatie is, maar wat kan ik anders?' antwoordde Karen verontwaardigd. 'Hij hoeft het toch aan niemand te vertellen.'

Tania snoof sarcastisch. 'Ik snap niet dat je zo naïef doet.' Ze keek om zich heen, maar er was niemand in de buurt. 'We hebben het hier over een bekende politicus, mogelijk zelfs de toekomstige premier.'

'We hebben het hier over mijn zóón,' siste Karen, boos dat haar vriendin zo tactloos was. Ze wist dat Tania zelf geen kinderen had, maar het was toch zeker niet meer dan logisch dat het leven van een kind belangrijker was dan politiek? Had ze zich al die jaren in haar vriendin vergist? 'Hij is acht maanden oud, krijgt elke paar weken bloedtransfusies en elke avond injecties waarvan hij het uitschreeuwt van de pijn...' Ze haalde diep adem om zichzelf tot kalmte te manen, sprak bewust wat rustiger en langzamer. 'Ik heb de kans om daar een eind aan te maken en die kans ga ik nemen. Welke moeder zou dat niet doen?'

Tania bolde haar wangen. 'Dat snap ik, maar als je de pen eenmaal uit deze handgranaat hebt getrokken, gaat hij af en is er geen weg terug. En dan worden er veel mensen geraakt.'

Karen glimlachte mat. 'Ik heb er alles, maar dan ook alles voor over om Ben te redden. Ik zou mijn leven voor hem geven. Als je zelf kinderen hebt, begrijp je dat.'

'Misschien.' Tania huiverde even en trok haar jas wat strakker om zich heen.

Er kwam een oude dame langs met twee teckels aan de riem die haar van links naar rechts trokken.

'Wie laat wie uit?' fluisterde Karen, die wilde dat de sfeer wat luchtiger werd. Maar haar vriendin had geen zin in gekeuvel.

'Hoe ga je Nick benaderen?' Tania's toon was heel zakelijk.

'Ik had gehoopt dat jij dat voor me wilde doen.'

'Echt niet.' Tania leek ontsteld bij dit idee.

'Je hoeft alleen maar een ontmoeting met mij te regelen.'

Tania lachte hol. 'O zeg, Nick, kun je je die vriendin van mij nog herinneren met wie je een slippertje hebt gehad? Ze wil je spreken. Sorry, maar ik kan je niet vertellen waar het over gaat.' Ze schudde het hoofd. 'Ja hoor, dat wordt wel wat.'

'Zeg dan niet dat ik het ben.'

Dit keer klonk de holle lach nog harder. 'Hij heeft geen spontane afspraakjes met mysterieuze burgers. Zijn beveiliging is elke seconde van de dag waterdicht.'

'Je kunt heus wel wat verzinnen.' Karen was nijdig dat ze zowat om hulp moest bedelen bij iemand die haar zoon al vanaf zijn geboorte kende. Ze was ervan uitgegaan dat Tania net zo gedreven en vurig voor Bens herstel zou knokken als zijzelf, ongeacht de carrièregevolgen voor anderen.

Maar Tania schudde het hoofd. 'Sorry, maar dat kan ik niet doen. Ik heb me uit de naad gewerkt om die baan te krijgen.'

Verstijfd van ongeloof durfde Karen amper haar mond open te doen. Uiteindelijk wendde ze zich met nauwelijks onderdrukte woede tot Tania. Met een ruk trok ze het hengsel van haar handtas over haar schouder, kwam overeind en keek neer op de vrouw met wie ze zoveel van haar leven had gedeeld. Elk geheim, elke tienerangst, elk volwassen verdriet. Maar op dit moment was ze een volslagen vreemde.

'Sinds wanneer ben jij zo'n ongelooflijke egoïst?' snauwde ze, voordat ze zich omdraaide en wegliep.

5

De kleedkamer van de sportschool was leeg, op een evenbeeld van Elle Macpherson na die in zo'n kleine handdoek rond paradeerde dat het nauwelijks meer dan een waslap te noemen was.

'Denk je dat ze er voor betaald wordt om ons het gevoel te geven dat we hier moeten blijven komen tot we ook zo'n lijf hebben?' fluisterde Stella tegen haar oudere zus Judy.

Judy tuitte haar lippen. 'Al kom ik hier de rest van mijn leven tien uur per dag, dan nog zal ik er nooit zo uitzien.' Ze staarde naar haar eigen gedrongen benen die bepaald niet soepel waren. 'Helaas is mijn favoriete apparaat op de sportschool dat met de zakjes chips en de marsrepen.'

Stella schoot in de lach en begon haar donkerblonde haar af te drogen, waarna ze in de spiegel keek. Haar hele leven had ze haar best gedaan om een eigen stijl te vinden omdat het zo zwierig en dun was. Uiteindelijk had ze gekozen voor een gestileerde boblijn op schouderlengte om het kapsel wat vorm en volume te geven. Dat was gelukt, maar ze vond dat het de neiging had om haar de look van een schooljuf te geven. Ze had gehoopt dat haar zwangerschap haar haar wat voller zou maken, maar helaas was daar nog niet veel van te merken.

Als iemand haar en Judy voor het eerst zag, zouden ze niet denken dat ze zussen waren. Stella was lang en slank met een vrij mannelijk gezicht, terwijl Judy klein en knap was en een kort kapsel had van glanzend dik bruin haar. Ze scheelden slechts drie jaar, maar door Stella's formele stijl tegenover Judy's 'rock-chic' leek ze minstens tien jaar ouder.

'Kom je zondag?' vroeg Judy loom, terwijl ze in haar kluisje rommelde. Toen Stella geen antwoord gaf, kwam ze achter het deurtje vandaan en liet ze geërgerd haar schouders zakken.

'Mama zal zó teleurgesteld zijn. Ze wil dat we allebei komen om papa's nagedachtenis te eren.'

'Het is al vier jaar geleden. Het leven gaat door.' Het was niet Stella's bedoeling om zo ongeïnteresseerd te doen, maar soms kon ze niet anders. Het stoorde haar dat haar familie zo theatraal kon zijn en overal een drama van maakte.

'Dat van jou misschien, maar het hare niet,' zei Judy opstandig. Ze keek haar zus argwanend aan. 'Nick doet moeilijk, of niet?'

Stella rolde met haar ogen. 'Hij weet het niet eens.' Ze zat op het bankje en wreef met de handdoek tussen haar tenen. 'Onze zondagen zijn heilig, dat weet je. Die man verdient ook wel eens wat tijd om zich te ontspannen...'

'O, schei toch uit met die onzin. Hij beuzelt wat rond, houdt een paar toespraken en schrijft eens wat op, maar wee degene die in de buurt van hem of die kostbare carrière van hem komt. We hebben het niet over een nachtdienst in de mijnen, hoor.'

'Nee, maar het is ook geen kantoorbaan van negen tot vijf. Het houdt nooit op.' Ze droogde haar armen zo wild af dat ze felroze werden.

Een gespannen stilte volgde, waarna Judy's blik verzachtte. 'Je was zo goed in je werk... Zou je niet... nou ja... terug willen?'

Stella bukte zich om de veters vast te maken van de zogenaamd cellulitisbestrijdende gymschoenen die haar tot nu toe alleen maar kramp hadden bezorgd. 'Als ik nog steeds de wereld rondvloog en privéklanten had met hun offshore rekeningen, zouden we elkaar nooit zien. Het is beter zo.'

Judy keek bedenkelijk. 'Vind je het niet zonde van dat megabrein van jou?'

Stella knoopte haar Abercrombie and Fitch-sweatshirt rond haar middel, keek weer in de spiegel en huiverde bij het zien van haar haar. Ze borstelde het achter haar oren opdat het er wat netter uit zou zien. 'Trouwens, als deze kleine er is...' ze gaf een klopje op haar buik, '... is het beter als ik een rustig leven leid.'

'Hoe voel je je?'

Ze knikte langzaam. 'Goed. Ik heb zo weinig last dat ik wel eens vergeet dat ik zwanger ben.'

'Mazzelaar. Kun je je mijn dikke enkels nog herinneren?' glimlachte Judy. 'En mijn kont was zo groot als Norfolk.'

'Dat is-ie nog steeds,' plaagde Stella, terwijl ze naar het bevallige achterwerk van haar zus keek. 'Ik denk dat mijn probleemloze zwangerschap mijn beloning is voor het feit dat ik vijf lange jaren heb moeten wachten om überhaupt zwanger te worden.'

'Ik zei toch dat het wel zou lukken. Je maakte je er veel te druk om.'

'Dat kun jij als ouwe oermoeder met zoveel kroost gemakkelijk zeggen.' Ze glimlachte zuinig.

'Hé, is dat "ouwe" nou echt nodig? En ik heb er maar drie... volgens de laatste telling, in elk geval.' Ze pakte haar handtas. 'Nu we het er toch over hebben, hun vader past op, dus ik moet maar eens op huis aan om te zien wat de schade is.'

Ze liepen de kleedkamer uit naar de grote hal van de privésportschool aan de rivier, waar Stella lid was en Judy vaak als introducé meeging. Stella kwam hier zeker drie keer per week, deed vóór haar zwangerschap power-aerobics en krachttraining met lichte gewichten, maar ze was overgestapt op yogasessies. Haar zus liet de oefeningen meestal zitten, dook meteen de sauna in en maakte gebruik van de gratis crèmes en lotions in de kleedkamer.

Toen ze op de parkeerplaats kwamen en afscheid wilden nemen, kreeg Stella een peinzende blik in haar ogen. 'Het heeft zo lang geduurd voordat ik zwanger werd, ik weet niet of het nog eens lukt.'

Judy sloeg haar armen even om haar zus, deed toen een stap naar achteren en pakte haar zus bij de armen. 'Het leven is meer dan alleen kinderen. Tot je knieën in de vieze luiers zitten en de rest van je leven die enorme verantwoordelijkheid op je schouders hebben is ook niet alles.'

'Ik weet dat je het goed bedoelt.' Stella toonde een snelle lach. 'Maar het is niet waar. Jouw kinderen zijn alles voor je.' Ze richtte haar autosleutel op haar Fiesta en het ontsluitingsmechanisme deed zijn werk. 'En Nick mag dan wel doen alsof het hem niet uitmaakt, ik weet dat hij dolgraag vader wil worden.'

Stella voegde in tussen de langzame stroom auto's tijdens het spitsuur, zette Radio 2 op en gaf zich over aan de langzame rit naar huis die minstens een halfuur zou duren.

De muziek en de presentator zweefden over haar heen terwijl ze nadacht over Judy's goedbedoelde maar onjuiste bewering dat kinderen ook niet alles waren.

Ze had meer dan genoeg kinderloze vrouwen van een 'bepaalde leeftijd' ontmoet die stug bleven volhouden dat het hun keus was en dat ze veel liever in het weekend uitsliepen en spontane last-minute reisjes maakten. Sommigen had ze zelfs geloofd.

Maar dan had je ook nog de vrouwen met een blik in de ogen die een heel ander verhaal vertelden, die een intens verlangen toonden dat nooit bevredigd zou worden. Sommigen hadden zichzelf ervan overtuigd dat het was wat ze wilden; anderen waren getrouwd met mannen die geen kinderen wilden en hadden hun eigen verlangens voor het altaar opgeofferd.

Wat zou ik zeggen, mijmerde ze, terwijl ze zonder nadenken door het verkeer navigeerde. Zou ik me ook bij de vrouwen scharen die tegen de buitenwereld zeggen dat ze dolgelukkig zijn zonder de last van kinderen, terwijl ze zich heimelijk onvoldaan voelen? Of zou ik eerlijk zijn en toekijken hoe mensen schrikken als ze beseffen dat hun goedbedoelde vraag een pijnlijke zenuw heeft geraakt?

Toen ze automatisch richting aangaf om linksaf te slaan, bracht het harde, tikkende geluid haar terug naar de werkelijkheid.

'Positief denken, Stella,' mompelde ze zachtjes.

Het was al vijf uur toen ze thuiskwam, nadat ze zich samen met half West-Londen een weg door Marks & Spencer had gebaand. Ze kon geweldig goed koken, streefde in de keuken naar dezelfde perfectie waarmee ze alles in haar leven deed, maar ze kon de keren niet tellen dat ze urenlang op eigengemaakte bladerdeeg en boterkoekjes had staan zweten, die Nick vervolgens in vijf minuten naar binnen wist te werken, met een half oog op het nieuws gericht, zonder te beseffen hoeveel tijd en moeite het haar had gekost de lekkernijen klaar te maken.

Daarom kocht ze tegenwoordig vaak kant-en-klaarmaaltijden bij de supermarkt. Vooral sinds ze zwanger was en elke avond moe was. Een of twee keer had ze de verpakking onder in de vuilniszak gepropt en gezegd dat ze het gerecht zelf had gemaakt, wat Nick zonder meer geloofde.

Toen ze een van de boodschappentassen had uitgepakt, ging ze weer bij het werkblad staan dat de keuken scheidde van de rest van de woonkamer en pakte een kant-en-klare pastei. Het was Nicks lievelingseten in combinatie met knapperige ovenfrites. Sommige dingen veranderen nooit, dacht ze wrang.

Ze had het opgegeven om hem gezonder eten voor te schotelen en accepteerde dat zijn voorkeur haar leven een stuk gemakkelijker maakte, dus waarom zou ze moeilijk doen? Maar tijdens interviews loog hij altijd en zei hij dat zijn favoriete maaltijd koolhydraatarme geroosterde kip met verse groenten was.

Haar handtas begon te trillen en ze graaide erin op zoek naar haar telefoon.

'Dag, lieverd.' Ze keek hoe de regen tegen de ramen striemde. En was blij dat ze vanavond niet naar zo'n saaie politieke gelegenheid hoefden. 'Ja hoor, ik voel me prima, dank je. Ik heb net eten in huis gehaald en om negen uur begint er een nieuwe misdaadserie, dus dat wordt een lekker avondje... Oké... Ik hou ook van jou.'

Ze gooide de telefoon weer in haar tas en glimlachte. Nicks drukke werkschema betekende dat hij waarschijnlijk de rest van de serie zou missen, maar dan hadden ze tenminste één aflevering samen gezien. Dankzij hun Sky Plus-abonnement hadden ze massa's programma's opgenomen die hij nog wilde zien als hij tijd had. Nooit dus.

Ze wist dat hij het niet erg zou vinden als ze zondag naar haar moeders 'herdenkingslunch' zou gaan, maar eerlijk gezegd zag ze hem doordeweeks zo weinig dat ze hun tijd samen koesterde en fel bewaakte.

Toen haar vader Ralph vier jaar geleden onverwachts was overleden aan een hartaanval hadden zij en Nick alles geregeld, omdat haar moeder Francesca in een zware depressie was weggezakt en amper in staat was geweest te functioneren, laat staan een begrafenis te regelen. Judy had jonge kinderen, en dus had Stella het allemaal op zich genomen, met Nick als geweldige achterwacht. Ze had lijsten met genodigden opgesteld, de dienst in elkaar gezet en de kist uitgezocht.

Sindsdien had ze braaf het eerste, tweede en derde jaar na zijn overlijden herdacht met een somber diner bij haar moeder thuis, waarbij Francesca luid snikte, Stella en Judy haar troostten en Nick het grootste deel van de tijd in de tuin met zijn telefoon tegen zijn oor stond om het zoveelste schandaal van Volksgezondheid dat de zondagse kranten had gehaald op te lossen.

Ze wilde niet gemeen zijn, maar ze had er genoeg van, bovendien had ze geen zin om zich bloot te stellen aan onnodige spanningen tijdens deze belangrijke periode van haar zwangerschap. En dus had ze Nicks werkdruk gebruikt als smoes om niet te gaan, ook al was het een goede reden.

Ze zette de waterkoker aan, pakte een beker uit het kastje boven haar hoofd en voelde een pijnscheut in haar buik, die zo heftig was dat ze naar adem hapte.

Ze wist de beker vast te houden en zette hem weer terug in de kast om over haar buik te wrijven. Met haar andere hand hield ze zich stevig aan het aanrecht vast.

Even later voelde ze de pijn opnieuw, deze keer zo scherp dat ze het uitschreeuwde en de hoge kruk naast zich vastpakte. Ze legde beide handen op de zitting, haar armen gestrekt, leunde naar voren en probeerde een houding te vinden die de pijn zou verlichten, maar niets hielp.

Toen ze door een nieuwe golf van pijn werd overvallen kromp haar hele lichaam ineen en voelde ze onmiskenbaar iets nats langs de binnenkant van haar dij lopen.

'O, god,' fluisterde ze met dichtgeknepen ogen en haar hoofd in haar nek.

Ze stak haar hand achter het elastiek van haar joggingbroek en schoof hem omlaag naar haar kruis waar haar vingers de natte plek vonden.

'Laat het geen bloed zijn, laat het alsjeblieft geen bloed zijn...' zei ze zachtjes, toen ze haar hand weer tevoorschijn haalde. Ze hield hem voor haar gezicht en deed haar ogen open.

Haar vingers waren felrood.

Karen werd altijd onpasselijk van de geur van de verpleegafdeling van het Great Ormond Street Hospital omdat ze die associeerde met de pijn van haar zoon. Ze waren omgeven door ernstig zieke kinderen, maar alleen het huilen van je eigen kind kon je zo diep raken.

Een keer in de twee weken had Ben een volledige bloedtransfusie nodig tegen de bloedarmoede. Nu waren ze hier opnieuw. Hij zag er zo klein en bleek uit in het bed, met zijn lijfje aan machines gekoppeld. De eerste paar keer had hij zich verzet. Maar hoe jong hij ook was, hij had geleerd dat het minder pijnlijk was om zich over te geven omdat verzet zinloos was.

Karen stond aan het voeteneinde van het bed, haar schouders strak van de spanning, en ze keek hoe Joe Bens haar streelde. Ze voelde zich opgeblazen van misselijkheid, zowel door de kritieke toestand van haar zoon als het geheim dat haar vanbinnen verteerde. Ze kon het wel uitschreeuwen, aan Joe's voeten vallen en hem om vergeving smeken, haar pijn met hem delen, zoals ze hadden gedaan toen ze Bens diagnose te horen hadden gekregen en tijdens de behandelingen die volgden. Maar dit was natuurlijk heel anders.

Ben jengelde en Joe sprong overeind om zijn kussen te verschuiven.

'Je bent papa's dappere soldaatje, of niet dan?' zei hij zachtjes.

Ze beet op haar lip, deed haar ogen dicht en vocht tegen zichzelf. Toen ze ze weer opendeed, zag ze dat hij bezorgd naar haar keek. 'Gaat het?'

Ze knikte en voelde tranen opkomen omdat hij zo lief was. Ze was in de greep van de wroeging die haar had overvallen bij het nieuws over Bens herkomst, en ze durfde niets te zeggen.

'Hij heeft al zo vaak een transfusie gehad, lieverd.' Hij keek haar vragend aan. 'Dit is niets nieuws.'

Dit was niet het moment om in te storten. Ze werd overmand door het verlangen om de kamer te ontvluchten, dus knikte ze even en mompelde: 'Ik heb even wat frisse lucht nodig.'

Op de gang begonnen de tranen te stromen. Ze zag bijna niets toen ze haastig wegliep en bijna tegen een jong stel met een mager klein meisje in een barbie-nachtjapon aan botste. 'Neem me niet kwalijk.'

'Dat geeft niet,' stelde de vrouw haar gerust. 'Is alles goed met u?'

Ze knikte resoluut, glimlachte even en liep snel verder. Bij elke kamer die ze passeerde, keek ze even naar binnen. Ze voelde de spanning in haar borstkas toenemen en wilde uit het zicht stoom afblazen.

Ongeveer vier deuren verderop vond ze aan haar linkerhand een lege kamer. Ze dook naar binnen en deed de deur achter zich dicht. Met haar rug tegen de deur liet ze zich op haar hurken zakken, en wijdbeens met haar hoofd opzij begon ze luid te snikken.

Joe wierp een blik op zijn patserige duikershorloge dat nooit een grotere diepte had gezien dan de wasbak. Karen was al tien minuten weg en hij had een paar keer zijn hoofd om een hoekje gestoken, maar hij zag haar niet. Hij hoopte dat alles goed met haar was, maar kon Ben niet alleen laten om te kijken.

Toen hij de deur hoorde opengaan, keek hij op in de verwachting haar te zien, maar het was een verpleegkundige die de kamer binnenliep. Ze was erg aantrekkelijk, waarschijnlijk halverwege de twintig, met witblond haar in een speels kort kapsel.

'Ik kom zijn bloeddruk even controleren.' Ze glimlachte hartelijk en hij voelde dat ze met hem flirtte. Een paar jaar geleden zou hij er waarschijnlijk op in zijn gegaan, zou hij hebben genoten van het vluchtige gevoel van sensatie dat hem energie gaf. Ondanks het feit dat hij getrouwd was, had Joe van flirten gehouden. Hij hield van vrouwen, zij mochten hem en het ging nooit verder dan wat onschuldige plagerijtjes. Met uitzondering van Sally.

Ze hadden een benauwd, rommelig kantoortje gedeeld op het reclamebureau en na verloop van tijd was het van een kantoorflirt veel serieuzer geworden. Met deprimerende voorspelbaarheid waren ze tijdens het kerstfeest van kantoor onder invloed van nogal wat alcohol over de schreef gegaan en waren ze onder de priemende blikken van collega's weggeslopen voor een vrijpartij in een aangrenzende steeg. Dankzij hun dagelijkse samenwerking was het daarna meer geworden. Joe was niet op zoek geweest naar een verhouding; het was gewoon gebeurd en hij was te slap geweest om er een einde aan te maken.

Natuurlijk was de stroom roddels op gang gekomen, maar Sally en hij hadden op kantoor allebei ontkend en er was geen tastbaar bewijs.

Maar toen had het bedrijf het jaarlijkse zomerfeest gehouden en Karen was meegekomen om zijn collega's te ontmoeten, dus ook de vrouwen met wie hij samenwerkte.

Karen was ongewoon stil geweest in de taxi op weg naar huis en ze had gewacht tot ze het huis binnenliepen voordat ze had gevraagd: 'Hoe lang is dit al aan de gang?'

'Sorry?' Hij had werkelijk geen idee waar ze het over had.

'Hoe lang heb je al iets met Sally?'

Hij had koortsachtig zitten bedenken hoe ze het wist. Had iemand iets gezegd? Zo ja, wie? Misschien was Sally bij het zien van Karen verteerd geweest door jaloezie en had ze het verteld? Hij had beide opties al snel verworpen, en dus bleef Karens intuïtie over.

'Het straalt er verdomme van af,' had ze eraan toegevoegd, alsof ze zijn gedachten kon lezen. 'Jullie zitten de hele dag op elkaars lip en je gedroeg je vanavond heel ongemakkelijk. Zij durfde me amper in de ogen te kijken, waarschijnlijk omdat ze zich schuldig voelt, en toen je haar glas bijschonk bedankte ze niet. Dat is nog eens een teken van intimiteit.'

'O?' Hij was altijd verbijsterd dat vrouwen van alles konden opmaken uit de meest eenvoudige gebaren.

Door haar vastberadenheid had hij beseft dat het zinloos was om het te ontkennen. Bovendien wilde hij haar niet nog meer beledigen. En dus had hij alles opgebiecht en hun leven overhoop gegooid.

Sindsdien was de oude, onschuldige, flirtzieke Joe voorgoed verdwenen, in de wetenschap dat hij Karen moest laten merken dat ze nooit meer aan hem hoefde te twijfelen. Omdat hij haar vertrouwen had geschaad, hield ze hem scherp in de gaten, vroeg ze zich af of het overwerken echt was en geen smoesje, en ze kromp ineen als er een sms'je op zijn mobiele telefoon binnenkwam. Hij had beseft dat elk deel van zijn leven een open boek voor haar moest zijn, dat ze altijd moest weten waar hij was, of ze er nu naar vroeg of niet. En hij had vooral geweten dat hij bij het reclamebureau en Sally weg moest.

Joe had veel nagedacht over die periode in zijn leven, had zich steeds weer opnieuw afgevraagd waarom hij de vrouw had verraden op wie hij zo dol was en met wie hij nog maar iets meer dan een jaar getrouwd was toen het gebeurde. Misschien was het de onontkoombaarheid van de trouwbelofte die zijn slechte gedrag had opgeroepen: een puberale, overtrokken reactie op de realiteit dat hij de rest van zijn leven geacht werd met zijn vrouw door te brengen? Iets anders kon het niet zijn, want ondanks wat opstartproblemen en de gebruikelijke ruzietjes was hun relatie sterk genoeg geweest om de liefde te bedrijven gedurende de periode dat hij, zoals hij het nu zag, seks had met Sally.

'Is hij al lang ziek?'

Geschrokken keek hij op, weggerukt uit zijn flashback.

De jonge verpleegkundige keek hem vragend aan, terwijl ze de manchet oppompte.

Hij glimlachte treurig. 'Zijn hele leven al, eigenlijk. Maar hij heeft de diagnose nog niet zo lang geleden gekregen... Het syndroom van Diamond-Blackfan. Zijn lichaam produceert niet genoeg rode bloedlichaampjes.'

Ze trok haar volmaakt geëpileerde wenkbrauwen op en sperde haar grote, lichtblauwe ogen open. 'Daar heb ik nog nooit van gehoord.'

'Het is ook heel zeldzaam. En heel zwaar voor hem. Vijf

avonden per week een druppelinfuus van twaalf uur, en dit elke twee weken...' Zijn hoofd bonkte bij de gedachte. 'Ik zou zo met hem willen ruilen.'

Ze haalde de manchet van Bens arm, schreef het resultaat op een schrijfblok aan het voeteneinde van het bed en glimlachte hartelijk.

'Hij boft maar met een vader als jij.'

Bleek van de spanning ging Nick zijn appartement binnen en beende doelbewust naar de woonkamer.

Stella lag op de bank, en de arts die net de stethoscoop en bloeddrukmonitor in zijn tas stopte, zat in een leunstoel naast haar.

Nick pakte Stella's hand vast, viel op zijn knieën naast haar neer en duwde teder zijn wang tegen de hare. 'Gaat het?'

Ze deed haar mond open om iets te zeggen, maar er kwam geen geluid uit. Een eenzame traan liep over haar wang omlaag.

De dokter stond op, schraapte zijn keel en keek ongemakkelijk. 'Het komt wel goed met uw vrouw, maar ik ben bang dat ze een miskraam heeft gehad.'

Stella begon luid te huilen als een gewond dier.

Nick was een onwrikbare, dynamische man die in staat was sociaal beleid te ontwikkelen en te implementeren om de levens van miljoenen mensen te hervormen, maar omgaan met het verdriet van zijn vrouw gaf hem een volkomen machteloos gevoel. Met een wanhopige blik bleef hij naast haar op zijn knieën zitten. Hij was teleurgesteld en verdrietig dat ze een miskraam had gehad, maar de intensiteit van het gevoel voor een hoopje cellen dat hij nooit had gekend was hem vreemd.

'U kunt haar alleen maar troosten,' zei de arts, die zijn machteloosheid aanvoelde. 'Ik moet ervandoor. Zorgt u ervoor dat ze het de komende dagen rustig aan doet, en belt u als u iets nodig heeft.'

Nick knikte verdoofd. Hij zou het liefst met de arts mee het huis uit lopen en opgaan in een of ander saai overheidsdocument om pas thuis te komen als zijn vrouw zich helemaal beter voelde en weer een glimlach op haar gezicht had.

Toen hij de voordeur hoorde dichtslaan, legde hij zijn handen rond Stella's gezicht en keek in haar ogen die rood waren van het huilen. 'Lieve schat, ik vind het zo, zo erg.'

'Mijn baby!' snikte ze. 'Ik verlangde er zo naar.'

Hij hield haar stevig vast en wiegde haar heen en weer. 'Ik weet het, schatje, ik weet het.'

6

De pub zat vol met zwetende mannen die reikhalzend naar het grote plasmascherm tegen de achterwand keken. Joe zag dat Manchester met 1-0 voorstond tegen Arsenal, met nog vijf minuten te gaan. Aangezien dit een pub in Noord-Londen was, was de stemming niet vrolijk.

Hij negeerde de boze blikken en het gevloek, baande zich een weg door de menigte in de richting van Andy, die in eenzame glorie op een leren tweezitbankje vlak voor het scherm zat.

'Goddomme man, ik ben blij dat je er bent,' bulderde Andy boven het massale gekreun uit toen een speler van Arsenal de lat raakte. Hij haalde zijn jas van de zitplaats naast hem. '48.000 mensen hebben geprobeerd je plek in te pikken.'

'Ik ben onder de indruk.' Joe ging op zijn gemak op deze eersteklas plek zitten en negeerde de jaloerse blikken. 'Hoe laat was je hier wel niet, dat je deze plek hebt weten te scoren?'

'Rond lunchtijd,' zei Andy met een stalen gezicht.

Joe wist niet zeker of het een grapje was: zijn broer bracht buitensporig veel tijd in de pub door. Hij was zogenaamd een zelfstandig computertechnicus, maar als Joe hem belde zat hij altijd ergens in een pub en zei hij dat hij net klaar was met zijn werk. Hoe hij het financieel redde, wist niemand, maar hij had zijn 'knusse' – met andere woorden piepkleine – flat gekocht toen de huizenprijzen in Londen nog realistisch waren en hij had alleen de bijbehorende 'knusse' hypotheek. En hij hoefde slechts zichzelf te onderhouden.

Andy was twee jaar jonger dan Joe, maar hij leek ouder. Hij zou het perfecte proefkonijn zijn voor zo'n metamorfoseprogramma op tv, met zijn vriendelijke gezicht verborgen onder een bos warrig haar en een ongekamde baard. Om zijn slanke, atletische lijf droeg hij een spijkerbroek vol olievlekken en gaten, plus een van twee sweatshirts die hij altijd droeg. Eentje met: IK KAN ER NIKS AAN DOEN, ZO BEN IK NOU EENMAAL, en een andere met: VRIJ VEILIG: GEBRUIK EEN AIRBAG.

Als hij commentaar kreeg op zijn kleren, beschreef Andy zijn stijl altijd als 'biker-chic', alleen had hij niet genoeg gespaard om de motor te kopen om de look af te maken.

Luid gekreun klonk toen de wedstrijd eindigde met een nederlaag voor Arsenal, en de pub begon langzaam leeg te lopen. Een ontevreden fan zette met een blik vol afkeer de tv uit en liet Joe en Andy alleen zitten.

Andy duwde een glas bier zijn kant op.

Joe pakte het en dronk het in een keer halfleeg, hield het glas op en zei: 'Proost.'

'Proost.' Andy tikte met zijn glas tegen dat van zijn broer. 'En op de volgende baby.'

Met een vermoeide glimlach schudde Joe vol verwondering zijn hoofd. 'Radio Moeder, neem ik aan?'

Zijn broer gaf hem een knipoog. 'Het allersnelste communicatiemiddel. Vergeleken daarmee lijkt breedband uit de tijd van de postduif te stammen.'

'Tja, nou ja, ze heeft gelijk.'

'Wauw.' Andy trok zijn wenkbrauwen op. 'Dat is nogal wat.'

'Ja.' Hij knikte langzaam en bedachtzaam. 'Maar dat heb ik ma natuurlijk niet verteld.'

'Ze zei ook dat het tussen jou en Karen op het moment goed gaat.'

'Als ik iets anders zeg, krijg ik een preek, en daar kan ik niet tegen.' Hij duwde zijn onderlip naar voren en slaakte zo'n diepe zucht dat zijn pony opwaaide. 'Laten we eerlijk zijn, ma is nooit dol op Karen geweest. Het zijn sterke persoonlijkheden die allebei vinden dat hun mening de enige is.'

Andy trok een quasi geschrokken gezicht. 'Getver, dus je bent met je moeder getrouwd!'

Joe glimlachte afwezig. 'Ik denk dat het probleem is dat Karens ouders naar Nieuw-Zeeland zijn geëmigreerd toen Karen eenentwintig was en dat ze het grootste deel van haar volwassen leven heeft kunnen doen wat ze wilde, wanneer ze het wilde, zonder dat iemand commentaar had op haar dagelijks leven. Die ouders weten alleen wat zij hun vertelt, dus het is vast moeilijk voor haar geweest om ma om zich heen te krijgen die om de haverklap haar mening spuit over het leven, de liefde en het universum.'

'Waarom is ze destijds eigenlijk niet met hen meegegaan?'

'Dat wilden haar ouders wel, maar zij was oud genoeg om zelf te kiezen en toen ze nee zei, zou hun droom in rook op zijn gegaan als ze hier waren gebleven. Dus zijn ze toch gegaan. Ze is een paar keer bij hen geweest, maar het is voornamelijk een e-mailrelatie.'

'Mmm, alleen via e-mail communiceren met je moeder, dat lijkt me wel wat,' grapte Andy, maar zijn broer reageerde niet en had een treurige blik op zijn gezicht.

'Weet je nog toen we naar dat feest van Eamonn gingen... toen ik haar voor het eerst zag? Ze was zo vrolijk en zo verdomd sexy. Ik dacht dat we onverwoestbaar waren.'

Zijn broer fronste zijn wenkbrauwen. 'Dacht? Is alles wel goed tussen jullie? Ik dacht dat jullie gewoon zo nu en dan wat problemen hadden.'

'Min of meer.' Joe haalde zijn schouders op. 'Het verschilt van dag tot dag.'

'Als kansloze sukkel die wekenlang dood in zijn eigen ellende zou kunnen zitten voordat iemand hem zou vinden, ben ik geen expert op het gebied van relaties, zoals je weet, maar... Is dat niet normaal?'

'Waarschijnlijk.' Joe slaakte een zucht. 'En als het dat niet is, verandert het niets aan het feit dat we moeten doen wat nodig is om Bens leven te redden. Maar toch denk ik soms... of moet ik zeggen, fantaseer ik soms... over een ongecompliceerd leven als single waarbij je nooit rekening hoeft te houden met de verlangens en behoeften van een ander.'

Hij voelde zich al schuldig door het hardop te zeggen, maar Andy leek zich niet druk te maken over deze ontboezeming.

'Geloof me, vrijgezel zijn is ook niet alles,' zei hij met een vermoeide zucht. 'Je lijdt aan het "het gras is groener aan de overkant"-syndroom. Als je bij haar wegging, zou je het binnen een maand allemaal missen, misschien wel eerder. Zeker weten.'

'Je zult wel gelijk hebben.' Joe knikte in de richting van een zoenend stelletje aan de bar. 'Maar ik kan me haast niet meer herinneren dat wij vroeger zo waren, als we dat al waren.'

'Nou ja, zeg!' Andy trok een gezicht. 'Het eerste jaar waren jullie niet van elkaar af te slaan, daar was geen creditcard tussen te krijgen.'

Joe glimlachte kort, maar was in gedachten met serieuzere zaken bezig.

Het was fijn om zijn gevoelens te uiten, omdat hij het niet vaak deed. Met zijn moeder kon hij niet over Karen praten, want zij sloeg elke negatieve opmerking in haar geheugen op en gebruikte die tegen hem als alles goed ging. 'Maar je zei toch...' Joe had behoefte aan een klankbord, iemand bij wie hij zijn gal kon spuien, zonder dat het tegen hem zou worden gebruikt. Andy was die iemand.

'We zijn eigenlijk maar zo kort echt gelukkig geweest, weet je? Gewoon ongegeneerd gelukkig.'

Zijn broer glimlachte meesmuilend. 'Nee, daar maakte die verhouding van jou wel een eind aan.'

Joe grimaste. 'God weet waar ik mee bezig was. Het gebeurde gewoon en voordat ik er erg in had was de situatie zo ingewikkeld geworden.'

'O, doe me een lol. Ongelukken "gebeuren gewoon", verhoudingen niet.' Andy liet zijn mening altijd pijnlijk duidelijk horen.

Joe besloot de opmerking moedig te incasseren en het over iets anders te hebben, iets wat hem een minder ongemakkelijk gevoel gaf en wat hem minder prikkelbaar maakte. Wat hem betrof was het een korte misstap geweest die niets betekende en ook niet herhaald zou worden met Sally of iemand anders. Maar andere mensen – Karen in het bijzonder – leken vastbesloten om erover door te drammen, alsof het een hartstochtelijke liefdesrelatie was geweest die hij had opgeofferd omwille van zijn huwelijk, waar hij eigenlijk spijt van had.

Hij had best begrepen dat ze het hem de eerste maanden voortdurend in zijn gezicht zou smijten, dat ze het er steeds weer opnieuw over zou willen hebben in een poging het te begrijpen en te accepteren. Toen was ze zwanger geworden en waren haar hormonen op hol geslagen, waardoor ze om de meest onschuldige dingen al in tranen uitbarstte. De combinatie van schommelende hormonen en haar groeiende onzekerheid over haar opzwellende lichaam had veel gespannen ruzies veroorzaakt, waarbij Karen tegen hem had geschreeuwd dat hij maar terug moest gaan naar Sally. Hij had zich schuldig gevoeld dat hij de oorzaak van haar stress was en had geprobeerd haar ervan te overtuigen dat zij de liefde van zijn leven was – zij en niemand anders.

Maar na Bens geboorte begon ze er nog steeds over als ze ruzie hadden – een emotionele handgranaat die altijd doel trof – en zijn verdraagzaamheid was afgenomen. Zo nu en dan waren ze nog wel eens hun oude zelf, maar het afgelopen halfjaar was de relatie steeds moeizamer geworden. En om alles nog erger te maken, had Bens ziekte zich geopenbaard en was de druk nog meer opgevoerd. Als Joe in een erg sombere bui was vroeg hij zich af of Bens ziekte een straf was voor zijn verhouding.

Joe leunde achterover op de bank en keek toe hoe de barman de lege glazen weghaalde.

'Zo!' Andy stak zijn armen in de lucht. 'Tijd voor een laatste slok en dan naar huis voor wat porno en een snelle wip met mezelf.'

'Klinkt bekend.'

'Wat?' zei zijn broer spottend. 'Jij hebt een beeldschone vrouw die thuis op je wacht.'

'Beeldschoon, dat klopt, maar of ze op seks zit te wachten? Ik vrees van niet,' zei hij naargeestig. 'Sterker nog, ik weet wel zeker van niet. Haar laatste woorden voordat ik wegging waren dat we moesten praten.'

Andy huiverde theatraal. 'Daar krijg je als man de koude rillingen van.' Hij stond op en draaide zich in de richting van de bar. 'Zet je problemen opzij en duik gewoon met haar in de koffer. Dat zou ik doen.'

Joe grijnsde. 'Zal ik je eens wat zeggen? Je hebt gelijk.' Hij dronk zijn glas leeg. 'Maak je borst maar nat, schat!'

Karen legde haar boek op de rand van het bad en slaakte een diepe zucht. Ze had de laatste pagina al vijf keer gelezen, maar kon zich niet concentreren. Zodra ze een autoportier hoorde dichtslaan, voelde ze haar hart in haar keel kloppen en hield ze haar adem in om te horen of het gevolgd werd door het geluid van de voordeur. Maar het was nu halftwaalf en hij was nog steeds niet thuis.

Voordat hij naar de pub was gegaan, had ze met opzet de sfeer luchtig gehouden toen ze had gezegd dat ze met hem wilde praten. Ze wilde niet dat hij een idee had van de ernst. Nu vroeg ze zich af of hij met opzet zo lang wegbleef omdat hij vermoedde dat het weer een gesprek zou worden waarbij zij voor de zoveelste keer over zijn overspel zou beginnen.

Het water begon af te koelen, en dus kwam ze overeind en zette de hete kraan open. Ze schrok toen Joe nonchalant de badkamer binnen kwam slenteren met een fles witte wijn en twee glazen in zijn handen.

'O, ik had je niet horen binnenkomen.' Ze glimlachte onzeker, en haar hart ging tekeer van de zenuwen.

'Ik heb altijd wel gedacht dat ik een goede inbreker zou zijn.' Hij zette de glazen op de wc-deksel, schonk ze in en gaf haar een glas.

'Dank je.' Ze nam een slokje en deed haar best om haar zenuwen niet te tonen. 'Lekker.'

Hij knikte. 'We doen het niet vaak genoeg.'

'Ik bedoelde de wijn.' Er viel een pijnlijke stilte voordat ze eraan toevoegde: 'Maar je hebt gelijk, we doen het te weinig.'

Ze nam een grote slok in de hoop dat de drank haar zou verdoven. Hij schonk haar snel bij met een glimlach op zijn gezicht toen zijn blik naar haar borsten gleed.

'Hoe was het met Andy?' Ze wist niets anders te zeggen.

'Die was op dreef.'

'Moet je horen, ik... ik...' Karen had het gevoel dat ze uit elkaar zou knappen als ze het niet vertelde.

Maar Joe wiegde opeens heen en weer. '*I... I... I'm just a love machine...*' zong hij, en zijn blote voeten maakten een warrige hoop van de badmat. Hij danste naar het bad, nam het glas uit haar handen en zette het op de grond. Toen ging hij al zingend op zijn knieën naast het bad zitten. '*... and I don't work for nobody but yooooooo...*'

Hij kuste haar nek, gaf haar kleine kusjes die haar toch al gespannen zenuwuiteinden gek maakten. Haar hele lichaam rilde, ze kreeg kippenvel. Met haar kin op zijn schouder keek ze naar de tandenborstelhouder en probeerde haar gedachten op een rijtje te houden, maar hoe indringender zijn kussen werden, des te zichtbaarder begon ze zich te ontspannen en te giechelen toen hij haar speels beet.

'Volgens mij heb je gedronken,' mompelde ze.

'Niet relevant. Ik vind je zo geil,' fluisterde hij. Hij knabbelde aan haar oor, wist dat ze daar opgewonden van werd. 'Dat heb ik altijd al gevonden.'

Hij stapte met kleren en al in bad, het water golfde over de rand, en Karen gierde van het lachen. Ze begonnen elkaar te zoenen met een hartstocht die al lange tijd aan hun relatie ontbrak. Omdat haar nieuws dat voorgoed kapot zou maken, deed ze haar ogen dicht en genoot ze van wat misschien wel eens hun laatste intieme daad zou kunnen zijn.

Hondsmoe keek Tania op van haar bureau en zag dat het elf uur was. Ze zette haar computer uit, staarde in het niets en peinsde over haar ruzie met Karen.

Vroeger op school hadden ze zo vaak ruzie gehad over onzinnige dingen zoals geleende of zoekgeraakte sieraden of vage gevoelens voor dezelfde jongen, die onvermijdelijk altijd voor Karen koos. Maar dit was anders. Dit was hun eerste echte volwassen ruzie en Tania voelde zich er absoluut niet prettig bij.

Ze vond Karens nieuws nog altijd verbijsterend, niet alleen omdat Nick Bright erbij betrokken was, maar omdat haar vriendin haar nooit in vertrouwen had genomen. Ze dacht dat ze altijd alles hadden gedeeld, dat ze geen geheimen hadden. En dit was het grootste geheim ooit, en Karen had het voor zich gehouden.

Vertrouwde ze haar dan niet? Wat betekende dat voor hun vriendschap?

Met gefronste wenkbrauwen sprong ze op toen een deur aan de andere kant van de kamer opengging.

'Allemachtig.' James Spender kwam uit de schaduw tevoorschijn met zijn gebruikelijke charme. 'Heeft je vriendje je soms het huis uit gezet?'

Ze deed vermoeid haar ogen dicht en opende ze toen weer. 'Ik heb geen vriend, dat weet je best.' Ze slaakte een hartgrondige zucht toen ze dacht aan het onkruid dat haar seksleven had overwoekerd. 'Vanwege dezelfde reden waarom jij geen vriendin hebt – we zijn getrouwd met ons waardeloze, ondankbare rotwerk.'

Hij maakte een afkeurend geluid door zijn tanden. 'O jee, is het weer die tijd van de maand?'

'Die opmerking heb ik sinds de middelbare school niet meer gehoord.' Ze schudde verbaasd het hoofd. 'Jemig, jij bent echt een klootzak.'

'Maar wel een schatje.' Hij kwam dichterbij en zijn schaduw viel over haar bureau. 'Kom, dan drinken we in mijn club lekker een opkikkertje.'

'Mijn club' was een besloten bar vlakbij, waar hij en tientallen andere medewerkers van het parlement kwamen als ze geen zin hadden om naar huis te gaan en ze hun vrouw voorhielden dat er nog laat op de avond in de kamer zou worden gestemd. Dat was voor de echtgenotes natuurlijk gemakkelijk te controleren, maar Tania had zo'n vermoeden dat maar weinigen dat echt deden. Misschien vonden ze het wel prima dat hun mannen vaak weg waren, mijmerde ze.

'Dat vind ik eigenlijk geen...' zei ze haperend, maar James stopte zijn vingers in zijn oren en begon te zingen. 'La, la, la... Ik hoor niks...'

Ze sloeg haar ogen ten hemel en glimlachte vermoeid naar hem. Het alternatief was om naar huis te gaan en met een bekertje chocolademelk en een paar tarwekoekjes op de bank te hangen. Elk pondje gaat door het mondje, kon ze haar moeder al horen zeggen.

Ze stond op, griste haar handtas mee en liep achter hem aan de deur uit.

Joe scharrelde rond in de slaapkamer, hing natte kleren over de verwarming en neuriede vrolijk. Hij voelde zich oneindig veel beter na het vrijen. Het was de hartstochtelijke spontane seks geweest van voordat hun huwelijk was vastgelopen door complicaties als zijn overspel en Bens ziekte.

Meer is er niet nodig om hem gelukkig te maken, dacht Karen, die op het bed zat en elke beweging van hem volgde. En nu ga ik hem kapotmaken.

Joe sprong naast haar in bed en glimlachte toen ze opzij leunde en hem een tedere kus op zijn schouder gaf. *Laat maar komen*, zei zijn blik.

'Je weet toch dat ik van je hou, hè?' Haar stem was zacht en rustig, maar haar hart bonkte als een bezetene.

Joe's blik werd nieuwsgierig. 'Natuurlijk weet ik dat. We hebben zo onze problemen, maar daar twijfel ik niet aan.'

'Fijn.' Ze glimlachte met droevige ogen.

Hij stak zijn arm uit om het nachtlampje uit te doen, maar ze legde een hand op zijn schouder.

'Wacht even... Ik moet je iets vertellen.' Ze had het gevoel dat haar keel dichtgeknepen werd. 'Ik wilde wachten tot morgenochtend, maar ik kan het niet...'

Hij keek haar aan met zijn hand nog boven de lichtschakelaar. 'Jemig, wat kijk je serieus.' Hij liet zijn hand vallen en fronste zijn wenkbrauwen.

'Is er iets met Ben?'

'Nee.'

Opgelucht sloeg hij zijn hand tegen zijn borst en de rimpeltjes op zijn voorhoofd verdwenen. 'Wat is er dan?'

Karen voelde de adrenaline door haar lijf gieren. Ze bestudeerde Joe een paar seconden, nam het vriendelijke, open gezicht met de nieuwsgierige blik in zich op. In een fractie van een seconde zou die tederheid verdwenen zijn.

'Ik heb het met een ander gedaan.'

De woorden bleven tussen hen in hangen, echoden in de stilte.

'Meen je dat?' Hij keek haar onderzoekend aan in de hoop dat het een geintje was.

Ze knikte met een ellendig gevoel.

Joe hapte naar adem. Zijn ogen die een minuut daarvóór nog hadden geglommen van blijdschap, stonden nu vol onbegrip en pijn. Ze verafschuwde zichzelf.

'Nog steeds?' Een spiertje in zijn kaak trilde.

'O god, nee,' antwoordde ze haastig. 'Het was een slippertje, al een hele tijd geleden.

'Met wie?' zei hij schor. Het was alsof de woorden in zijn keel bleven steken.

Ze schudde heftig het hoofd. 'Niemand die je kent.'

Hij knikte langzaam, maar met de blik van iemand die er niets van begreep.

'Ik heb niets doorgehad, dus waarom deze grote bekentenis?'

'Ik vond dat je het verdiende om te weten.'

'Verdiende?' Hij keek haar verbijsterd aan en wachtte op een reactie.

Ze frunnikte aan een los draadje van de sprei en keek hem verontschuldigend aan. 'Ik weet niet... Misschien dat ik dacht dat het wat evenwicht zou brengen, snap je... dat we nu quitte staan.'

Hij stoof het bed uit met een ongelovige blik op zijn gezicht. 'Wat? Ik heb een verhouding gehad, dus had jij een slippertje... en nu staan we quitte?' vroeg hij, terwijl hij eerst naar zichzelf wees en toen naar haar.

Ze keek schaapachtig. 'Zoiets, ja.'

Joe ijsbeerde door de kamer met zijn rug naar haar toe. Plotseling draaide hij zich om en keek haar boos aan.

'Je hebt een waardeloze timing, weet je dat?'

Ze keek hem vragend aan. 'Sorry?'

'We hebben in geen tijden zo lekker gevreeën... Voor de verandering dachten we even niet aan onze problemen en nu... nu dít,' snauwde hij.

'Ik wilde het je zeggen toen je binnenkwam,' zei ze verontschuldigend, 'maar we... Nou ja, dat weet je.'

Vol ongeloof schudde hij het hoofd, liep naar de haard en draaide zich met een vertrokken gezicht om.

'Jij bent echt niet te geloven. Als ik bedenk hoe moeilijk je het me hebt gemaakt, en nú pas, nu jij genoeg hebt van je eigen schijnheiligheid vind je het nodig om me te zeggen dat je niet zo'n lieverdje bent als je doet voorkomen.'

Ze werd nijdig. 'Het is geen excuus, maar mijn dronken slippertje was wel het directe gevolg van jouw nuchtere, langdurige verhouding met een collega met wie je elke dag samenwerkte.'

‘Ah, dus het is míjn schuld dat je iets te diep in het glaasje hebt gekeken en je broek liet zakken voor een of andere mazzelaar,’ mompelde hij vol minachting.

Karen haalde diep adem, probeerde zich tot kalmte te manen omdat ze er geen moddergevecht van wilde maken. ‘Ik zeg alleen maar dat ik op dat moment emotioneel kwetsbaar was en toen iets heb gedaan wat helemaal níéts voor mij was.’

Haar stem was zacht, maar Joe was nog steeds boos, en haar uitleg raakte hem niet. Zijn blik was keihard en zijn kaak ging langzaam heen en weer alsof hij knarsetandde.

‘En nu word je zo verscheurd door je schuldgevoel dat je me alles wilt vertellen?’ Hij keek haar tartend aan. ‘Sorry, Karen, maar dat wil er bij mij niet in.’

Hij had gelijk, natuurlijk, maar ze kon het niet aan om nog meer ellende te veroorzaken. Ze wilde van haar ontrouw een aparte onthulling maken zodat ze zijn reactie kon inschatten, waarschijnlijk in de hoop dat hij het haar zou kunnen vergeven, al wist ze het niet zeker. Als het verwikkeld zou raken in de ellende van het tweede deel van haar explosieve bekentenis, zou ze het nooit weten. Ze glimlachte berouwvol.

‘Getrouwd zijn is niet niks, hè?’

‘Nou en of,’ antwoordde hij monotoon.

‘Ik vond het gewoon tijd om te erkennen dat… Om open te zijn en eerlijk te praten in plaats van ruzie te maken.’

Hij gaf geen antwoord, maar dacht na over wat ze had gezegd. Hij leunde tegen de haard, zag er opeens minder gespannen uit en had weer wat kleur op zijn wangen. Uiteindelijk slaakte hij een gedempte zucht, liep naar het bed en ging op de rand zitten.

‘Je hebt gelijk. Ga je gang.’

Opluchting overspoelde haar en ze was dankbaar dat hij dit kleine gebaar van mogelijke vergiffenis maakte.

‘Ik was er kapot van… van jou en… Sally.’ Ze kreeg de naam bijna niet uit haar mond. ‘Zelfs toen je zei dat het over was, kwelde ik mezelf met de gedachte dat jullie nog steeds samenwerkten, elkaar misschien wel tijdens de lunchpauze opzochten voor een snelle wip of een bezorgd gesprek over hoezeer jullie elkaar misten...' Ze glimlachte spijtig.

'Dat weet ik.' Hij glimlachte niet terug. 'Daarom heb ik ook ontslag genomen... om je gerust te stellen, weet je nog?'

'Maar het was niet genoeg. Ik voelde me zo bedonderd.'

Hij haalde zijn hand door zijn haar en wreef zo hard in zijn ogen dat ze bang was dat hij ze zou beschadigen. 'En dus nam je wraak door met een andere vent naar bed te gaan.' Het was een uitspraak, geen vraag.

Hij legde zijn benen op bed, leunde met zijn rug tegen de kussens en staarde uit het raam. De gordijnen waren dicht, maar door een kiertje kon Karen zien dat het een heldere nacht was met een bijna volle maan. Ze wilde niets liever dan dicht tegen Joe aan in slaap vallen, maar ze wist dat ze door moest.

'Het was iemand die ik tijdens een feest heb ontmoet. Niet mijn type eigenlijk.' Ze wachtte even, werd misselijk bij de herinnering aan haar roekeloze gedrag. 'Maar ik had nogal veel gedronken en dacht niet meer helder na.'

Ze zocht in zijn gezicht naar een reactie, maar die kwam niet. Ze voelde zich verloren en wilde haar wang tegen zijn schouder duwen, haar armen om zijn borst slaan en zich uit alle macht vastklampen.

'Ik heb hem daarna nooit meer gezien,' voegde ze eraan toe, alsof dat het er beter op maakte.

Joe keek haar getergd aan. Na een tijdje stapte hij weer uit bed en slaakte een lange, diepe zucht. 'Laat maar zitten.'

Hij liep naar het raam, trok de gordijnen open en keek naar buiten.

'Nu weet ik wat ze bedoelen als ze zeggen dat een ziek kind je kijk op het leven verandert,' zei hij zacht. 'Op de een of andere manier lijkt jouw dronken slippertje volkomen onbelangrijk.'

Dit was het punt waarop ze hun huwelijk weer op de rails zouden kunnen krijgen, dacht Karen. Ze hadden allebei fouten gemaakt, maar als ze beloofden beter met elkaar te praten zouden ze het vertrouwen kunnen herstellen.

Maar het deed er allemaal niet toe, want ze wist dat ze hem iets moest vertellen wat zó ingrijpend was, dat ze het misschien nooit te boven zouden komen. Niet voor het eerst overwoog ze het hem niet te vertellen. Ze fantaseerde hoe ze het verborgen kon houden, hoe ze Joe kon blijven laten geloven dat hij Bens vader was, hoe ze de pre-implantatie genetische diagnostiek kon doorzetten met zogenaamd het sperma van haar man in plaats van dat van een bijna volslagen vreemde.

Maar om twee redenen waren die gedachten luchtkastelen: in de eerste plaats omdat Pickering luid en duidelijk had laten weten dat hij het Joe zou vertellen als zij het niet deed, en in de tweede plaats vooral omdat haar intense wroeging betekende dat ze zo'n geheim niet verborgen kon houden voor de man die haar beste vriend, minnaar en vertrouweling was.

Ze moest het hem vertellen. Ze voelde zich ontzettend rot.

James zat zo dichtbij dat Tania zijn adem op haar wang kon voelen. Ze rook zijn aftershave, die alles was wat hij niet was – subtiel en aangenaam. Ze zaten op een lage hangbank met een kuil in het midden die haar zijn kant op duwde, of ze het nu wilde of niet. Maar ze moest toegeven dat hij na een paar glazen alcohol best leuk was.

Niet dat James onaantrekkelijk was om te zien, sterker nog, in een bepaald licht leek hij wel een beetje op een jonge Harrison Ford, maar ze zag hem alleen maar op het werk waar zijn gezicht altijd een honende blik had en waar hij vloekte als hij een ongelukkige collega of kritische journalist een veeg uit de pan gaf.

Vanavond leek hij anders, aantrekkelijk zelfs met een glas whisky met ijs in zijn linkerhand en zijn rechterhand ontspannen op de leuning van de bank achter haar rug.

Ze was niet van plan geweest om met hem mee te gaan naar zijn flat, maar zoals te verwachten viel waren er in de club alleen maar mannen die hun eigen vrouw ontliepen of stiekem met die van een ander waren, en ze had zich er vreselijk ongemakkelijk gevoeld. Niet in de laatste plaats omdat de meesten James kenden en veelbetekenende blikken hun kant op hadden geworpen.

'Overwerk?' had eentje nota bene met een vette knipoog gezegd.

En dus zat ze nu hier in James' flat voor een 'kop koffie' die nog werkelijkheid moest worden na de overdaad aan witte wijn.

'Vertel eens, waarom was je daarstraks zo somber?' vroeg hij. Hij gaf een rukje met zijn hoofd om aan te geven dat hij het moment bedoelde waarop hij haar nog zo laat op kantoor had aangetroffen.

Ze schudde haar hoofd en kreeg een koortsig gevoel toen ze eraan dacht. 'Niets. Het is privé.'

Hij schonk haar bij, leunde snel weer achterover in zijn luie houding en glimlachte loom.

'Problemen met je vriendje?'

'Die heb ik niet, dat weet je.'

'Oké, problemen wegens gebrek aan een vriendje dan?'

Bijna onmerkbaar kwam hij dichterbij. Zijn hand lag nu in haar nek en met een vinger streelde hij langzaam haar haar. Er liep een rilling over haar rug, maar ze wist niet of het van opwinding of angst was. Ze wilde zich losmaken uit deze aanmatigende, verleidelijke sfeer, en wat kon het voor kwaad om hem een deel te vertellen van wat haar dwarszat? 'Ik heb ruzie met mijn beste vriendin, dat is alles.'

'Heeft ze je shampoo geleend zonder het te vragen?' zei hij met een grijns, en hij kwam nog dichterbij. Ze voelde zijn been tegen het hare duwen.

'Nee.' Ze glimlachte even om te laten zien dat ze nog wel gevoel voor humor had. 'Het is wel iets ernstiger.'

Ze leunde naar voren, bij zijn hand vandaan, met haar knieën tegen elkaar, en ze nam een slokje wijn. Ze begon een beetje roezig te worden.

'Hoe zit het met die koffie?'

James negeerde dit en legde zijn hand op haar rug.

'Ik weet dat je vindt dat ik een grote bek heb, maar ik ben eigenlijk heel discreet,' zei hij mompelend. 'Je kunt oom James alles vertellen.'

Door de combinatie van zijn troostende stem en de alcohol kwam ze eindelijk een beetje los. Ze ontspande haar beenspieren, liet zich weer achteroverzakken en keek hem aan.

'Weet je, misschien ben je toch niet zo'n eikel als ik altijd heb gedacht,' zei ze met een glimlach.

'Dat zal ik maar als compliment zien,' mompelde hij, en hij duwde zijn gezicht tegen haar schouder.

'Eigenlijk,' voegde ze eraan toe, 'ben je best aardig.'

'Ondeugend maar aardig. Dat ben ik.' Hij gleed met zijn hand onder haar blouse en trok met zijn vinger een spoor over haar ruggengraat. 'Vertel eens, dat probleem van je.'

Ze kon niet meer zo helder nadenken en schudde langzaam haar hoofd. 'Het is niet aan mij om het te vertellen.'

James huiverde van genot. 'Ooo, een geheimpje? Nu maak je me wel heel nieuwsgierig.' Hij pakte haar bij haar middel vast en trok haar naar de kuil in de bank. 'Toe, doe niet zo flauw. Vertel.'

Ze wou dat ze het gesprek kon terugbrengen naar een veiliger onderwerp zoals roddels over collega's, maar ze wist dat haar afleidingsmanoeuvres zinloos zouden zijn. Hij was net een terriër en liet niet los.

'Dat kan ik niet, echt niet.' Haar hoofd bonkte. 'Als dit bekend wordt, zijn we in de aap gelogeerd.'

Zodra ze dit had gezegd, had ze spijt van haar ontboezeming. James reageerde alsof hij door een wesp was gestoken. Hij ging rechtovereind zitten en keek haar met donkere, geïntrigeerde ogen aan.

'We? Heeft het met iemand op kantoor te maken?'

'Nee,' stamelde ze snel en niet overtuigend. 'Oké, wel dus, maar méér zeg ik niet. Hou er nou over op.'

Hij kneep zijn ogen samen. 'In de aap gelogeerd... Er is maar één iemand met zoveel invloed... Het gaat om Nick, of niet?' Hij trok vragend zijn wenkbrauwen op.

'Ik zeg niet om wie het gaat.' Ze keek en klonk verontwaardigd, maar vanbinnen wist ze het niet meer zo goed. Hij was zo dichtbij dat ze zijn hete adem in haar oor kon voelen, iets wat niet geheel onaangenaam was. Ze vroeg zich af of hij haar ging kussen en schoof wat opzij, maar toen ze hem aankeek, zag ze dat zijn blik eerder dreigend dan liefdevol was.

'Als het écht iets met Nick te maken heeft en ik ontdek dat ik vooraf de schade enigszins had kunnen beperken, dan ben jij de lul.'

Hij maakte nog net niet zo'n griezelig geluid als Hannibal Lecter, maar het scheelde niet veel en haar nekharen schoten overeind. Ze slaakte een diepe zucht.

'Ik ook met mijn grote mond. Schenk me nog maar wat in, ik heb het nodig.'

7

Joe pakte haar hand vast, staarde ernaar en speelde afwezig met haar trouwring.

'We zetten er een streep onder,' zei hij, en hij keek haar indringend aan. 'Van nu af aan kijken we vooruit. Geen beschuldigingen meer van jou over wat ik heb gedaan of van mij over wat jij net hebt verteld. Mee eens?'

'Erewoord.' Als een klein meisje legde ze drie vingers tegen haar voorhoofd en voelde zich erg dom. Nu al twijfelde ze of het wel zo'n goed idee was geweest om de twee onthullingen te scheiden. Joe had haar nu haar slippertje vergeven en ze vond het wreed dat ze hem niet direct alles had verteld. Het was alsof ze moedwillig informatie had achtergehouden om te kijken hoe hij de ene schok te boven kwam, om hem vervolgens te overdonderen met een tweede. Alsof ze ervan genoot. Jezusmina, wat zou hij straks een hekel aan haar hebben.

Hij deed haar gebaar na. 'Mogen we gestraft worden als we ons er niet aan houden.' Hij ontspande zichtbaar, wendde zich tot haar en duwde zich op een elleboog overeind. 'Gek, hè? Jij vertelt me dat je een slippertje hebt gehad en ik voel me helemaal opgelucht.'

'Ik weet wat je bedoelt.'

Alleen was dat niet zo. Wat ze hem nog moest vertellen lag als een loodzware last op haar schouders.

Joe rekte zich uit en gaapte. Hij stak zijn gespierde armen boven zijn hoofd uit. 'Er komen een paar moeilijke maanden aan. We moeten sterk zijn voor Ben.'

'Ja.'

Ze verlangde ernaar zijn armen te strelen, maar in plaats daarvan knikte ze traag, beet op haar lip en probeerde de kracht te tonen die ze niet voelde. Toen de tranen kwamen, huilde ze in eerste instantie in stilte, maar algauw begon ze luid, ontroostbaar te snikken.

Hij pakte haar bij de schouders, probeerde oogcontact te maken, maar ze liet haar hoofd uit schaamte hangen.

'Huil niet, lieverd.' Hij pakte de doos tissues op het nachtkastje, trok er een uit en gaf hem aan haar. 'Ik weet dat je je zorgen om hem maakt, maar hij is een taai mannetje.'

'Dat is het niet.'

Hij liet zijn handen van haar schouders vallen en keek haar verbijsterd aan. 'Wat kan er nog erger zijn?'

'Het spijt me zo verschrikkelijk,' mompelde ze door de natte tissue heen.

Hij keek haar een beetje nijdig aan. 'Wat spijt je? Godsamme Karen, ik krijg de zenuwen van je.'

Met alle kracht die ze had, tilde ze haar hoofd op en keek recht in het vertrouwde, liefdevolle gezicht dat ze op het punt stond te verpulveren door haar bekentenis.

'Je bent Bens biologische vader niet.'

Ze keek hoe zijn blik een groot vraagteken werd. 'Waar heb je het over?'

'Hij is niet van jou.' Ze wist niet hoe ze het anders moest zeggen.

Hij schoot overeind, zwaaide zijn benen over de rand van het bed en ging met zijn rug naar haar toe zitten, zijn hoofd in zijn handen. 'Is dit een of ander misselijk geintje?'

'Nee, het is de waarheid.' Ze voelde een brok gal achter in haar keel opkomen.

Haar ondubbelzinnige woorden hingen tussen hen in. Geen van beiden zei iets, ze verroerden zich niet. Uiteindelijk begon Joe met zijn hoofd te schudden.

'Ik snap het niet. Hoe kan hij nou niet van mij zijn?' Hij draaide zich een beetje om en keek haar vanuit een ooghoek aan. 'Weet je het zeker?'

Ze knikte verdrietig. 'Ja.'

'Hoe lang weet je dat al?'

Hij keek nu helemaal verpletterd en ze wilde haar armen om hem heen slaan, hem ervan verzekeren dat alles goed zou komen. Maar ze kon het niet omdat ze wist dat het niet waar was. Hoe pijnlijk het ook was, ze moest hem de waarheid vertellen.

'De specialist belde me vanmorgen toen we uit het ziekenhuis kwamen.'

'Het DNA-onderzoek...' Alle kleur trok uit zijn gezicht weg. Hij sprong overeind, rende naar de badkamer en was net op tijd bij het toilet om de resten van het avondeten in de pot te spugen. Net als zij wist hij nu dat het bewijs onweerlegbaar was.

Ze haastte zich achter hem aan, legde teder een hand in zijn nek. 'Gaat het?'

Zodra hij haar huid op de zijne voelde, huiverde hij en trok hij zijn lichaam weg. Hij veegde zijn mond aan een handdoek af en keek haar met rauwe, onverholen haat aan. 'Daar ga ik niet eens antwoord op geven.'

Hij liep de badkamer uit en begaf zich naar de vurenhouten kledingkast aan de andere kant van de slaapkamer. Met gebogen hoofd en laaghangende schouders, legde hij zijn handen op de handvatten.

Ze leunde tegen de deurpost van de badkamer, keek naar hem en voelde zich machteloos. 'Ze zeggen wel eens dat iedereen vader kan worden, maar dat alleen een bijzonder iemand papa kan zijn.'

Hij snoof hard en minachtend. 'Je hebt net mijn wereld onder mijn voeten weggeslagen en nu kom je aanzetten met een of ander wandtegeltjescliché?'

Karen wachtte even met antwoord geven omdat ze angstvallig de rust wilde bewaren. 'Het is misschien een cliché, maar dat betekent niet dat het niet waar is. Ben noemt jou "dada", jij bent zijn papa.'

'Een godvergeten waardeloze papa die nu niets kan doen om zijn leven te redden,' snauwde hij. Boze tranen druppelden over zijn wangen en hij veegde ze haastig weg. Daarna rukte hij de kastdeur open, begon door zijn overhemden de rommelen, stopte toen plotseling en hijgde zwaar.

'Ik heb tegen Ben gezegd dat alles goed zou komen, of zijn er nog anderen van wie je me niets hebt verteld?' Zijn stem klonk zo verstikt dat ze hem nauwelijks kon verstaan.

'Het komt ook wel goed, we moeten alleen contact opnemen met zijn...' Ze liet haar stem wegsterven en keek ongemakkelijk.

Joe draaide zich zo fel om dat hij zijn hand moest uitsteken om zijn evenwicht te bewaren. 'Zijn váder. Dat wilde je zeggen, of niet?'

Het had geen zin om het te ontkennen, dus knikte ze vol verdriet en ging met een plof op het voeteneinde van het bed zitten.

'Het is dat slippertje, of niet?' Zijn gezicht stond bars.

'Ja.' De bekentenis vulde haar met schaamte.

'O geweldig, dáárom heb je het me dus verteld, niet omdat je je zo schuldig voelde.' Hij keek haar spottend aan. 'Jezus, wat ben jij een leugenachtige trut.'

'Zo is het niet. Ik heb het je niet eerder gezegd omdat het niets betekende en ik je er alleen maar mee gekwetst zou hebben. Je móét me geloven,' zei ze op smekende toon.

'Ik denk niet dat ik ooit nog één woord uit jouw mond geloof, Karen.' Met zijn duim en wijsvinger kneep hij in zijn neus, en hij zag er zo verloren uit dat ze hem het liefst in haar armen wilde nemen om de pijn voorgoed weg te halen. Maar zij was de oorzaak en ze wist dat ze niets kon doen of zeggen om hem te troosten.

Plotseling ging het verdriet weer over in woede, en zijn ogen vlamden vanwege de onrechtvaardigheid. 'Je moet het verdomme hebben geweten.'

'Nee, echt niet,' zei ze klaaglijk.

'Vermoed, dan. Je moet wel achterlijk zijn om dat niet te beseffen. En al die tijd heb je toegekeken hoe ik een relatie met Ben opbouwde en je hebt goddomme nooit iets gezegd. Geen woord, Karen. Wat bén jij voor moeder?'

'Ik dacht dat hij van jou was.' De tranen stroomden nu over haar wangen en ze deed geen moeite ze weg te vegen.

'Dat wílde je denken, zul je bedoelen,' snauwde hij. 'Want dat paste bij jouw plannen. Godallemachtig, wat ben ik een sukkel geweest.' Hij balde zijn vuisten, weerstond de aandrang om tegen de muur te rammen.

Ze wilde protesteren, maar hij was niet te stuiten, ijsbeerde over het tapijt, mompelde iets voor zich uit en was één brok spanning en woede.

'Wat ben ik een godvergeten sukkel,' tierde hij. 'Word ik door iedereen uitgelachen? Ben ik de enige die er nog van niets wist?' Hij keek haar uitdagend aan en ze schudde het hoofd, maar hij wendde zich van haar af en raasde verder. 'Maanden en maanden van bedrog, je hebt verdomme wel lef gehad.'

'Het enige bedrog was die ene avond,' onderbrak ze hem verdrietig. 'Verder niet.'

Maar hij leek niet te luisteren, viel met een zware dreun op zijn knieën en sloeg zijn armen om zich heen. Met gebogen hoofd staarde hij naar het tapijt.

'Injecties, transfusies, acht maanden lang slapeloze nachten, billen en snotneuzen afvegen,' ging hij tekeer. 'Je hebt het me allemaal laten doen, terwijl je wíst dat hij niet eens mijn kind is.' Hij bleef even roerloos zitten tot een nieuwe gedachte hem weer opwond.

‘Jezus, mijn móéder,’ raasde hij. ‘En Andy. Die zullen kapot zijn van jouw leugens.’

‘Ik heb niet gelogen,’ zei ze zachtjes, hoewel ze wist dat het zinloos was.

‘Wat een godvergeten nachtmerrie.’ Hij keek haar met pure haat aan en liep naar de kast, legde zijn handen tegen de zijkant van de deuren en staarde voor zich uit in de duisternis.

‘Wie is het?’

Haar hartslag versnelde. ‘Dat is nu niet belangrijk.’

Ze kromp ineen toen er iets langs haar scheerde en rechts van haar met een luide klap tegen de muur sloeg. Het was een van Joe’s gympen. Joe stond nog met zijn hand uitgestoken.

‘Ik vind het anders wél belangrijk!’ bulderde hij, met brandende ogen en ontblote tanden. ‘Zeg me goddomme zijn náám!’

‘Nick!’ schreeuwde ze terug. ‘Nick Bright!’

Hij verstijfde en kreeg even een vragende blik op zijn gezicht. ‘Wat, die vent voor wie Tania werkt?’

Ze knikte.

Hij wierp zijn hoofd in zijn nek en lachte overdreven hard en hol. ‘Je hebt altijd al last van grootheidswaanzin gehad. Ik ben nooit goed genoeg voor je geweest, of wel?’

‘Joe, ik...’

Ze liep met uitgestrekte handen naar hem toe. Maar hij duwde haar weg.

‘Blijf van me af.’

Hij draaide zich weer naar de kast, haalde een weekendtas van de bovenste plank en propte er wat T-shirts en truien in.

Ze voelde paniek in zich opkomen. ‘Je gaat toch niet weg?’

‘Moet jij maar eens opletten.’

‘Ik weet dat je gekwetst bent, maar blijf alsjeblieft. Ben is dol op je.’

Hij liet de tas op de grond vallen en deed zijn ogen dicht, zijn gezicht verwrongen van spanning. ‘Ben, mijn prachtige jongetje. God, ik hou zoveel van hem.’

Ze glimlachte bedroefd door haar tranen. 'Dat verandert niet.'

'Waag het niet om mij te vertellen hoe ik me voel,' snauwde hij boosaardig. Hij wierp haar een dodelijke blik toe, ritste de tas dicht en tilde hem met een zwaai over zijn schouder. 'Ik kan je één ding zeggen, en dat is dat ik je dit nooit, maar dan ook nooit zal vergeven.'

Hij liep resoluut naar de deur die naar de overloop leidde. Ze was doodsbang dat hij voorgoed wegging.

'Waar ga je naartoe?' jammerde ze.

'Weg,' snauwde hij. 'Wég bij jou.'

Enkele seconden later hoorde ze de voordeur dichtslaan. Ze hoorde geen auto, dus wáár hij ook naartoe ging, het was te voet.

Ze liet zich voorover vallen en begroef haar gezicht in zijn kant van het bed, waar het kussen nog naar hem rook. Tegen de tijd dat ze haar hoofd weer optilde was het nat van de tranen.

Nick schudde Stella's kussen op en maakte een kuiltje waar ze zich in kon laten zakken. Hij ging op de rand van het bed zitten en pakte haar hand vast. 'Gaat het?'

Ze knikte lusteloos. 'Ik ben gewoon een beetje moe, meer niet.'

'Ik maak me meer zorgen om wat er hier gebeurt.' Hij tikte zachtjes met zijn wijsvinger tegen haar slaap. 'Je moet positief blijven.'

Dat weer. Tranen sprongen in haar ogen. 'Sorry, maar dat is moeilijk.'

Hij trok haar tegen zich aan en ze liet haar gezicht tegen zijn borst zakken. Zijn vingers streelden haar nek, wat een aangename rilling over haar rug gaf. Nick was geen bijzonder teder mens; zijn kussen en omhelzingen bewaarde hij meestal voor in de slaapkamer. Het voelde fijn om een keer zo gestreeld te worden omdat hij haar wilde troosten.

'Ik zal nooit moeder worden.' Haar zucht was dieper dan ze had bedoeld.

'Toe,' zei hij berispend, en hij voerde de druk in haar nek iets op. 'Dat is niet waar.'

Ze wou dat het zo simpel was, zeker weten dat het wél ging gebeuren als ze maar volhield, zodat ze zich in de tussentijd een beetje kon ontspannen. Maar het had vijf jaar gekost om zwanger te worden en als het weer zo moeilijk ging, zou het te laat zijn.

In de twee jaar voor ze zwanger was geworden, had ze vol verlangen naar baby's gestaard en zich afgevraagd of ze ooit zou genieten van het moederschap, of ze ooit haar eigen kind zou koesteren.

'Het ligt aan mijn leeftijd, ik weet het zeker.'

Nick zuchtte. 'Begin daar nou niet weer over. Je zou deze problemen anders misschien ook hebben gehad.'

'We hadden het tien jaar geleden moeten proberen... toen ík het wilde.' Ze wist dat ze oude koeien uit de sloot haalde, maar ze kon er niets aan doen.

'Tja, dat hebben we dus niet gedaan.' Gefrustreerd kneep hij zijn ogen dicht. 'Het heeft geen zin om jezelf daar nu mee te kwellen.'

'Ik had gewoon zonder iets te zeggen moeten stoppen met de pil en een "ongelukje" moeten hebben.' Ze zweeg en glimlachte weemoedig bij de gedachte. 'Dan hadden we nu waarschijnlijk een paar kinderen gehad.'

'Stella, doe dit nou alsjeblieft niet...'

'Maar nee. Ik deed wat me gevraagd werd... offerde mijn eigen behoeften en verlangens op voor de ambitie van mijn man. Stel je voor dat een paar slapeloze nachten de voortgang van je politieke carrière zouden schaden...'

Ze glimlachte naar hem om te laten merken dat ze het niet hatelijk bedoelde, dat ze alleen bedroefd was dat haar kans om moeder te worden mogelijk verkeken was. Ze staarde over zijn schouder in de verte en stelde zich voor wat had kunnen zijn.

Had ze maar naar haar biologische klok geluisterd in plaats van naar haar man.

Hij zei niets en hield zijn hoofd gebogen voor het onvermijdelijke gesprek over Stella's offers.

'En nu jij éíndelijk een kind wilt... zijn de eierstokken van je vrouw verschrompeld.'

Hij schoot overeind. 'Hou op.' Hij klonk kalm en beheerst, maar op zijn gezicht stond stille woede te lezen. 'Toe, ga lekker liggen en slaap wat. Morgen voel je je een stuk beter.'

Ze gleed onder het dekbed en ging met haar rug naar hem toe liggen.

'God, dat hoop ik,' mompelde ze.

Tania's hoofd bonkte toen ze een streepje zonlicht door de gordijnen zag dat in haar ogen brandde. Ze hief haar hand op om haar ogen te beschermen, kneep ze iets dicht en wachtte tot de kamer scherp in beeld kwam.

Toen dat gebeurde, schoot ze overeind. Dit was haar kamer niet. En ze was naakt.

Ze trok het laken over haar borsten en bekeek de minimalistische kamer. Er stond een bed waar ze in lag, een moderne, mahoniehouten kledingkast, een bijpassende ladekast en een klein nachtkastje met een foto van twee mannen in cricketkleren. De ene was een jaar of vijfenvijftig, met grijs haar en een opgewekt gezicht, en de ander was...

'Shit!' mompelde ze, toen ze de foto van James Spender zag met een man die waarschijnlijk zijn vader was.

Aarzelend wierp ze vanuit haar ooghoek een blik op de andere kant van het bed. Was het beslapen? Of was hij een gentleman geweest en had hij de nacht op de bank doorgebracht? Ze wist het antwoord al, want in de eerste plaats was James nog nooit van zijn leven ridderlijk geweest, en in de tweede plaats drongen er flarden van herinneringen tot haar katterige hoofd door waarin ze de kleren van elkaars lijf rukten. Ze deed haar ogen dicht in een vergeefse poging ze buiten te sluiten.

Toen ze een donkerblauwe badstof badjas aan de deur zag hangen, pakte ze die heel zachtjes. Ondanks de flashback van rondvliegende kledingstukken, had ze nog steeds de ijdele hoop dat hij in de kamer ernaast lag te slapen. Hij had de vorige avond per slot van rekening laten zien dat hij niet zo'n ongevoelige lomperik was als ze altijd had gedacht... toch?

Ze liep naar de smalle gang en sloeg linksaf naar het keukentje. Haar hart bonkte van de zenuwen toen ze een aangeklede James bij het raam zag staan met een kop koude koffie op de tafel voor hem. Ze hoopte dat hij zich zou omdraaien en glimlachen, moeite zou doen om haar op haar gemak te stellen op deze vreemde plek, maar hij liet niet eens merken dat hij haar had gezien.

'Goeiemorgen,' zei ze opgewekt. 'Is er thee?'

'Daar staat de waterkoker.' Hij wees, maar bleef naar buiten staren.

Met een gespannen glimlach zette Tania de waterkoker aan en pakte een beker van de plank. Het laatste sprankje hoop dat de onverwacht aardige vent van de vorige avond de nacht had overleefd begon te vervagen. Langzaam maar zeker drong het met afgrijzen tot haar door dat ze zich had laten bespelen. Niet alleen had hij haar het bed in geluld, maar ze herinnerde zich ook dat ze hem Karens geheim had verteld, waarvan ze plechtig had beloofd het niemand te vertellen. Ze voelde zich rood worden van schaamte bij de gedachte aan dit verraad, ook al had ze het hem verteld omdat ze echt dacht dat hij zou kunnen helpen.

Met haar thee in beide handen liep ze naar hem toe en hoopte – tevergeefs, zo bleek – dat hij haar zou vragen om te gaan zitten. Op tafel lag een zwart schrijfblok met daarop *Karen Eastman* onderstreept boven aan de pagina en daaronder verschillende opmerkingen. Bewijs dat de waarheid nu bekend was – alsof ze dat nog nodig had.

Ze kreunde toen ze de twee lege flessen rode wijn op het

aanrecht zag staan en haar hoofd voelde bonken. Ze moest zitten. Bij gebrek aan een uitnodiging liet ze zich op de stoel tegenover hem zakken, maar nog steeds keek hij haar niet aan.

'Je kunt het hem niet vertellen,' smeekte ze zachtjes.

Eindelijk keek hij haar aan met een trek van minachting rond zijn mond. 'Moet jij maar eens opletten. Dit gaat hem zijn kop kosten.'

Ze voelde paniek in zich opwellen, maar was vastbesloten rustig te blijven omdat James haar bij het eerste teken van zwakte zou verpulveren.

'Niet noodzakelijkerwijs.'

Hij zei niets, maar wierp haar een geringschattende blik toe die erop wees dat hij haar opmerking belachelijk vond.

'Best,' zei ze geïrriteerd. 'Wat ik bedoel is dat zíj het hem moet zeggen, niet jij.'

'Wat, een of andere goedkope snol met wie hij een dronken wip heeft gemaakt? Echt niet,' zei hij lijzig. 'We moeten de schade binnen de perken zien te houden.'

'Ze is geen snol,' zei Tania pissig. 'Ze is een lieve, intelligente vrouw die probeert het leven van haar zoon te redden, meer niet.'

Maar James luisterde niet. Hij stond op, pakte zijn mobiele telefoon van tafel en keek er voor de zoveelste keer naar.

'Ik ga lopend naar Westminster, ik moet helder nadenken. Daarna besluit ik wel wat ik ga doen,' zei hij zonder haar aan te kijken. 'Ga jij ondertussen die zogenaamd intelligente vriendin van je maar zeggen dat ze haar mond moet houden tot ik je hebt gebeld. Begrepen?'

'Je kunt haar niet opdragen wat ze moet doen.'

Hij staarde haar lange tijd onverzettelijk aan. 'O, jawel. En dat is precies wat ik doe. En als ze hier hulp bij wil, dan stel ik voor dat ze doet wat ik zeg. Hetzelfde geldt voor jou.'

Goed of fout, voor Tania stonden twee feiten als een paal boven water. James zou haar waarschijnlijk kunnen ontslaan wegens werkweigering, en ze had hem nodig om Nick te kunnen spreken. Daarom, en alléén daarom, besloot ze op zijn eisen in te gaan.

'Ja, oké.' Ondanks het feit dat hij helder wilde nadenken, wist ze dat hij al lang en breed had besloten wat hij ging doen: koste wat het kost Nick beschermen.

Ze keek hoe hij bruusk de keuken uit liep, een genadeloze, vastberaden man met een doel, en ze wist dat ze niet veel tijd had. Ze nam de hoorn van de haak en toetste een nummer in.

Uitgeput en met rode ogen zat Karen op de rand van de bank voor zich uit te staren. Ben zat aan haar voeten met de houten trein te spelen die ze met Kerstmis voor hem hadden gekocht.

'Ma!' Met uitgestrekte armpjes keek hij naar haar op.

'Wat is er, schattebout?' Ze leunde naar voren, nam hem op de knie, begroef haar gezicht in zijn haartjes en snoof de lucht van bananenpap en babyolie op. Het was als een drug. Ze hield hem dicht tegen zich aan en wilde de wereld voorgoed buitensluiten, maar hij werd ongedurig en worstelde om los te komen.

Karen zette hem op de grond en bekeek zijn gezicht. De ironie was dat ze wel eens had gedacht aan de mogelijkheid dat hij Nicks kind was, maar ze had dat idee altijd verworpen omdat Ben zoveel op Joe leek. Ze hadden allebei amandelvormige ogen, zij het van verschillende kleuren, en zandkleurig haar, en Ben sliep met één been opgetrokken zoals Joe dat ook deed. Maar nu vroeg ze zich af of ze zich die overeenkomsten niet had ingebeeld omdat ze er zo graag in wilde geloven.

Ongemerkt slaakte ze een diepe zucht, maar de wanhoop die als een loodzware knoop in haar maag lag loste niet op. Normaal gesproken zou ze uitkijken naar een avond thuis met Joe en Ben. Voorspelbaar, ja. Gewoontjes, zelfs. Maar ook vertrouwd, aangenaam, geruststellend, alles wat ze waardeerde en wilde in een huwelijk. Als Ben niet ziek was geweest, zouden zij en Joe misschien zo nu en dan een avondje losgaan, drinken en dansen tot in de kleine uurtjes tot ze naar huis gingen voor een hartstochtelijke vrijpartij om de volgende ochtend een enorme kater te hebben die hun eraan herinnerde waarom ze dit niet meer zoveel deden. Ze wist dat ze als stel prima in staat waren om uit te gaan en plezier te maken, maar hun omstandigheden schreven iets anders voor. En dus verkozen ze het altijd om thuis plezier te maken, van gesprekken tijdens het eten te genieten of grapjes te maken over een of ander waardeloos tv-programma. Het deed pijn te denken aan wat ze hadden gehad, uit angst dat het nu voorgoed voorbij was.

Het geluid van de deurbel verstoorde haar gedachten. Ze liep naar het raam, tuurde door de gordijnen en verstijfde. Het was Tania.

Heel bewust hield ze haar gezicht uitdrukkingsloos toen ze de deur opendeed. 'Hallo,' zei ze mat.

'Hoi.' Tania lachte schaapachtig. 'Het spijt me. Het spijt me echt heel, heel erg.'

Karen koesterde nooit lang wrok en haar weinig overtuigende nukkige blik verdween onmiddellijk. Ze grijnsde breeduit en deed een stap opzij. 'Geeft niet. Het spijt mij ook. Ik had je nooit in die positie moeten plaatsen.'

Ze omhelsden elkaar en liepen naar de woonkamer, waar Tania naar Ben toe rende om hem een dikke knuffel te geven voordat ze hem weer op de grond zette. Toen wendde ze zich tot Karen en rilde even. 'Heb je het hem verteld?'

Karen knikte ongelukkig.

'Dat dacht ik wel. Die bloeddoorlopen ogen en rode neus zijn nogal veelzeggend.' Ze bukte zich om Bens trein weer op het spoor te zetten. 'Wat zei hij?'

Karen haalde haar schouders op en beet op haar lip toen ze aan de vorige avond dacht. Ze had de hele nacht liggen huilen en was kapot. 'Niet veel. En toen is hij vertrokken.'

'Hij heeft toch wel íéts gezegd?'

'Hij was verbijsterd, gekwetst, boos... alles wat je zou verwachten.' Ze snoot haar neus.

'Waar is hij nu?'

'Weet ik niet zeker. Ik denk niet dat hij naar zijn moeder is gegaan, die zou hem alleen maar uithoren tot hij er gek van werd. Waarschijnlijk zit hij bij Andy, maar ik durf niet te bellen, ik schaam me zo.'

Haar stem stierf weg en ze begon te snikken. Tania pakte haar bij de arm, bracht haar naar de bank en gebaarde dat ze moest gaan zitten. Ze leek zenuwachtig.

'Ik heb het James Spender verteld.'

'Wát heb je gedaan?'

'Hij deed voor de verandering eens lief en ik was bezopen. Het leek een goed idee.' Ze keek schuldbewust. 'En weet je? Ik denk dat het dat ook is.'

'Echt?' Karens verbeelding maakte overuren in een poging in te schatten hoe James hiermee om zou gaan. Geen van de mogelijke scenario's zag er goed uit.

'Ja,' zei Tania oprecht. 'Moet je horen, Nick hoeft maar een scheet te laten of James staat al voor hem klaar. Dus zelfs als ik erin was geslaagd Nick onder vier ogen te spreken, zou hij het direct aan James hebben verteld.'

Ze wachtte op een reactie van Karen, maar die kwam niet. 'Dus dacht ik als ik hem vooraf in vertrouwen neem en hem om hulp vraag, is hij misschien eerder geneigd mee te werken aan wat moet gebeuren.'

'En is dat zo?'

Tania tuitte haar lippen. 'Moeilijk te zeggen op dit moment.'

Karen kwam overeind en ijsbeerde zenuwachtig door de kamer. 'Dit zit me niet lekker. Wat heb je hem precies verteld?'

'Dat Nick Bens vader is, dat Ben een stamceltransplantatie nodig heeft en dat je wilt dat Nick zich laat testen om te kijken of zijn beenmerg overeenkomt met dat van Ben,' antwoordde Tania, alsof ze een boodschappenlijstje oplas. 'Dat is het.'

Karen was iets gerustgesteld. 'En wat was zijn reactie?'

'Hij denkt er nog over na en we moeten niets doen tot hij contact met ons opneemt.'

Karen peinsde hierover, ging op haar hurken zitten en streelde Bens hoofd.

'Nou, ik hoop dat je de juiste beslissing hebt genomen.'

8

James zat in Nicks kamer met zijn vingers op zijn knieën te trommelen. Hij keek op zijn horloge, toen naar de deur en herhaalde dit proces meerdere keren per minuut.

Om 08.45 uur precies zwaaide de deur open en kwam Nick met een chagrijnige blik binnen, zijn haar nog nat van het douchen.

'Nou, laat maar horen en maak er wat moois van,' gromde hij. 'Stella heeft gisteravond een miskraam gehad en ik heb geen zin in banaal gezever.'

James was werkelijk geschokt en dat was te zien. Zijn mond viel open. 'Jezus, wat erg. Ik had geen idee.'

Nick smeet zijn koffertje op het bureau en liet zich zo hard in zijn stoel ploffen dat die een paar meter naar achteren schoot. Hij sloeg zijn armen over elkaar en fronste zijn wenkbrauwen.

'Wat is er verdomme zo belangrijk dat het niet telefonisch kon?'

James trok zijn stoel wat dichter naar het bureau, zette zijn ellebogen op zijn knieën en keek ingespannen.

'Zegt de naam Karen Eastman je iets?' Hij zocht in Nicks gezicht naar een blijk van herkenning, maar die kwam niet. Zijn blik was leeg.

'Nee, wie is dat?'

'Een oude vriendin van Tania Fletcher.'

Nick concentreerde zich en heel even gleed er een flits van pure angst over zijn gezicht. 'Jezus. Die gaat toch niet uit de school klappen?'

James zag al voor zich hoe de bladen hiervan zouden smullen. 'Het is dus waar. Je bent met haar naar bed geweest?' Hij leunde achterover en trok zijn stropdas recht. 'Ik had gehoopt dat het een leugen was.'

Nick trok zijn stoel naar voren en keek hem recht aan. 'Gáát ze uit de school klappen?'

James schudde het hoofd, waarop Nick een diepe zucht slaakte en de opluchting op zijn gezicht stond. 'Goddank.'

'Ik vrees dat het nog erger is.'

'Erger? Hoe bedoel je?'

James had niet voorbereid hoe hij dit moest zeggen, dus besloot hij ter plekke dat het niet het moment was om eromheen te draaien.

'Ze heeft een kind van je.'

Nicks mond viel open en hij knipperde met zijn ogen.

'Hoe oud?' vroeg hij, en hij spreidde zijn vingers op zijn bureau alsof hij steun zocht.

'Acht of negen maanden.'

Hij keek naar het plafond, deed een rekensommetje. 'Dat kan wel kloppen,' mompelde hij toen.

Hij kwam overeind, draaide zich om en staarde uit het raam. 'Als ze niet van plan is ermee naar de pers te gaan, hoe weet jij het dan?'

'Tania heeft het me verteld. Kennelijk is de jongen ziek en...'

'Het is een jongen?' onderbrak Nick hem, en hij keek geïnteresseerd over zijn schouder.

'Ja, en hij schijnt een levensbedreigende ziekte te hebben die met een stamceltransplantatie genezen kan worden. Ze wil dat jij je laat testen.'

'Aha.' Hij kneep zijn ogen samen. 'Hoe weten we zeker dat het kind van mij is?'

'Dat weten we niet. Maar als het verhaal over de ziekte van het kind klopt... en volgens Tania is het waar... dan kan ik me niet voorstellen dat een vrouw tijd verspilt met zulke verhalen over de afkomst van het kind. Dan moet ze toch wel zeker van haar zaak zijn.'

'Hoe zeker?' Nick keek hem onderzoekend aan.

James haalde zijn schouders op. 'Dat weet ik niet. Maar volgens Tania heeft DNA-onderzoek uitgewezen dat de echtgenoot niet de vader van de jongen is, en jij zou de enige andere man zijn met wie ze sinds haar huwelijk naar bed is geweest.'

Nick liep naar de boekenkast en staarde zwaar ademend naar de rijen klassiekers en politieke biografieën. Toen sloeg hij met zijn hand tegen de rand van de kast. 'Kut!'

Hij draaide zich om, beende terug naar het bureau waar een prominente foto van een glimlachende Stella stond. 'Stel dat ik inderdaad de vader van de jongen ben, wat willen ze dan precies van me?'

'Voorzover ik weet alleen een DNA-test om te zien of je een goede match bent,' antwoordde James behoedzaam. 'En in dat geval, een deel van je beenmerg voor transplantatie.'

'Meer niet?'

'Tot nu toe.' James deed nooit beloften die hij niet kon waarmaken.

Nick zag er opeens tien jaar ouder uit dan zijn tweeënveertig jaar en zijn ogen stonden dof. Het was het enige zichtbare teken van de enorme schok die dit moest zijn. James vroeg zich af voor wat voor man hij eigenlijk werkte.

De wereld van de politiek zat vol met ambitieuze types die hun eigen oma nog zouden verkopen voor het ministerschap, maar James had altijd het idee gehad dat Nick de prioriteiten in zijn leven, en met name zijn huwelijk, aardig op een rijtje had. Het was merkwaardig dat iemand die zo dol was op zijn vrouw nu zo emotieloos reageerde op het bestaan van een kind, zíjn kind. Al helemaal een jongetje dat vocht tegen een levensbedreigende ziekte. James kon alleen maar concluderen dat de emoties wel ergens waren, maar dat Nick niet het type was om ze in het bijzijn van collega's of vreemden te tonen.

'Om te beginnen,' ging Nick zacht verder, 'wil ik dat je nagaat, en dan nóg een keer nagaat, of deze vrouw de boel niet bedondert. Als blijkt dat ze de waarheid spreekt, wil ik dat je alles uit de kast haalt om dit stil te houden.' Hij liet zijn hoofd in zijn handen zakken. 'Zo niet, dan zijn we genaaid.'

James stond op en trok resoluut zijn manchetten recht om te laten zien dat hij alles onder controle had. 'Maak je geen zorgen. Zelfs als het waar is, kunnen we ervoor zorgen dat het je politiek niet schaadt.'

Nick schudde langzaam het hoofd. 'Dat interesseert me niet.' Hij pakte de foto van Stella en tikte tegen het glas. 'Het is de pijn en het verdriet van Stella die ik koste wat het kost wil voorkomen.'

Joe zat roerloos in de leunstoel. Naast hem op het tafeltje stond een beker thee onaangeroerd. Andy zat geschokt op de bank.

'Jezus, dat is gestoord. Je bent gek op dat joch.'

Joe knikte, overweldigd door een verdriet dat zo intens was dat hij bang was dat het hem kapot zou maken.

'Sorry dat ik het je gisteravond niet heb verteld. Ik kon het niet.' Haastig veegde hij een traan weg. Hij had sinds zijn twaalfde niet meer in het bijzijn van Andy gehuild, toen die per ongeluk zijn nieuwe Chopper-fiets kapot had gemaakt. Hij mompelde: 'Ik had gehoopt dat het vanmorgen allemaal een nachtmerrie zou blijken te zijn.'

'Wat ga je doen?'

Het was een vraag die hij zichzelf de hele nacht had gesteld toen hij op de bank had liggen woelen, heen en weer geslingerd tussen intens verdriet en onverholen woede. 'Ik weet het niet. Ik heb de neiging om mijn boeltje te pakken en die wereldreis te maken waar ik altijd over heb gefantaseerd. Maar ik kan Ben niet achterlaten.'

'Maar je kunt háár wel verlaten, en Ben zien wanneer je maar wilt...' Andy zweeg aarzelend. 'Als zij dat goedvindt...'

Joe pakte zijn thee, maar kreeg geen slok weg. Hij was misselijk. 'Geloof me, ik wil zo ver mogelijk uit haar buurt zijn op dit moment.' Hij zette de beker weer terug op tafel. 'Maar wie geeft Ben dan zijn injecties? Ik ben de enige die weet hoe je hem rustig krijgt als hij pijn heeft.'

De tranen sprongen weer in zijn ogen, maar deze keer deed hij geen moeite om ze te verbergen en dat was een opluchting, ook al was het niet veel.

'Ik weet precies hoe hij zijn melk wil, ik hoef maar naar hem te kijken of ik weet wat hij denkt, en ik ken alle *Teletubbie*-afleveringen uit mijn hoofd.'

Hij glimlachte toen hij hieraan dacht en wreef in zijn ogen die prikten van vermoeidheid. Hij had die nacht misschien een halfuurtje gedoezeld, maar meer ook niet.

'Dus ik denk niet dat ik weg kán,' voegde hij eraan toe.

Andy liep naar de keuken en kwam terug met een stukje keukenrol dat hij aan zijn broer gaf.

'Ik weet wat je voor Ben voelt, maar voor haar?'

Joe's mond werd hard. 'Ik haat haar.'

Zijn broer huiverde. 'Haat-liefde of haat-haat?'

'Moeilijk te zeggen op dit moment.'

Andy trok zijn wenkbrauwen op en bolde zijn wangen. 'Je hebt ooit van haar gehouden. Walgelijk veel zelfs.' Hij glimlachte bemoedigend. 'Dat telt toch zeker mee.'

Hij zweeg, hoopte dat hij antwoord zou krijgen, maar Joe had niets te zeggen. Als hij zijn zwartste gedachten onder woorden bracht, was hij bang dat ze hem zouden gaan obsederen. In zijn somberste momenten had hij zich zelfs voorgesteld hoe hij haar wurgde, toekeek hoe het leven uit haar ogen wegtrok tot ze als een hoopje ellende dood neerviel.

'Ik heb altijd gehoopt dat ik nog eens een relatie als die van jullie zou krijgen,' ging Andy verder. 'Jullie hadden echt passie. Ik weet dat jullie ook wel ruziemaakten, maar ik dacht dat dat uit liefde was. Mensen denken altijd dat echtparen die geen ruziemaken heel gelukkig zijn, maar soms vraag ik me af of die het niet gewoon hebben opgegeven en genoegen nemen met veilige middelmatigheid.'

Hij leunde achterover op de bank en strekte zijn benen. Zijn afgetrapte gympen raakten bijna Joe's blote voeten.

'Het was een goed huwelijk, man, voordat het ten onder ging aan jouw verhouding en Bens ziekte. Als Ben beter wordt, vinden jullie dat misschien weer terug.'

Joe's gezicht was nat van de tranen en hij deed geen moeite ze te drogen met het verfrommelde stukje keukenrol in zijn hand. Andy's ongewoon scherpzinnige blik op zijn huwelijk maakte de pijn alleen maar erger en het gemis des te groter.

'Ik heb van het kind van een ander gehouden... Ik hou nog steeds van hem,' verbeterde hij zichzelf. 'Ik weet niet of ik haar dat kan vergeven.'

Nick schoof wat papieren over zijn bureau heen en weer en keek naar de klok aan de wand tegenover hem. Het was vier uur en hij had de afgelopen uren geprobeerd te werken, maar zijn gedachten gleden steeds weer terug naar het schokkende bericht van die ochtend. Met zijn hoofd in zijn handen probeerde hij het paniekerige gevoel in zijn borst te negeren.

Eerst had de schok dat hij een kind had hem zodanig verdoofd dat hij op de automatische piloot verder was gegaan, met alleen de intuïtieve aandrang om de situatie onder controle te houden, alsof het een politieke kwestie was waarvan de schade beperkt moest worden, zoals ze dat tientallen keren per week deden.

Maar toen James was vertrokken, had de schok van het bericht hem als een voortdenderende trein geraakt en had hij met een bonkend hart en buiten adem aan zijn bureau gezeten. Nu wist hij hoe een paniekaanval aanvoelde, maar de oorzaak was niet zo eenvoudig te bepalen. Hij wist dat het deels kwam door zijn angst voor Stella's reactie, zeker gezien het feit dat ze de vorige dag een miskraam had gehad, en natuurlijk speelde zijn politieke carrière ook een rol. Maar diep vanbinnen op een emotionele plek waar hij zelden kwam, wist hij dat het hem duizelde te weten dat hij een kind had.

Een zoon, dacht hij. Het was een emotioneel beladen woord voor een man, en hij had vaak gedacht aan de dag dat hij zijn zoon voor het eerst in zijn armen zou houden en aan zijn taak als vader zou beginnen. Maar dit had hij zich nooit voorgesteld. Een kind dat al meer dan een halfjaar oud was, wiens moeder hij slechts één keer had ontmoet. Dat was absoluut niet de bedoeling geweest en hij moest toegeven dat hij het gevoel had dat hem de kans was ontnomen om het vaderschap op zijn eigen voorwaarden te ervaren.

Als het nieuws uitlekte, zou iedereen van hem verwachten dat hij 'het goede voorbeeld' zou geven, zoals de maatschappij het omschreef, en een rol zou willen spelen in het leven van zijn kind. Of hij dat zou doen of niet, peinsde hij, zou hij later moeten beslissen. Op dit moment was hij alleen maar geschokt, en hij wist niet goed of daaronder gevoelens lagen voor een zoon die hij nog nooit had ontmoet.

Hij schoot overeind toen er op de deur werd geklopt. Hij wilde bij niemand de indruk wekken dat er iets mis was. 'Binnen.' Het kostte hem moeite om rustig te klinken.

James kwam binnen en deed de deur achter zich dicht.

'O, jij bent het.' Nick zakte weer ineen. 'In dat geval kan ik mijn wanhopige houding weer aannemen. Nog nieuws?'

'Tania heeft me eindelijk teruggebeld en ze was thuis bij die vrouw, maar het mens wil verdomme niet met me praten...'

'Karen. Ze heet Karen...' onderbrak Nick hem vermoeid.

James haalde zijn schouders op alsof haar naam net zo belangrijk was als haar schoenmaat. 'Ze wil alleen met jou praten.'

‘Kut.’ Nick sloeg met zijn hand op een stapel kwitanties op zijn bureau. ‘Nou ja, je kunt het haar ook niet kwalijk nemen.’

Hij draaide zich om en keek uit het raam naar de regen. Allerlei gedachten flitsten door zijn hoofd. Hij had zich nog nooit zo machteloos gevoeld, en hij vond het afschuwelijk.

‘Ik voel er niets voor om stiekem in bars of in een of andere woonwijk rond te hangen, dus laten we maar doen alsof we niets te verbergen hebben en haar hier uitnodigen.’ Hij draaide zich weer om en keek James aan. ‘Als iemand ernaar vraagt, kunnen we zeggen dat ze van een liefdadigheidsinstelling is die ik steun.’

James keek alsof hij net had voorgesteld dat ze samen op het balkon van Buckingham Palace zouden gaan staan om hun eeuwige liefde voor elkaar te verklaren. ‘Ben je verdomme helemaal gek geworden?’

Nick ergerde zich aan deze uitbarsting, maar kwam al snel tot de conclusie dat het openlijke gebrek aan respect van zijn medewerker gezien de omstandigheden misschien niet het belangrijkste was.

‘Absoluut niet.’ James maakte een gebaar met zijn vingers langs zijn keel. ‘Voor hetzelfde geld heeft ze al een deal met een van de bladen en loop je regelrecht in een val door in te stemmen met een ontmoeting.’

Nick dacht hierover na en haalde toen zijn schouders op. ‘Wat voor keus heb ik? Als ik geen afspraak met haar maak, kan ze evengoed naar de pers gaan. Dat risico zal ik moeten nemen.’

Er viel een stilte waarin Nick naar Stella’s foto staarde en James ingespannen naar zijn schoenen keek.

‘Bizar, hè?’ mijmerde James. ‘Dat jij en Stella zo’n probleem hebben om zwanger te worden...’

‘Stella’s probleem, niet het mijne,’ antwoordde hij monotoon, ondanks het feit dat zijn hart tekeerging. ‘Mijn sperma draait duidelijk overuren.’

‘Dacht hij nou écht dat ik een gesprek met de aap zou willen in plaats van met de orgelman zelf?’ Karen ijsbeerde door de keuken en draaide zich toen met een ruk om, om Tania aan te kijken. ‘En dan zeggen dat hij “het verhaal” wilde verifiëren! Het lef van die vent!’

Tania glimlachte wrang. ‘Dat is James. Altijd diplomatiek. Ik wil hem absoluut niet verdedigen, maar hij doet waar hij voor betaald wordt.’

‘En toch is het een arrogante eikel.’ Karen bleef staan, keek bezorgd op haar horloge en beet op haar lip. Het was zes uur. ‘Hij komt niet.’

Ze had het over Joe. Ze had aan weinig anders kunnen denken sinds hij de vorige avond was vertrokken.

Tania keek weifelend. ‘Jawel. Hoe laat krijgt Ben zijn injectie meestal?’

‘Om zeven uur, maar ze doen samen altijd eerst een heel ritueel om hem tot rust te brengen. Dan stopt hij hem in bad, en zo. Joe doet het altijd als ik net klaar ben op mijn werk en naar huis ga.’

Het gedempte geluid van een dichtslaande deur ging als een schok door haar lichaam. Toen hoorde ze Ben kraaien in de kamer ernaast. Verstijfd en angstig keek ze naar Tania. Zwijgend vormde ze de woorden: dat is hem.

Even later kwam Joe met Ben op de arm, zijn lippen tegen Ben aan, de kamer binnen. Toen hij zag dat ze gezelschap hadden werd zijn blik hard.

‘Ik hoef niet te raden waar jullie het over hebben gehad.’

‘Ze gaat ons helpen om in contact te komen met Nick Bright,’ zei Karen ernstig. Ze voelde de druk vanbinnen van alles wat ze tegen hem wilde zeggen.

‘Ons?’ antwoordde hij sarcastisch.

‘Ons. Mij. Wie dan ook,’ was haar weerwoord. ‘We hebben hem nodig.’

Hij keek haar kil aan. ‘Tja, hij heeft je al eens genaaid, dat wil hij vast nog wel een keer doen.’

'Joe, tóé.' Ze knikte naar Ben die vrolijk op het koordje van zijn vaders sweatshirt zat te kauwen.

'Hij is negen maanden, Karen. Als hij weet waar ik het over heb, is hij een genie.'

Hij draaide zich om en keek voor het eerst rechtstreeks naar Tania.

'Jouw baas, mijn vrouw. Leuke koppelaarster ben je.'

Tania keek erg ongemakkelijk en zei niets.

'Hou op,' zei Karen boos. 'Zij wist er niets van. Ze is net zo boos als jij, dus laat haar met rust.'

Joe's boze blik verzachtte. 'Sorry. Dat had ik niet moeten zeggen,' zei hij met tegenzin.

'Geeft niet.' Tania glimlachte slapjes. 'We zijn op het moment allemaal nogal gespannen, geloof ik.'

Hij slaakte geërgerd een zucht. 'Fijn, nu we allemaal weer vriendjes zijn, kan ik verder met waar ik voor gekomen ben.'

Hij liep de kamer uit, en Karen bleef staan totdat ze het kraken van de vloerdelen boven haar hoofd hoorde, waarna ze tegenover Tania aan tafel ging zitten en haar hoofd in haar handen liet zakken.

De hele, lange, rusteloze nacht had ze bedacht wat ze allemaal tegen Joe wilde zeggen als ze hem weer zag, maar het gesprek van daarnet had daar niet bij gezeten. Hoewel Tania's aanwezigheid haar daarstraks had getroost, kon ze haar vriendin nu missen als kiespijn, en ze vroeg zich af of Tania Joe's bui had beïnvloed en hem er door haar aanwezigheid van had weerhouden te zeggen wat hij wilde.

Het liefst zou ze naar boven rennen, 'het spijt me' roepen en zich aan hem vastklampen tot hij het haar wilde vergeven. Maar ze kende Joe goed genoeg om te weten dat dat volkomen verkeerd zou vallen en dat zijn woede zo diepgeworteld was dat hij misschien nooit zou verdwijnen en altijd alles kapot zou maken.

'Wat een ellende.'

Tania stak haar hand uit en legde die tegen Karens hoofd,

probeerde het op te tillen. 'Toe, je mag nu niet instorten. Ben heeft je nodig.'

Karen tilde haar hoofd op en knikte langzaam. 'Dat weet ik. Maar hoe moet het dan met Joe's verdriet? Hoe kan ik dat ooit beter maken?'

9

Stella was erin geslaagd een beha en bijpassend slipje uit te zoeken, maar verder had ze geen idee wat ze aan moest. Vermoeid staarde ze naar haar klerenkast en wilde zich het liefst in haar zachte, grote badjas wikkelen en onder het dekbed kruipen, zich overgeven aan slaap die haar beschermde tegen kwellende gedachten.

Toen ze de vloer hoorde kraken, keek ze om en zag ze Nick met natte haren van de kletterende regen de slaapkamer binnenlopen. Hij zag er gespannen uit toen hij haar een zoen op haar wang gaf.

'Ze belden net van *The Post* naar kantoor met de vraag of je zwanger bent. Ik heb ze opdracht gegeven nee te zeggen.'

'Tja, niet meer.' Ze glimlachte bedroefd.

'Hoe weten ze die dingen?' Hij trok zijn schoenen uit en wierp ze boos naar een hoek van de kamer. 'Je vraagt je soms af of ze je bespieden zodra je naar de plee gaat.'

Ze haalde haar schouders op. 'Het was vast iemand uit de wachtkamer van het ziekenhuis. Iedereen wil tegenwoordig snel geld verdienen. Trek het je niet aan.'

Ze besloot dat ze niet in de stemming was voor iets nieuws en kleurrijks, en dus trok ze een van haar favoriete zwarte cocktailjurkjes uit de kast en deed het aan. Nick zat op het voeteneinde van het bed naar haar te kijken.

'Ik kan best alleen als het je te veel is.'

'Wat?' Ze trok een quasi geschokt gezicht. 'En de sprankelende gesprekken van de andere echtgenotes over de Rotary en hun nagelstylistes mislopen? Nee hoor, we houden het samen wel vol.'

Hij glimlachte en slaakte tegelijkertijd een zucht. 'Het is een saai stel, hè? Gelukkig is míjn vrouw de uitzondering.' Hij ging achter haar staan en sloeg zijn armen om haar middel. Ze stonden allebei voor de kast naar hun spiegelbeeld te kijken.

'Je ziet er fantastisch uit,' mompelde hij. 'Maar dat doe je altijd.'

Ze glimlachte. Nu Nick lid was van het kabinet straalde hij een macht uit die vrouwen aantrekkelijk vonden, en ze wist dat hij met gemak een jongere, mooiere echtgenote zou kunnen krijgen die in staat was kinderen te krijgen. Ze was dan wel wat ouder en kampte met vruchtbaarheidsproblemen, maar ondanks de wetenschap dat het politiek geen slimme zet zou zijn als haar man haar zou inruilen voor een jonger exemplaar, wist ze dat hij bij haar bleef omdat hij oprecht van haar hield. En dat was een hele troost.

Hij duwde zijn hoofd in haar hals. 'Je weet toch dat ik gek op je ben, hè? Wát er ook in ons leven gebeurt.'

Ze fronste haar wenkbrauwen, bevreemd dat hij het idee had dat hij zich moest rechtvaardigen. 'Natuurlijk.'

Een uur later liepen ze als volmaakt netwerkend paar, al handen schuddend, van de ene kant van de overvolle zaal naar de andere. Het was een '*Women Mean Business*'-avond, die was gesponsord door verschillende grote bedrijven, en de premier had zijn kabinet dringend aangeraden aanwezig te zijn om de verklaring kracht bij te zetten dat de partij de stem van de vrouw belangrijk vond.

Nick was nog altijd onder de indruk van Stella's talent om met volslagen vreemde mensen te praten alsof ze ze al jaren kende. En ook van het feit dat ze in staat was bij zelfs het saaiste verhaal gefascineerd te kijken. Met name dat laatste was een kunst die hij zelf nog niet onder de knie had, en vaak betrapte hij zich erop dat zijn blik halverwege een of ander langdradig verhaal dreigde af te dwalen.

Een van de moeilijkste dingen als politicus vond hij dat mensen van je verwachtten dat je altijd tegen iedereen aardig was.

Bijvoorbeeld nu, terwijl Stella de indruk gaf dat ze gebiologeerd luisterde naar het gezever van een grote, dikke vrouw met felrode wangen die vloekten met haar groene rok van tafzijde. Haar anekdote over de school van haar zoon had zo te horen geen begin, midden of eind, en Nick glimlachte vriendelijk, maar hij keek wanhopig om zich heen, op zoek naar een goed excuus om zich uit de voeten te maken. Toen dat excuus zich aandiende, vroeg hij zich af of hij niet liever gewoon moest blijven staan waar hij stond.

'Dag Nick.' Het was Jake Thompson, verslaggever van *The Post*, met die kenmerkende grijns op zijn gezicht die zijn dodelijk serieuze, zelfs gevaarlijke innerlijk maskeerde.

'Jake. Wat een onverwacht genoegen,' antwoordde hij droogjes. Deze man had hem de afgelopen jaren meer dan eens hoofdbrekens bezorgd, niet in de laatste plaats vanwege de recente krantenkop NIET BIJSTER SLIM, waarin hij Nicks politieke mislukkingen zoals hij die zag had opgesomd.

'Geheel mijnerzijds, geheel mijnerzijds.' Jake nam een slok bier. 'Hoe gaat het?'

Nick keek afwezig om zich heen, wilde niet in een onderonsje met deze man verwikkeld raken, zeker niet nu Stella bezig was en geen getuige van het gesprek kon zijn. Hij was iets te vaak verkeerd geciteerd.

'Uitstekend, uitstekend.'

De journalist ging iets dichterbij staan en liet zijn stem zakken. 'Dat is goed om te horen, want ik had begrepen dat de thuissituatie...' Hij zweeg en keek of Stella nog steeds in gesprek was, '... enigszins gespannen is.'

Nick richtte zijn blik recht op Thompsons gezicht, zijn neus slechts centimeters van die van de journalist verwijderd. Zijn hart bonkte in zijn keel. 'Ik weet niet hoe je daarbij komt, maar het is gelul,' siste hij. 'En als je iets publiceert dat zoiets ook maar suggereert dan zullen mijn advocaten korte metten met je maken. Duidelijk?'

Thompson werd rood en keek enigszins geamuseerd. 'Heel duidelijk.'

Nick beende weg en voelde zich overweldigd door de adrenaline van paniek en angst. Als een man met een missie baande hij zich een weg door de menigte. Hij keek naar elk gezicht, glimlachte kort naar mensen die hem wilden spreken, maar bleef bij niemand stilstaan.

Toen zag hij dat James in een donker hoekje nonchalant tegen de muur hing en stond te praten met een verpletterende blondine op hoge hakken.

'Neem me niet kwalijk.' Nick glimlachte kort naar haar en staarde toen ingespannen naar James om hem duidelijk te maken dat er iets urgents aan de hand was. 'Ik moet je spreken. Onder vier ogen.'

Hij pakte James bij zijn mouw, trok hem bij de vrouw weg en nam hem mee naar een rustiger hoekje waar alleen een palmboompje stond dat eruitzag alsof het dringend water nodig had.

'Ik heb Jake Thompson net gesproken. Hij weet het goddomme,' siste hij.

'Weet wat?' James leek even verbijsterd.

'Van Karen Eastman.'

'Dat is onmogelijk.' Heel even lag er een verraste blik in zijn ogen.

Nicks pijnigde zijn hersenen en in gedachten bladerde hij door zijn adressenboekje. 'Tania?'

'Nee.' James schudde zijn hoofd. 'Ze zou niet durven.' Hij zweeg even en wreef fronsend over zijn kin. 'Wat zei hij precies?'

'Dat hij wist dat de situatie thuis gespannen was.'

'O.' James ontspande zich zichtbaar. 'Hij bedoelt Stella's miskraam.' Hij keek over zijn schouder, wendde zich weer tot Nick en bracht zijn mond dicht naar diens oor. 'Hij belde daarstraks om te vragen of ze zwanger was, maar liet tegelijkertijd doorschemeren dat hij al wist dat ze het kind had verloren. Volgens mij heeft hij binnen de kliniek een bron.'

Nick voelde hoe zijn keel werd samengeknepen. 'Jezus, dat gaan ze toch niet publiceren?'

'Doe niet zo moeilijk. Het is amper in het belang van het volk. Trouwens, ik had ontkend dat ze zwanger was, weet je nog?' James staarde hem ingespannen aan. 'Verman je. Als je dat niet doet, verpest je de hele boel.

Stella liet zich achterover in het kussen vallen, verhit na de seks en een overvloed aan witte wijn. Ze had al een jaar geen alcohol gedronken, eerst om haar kans om zwanger te worden te vergroten en daarna vanwege de baby. Nu wás er geen baby meer, en de paar glazen wijn die ze had gehad waren regelrecht naar haar hoofd gestegen.

Nick rolde van haar af, ging op zijn rug liggen en pakte het glas water dat naast zijn bed stond. Hij nam een paar luidruchtige slokken, gaf het toen zonder iets te zeggen aan Stella, die hetzelfde deed.

'Jemig, wat was dat saai, zeg,' zei ze hijgend.

'Goh, dank je wel.'

Speels stak ze haar tong uit. 'Het feest, sufferd.'

Hij knikte. 'Dat zijn ze toch altijd? De verzamelnaam voor politici en hun echtgenotes zou "slaapmiddel" moeten zijn.'

Ze gingen allebei weer liggen, hij met zijn arm om haar schouders, zij met haar hoofd op zijn borst. Met zijn vrije hand streelde hij haar haar.

'Nick?'

'Mmm?' Hij had zijn ogen dicht.

'Stel dat we nooit een kind krijgen?'

'Dat komt wel,' mompelde hij slaperig.

'Maar stel dat het niet lukt?'

Hij haalde even zijn schouders op en gaf haar een zoen op haar hoofd. 'Dat zien we dan wel.'

'Ja?' Ze staarde voor zich uit en vroeg zich af hoe ze in vredesnaam de droom zou moeten opgeven die ze al van kleins af aan had gehad. Voor Nick was het anders, mijmerde ze. Hem maakte het ogenschijnlijk niet uit of hij wel of niet een kind had. Haar verlangen naar een kind was zó intens dat het aanvoelde alsof het alles verteerde. Ze liep het risico dat ze een bittere kinderloze vrouw zou worden.

'Je hebt altijd gezegd dat je zo graag een zoon zou willen,' voegde ze eraan toe, ook al wist ze dat ze lichtelijk overdreef. Wat Nick éigenlijk had gezegd – nadat ze hem enigszins onder druk had gezet – was dat het hem niet uitmaakte of het een jongetje of een meisje was, maar dat een jongetje het waarschijnlijk leuker zou vinden als hij mee mocht naar zijn geliefde Manchester United.

Nick deed zijn ogen open, kneep ze toen stijf dicht en had een enigszins gepijnigde blik op zijn gezicht. Ze kon zijn adem op haar hoofd voelen.

'Als het niet komt, komt het niet,' antwoordde hij op luchtige toon. 'Ik vind jou veel belangrijker.' Hij verschoof een stukje om aan te geven dat hij niet lekker lag en van houding wilde veranderen. 'Toe, laten we gaan slapen.'

Ze ging op haar zij liggen met haar gezicht naar hem toe en had haar ogen open. Nick deed de zijne dicht, maar ze kon zien dat het hem moeite kostte om in slaap te vallen. Zijn oogleden trilden en bijna onmerkbaar vertrok er een spiertje in zijn wang, allebei symptomen van rusteloosheid die ze ook wel eens aan de vooravond van een belangrijke verkiezing had gezien.

Stella glimlachte bedroefd. Hij maakte zich meer zorgen om haar dan hij liet merken, dacht ze, en ze voelde haar hart overstromen van liefde voor hem. Misschien kwam het toch wel goed, baby of niet.

Karen sloop de trap op, sloeg de vijfde tree die zo hard kraakte over, bleef op de overloop staan en probeerde te achterhalen waar Joe was. Ze keek in Bens slaapkamer, maar die was leeg en dus liep ze over de overloop naar hun eigen slaapkamer.

Zachtjes duwde ze de deur open en tuurde door de duisternis. Wat ze zag deed haar binnenste tollen.

Joe lag aan zijn kant van hun bed, en Ben lag tegen zijn buik. De jongen lag diep te slapen, maar maakte onwillekeurig nog steeds snikkende geluidjes na de huilbui die hij meestal kreeg als hij een injectie moest hebben. Zachtjes streelde Joe zijn piekerige haartjes.

'Heb je iets nodig?' fluisterde ze in het halfdonker.

Hij schudde het hoofd en haalde heel voorzichtig zijn arm onder Bens hoofd weg in een poging hem niet wakker te maken. Toen stond hij op, boog zich over de jongen heen en nam hem in een vloeiende beweging in zijn armen.

Ben bewoog even en maakte een jengelend geluidje, maar werd toen weer stil. Zijn hoofd wiegde op Joe's arm heen en weer.

Karen deed de deur verder open zodat ze erdoor konden. Toen Joe op de verlichte overloop kwam, zag ze dat de huid onder zijn ogen rood en gezwollen was.

Hij legde Ben in zijn ledikantje, zette voorzichtig de deur op een kiertje en wierp nog een laatste blik naar binnen. Toen hij zich ervan had verzekerd dat alles rustig was, sprak hij eindelijk, maar hij deed zijn best om haar vooral niet aan te kijken.

'Is Tania weg?'

'Ja. Ze is een halfuurtje geleden vertrokken.'

'Ik ga zijn fles vast klaarzetten,' zei hij, met zijn voet op de eerste tree.

Ze keek toe hoe hij wegliep en had geen idee of hij vanavond thuisbleef of terugging naar Andy. Ze wist alleen dat ze dolgraag wilde dat hij bleef om alles uit te praten. Het alternatief was te beangstigend om zelfs maar aan te denken.

Ze luisterde of hij weer bovenkwam en scharrelde tien minuten lang een beetje door de slaapkamer, in een poging zichzelf bezig te houden. Als ik doe alsof er niets is gebeurd, dacht ze, wordt het misschien vanzelf waar en vallen we gewoon terug in onze oude routine. Ze wist dat het niet waarschijnlijk was, maar het weerhield haar er niet van die hoop te koesteren.

Aangekleed ging ze op de rand van het bed zitten. Ze strekte haar benen uit en begon een boek te lezen. Althans, ze hield een boek vast terwijl de woorden over de pagina dansten. Haar hartslag versnelde toen ze de vijfde tree hoorde kraken, het licht in de badkamer aanging en het eindeloze gezoem van de ventilator begon.

Na een tijdje werd het toilet doorgetrokken en ging de deur open. De ventilator zweeg, maar haar gedachten gingen tekeer. Ze leek wel een Victoriaanse maagd tijdens haar huwelijksnacht.

Omdat ze niet bezorgd wilde overkomen, richtte ze zich weer op de bladzijde voor zich, wachtend op het moment dat hij de slaapkamer binnenkwam. Maar na enkele seconden gaf ze het op en staarde ze openlijk naar de deur in de hoop dat hij openging. Ondertussen luisterde ze of ze iets hoorde.

Na een paar minuten was het duidelijk dat hij niet kwam. Ze speelde met de gedachte om gewoon te gaan slapen en zich er morgen pas weer zorgen om te maken, maar ze wílde het weten, anders deed ze toch geen oog dicht.

Zachtjes trippelde ze over het tapijt en keek om een hoekje. Het was donker in de badkamer en Bens deur stond nog steeds op een kiertje. Haar blik gleed naar de logeerkamer, waar een klein logeerbed stond, omgeven door een hoop rommel die ze beiden hadden verzameld in de onrealistische verwachting dat ze die ooit nog zouden kunnen gebruiken.

Ze stak haar hoofd om het hoekje, maar zag alleen de vage contouren van verschillende meubelstukken met daarop oude koffers. Ze deed het licht aan en zag Joe op het oude kampeerbed liggen met zijn rug naar haar toe. Met half toegeknepen ogen wierp hij een blik over zijn schouder.

'Is het niet een beetje vroeg om al naar bed te gaan?' vroeg ze suf.

'Ik ben kapot.'

'O.' Ze voelde iets in haar borst trillen. 'Waarom lig je hier?'

'Bedenk dat zelf maar.' Zijn stem klonk kil.

'We moeten proberen alles een beetje normaal te houden voor Ben.' Ze wist dat dit haar enige strohalm was.

'Hij is een baby. Die denkt daar niet over na.' Hij keerde zijn gezicht weer naar de muur om aan te geven dat het gesprek voorbij was.

'Blijf je dan?'

'Ja,' was het gedempte antwoord.

'Kunnen we niet praten?'

'Ik heb niets te zeggen. En ik ben niet geïnteresseerd in wat jij te zeggen hebt.'

Karen vocht tegen haar tranen, deed het licht uit en liep terug naar hun grote, eenzame huwelijksbed.

10

James liep zo rusteloos door de kamer heen en weer dat hij bijna een gat in het tapijt sleet. Met gefronste wenkbrauwen stak hij bij elk nieuw argument zijn Montblanc-pen in de lucht. 'Dit zit me niet lekker.'

'Dat heb je al gezegd. Meerdere keren,' antwoordde Nick vermoeid. 'Ik neem alle verantwoordelijkheid voor dit gesprek en dat wat eruit voortkomt op me. Voel je je nu beter?'

'Nee, niet echt. Maar ze is onderweg en ik kan er nu niets meer aan doen.' Hij maakte een kritisch geluid. 'Goed. Ze heeft laten weten dat ze een gesprek onder vier ogen wil... al begrijp ik niet waarom ze denkt dat zij de dienst kan uitmaken.'

Hij liep naar Nicks bureau, trok de bovenste la open om naar een hypermoderne digitale recorder te kijken. 'Dus voor de zekerheid neem ik het gesprek op.' Hij duwde de la net niet helemaal dicht. 'Wees vriendelijk, want we willen haar niet tegen ons in het harnas jagen, maar ook niet té vriendelijk, want ze moet niet denken dat je van plan bent om voortaan familie-etentjes bij te wonen.'

Hij begon weer te ijsberen. Nick bleef roerloos achter zijn bureau zitten. Hij kon nog steeds niet geloven dat dit werkelijk gebeurde, het voelde zo onwezenlijk.

'Luister naar wat ze te zeggen heeft en wát je ook doet, geef niets toe. Al zegt ze dat jullie een keer samen thee hebben gedronken, bevestig het niet.'

'Hebben we ook niet gedaan.'

'Wat?' snauwde James.

'Thee gedronken. Het was het eufemistische kopje koffie.'

James keek hem nijdig aan. 'Je hebt helemaal niets gedaan, eufemistisch of anderszins. Begrepen?'

Nick knikte en besefte dat het niet zinvol was om te proberen de sfeer wat luchtiger te maken. Zijn spindoctor was er niet voor in de stemming. Hij schrok op toen de zoemer van zijn telefoon klonk en zijn assistente blikkerig zei: 'Er is hier een mevrouw Eastman. Ze zegt dat u haar verwacht.'

James bleef abrupt vlak voor het bureau staan en staarde ingespannen naar zijn baas. 'Goed. Klaar?' De ernst in zijn stem suggereerde dat ze een maanlanding gingen uitvoeren.

'Ja.' Nick was doodmoe, maar wist dat het moest gebeuren. 'Stuur maar binnen.'

James knikte, liep de kamer uit en deed de deur zacht achter zich dicht.

Nick zette zijn ellebogen op het bureau, liet zijn hoofd in zijn handen zakken en keek tussen zijn vingers door naar de foto van Stella. Hij kon alleen maar denken aan haar wanhopige verlangen naar een kind. Moeder Natuur is soms een vals secreet, dacht hij verbitterd.

Er werd op de deur geklopt en zijn hart ging tekeer. Hij rechtte zijn rug, streek zijn stropdas glad en probeerde er zo onverstoorbaar mogelijk uit te zien.

'Binnen.'

Hij herkende haar direct. Ze was nog altijd aantrekkelijk, had donkerblond haar en een hartvormig gezicht, maar de grote bleke ogen die eens met hem hadden geflirt zagen er nu gejaagd uit. Of dat kwam vanwege het gesprek dat ging plaatsvinden of vanwege haar zieke kind, wist hij niet.

'Hallo.' Ze glimlachte onzeker naar hem.

Hij zorgde ervoor om er niet op te reageren, en gebaarde met een neutrale blik naar de stoel die voor zijn bureau stond. 'Neem plaats.'

Ze ging zitten, met haar handtas tegen zich aan geklemd alsof haar leven ervan afhing. Haar rug was kaarsrecht, alsof ze een bijzonder nerveuze sollicitante was.

'Wat kan ik voor je doen?' vroeg hij luchtig.

Ze leek even van slag. 'Ik dacht dat James dat wel verteld had.'

'In grote lijnen. Maar het klinkt allemaal nogal vergezocht. Ik heb meer details nodig.'

'Vergezócht?' Ze fronste haar wenkbrauwen en leunde naar voren alsof ze het niet goed had gehoord. 'Ik kan u verzekeren dat de ziekte van mijn zoon bijzonder echt is.'

Haar formele houding verraste hem, gezien hun geschiedenis. In een flits zag hij haar naakte borsten weer voor zich en hij keek naar Stella's foto totdat hij zichzelf weer onder controle had.

'Ik doelde niet op zijn ziekte.'

'Ah.' Ze trok een wenkbrauw op. 'U hebt het over het vaderschap?'

Hij knikte maar zei niets. Hij voelde zich een enorme sukkel en durfde niets te zeggen.

'De DNA-test toont aan dat mijn man niet Bens vader is en u...' ze keek hem recht aan, '... bent de enige andere man met wie ik heb gevreeën. Rekent u het zelf maar uit.'

'Ik kan het me niet herinneren,' loog hij, en hij dacht weer aan hun hartstochtelijke ontmoeting. Hij verschoof ongemakkelijk in zijn stoel toen hij voelde dat zijn penis stijf werd.

'Zó dronken waren we nou ook weer niet,' zei ze smalend.

Opnieuw zweeg Nick. Hij leunde achterover in zijn stoel en draaide langzaam met zijn duimen. Toen de stilte ondraaglijk werd, keek hij op en zag hij dat haar blik veranderde. 'O, ik snap het al. Die slijmbal...' ze knikte met haar hoofd in de richting van de deur, '... heeft u zeker gezegd dat u niets mag toegeven, voor het geval ik het gesprek opneem. Of niet soms?'

'Dat is absurd.' Hij deed zijn best om verontwaardigd te kijken.

'Nou, laat me u geruststellen...'

Ze stond op, liet haar handtas op zijn bureau vallen en wees ernaar. 'Gaat uw gang, u zult er niets in vinden.'

Vervolgens begon ze haar roze katoenen blouse open te maken.

Deze keer schoot híj overeind, met een bijzonder ongemakkelijk gevoel. Intuïtief keek hij over zijn schouder naar het raam, alsof hij half-en-half verwachtte dat de paparazzi hun camera's op hem gericht hadden, zich even niet bewust van het feit dat hij op de derde verdieping zat.

'Wat doet u?'

Ze knoopte haar blouse verder open, trok hem uit en liet hem op de grond vallen. Daarna nam ze een paar stappen naar voren tot ze in haar beha en spijkerbroek vlak voor zijn bureau stond. 'Geen microfoon.'

Zonder haar blik van zijn gezicht af te houden begon ze haar spijkerbroek open te maken. Nick dook naar voren en stak een hand uit om haar een halt toe te roepen. 'Niet doen. Alstublieft.'

Ze dacht over zijn woorden na, bukte zich toen om haar blouse op te pakken en trok hem langzaam weer aan. 'U hebt het allemaal al eens eerder gezien.' Ze ging weer zitten, maar liet haar handtas op zijn bureau staan.

Nick slaakte een gelaten zucht. 'Oké, ik kan me die avond nog wel herinneren...'

Ze keek opgelucht.

'... maar het was een dronken vergissing... van ons allebei,' voegde hij er haastig aan toe. 'Ik dacht dat u de pil slikte.'

'Daar ging u van uit, zult u bedoelen.'

Hij begon geïrriteerd te raken en zijn blik verhardde. Hij had een hekel aan al dat feministische gezeik en vond dat een vrouw die niet zwanger wilde worden er maar voor moest zorgen dat dat niet gebeurde. Niet dat hij zijn mening ooit in het bijzijn van de pers zou geven.

'Goed, ik ging ervan uit dat een intelligente getrouwde vrouw die een slippertje begaat wel voorzorgsmaatregelen zou nemen.'

'En een intelligente getrouwde man?' sloeg ze terug.

Hij had het gevoel dat hij de controle kwijt was, iets wat hij absoluut niet fijn vond. Het deed hem denken aan zijn schooltijd, toen hij verplicht in het ijskoude diepe water van het buitenzwembad moest zwemmen en helemaal niets in te brengen had.

Er viel een pijnlijke stilte. Nick kon de gedempte geluiden van het drukke kantoor buiten zijn kamer horen en had er alles voor over om daar te zijn, als gewone anonieme medewerker voor wie schadebeperking geen prioriteit was. Hij slaakte een luide zucht die haar duidelijk moest laten weten dat hij geen zin meer had in dit gesprek.

'Wat wilt u van me?'

Ze duwde haar haar achter haar oren en verschoof in haar stoel. 'Een DNA-test.' Ze zei het alsof ze even een pen wilde lenen.

'Dat is alles?'

Het klonk heel onschadelijk. Dit was iets wat waarschijnlijk wel anoniem en buiten de pers om zou lukken, bedacht hij.

'Om te beginnen, ja. Als u een match bent zouden we een deel van uw beenmerg willen hebben. Dat zou hoogstens één nacht in het ziekenhuis betekenen...'

Er raasden allerlei gedachten door zijn hoofd. Het was nog steeds te doen, maar wel wat minder. 'En als ik geen match ben?'

Ze werd nu duidelijk zenuwachtig. 'Dan is pre-implantatie genetische diagnostiek de enige mogelijkheid.'

'In gewone taal, graag.' Hij keek geërgerd. Hij was dan wel minister van Volksgezondheid, maar alles wat verder ging dan een tonsillectomie, ging hem boven zijn pet.

'U kent het waarschijnlijk als een designerbaby.'

Hij keek haar ingespannen aan terwijl hij de informatie in zich opnam. Toen drong het tot hem door. 'Absoluut niet, ik kijk wel uit. Nooit.' Hij sprong op en begon achter zijn bureau te ijsberen. 'Nee, nee, nee.'

Karen bleef zitten, maar keek hem smekend aan. 'Hij heeft heel vaak, heel veel pijn.'

Hij schudde wanhopig het hoofd en kon alleen maar denken aan Stella's reactie. 'Het lijkt zo simpel, hè?' mijmerde hij verbitterd. 'Gewoon een ingreep laten doen en het leven van een jongetje redden.' Hij staarde uit het raam met zijn rug naar haar toe. 'Maar nu vraagt u me om nóg een kind met u te krijgen... naast het kind waarvan ik het bestaan niet eens wist.'

James had hier niets over gezegd en Nick ging ervan uit dat Tania het hem niet had verteld uit angst dat James haar elke toegang tot haar baas zou hebben ontzegd.

'Hij is nog maar een baby en moet bijna elke avond een injectie in zijn buik hebben. Als u hiermee instemt,' smeekt ze, 'bestaat de kans dat hij een normaal leven kan leiden.'

Nick voelde een golf van boosheid over zich heen komen en hij draaide zich om om haar aan te kijken. 'Mijn vrouw heeft net een miskraam gehad... We proberen al vijf jaar om een kind te krijgen.'

Ze wilde haar mond opendoen, maar hij walste over haar heen, wilde hier het liefst zo snel mogelijk van af. 'Dit zou haar kapotmaken. Om nog maar te zwijgen van mijn politieke carrière.'

Hij zag iets van medeleven in haar ogen en kreeg hoop. Maar het was al snel verdwenen en in plaats daarvan zag hij standvastige vastberadenheid.

'Ik weet dat het veelgevraagd is, maar misschien dat het verdriet over de miskraam u enig idee geeft hoe wanhopig ik ben.'

Ze rommelde door haar handtas en haalde iets tevoorschijn dat ze voor hem hield. Hij zag dat het een foto van een blond jongetje met een glimlach op zijn gezicht was. Het deed hem pijn aan het hart, maar hij hield zich voor dat dit van paniek was en geen medeleven.

'Kijk dan naar hem,' zei ze dringend.

'Nee, dank u. Dit is al moeilijk genoeg.' Hij deed zijn ogen stijf dicht, vastbesloten om op geen enkele wijze emotioneel betrokken te raken bij dit kind. Als hij de foto bekeek, zou hij belangstelling tonen en dat zou ongetwijfeld leiden tot een gesprek over de jongen, en voordat hij het wist zou hij gestrikt worden om hem elke zondag mee te nemen naar het park. Het was gemakkelijker om zich volledig voor hem af te sluiten.

Karen bleef zitten waar ze was, met de foto uitgestoken in haar hand, en dus hield hij een hand voor zijn ogen. Enerzijds zodat hij het kind niet kon zien, maar ook zodat zij zijn blik niet kon zien.

'Hoor eens, ik begrijp best dat dit ontzettend moeilijk voor u moet zijn,' ging ze verder. 'En het is werkelijk niet mijn bedoeling om vervelend te doen, ik wil alleen mijn kind redden. Ik wil alles ondertekenen... we kunnen een contract opstellen waarin ik beloof dat ik nooit meer contact met u zal opnemen, nooit om geld zal vragen... wat dan ook. Als u ons maar wilt helpen.'

Hij hoorde hoe ze haar handtas openmaakte, en vanuit een ooghoek zag hij dat ze de foto wegstopte.

'Ik zie niet hoe u kunt weigeren,' voegde ze er dreigend aan toe.

Hij haalde zijn hand weg en staarde er zwaarmoedig naar. Wat ze zei was waar: hij kon geen kant op. Karen kon hem in de pers ontmaskeren, en bovendien vroeg hij zich af of hij wel met zichzelf zou kunnen leven als hij niet hielp.

Hij hief zijn kin op en keek naar de vrouw die in feite een vreemde voor hem was, maar die hem voor de tweede keer bij de ballen had.

'Ik zal de DNA-test doen. Verder beloof ik niets.'

Tania keek hoe James heen en weer liep naar Nicks kantoor en zo nu en dan iets te lang bij de deur bleef hangen.

'Je hoort toch niets,' zei ze. 'Ik heb het vaak genoeg geprobeerd als jullie met zijn tweeën weer eens plannetjes aan het smeden waren.'

Hij keek haar nijdig aan en wist niet zeker of ze nu een grapje maakte of niet.

'Ga toch zitten,' zei ze met een frons. 'Ik krijg de zenuwen van je. Trouwens, je kunt altijd nog naar de opname luisteren.'

'Welke opname?' Hij wist dat ze geen gedragsdeskundige hoefde te zijn om te weten dat hij zich schijnheilig gedroeg.

'O, doe me een lol. Ga nou niet doen alsof je niet elk woord dat daarbinnen gezegd wordt opneemt. Dat zou echt treurig zijn.'

'Waar zie je me voor aan?' Hij deed alsof hij gekwetst was, maar was heimelijk blij dat ze hem weer als vanouds plaagde.

Hij had het verschrikkelijk ongemakkelijk gevonden om die ochtend naast haar wakker te worden, om stilletjes naar de keuken te sluipen om het ene probleem op te lossen terwijl het andere lekker lag te slapen.

Alcohol en lust hadden hem overweldigd en hij was bang geweest dat hun intieme nacht hun werkrelatie voorgoed zou veranderen en hem misschien wel zou dwingen een overplaatsing naar een ander departement voor haar aan te vragen. Maar nu was dat misschien niet nodig, dacht hij opgelucht.

'Ik zie jou aan voor een onbetrouwbare, konkelende intrigant. Ben ik iets vergeten?' wilde ze weten.

Hij bleef bij Nicks deur staan en wilde net reageren toen de deur opengieng. Hij sprong in de houding en zag eruit alsof hij de hele tijd met zijn oor tegen de deur had gestaan.

'Karen!' bulderde hij met het enthousiasme van iemand die een verloren gewaand familielid op Heathrow tegenkomt. 'Hoe ging het?'

Ze negeerde hem, liep regelrecht naar Tania's bureau en blies haar adem uit. 'Dat was zwaar, maar hij is bereid de test te doen.'

James sputterde. Nick was toch niet werkelijk zo oerstom geweest?

'Doe niet zo absurd,' zei hij suf, maar de dames stonden met elkaar te fluisteren en luisterden niet naar hem.

Zonder aan te kloppen beende hij doelbewust het kantoor binnen waar Nick nog steeds met een wezenloze blik achter zijn bureau zat.

'Ah James, wat kan ik voor je doen?' zei hij droogjes.

'Zeg me alsjeblieft dat ze me in de zeik neemt.' Hij wist dat het niet zo was, maar moest het van de man zelf horen. Dat had je met die verdomde politici, dacht hij opstandig, ze doen ook nooit wat ze gezegd wordt.

'Als je het over de DNA-test hebt... Wat kon ik anders?'

'Alles ontkennen, verdomme, zoals ik je had gezegd.'

Nick gaapte, had duidelijk geen zin in James' niet-aflatende agressie tegen alles en iedereen die de politiek in de weg zat. Maar James was van mening dat hij werd betaald om Nick koste wat het kost te begeleiden en te beschermen.

'Het is een fatsoenlijk mens, en ik ben toch medeverantwoordelijk.' Nick opende de la van zijn bureau waar de digitale recorder lag en drukte op STOP. 'Dit is werkelijk niet nodig.'

James liet zich met zijn hoofd in zijn handen in de stoel zakken waar Karen enkele minuten eerder had gezeten.

'Jezus christus,' mompelde hij. 'Game over.'

11

Joe liep naar het raam en ging naast zijn moeder op haar roomkleurige damasten bank zitten. Hij sloeg geruststellend een arm om haar heen, trok haar naar zich toe en gaf haar een verfrommeld, stoffig zakdoekje dat hij uit zijn mouw had getrokken.

'Het is schoon.'

Gloria nam het aan en droogde haar tranen, maar vrijwel direct schoot ze opnieuw vol.

'Ik kan het niet geloven,' snikte ze. 'Eerst Ben zo ziek, en nu... nu dít.'

Hij had tot na het middageten gewacht om haar over Ben te vertellen, omdat ze zo haar best had gedaan op de visschotel. Daarna had ze vanilleroomijs met hagelslag geserveerd, Joe's lievelingstoetje. Toen ze naar de zitkamer waren gegaan had hij het er maar direct uitgeflapt.

'Karen vertelde gisteravond dat ik niet Bens biologische vader ben.'

Eerst leek ze het goed op te vatten, maar nu besefte hij dat het wel degelijk een flinke schok was geweest. Ze had een serie heel nuchtere vragen gesteld over de details van het nieuws, hoe lang Karen het had geweten, hoe Joe zich voelde en onder wat voor omstandigheden Ben was verwekt. Toen Joe had geantwoord dat het een slippertje was geweest, had ze vol afkeer haar lip opgekruld. En nu, een uurtje later, had ze alle emoties doorlopen en was ze alleen nog maar radeloos.

Zijn gedachten werden onderbroken toen ze luidruchtig haar neus snoot. 'Dit zou je vader niet overleefd hebben.'

Achter haar rug om rolde hij vermoeid met zijn ogen. 'Pa is al acht jaar dood.'

Maar zijn moeder luisterde niet; ze huilde zachtjes. Of het om de herinnering aan haar man Roger was of het nieuws over Ben, wist hij niet zeker.

Het huwelijk van Gloria en Roger was nogal tumultueus geweest, en zou in een modernere tijd waarschijnlijk in een echtscheiding zijn geëindigd. Voor de buitenwereld hielden ze de schijn op dat ze een heel gewoon getrouwd stel waren, maar achter gesloten deuren was de realiteit heel anders. Joe en Andy hadden het er vaak erg moeilijk mee gehad.

Roger was een enthousiaste drinker geweest. Maar de grappige, innemende man tot wie Gloria zich aangetrokken had gevoeld toen ze allebei begin twintig waren geweest, was veranderd in een zuurpruim van middelbare leeftijd die vond dat het leven aan hem voorbij was gegaan en die troost zocht in een fles wodka per dag. Met als gevolg dat zijn gezondheid achteruit was gegaan en hij zich nog beroerder was gaan voelen.

Toen Joe en Andy klein waren, waren ze dol geweest op hun vader die vaak bepakt met cadeautjes, als een wervelwind het huis binnenkwam. Ze gingen er altijd van uit dat hij had overgewerkt op kantoor, zijn best deed om zijn gezin te onderhouden. Maar toen ze eenmaal volwassen waren, hadden ze tijdens openhartige gesprekken in de pub als broers onder elkaar beseft dat zijn gulheid een wapen tegen hun moeder was geweest, die altijd woedend was als hij weer eens de hele middag in de kroeg had gehangen in plaats van verzekeringspremies te verkopen zodat ze met de provisie de huur van de volgende maand zouden kunnen betalen.

Maar als haar jongens zo blij waren hun vader te zien, hoe kon zíj dan de sfeer verpesten door ruzie te zoeken?

Terwijl Joe haar gadesloeg nu ze op de bank zat te snikken, en er volledig uitzag als iemand van vijfenzestig jaar, besefte hij hoe lastig het voor haar moest zijn geweest om twee jonge jongens groot te brengen met zo weinig emotionele steun van haar man. Hij hield dolveel van zijn moeder, maar de afgelopen jaren had hij haar vaak willen zeggen dat ze zich moest ontspannen en van het leven genieten. Maar hij wist dat haar moeilijke huwelijk zijn tol had geëist en dat het kwijtraken van zoveel verdriet gemakkelijker gezegd dan gedaan was.

Hij vroeg zich af of Gloria nog steeds met Roger getrouwd zou zijn geweest als hij was blijven leven. Toen hij en Andy het huis uit waren was er geen reden meer om te blijven. Scheiden was tenslotte geen maatschappelijk taboe meer.

Maar de werkelijkheid was dat Gloria haar man na het boodschappen doen in zijn eigen braaksel op de vloer van de badkamer had aangetroffen. Roger was zo dronken geweest dat hij was gevallen en met zijn hoofd tegen de toiletpot was geklapt.

In het ziekenhuis hadden ze gezegd dat hij aan een hoofdwond was overleden, maar de patholoog-anatoom had erop gewezen dat Roger een vergevorderd stadium van levercirrose had gehad die hem binnen afzienbare tijd fataal zou zijn geworden.

Voor Gloria was het bijna een verlossing geweest. Nu kon ze de rol van verdrietige weduwe spelen, en behield ze het fatsoen dat een scheiding haar zou hebben ontnomen.

Ze had Joe verteld dat ze ernaar uitkeek om haar leven weer op te pakken, dat ze reisjes naar het buitenland wilde maken, wat Roger altijd had geweigerd.

Maar maanden en jaren waren verstreken en er was in haar leven weinig veranderd. Ze was alleen verhuisd. Elke keer dat Joe haar voorstelde om naar het buitenland te gaan, had ze een excuus om het niet te doen. Uiteindelijk was hij tot de conclusie gekomen dat Roger haar misschien helemaal nergens van had weerhouden, maar dat haar dromen gewoon... dromen waren geweest.

Mettertijd was ze zelfs haar huwelijk gaan verheerlijken, en beschreef ze een echtgenoot die niemand die hem had gekend herkende. Het was alsof ze er doelbewust voor koos om Rogers gebreken te vergeten zodat niemand, ook zijzelf niet, hoefde toe te geven dat haar huwelijk eigenlijk mislukt was.

Dus toen Ben was geboren had Gloria zich op haar rol van toegewijde oma gestort en had ze de denkbeeldige leegte gevuld die haar overleden man had achtergelaten. Vaak zei ze tegen Joe dat Ben zo op zijn opa leek, een opmerking die nu helemaal bizar was.

Ze legde een hand op Joe's onderarm. 'Je was zo dol op dat jochie.'

Hij glimlachte en keek naar Ben, die met zijn blokken zat te spelen. 'Dat ben ik nog steeds. Mijn gevoelens zijn niet veranderd... en jouw gevoelens moeten ook niet veranderen.'

Ze reageerde niet, maar keek langs hem heen naar een walnotenhouten bureautje dat vol stond met familiefoto's.

'Ik heb laatst mijn testament gewijzigd.' Haar stem klonk iel. 'En een van mijn verzoeken was dat op mijn grafsteen ook het woord "oma" zou komen te staan.'

Ze duwde het zakdoekje even tegen haar ogen, al kwamen er deze keer geen tranen. Haar gezicht betrok. 'Je zult haar nu wel haten.'

'Ze is op dit moment bepaald niet mijn favoriete persoon, maar haar haten? Nee.' Hij slaakte een diepe zucht. 'Als je het goed bekijkt, is ze wel bij me gebleven na mijn verhouding en heeft zij alleen maar een slippertje gehad...'

'En het kind van een andere man,' fluisterde ze.

Hij huiverde. 'Ja, dat is het deel waar ik moeite mee heb.'

Er viel een pijnlijke stilte. Toen stond Gloria op, streek haar rok glad, liep naar de eettafel en trok een laatje open. Ze haalde er een grote bruine envelop uit, vouwde die dubbel en gaf hem aan haar zoon.

Joe maakte hem niet open, maar keek haar vragend aan.

'Ik heb een tweede hypotheek genomen,' legde ze uit. 'De huizenprijzen zijn de laatste paar jaar behoorlijk gestegen, dus er zit heel wat geld in...' Haar stem stierf weg en ze glimlachte weemoedig. 'Er zit tienduizend pond in, mijn bijdrage aan Bens medische kosten.'

De tranen sprongen haar weer in de ogen. 'Wat je me net hebt verteld verandert niets. Maak er gebruik van... alsjeblieft.'

Hij liep naar haar toe, sloeg zijn armen om haar heen en trok haar zo dicht tegen zich aan dat hij het Yardley Rose-parfum kon ruiken dat ze al gebruikte zolang hij zich kon herinneren. Ze hadden elkaar zeker tien jaar niet zo omhelsd en hij merkte dat zijn moeder in eerste instantie verstijfde. Maar even later ontspande ze zich, en zo troostten ze elkaar zonder iets te zeggen.

Uiteindelijk maakte hij zich los en stopte de envelop onder zijn arm. 'Dank je wel,' fluisterde hij. Hij vond het afschuwelijk om geld van haar aan te nemen.

'Ik heb het niet nodig.' Het was alsof ze zijn gedachten had gelezen. 'Waar moet ik het aan uitgeven... gokken en uitgaan?'

Ze glimlachte, maar haar blik was verdrietig. 'Dus.' Ze duwde de la dicht en veegde wat stof van het tafelblad. 'Wie is Bens biologische vader en hoe moeten jullie hem in vredesnaam vinden?'

Joe vertrok even. 'We hoeven niet ver te zoeken. Het is Nick Bright, de minister van Volksgezondheid.'

Tania stond voor de gebroken spiegel van het toilet op kantoor en legde haar hand tegen haar voorhoofd. Het voelde klam aan. Ze had de hele ochtend al een beetje hoofdpijn gehad; en alleen de gedachte aan haar gebruikelijke croissant met amandelschaafsel maakte haar al misselijk.

'Shit!' mompelde ze, ervan overtuigd dat de andere toiletten leeg waren. Op een bedorven garnaal na, die ze niet had gehad, associeerde ze ochtendmisselijkheid maar met één ding. O god, laat me alsjeblieft niet zwanger zijn, dacht ze. Niet alleen was ze niet klaar voor zo'n ingrijpende gebeurtenis, maar de gedachte dat James de vader zou zijn was genoeg om haar nóg misselijker te maken.

Ondanks alle alcohol die ze die avond hadden gehad, kon ze zich herinneren dat hij een condoom had gebruikt, en die gedachte stelde haar nu gerust. Misschien was ze gewoon heel moe.

Ze spetterde wat koud water in haar gezicht, sperde haar ogen open en gaf een paar zachte tikjes tegen haar wangen om wat kleur in haar gezicht te krijgen. Daarna liep ze de gang in naar het kantoor en liet zich ongezien weer achter haar bureau zakken. Althans, dat dacht ze.

'Ah, Fletcher!' bulderde James enkele meters verderop. 'Fijn dat je er ook eindelijk bent.'

'Ik zat verdomme op de plee,' siste ze woedend. 'Zelfs iemand met jouw toewijding moet toch wel eens pissen.'

Hij negeerde haar, rommelde wat rond zijn bureau, pakte enkele documenten en legde ze op een overdreven manier in een bepaalde volgorde. James was een meester in het 'doen alsof', zoals Tania het noemde. Hij was altijd aanwezig, liet iedereen luidruchtig weten dat hij er was, maar nooit was duidelijk of hij nu eigenlijk meer deed dan iemand die gewoon rustig van negen tot vijf werkte. James was de hele dag aan het samenzweren en netwerken, en hij stak over het algemeen overal zijn neus in.

Als hij net zoveel energie besteedde aan zijn eigen werk als aan het in de gaten houden van alle anderen, dan zou zijn productiviteit verdubbelen, dacht ze opstandig, al moest ze eerlijk toegeven dat hij Nick zeer effectief wist te beschermen. Tot nu toe.

Sinds hun nacht samen was haar vage hoop dat hun werkrelatie enigszins zou verbeteren de grond in geboord. Zijn merkbare ongemak over wat er tussen hen had plaatsgevonden had hem zelfs nog onaangenamer gemaakt. Geen van beiden had over het gebeurde gesproken, maar het feit dat zijn haren zichtbaar overeind gingen staan zodra hij haar zag, gaf wel aan dat hij niet van plan was het nog eens over te doen, en dat vond ze prima.

'Jij.' Hij stond voor haar bureau met een vel papier bezitterig tegen zijn borst geklemd. 'Meekomen. Naar Nicks kamer, nu.'

Zijn toon gaf haar een akelig gevoel, alsof ze elk moment ontslagen kon worden wegens denkbeeldig wangedrag. Toen bedacht ze dat ze haar nodig hadden als schakel naar Karen. Maar als dat voorbij was, zou haar baan weer op de tocht staan.

Nick zat aan de telefoon toen ze zijn kamer binnenliepen. Toen Tania de deur achter zich dichtdeed, legde hij zijn vinger tegen zijn lippen om aan te geven dat ze stil moesten zijn.

'Ik weet het, lieverd, maar het is niet anders,' zei hij, met de hoorn tussen zijn wang en schouder geklemd. 'De vergadering duurt niet lang en daarna kom ik zo snel mogelijk naar huis. Ik hou van je. Dag.'

'Jezus, ik vind het afschuwelijk om tegen haar te moeten liegen.' Hij sloeg met zijn vuist op het bureau.

Tania had een dooddoener in gedachten, maar hield haar mond uit angst dat haar dat niet in dank zou worden afgenomen. James liep naar voren met een vel papier in zijn handen.

'Een formulier met je medische geschiedenis. Dat moet je invullen voordat de arts komt.'

Nick staarde ernaar. 'Nick Burton?'

'Een valse naam,' antwoordde James kordaat. 'Het monster gaat naar een of andere kliniek, dus we kunnen niet voorzichtig genoeg zijn.'

Tania knikte ernstig alsof ze wist waar het over ging. Met zijn typisch mannelijke managementvaardigheden had hij niet de moeite genomen haar te informeren. Ze kwam tot de conclusie dat er kennelijk een arts langskwam om Nicks monster voor de DNA-test af te nemen, maar ze wist niet waarom James haar er zo nodig bij wilde hebben.

'Welnu,' zei hij hoogdravend, en hij keek Nick en haar een paar keer aan, 'buiten Karen Eastman en de mensen die zij het vertelt... en daar heb ik geen controle over... zijn wij de enige drie mensen die weten wat er werkelijk speelt.' Hij zweeg en staarde naar Tania. 'Dus als ik ook maar de vaagste roddel hierover hoor, hou ik jou persoonlijk verantwoordelijk.'

'Mij?' Geschokt sloeg ze haar hand tegen haar borst. 'Ik kan je verzekeren dat ik het jou alleen heb verteld zodat je het met Nick kon bespreken en dat ik het verder niemand vertel. En jij?' Ze staarde hem venijnig aan.

'Doe niet zo absurd,' antwoordde hij minachtend, waarna hij zich tot Nick wendde en zijn wenkbrauwen optrok. 'Ter zake. De arts komt over een halfuur. Als iemand ernaar vraagt, heeft hij de opdracht om te zeggen dat jij hem gevraagd hebt om mee te werken aan een te verwachten rapport over stamcelonderzoek.'

'Ah, nóg iemand die de waarheid kent. Heb je hem je preek laten horen?' Ze trok vragend een wenkbrauw op.

'Hij is een particuliere arts met zeer bekende cliënten, dus hij is waterdicht. Bovendien heeft hij de eed van Hippocrates afgelegd.'

In tegenstelling tot de hypocriete eed van politici, dacht ze.

'Hoeveel mensen heeft Karen het trouwens verteld?' vroeg Nick.

Tania haalde haar schouders op. 'Voorzover ik weet alleen haar man.'

Nick verstijfde. Hoe reageerde die?'

'Zoals je mag verwachten. Hij is er kapot van.'

Nick knikte ernstig en schraapte zijn keel. 'Hoor eens, ik wil je niet in een lastig parket brengen, maar als je ze zou willen vragen het voor zich te houden, zou dat wel erg fijn zijn.' Hij zweeg en zuchtte een beetje melodramatisch, had ze het idee. 'Ik wil ze echt helpen, maar dat wordt veel moeilijker als dit bekend wordt. Begrijp je dat?'

Tania knikte gehoorzaam, maar was absoluut niet van plan

om hier tegen Karen en Joe over te beginnen. Het was hun eigen zaak wie zij het wilden vertellen, en ze wist dat een verzoek van die aard de situatie, die toch al licht ontvlambaar was, alleen maar zou verergeren.

Nick deed zijn mond open om nog iets te zeggen, maar werd onderbroken door James, die in zijn handen klapte. 'Goed, dan gaan we beginnen. Vul jij dit formulier in...' hij tikte met zijn vinger op de vragenlijst die op Nicks bureau lag, '... dan zorg ik dat het zo snel mogelijk in een verzegelde envelop zit. Dan hoef je alleen nog een monster af te staan en is dat hopelijk het einde van de hele kwestie.'

Nick liet zijn hoofd in zijn handen zakken. 'Godsamme zeg, kan mijn leven nóg erger worden?'

12

'Tjoeke-tjoeke! O, nee! Uit de weg, dat wordt een botsing!' Joe ging op zijn rug liggen met het speelgoedtreintje in de lucht en liet het met een klap op de grond vallen. Ben schaterde van pret.

Karen bekeek het tafereel met een trieste glimlach. Joe was nog net zo dol op Ben als voorheen, maar zijn houding ten opzichte van haar was sterk veranderd. In het bijzijn van hun zoon deed hij heel aardig, maar als ze alleen waren was het een heel ander verhaal. Hij was niet openlijk vijandig, maar deed kil en had een vernietigende blik bij alles wat ze zei. Ze nam het hem niet kwalijk. Op dit moment had zij waarschijnlijk meer moeite met zichzelf dan hij.

Urenlang had ze gepiekerd over wat ze hem moest zeggen over haar ontmoeting met Nick Bright de vorige dag, of ze het hem van tevoren had moeten zeggen of gisteravond. Maar nadat hij Ben in bed had gelegd, had hij een uur op de badkamer gezeten voordat hij had aangekondigd dat hij op het draagbare tv'tje op de logeerkamer een film ging kijken.

De ironie was haar niet ontgaan. Terwijl zij opnieuw een slapeloze nacht had doorgemaakt omdat ze lag te piekeren over haar huwelijk dat op instorten stond, had hij een paar meter verderop naar *Love Story* zitten kijken.

En dus had ze tot nu gewacht om over het netelige onderwerp Nick Bright te beginnen. Ze deed haar mond open, maar de woorden kwamen niet. Ze had er zo vaak over nagedacht dat ze het gevoel had dat ze gek werd van de spanning.

'Ik ben gisteren bij Nick Bright geweest,' flapte ze er opeens uit, en ze keek ingespannen naar zijn gezicht om te zien wat zijn reactie zou zijn.

'Echt waar?' Zijn toon was onverschillig, maar zijn blik zei iets heel anders. Een spiertje in zijn wang trilde. 'Waarom heb je me dat niet eerder verteld?'

Omdat je me hebt buitengesloten, wilde ze schreeuwen. 'Ik dacht dat je boos zou worden.'

'Daar is het nu een beetje laat voor,' was zijn honende weerwoord. Hij zette de trein op het spoor zodat Ben ermee kon spelen.

Ze besloot de opmerking te negeren. 'Hij heeft ingestemd met een DNA-test.'

Ze zag dat Joe's borstkas op- en neerging toen hij een bijna onmerkbare zucht slaakte, naar ze hoopte van verlichting. Hij schoof wat dichter naar Ben toe, tilde het T-shirt van het jongetje op waardoor de vuurrode plek zichtbaar werd waar bijna elke avond de naald in ging. Hij bestudeerde de plek met een gespannen gezicht.

'En de pre-implantatie? Heeft hij daar ook mee ingestemd, mocht het zover komen?'

'Nog niet. Hij wil het stap voor stap doen.'

'Werkelijk,' snoof Joe. 'Alsof hij daar iets over te zeggen heeft.'

Ze haalde berustend haar schouders op. 'Helaas hebben we hem nodig. En hij kan óns helemaal niet gebruiken.'

Joe liet Bens T-shirt vallen, stond op en liep naar het dressoir waar een hamer en waterpas lagen. 'Ik ga die boekenkast op zijn kamer afmaken.'

'Dank je.' Ze deed haar best te glimlachen.

'Daar hoef je me niet voor te bedanken. Hij is mijn zoon.' Zijn stem klonk broos.

Met een lichte frons slaakte ze een zucht van ergernis. Ze had geen zin om nog langer op eieren te lopen. 'Zo bedoelde ik het niet.'

Hij wilde langs haar naar de gang lopen, maar ze legde een hand op zijn arm en hield hem even tegen.

'Het spijt me, Joe, het spijt me echt heel erg. Maar ik weet niet wat ik kan doen om jouw verdriet weg te nemen.' Hij was in elk geval blijven staan, bedacht ze, ook al had hij zich van haar afgewend en stond zijn gezicht strak. 'Ik weet dat ik je verschrikkelijk veel pijn heb gedaan, maar het was niet mijn bedoeling. Ik zou willen dat Ben van jou was. Ik dacht écht dat hij van jou was...'

Ze keek hem smekend aan, maar hij liet niets merken, trok alleen zijn arm weg.

'We moeten een manier zien te vinden om hiermee om te gaan,' ging ze verder. 'Ik weet dat Ben nog jong is, maar kinderen kunnen het aanvoelen als er een bepaalde sfeer in huis hangt.' Ze wist dat een smeekbede ten bate van zichzelf weinig zou betekenen.

Joe hief de hamer op en intuïtief kromp ze ineen. 'Zoals ik al zei, ik ga verder met de boekenkast.'

Hij liep de kamer uit en liet Karen alleen achter. Verstijfd staarde ze naar de lege deuropening.

Nick keek Stella's kant op zonder haar echt te zien. Ze zat in de stoel tegenover zijn bureau in haar handtas te rommelen en mompelde iets over een bril die ze kwijt was.

Hij wierp een blik op zijn inbox en huiverde. Hij had nog zoveel werk te doen dat hij bij de gedachte alleen al een lichte paniekaanval kreeg, maar toch gingen zijn gedachten steeds weer terug naar die verdomde DNA-test en de mogelijke gevolgen voor zijn toekomst. Intuïtief wist hij wel dat Karen niet had gelogen over de afkomst van haar zoon en dat het dus zijn kind was, maar het waren de mogelijke gevolgen waar hij slapeloze nachten van had. Als hij een volmaakte match was, was er een minieme kans dat hij beenmerg kon afstaan zonder dat Stella daar iets van zou merken, peinsde hij. Misschien als hij in het holst van de nacht naar een privékliniek ging en zich uitsluitend en onder strikte geheimhouding liet verzorgen door goed ingelicht personeel.

Maar pre-implantatie genetische diagnostiek? Echt niet. Te veel complicaties, te veel mensen die erbij betrokken waren. Hij voelde zich weer misselijk worden. Hij schrok toen hij Stella's stem hoorde.

'Je moeder is volgend weekend jarig, en ik dacht dat een kasjmier sjaal wel een mooi cadeau was.'

Nick deed alsof hij wat papieren zat te lezen, maar de woorden dansten voor zijn ogen. 'Goed idee.'

'Je weet dat ik een hekel aan winkelen heb,' ging ze verder, 'dus wilde maar ik direct naar Harrods, dan is het tenminste gebeurd.'

'Prima.'

'En dan was ik van plan om daarna voor de bus springen.'

'Fijn.'

'Nick! Je luistert helemaal niet naar me...'

Hij glimlachte slapjes. 'Ik plaag je. Je zei dat je voor een bus wilde springen.'

Er werd hard op de deur geklopt. Zonder op antwoord te wachten, beende James binnen. Hij bleef abrupt staan toen hij Stella zag.

'O sorry, ik wist niet...'

'Geeft niets, ik ging net weg.' Ze kwam overeind en blies een handkus in Nicks richting. 'Dag, lieverd.'

Ze nam niet de moeite om James de hand te schudden. Ze had Nick duidelijk laten weten dat ze de man verafschuwde. In het voorbijgaan zei ze hem alleen onverschillig gedag.

James glimlachte stijfjes, wachtte tot ze uit het zicht was en deed toen zachtjes de deur dicht. Hij keek ongerust. 'De arts is op lijn 2.'

Nick voelde gal in zijn keel omhoogkomen. Hij slikte het weg en haalde een paar keer diep adem. 'Ga zitten.'

James deed wat hem gezegd werd en hield Nicks gezicht in de gaten toen die de hoorn in de hand nam en luisterde naar de stem aan de andere kant van de lijn.

'Goed, dank u wel,' zei hij ten slotte. Hij hing op en staarde in wanhoop naar de telefoon. 'Ik ben geen goede match.' Zijn stem was nauwelijks hoorbaar.

James leunde naar voren met zijn ellebogen op zijn knieën. 'Maar ben je de vader van de jongen?'

Nick knikte met een uitdrukkingsloos gezicht. Toen slaakte hij gefrustreerd een zucht, liet zijn hoofd in zijn handen zakken en wiegde het heen en weer.

'Jezus, wat een godvergeten nachtmerrie.'

Karen staarde even naar de donkere avondlucht en trok de gordijnen van de woonkamer dicht om de buitenwereld buiten te sluiten. Ze zou het liefst nooit meer het huis uit gaan en wilde zich getroost voelen door de warmte en de vertrouwdheid binnen.

Ze liep naar de bank, schopte haar schoenen uit, ging languit op de bank liggen en pakte een kom magnetronpopcorn van de grond. Joe was weg, ze had niet durven vragen waar naartoe, en ze was van plan om naar een oude sentimentele film te kijken die ze een tijd geleden had opgenomen maar nooit had gezien. Ze had een excuus nodig om eens lekker te janken zonder dat het overduidelijk uit zelfmedelijden was om ellende die ze zelf had veroorzaakt.

Ze wilde net de afstandsbediening pakken toen de deurbel ging, en ze slaakte een kreun van frustratie. Ze verwachtte niemand, en dus bleef ze liggen en ging ervan uit dat het wel weer een verkoper zou zijn die een of ander wasmiddel wilde slijten. Hoeveel kon een vrouw in vredesnaam wassen?

De deurbel ging opnieuw, langer deze keer. Deze persoon was duidelijk niet van plan om het snel op te geven en als hij nog een keer belde, werd Ben misschien wakker. Nijdig sleepte ze zich van de bank, liep naar de gang en deed met een boze blik de deur open.

'Hallo.' Het was Gloria.

Haar boze blik werd een lichte frons. 'Joe is er niet.'

'Dat weet ik. Ik kom voor jou.'

'O.' Karen liet haar schouders zakken toen ze besefte dat ze haar avondje wel kon vergeten. Uit ervaring wist ze dat Gloria uitgebreid aandacht voor zichzelf ging opeisen.

'Thee?' vroeg ze over haar schouder, terwijl ze zwaarmoedig naar de woonkamer liep en de film afzette waarvan de openingstitels nog niet eens waren afgelopen.

'Nee, dank je.' Gloria's blik suggereerde dat ze bang was dat haar schoondochter haar zou vergiftigen.

Ze ging op de bank zitten waar Karen twee minuten eerder had gelegen en keek naar de kom popcorn.

'Een verwennerijtje voor mezelf,' legde Karen uit, en ze verbaasde zich over het feit dat haar schoonmoeder haar een schuldgevoel bezorgde terwijl ze alleen maar probeerde zich te vermaken.

Gloria tuitte afkeurend haar lippen. 'Uit de magnetron?'

'Ja.'

'Dan zit het vol transvet. Dat is echt niet goed voor je, hoor.'

Omdat Gloria niet veel in haar leven had, keek ze overdag altijd veel televisie. Met als gevolg dat er niet veel was wat ze niet wist over diëten, lichaamsbeweging, mode, bloemschikken, medische kwesties en andere onderwerpen die 's morgens uitentreuren in praatshows werden besproken.

'Ik zal het onthouden,' zei Karen stug. 'Maar leuk je te zien!' voegde ze eraan toe op een toon die Gloria moest aanmoedigen om haar de afstraffing te geven waar ze vast voor kwam. Gloria kwam nooit zomaar langs.

'Ik had eigenlijk wel verwacht dat je bij mij langs zou komen om je te verantwoorden…' Ze hoestte, een teken van haar overduidelijke ongemak.

Karen ging met een geërgerde en verbaasde blik zitten. 'Tegenover jou?'

'Hij is mijn kleinzoon… was,' hakkelde ze. 'Ik verdien toch zeker wel een verklaring?'

'Ik dacht dat Joe… je zóón… het je wel uitgelegd zou hebben.'

'De details, ja. Maar niet de redenen. Ik vond dat alleen jij die kon uitleggen… van vrouw tot vrouw, begrijp je?'

Niet voor het eerst voelde Karen dat haar stekels overeind gingen staan bij de gedachte. Zo goed was haar contact met Gloria helemaal niet. Zelfs tussen haar en haar eigen moeder was door de fysieke afstand een niet te vermijden emotionele kloof ontstaan. Ze belden elkaar wekelijks om bij te praten, maar verder was ze eraan gewend geraakt om haar eigen pad te kiezen zonder zichzelf voor alles te verantwoorden tegenover een betrokken ouder. Ze had haar ouders uit schaamte niet eens zelf verteld dat Joe Bens vader niet was, maar had het in een brief gezet die ze de dag ervoor had verstuurd.

'Met alle respect, Gloria, ik hoef me alleen tegenover mijn man te rechtvaardigen en dat heb ik gedaan. Als hij ervoor kiest dat jou verder niet te vertellen, dan is dat zijn keus.'

'Rechtváárdigen?' zei Gloria heftig. 'Hoe rechtvaardig jij in godsnaam dat je een kind van een andere man hebt?'

'Ik geloof niet…' begon Karen, maar Gloria viel haar in de rede.

'Hóé?' Haar blik liet merken dat ze niet van plan was weg te gaan zonder een antwoord.

Karen slaakte een gelaten zucht. 'Ik voelde me erg onzeker na Joe's affaire.'

'Je wilde dus wraak nemen.'

'Zo voelde het niet.'

Gloria zuchtte diep. 'Nou, je hebt wel je zin gekregen, niet-waar. Hem een kind van een ander in de maag splitsen…'

'Nou ja zeg, wacht eens even!'

'O, kom op, Karen, ga me niet vertellen dat je dat niet wist.' Ze keek haar vol treurig ongeloof aan. 'Zoiets wéét een moeder gewoon.'

Karen voelde een golf van woede over zich heen komen en schoot overeind. Ze liep naar de deur, zwaaide met haar arm in de richting van de gang en zei monotoon: 'Het is beter dat je nu gaat.'

Gloria bleef zitten waar ze zat en keek haar zonder met haar ogen te knipperen aan. 'De waarheid doet pijn.'

De twee vrouwen staarden elkaar enkele seconden uitdagend aan, voordat Karen de gespannen stilte doorbrak.

'Weet je, het is grappig, Gloria. Ik kan me niet herinneren dat je zo hard oordeelde over Joe's verhouding.'

Gloria schudde het hoofd. 'Dat is anders. Trouwens, jullie hadden al problemen.'

'O, doe me een lol.' Karen lachte hol. 'Het liep even niet lekker, zoals het in miljoenen huwelijken wel eens niet lekker loopt. Maar niet iedereen heeft dan de neiging om met een collega het bed in te duiken. Meerdere keren.'

Maar Karen was nog niet uitgepraat of Gloria zat alweer met haar hoofd te schudden. 'Het was alleen maar seks, dat is het altijd bij mannen. Je had je er niet zo druk om moeten maken.'

Sprakeloos van verontwaardiging zuchtte Karen een paar keer dramatisch in een poging te laten zien dat ze niet van plan was hierop in te gaan.

'Moet je horen. Jouw zoon kan in jouw ogen geen kwaad doen. Dit heeft geen zin.' Ze gebaarde weer naar de openstaande deur. 'Ga alsjeblieft weg.'

Gloria keek onwillig, maar stond uiteindelijk op en trok haar handtas over haar schouder. Ze liep naar Karen toe en bracht haar gezicht dicht bij dat van haar schoondochter.

'Ik vind het erg dat ik het moet zeggen, maar ik wou dat hij je nooit had ontmoet,' zei ze zacht.

Ze liep naar buiten en Karen sloeg de deur stevig achter haar dicht. De confrontatie had haar een rotgevoel gegeven, maar diep vanbinnen begreep ze Gloria wel en wist ze dat zij net zo zou hebben gereageerd als haar zoon zich in die situatie bevond.

Gloria was een moeder die haar kind beschermde, zoals zij Ben probeerde te beschermen.

13

Karen staarde uit het raam, trok haar vest wat strakker om haar lichaam en sloeg haar armen om zich heen in een poging zichzelf wat troost te bieden. De lucht was hemelsblauw, een welkome afwisseling voor de regen, waardoor iedereen met verende tred langsliep.

Ze zag het leven weer iets zonniger in, vooral omdat Joe die ochtend wat vriendelijker was geweest. Ze wist niet of hij op de hoogte was van Gloria's bezoek de vorige avond, maar hij had het er niet over gehad en zij ook niet, uit angst dat het de sfeer weer ongemakkelijk zou maken. Maar ze was er nog steeds boos over.

De twee vrouwen hadden elkaar altijd getolereerd uit liefde voor Joe. Karen had haar altijd op afstand gehouden in de wetenschap dat Gloria de neiging had zich overal mee te bemoeien.

Gloria leefde in de waan dat haar beide zoons een zeer begeerde, fantastische vangst waren en dat ze iedere alleenstaande vrouw in het land zouden kunnen krijgen. En dus dacht ze ook dat geen enkele vrouw ooit goed genoeg was.

'Ze doet verdomme alsof je prins William bent,' had Karen gemopperd, toen ze Joe's moeder voor het eerst had ontmoet.

‘Het is wel duidelijk dat ze vindt dat je beter kunt krijgen.’

‘Ik kan haar geen ongelijk geven,’ had hij grinnikend gezegd, voordat ze hem met een kussen te lijf was gegaan.

Ze glimlachte bij de herinnering aan gelukkiger tijden. Misschien zouden die mettertijd terugkeren, mijmerde ze.

Ze schrok toen de telefoon ging, zo gespannen was ze de laatste tijd.

‘Met Karen,’ zei ze luchtig. ‘O. Dag.’ Ze verstijfde van ongerustheid. Het was dokter Pickering van het ziekenhuis.

‘Ik heb helaas slecht nieuws.’ Zijn stem klonk ver weg en krakerig, alsof hij mobiel belde. ‘Meneer Bright is geen goede match voor de transplantatie.’

Hij zweeg, wachtte op een spervuur aan voorbereide, relevante vragen, maar haar brein werkte even niet mee.

‘Dus misschien moet u met uw man overleggen wat de volgende stap wordt,’ ging hij aarzelend verder.

‘Ja… dank u,’ wist ze uit te brengen, en ze voegde er nog aan toe: ‘Ik zal u morgen bellen.’

Ze legde de hoorn op de haak en staarde weer uit het raam. Hoewel Pickering het nieuws ‘slecht’ had genoemd, had ze het eerlijk gezegd wel verwacht en had ze er rekening mee gehouden. Als zij, Bens moeder, al geen goede match was, kon natuurlijk hetzelfde gelden voor zijn biologische vader.

In de verte zag ze Joe en Ben aankomen, een langzame tocht die nog eens werd vertraagd toen Ben zijn speelgoedtrein in een modderplas liet vallen.

Toen ze dichterbij kwamen, zag Joe haar voor het raam staan en zwaaide. Hij glimlachte niet, maar het feit dat hij haar überhaupt zag staan was al een gebaar waar ze de hoop uit putte dat alles misschien weer normaal zou worden.

Vrijwel direct zakte haar de moed weer in de schoenen toen ze dacht aan wat Pickering zojuist had gezegd. Als ze verder gingen met de pre-implantatie, zou ze negen maanden lang het kind van een ander moeten dragen, met een steeds dikker wordende buik als bewijs van haar verraad voor haar man. Ook al was het om Bens leven te redden, welke man zou het aankunnen om zijn vrouw zo te zien?

Ze liep naar de gang, deed de deur voor hen open en bukte zich om Ben in zijn buggy aan te kijken.

'Dag, lieverd. Hoe waren de eendjes?'

'Dik en niet bijzonder onder de indruk van onze beschimmelde gaven,' antwoordde Joe kort.

Karen maakte de riempjes los en tilde Ben uit zijn buggy, kuste zijn koude wangetjes en nam hem mee naar de woonkamer. Joe liep achter hen aan en liet zich in de leunstoel ploffen, strekte zijn benen uit en slaakte een diepe zucht.

'We zijn eerder teruggekomen omdat hij steeds "ma" zei. Hij miste je.'

Ze glimlachte droevig. 'Hij mist jou ook altijd als je er niet bent.'

Joe reageerde niet, schopte zijn schoenen uit en pakte de lokale krant die naast hem op tafel lag. Ze schraapte zenuwachtig haar keel en wist dat er geen gemakkelijke manier was om het te zeggen.

'Pickering belde net. Nick Bright is geen goeie match.'

Hij verstijfde direct en zijn mond werd een gespannen streepje. De sfeer was weer tastbaar ongemakkelijk en elk teken van verzoening nog slechts een vage herinnering. 'Dus wordt het de pre-implantatie.'

'Als hij daartoe bereid is.'

Met zijn lippen op elkaar geklemd staarde hij een paar seconden zonder iets te zien naar de krant, vouwde hem toen op en legde hem weer op tafel.

'Tja, er is maar één manier om daarachter te komen.' Hij pakte de telefoon en stak hem naar haar uit. 'Bel hem.'

Tania zat achter haar bureau haar best te doen om het broodje kip dat ze een paar minuten eerder had gegeten binnen te houden. Het probleem met deze ouderwetse luchtdichte gebouwen was dat je de hele dag andermans smerige bacillen zat in te ademen. Daarom was het moeilijk in te schatten of ze een kantoorkwaaltje had of eigenlijk vooral aan een kapotte condoom leed.

Ze was al een paar weken niet lekker, maar had nog geen moment vrij kunnen maken om naar de dokter te gaan, bovendien was de wachttijd zo lang dat ze al genezen óf aan het bevallen was tegen de tijd dat ze een arts te zien kreeg.

Karen had net gebeld om te vertellen dat Nick geen goede match was – iets wat James haar had verzuimd te zeggen. Haar misselijkheid kwam hopelijk van de zenuwen omdat ze op Karens verzoek naar Nicks kantoor moest om te vragen of hij aan de pre-implantatie wilde meewerken.

Ze wachtte tot ze James in de richting van het toilet zag lopen, liep toen snel naar Nicks kamer en klopte op de deur.

'Binnen,' zei een gedempte stem.

'Ik ben het,' zei ze schaapachtig, terwijl ze om een hoekje keek. Ze was er niet aan gewend de kamer binnen te gaan zonder James.

'Hoi.' Nick glimlachte. Als hij al verbaasd was, liet hij niets merken. 'Alles goed?'

'Prima, dank je.'

Ze slenterde verder, deed de deur achter zich dicht als een hindernis om James te weren. Ze ging voor het bureau staan en grijnsde dom. Hij glimlachte naar haar en wachtte tot ze hem uitlegde wat de bedoeling van dit solobezoekje was.

'Ga zitten.' Hij gebaarde naar een stoel. 'Of is dit een flitsbezoekje?'

'Een flitsbezoekje, eigenlijk,' zei ze onnozel. 'Ongemakkelijk ook.'

'O?' Hij keek haar verwachtingsvol aan.

'Het gaat over de pre-implantatie.'

'Ah.' Zijn gezicht betrok. Hij haalde diep adem, sloeg zijn agenda dicht en schoof hem opzij. 'Wat wil je precies weten?'

'Of je eraan wilt meewerken,' antwoordde ze botweg, opgelucht dat ze het had gezegd.

Hij deed net zijn mond open toen er op de deur werd geklopt. Hij fronste zijn wenkbrauwen en bulderde: 'Wie is daar?'

James kwam binnen met een map onder zijn arm. Zijn glimlach verdween abrupt toen hij Tania zag en werd vervangen door onverholen woede.

'Wat doe jíj hier?' blafte hij, met het venijn van een jaloerse echtgenote die haar man in bed betrapt met een andere vrouw. Hij was bijzonder bezitterig als het om Nick ging.

'Ze vroeg net of ik wil meewerken aan de pre-implantatie.'

'En wat heb je gezegd?' Hij keek Nick vragend aan, en zijn blik werd direct weer moordlustig toen hij zich tot Tania wendde.

'Ik krijg de kans niet om iets te zeggen, want toen kwam jij binnen.'

James' opluchting was tastbaar. 'In dat geval is het antwoord nee,' mompelde hij in haar richting, zijn blik strak gericht op iets achter haar.

'Wacht eens even.' Ze zette haar hand op haar heup, keek toen smekend naar Nick, die onmiddellijk zijn blik afwendde en met zijn agenda begon te spelen. 'Kun jij je eigen beslissingen niet nemen?'

Nick weigerde nog steeds haar aan te kijken en keek in plaats daarvan naar James, die wederom het initiatief nam. 'Hij heeft al besloten. We hebben er gisteravond over gesproken toen we de uitslag kregen. We hebben het alleen nog niemand verteld.' Hij keek haar uitdagend aan.

Tania wees naar Nick. 'Ik geloof je niet. Ik wil het uit Nicks mond horen.'

James had haar inmiddels bij de elleboog vast en probeerde haar naar de deur te duwen, maar ze rukte zich los en deed een stap naar het bureau, hield haar hoofd schuin zodat ze Nick in de ogen kon kijken.

'Is dat waar?'

Hij hief zijn hoofd op en keek haar aan. Met een beschaamde blik knikte hij.

‘Waarom in vredesnaam?’ zei ze geschokt.

‘Omdat ik het online heb onderzocht en er absoluut geen garantie is dat het werkt,’ antwoordde hij zacht. ‘Geloof me, Tania, ik heb vannacht geen oog dichtgedaan. Als iemand me kon garanderen dat het zou slagen, zou ik het doen. Maar het betekent zonder twijfel het einde van mijn politieke carrière, waarschijnlijk van mijn huwelijk, én het zou Stella kapotmaken, terwijl die in dit alles volkomen onschuldig is... en waarvoor? Een ingreep die mogelijk niets oplost? Het is een te grote gok.’

‘Ben is ook onschuldig,’ zei Tania. ‘En hij is nog maar een baby. Een baby die waarschijnlijk doodgaat als je dit geen kans geeft. Ja, Stella zal er kapot van zijn, maar zij leeft. En als jij je politieke carrière boven het leven van een kind stelt... je éigen kind, nota bene, dan ben je niet de man van principes die ik dacht dat je was.’

Nick keek weer de andere kant op, maar James was veel schaamtelozer en pakte haar arm stevig vast.

‘Meekomen, ik wil je buiten even spreken,’ mompelde hij, en hij duwde haar naar de deur.

‘Stop. Wacht even.’ Nick stak zijn hand op en keek naar James. ‘Dit zit me niet lekker.’

James schudde het hoofd. ‘We hebben het hier al uitgebreid over gehad. Het is de juiste beslissing. Als je die pre-implantatie doet, stort de pers zich erop en dan maken ze je af.’

Nick haalde zijn schouders op. ‘Niet noodzakelijkerwijs. Misschien vinden ze wel dat ik een goede beslissing neem.’

‘Doe normaal,’ zei James minachtend. ‘Je hamert er altijd op dat jongelui een condoom moeten gebruiken, dus wat wil je daarmee zeggen? “Doe vooral wat ik zeg, maar let maar niet op wat ik zelf doe?”’

‘En als ik het niet doe en het kind gaat dood?’ Nick staarde James uitdagend aan.

Toen James geen antwoord gaf, zag Tania haar kans schoon

en trok ze haar mond open. 'Je hebt gelijk. Wie kan het je kwalijk nemen dat je probeert een kind te redden? Misschien word je er wel veel populairder door als "de gewone man die fouten maakt, maar zijn best doet om die te herstellen".'

James keek haar nijdig aan en kneep nog harder in haar arm. 'Daar kunnen we niet van uitgaan.' Hij zweeg en zwaaide met zijn vrije hand door de kamer. 'Tien jaar knokken om dit te bereiken en je gooit het allemaal weg voor een ingreep die misschien niet werkt.'

'Maar het is moreel fout om het niet tenminste te proberen,' zei Tania smekend, en ze probeerde Nick in de ogen te kijken.

'Moreel fout, wat een gelul,' zei James, en hij sleepte haar door de deuropening. 'Dit is politiek.'

Hij wilde de deur dichtdoen, toen Nick met opgeheven hand riep: 'Ik zeg geen ja, maar het is ook niet definitief nee. Zeg maar tegen je vriendin dat ik meer tijd nodig heb.'

Tania zei geluidloos 'dank je' toen de deur dichtging, in de wetenschap dat ze haar uiterste best had gedaan. Nu had ze zelf een dringende kwestie waar ze iets aan moest doen.

Er brak een straaltje zonlicht door de dreigende wolk die Bens gezicht oplichtte, terwijl Joe hem op de schommel heen en weer duwde. Kraaiend van pret trappelde hij met zijn beentjes door de lucht.

Karen keek met een kop thee in beide handen vanuit de deuropening van de keuken toe en glimlachte teder. Als je zo naar Ben keek, mijmerde ze, zou je niet denken dat er iets met hem aan de hand was. Hij leek gelukkig en zag eruit alsof hij wel tegen een stootje kon – zo zou hij er voor altijd uit kunnen zien als de pre-implantatie lukte.

Haar maag ging tekeer van de zenuwen, zoals zo vaak sinds ze Tania had gebeld om haar over te halen Nick in zijn eentje te spreken en de allesbepalende vraag te stellen.

Ze keek op haar horloge en liep naar binnen om te zien of

de hoorn wel op de haak laag. Net toen ze haar hand erop legde, ging hij over. Ze voelde zich misselijk, liet hem drie keer overgaan voor geluk.

'Hallo?'

Zodra ze Tania's stem hoorde, wist ze dat het slecht nieuws was. Ze kon het merken aan de trilling in haar stem en aan de manier waarop ze niet direct ter zake kwam. Mensen met goed nieuws flapten het er altijd direct uit.

'Hoi, met mij. Ik heb hem gesproken.'

'En?'

'Misschien. Hij heeft meer tijd nodig.'

'Oké, dank je wel. Ik weet dat je je best hebt gedaan,' zei ze verdoofd, zich ervan bewust dat Joe en Ben binnenkwamen. 'Ik bel je straks nog, goed?'

Ze hing op en glimlachte naar Ben, die een rood gezicht had van alle opwinding.

'Volgens mij lust iemand hier wel wat te drinken,' zei ze opgewekt. Ze vulde zijn Thomas de Stoomlocomotief-beker met aangelengd appelsap, liep achter hen aan naar de woonkamer en gaf het aan Ben, die luidruchtig begon te drinken.

'Het is misschien,' zei ze zacht.

'Hè?' Joe keek haar vragend aan.

'Nick Bright. Hij heeft meer tijd nodig om te besluiten of hij de pre-implantatie wil doen.'

'Wat valt er te besluiten?' Hij keek haar ongelovig aan. 'Hij móét het doen.'

Ze schudde het hoofd. 'Dat is het nou juist. Hij hoeft helemaal niets.'

Ze zwegen allebei en dachten hierover na.

'Hoeveel tijd heeft hij nodig?' vroeg Joe uiteindelijk.

Ze haalde haar schouders op. 'Dat heeft hij niet gezegd.'

'O.' Hij keek boos. 'Dus in de tussentijd moet Ben nog weet ik hoeveel injecties en transfusies doorstaan, omdat meneer de minister nog niet weet of hij iets wil doen aan het lijden van zijn eigen zoon… Wat voor vent ís dat?'

'Een politicus,' antwoordde ze verbitterd. 'Laten we wel wezen, politici nemen nooit ergens een snelle beslissing over.'
Joe reageerde niet. Diep in gedachten verzonken keek hij hoe Ben vrolijk met zijn blokken speelde. Karen had die blik eerder gezien en meestal voorspelde die niet veel goeds.

14

Tania speelde met haar linkerhand met haar haar en hield met haar rechterhand de hoorn tegen haar oor. Ze keek steels om zich heen om te zien of iemand zich binnen gehoorsafstand bevond.

'Joe, ik doe mijn bést. Maar James gedraagt zich als een ware Cerberus.'

Ze zweeg, luisterde en slaakte uiteindelijk een diepe zucht.

'Ze zijn druk bezig met de voorbereidingen voor een persconferentie straks in het Mandela Centre. Ik kan daar nu echt niet binnenwalsen. Dan word ik op staande voet ontslagen en heb je helemaal niets meer aan me.'

Toen ze ophing, ging de deur van Nicks kamer open en beende James naar buiten die onmiddellijk haar kant op keek om te zien of ze niets uitspookte. Hij gebruikte zijn rug als schild en vouwde zich bijna helemaal om Nick heen, zodat Tania hem niet kon zien toen ze naar de gang liepen.

Met een gepijnigde zucht pakte ze haar handtas en liep ze dezelfde kant op. Maar in plaats van de lift te nemen, zoals zij hadden gedaan, liep ze door naar de deur met DAMES erop. Aarzelend keek ze naar binnen. De drie toiletten waren vrij.

Ze koos de dichtstbijzijnde, ging naar binnen, deed de deur

achter zich op slot en controleerde nog eens extra of hij echt dicht zat. Daarna zocht ze in haar handtas naar een smal rechthoekig doosje met PREDICTOR op de zijkant. Ze was bijna door de grond gegaan van schaamte toen ze het bij de drogist had gekocht, en ze moest zichzelf eraan herinneren dat niemand wist dat ze een dronken slippertje had gehad met een man die ze helemaal niet aardig vond. Ze had zich getroost met de gedachte dat de vrouw achter de kassa er misschien wel van uitging dat ze een gelukkig getrouwde moeder was die dolgraag nog een tweede schattig, engelachtig kindje wilde om haar gezin compleet te maken.

Met het plastic staafje op de juiste plek floot ze zachtjes, in de hoop dat er iets ging komen, maar ze was zo gespannen van de zenuwen dat er niets gebeurde. Ze trok door en het geluid van de stortbak die zich vulde met water had het juiste effect.

Toen ze klaar was, legde ze het staafje op de toiletrol, hees haar broek op en ging weer op de bril zitten wachten tot de vereiste minuut voorbij was, die een eeuwigheid leek te duren.

Ze verstijfde toen ze de deur hoorde opengaan en iemand in het hokje naast haar ging zitten. Ze wilde de uitslag niet bekijken voordat ze wist dat ze weer alleen was, en het leek eindeloos te duren voordat de vrouw deed wat ze moest doen, haar handen waste en droogde, nog een paar minuten met god-weet-wat bezig was, en toen eindelijk vertrok.

Tania pakte het plastic staafje, keek ernaar, leunde tegen de stortbak en deed haar ogen dicht. Eerst voelde ze haar maag omkeren en toen zag ze haar wereld instorten.

Zwanger.

'Kom. Concentreer je.'

James sloeg het dossier op zijn knie open en wendde zich tot Nick achter in de dienstauto. Hij probeerde altijd het beste van een file te maken. Op de planeet James bestond geen rust.

'Bill Adler van *The Times* gaat je waarschijnlijk vragen waarom het zo lang duurt voordat de wachtlijsten kleiner worden.

De heupoperatie van zijn moeder is onlangs uitgesteld... En Jake Thompson begint ongetwijfeld weer over het exclusieve bericht in *The Post* over dat meisje met blindedarmontsteking dat ze naar drie ziekenhuizen hebben gesleept voordat er een bed voor haar was gevonden.'

Nick knikte, deed alsof hij ingespannen luisterde, maar was in gedachten vervuld van schaamte over het feit dat hij om meer bedenktijd had gevraagd over de pre-implantatie.

Toen Tania zijn kantoor had verlaten, had James nog een halfuur op hem ingepraat om definitief nee te zeggen en had zijn argumenten herhaald: dat de uitslag niet gegarandeerd was en dat hij alles wat hem dierbaar was zou kwijtraken. Maar na nog een slapeloze nacht wist Nick dat zijn integriteit hem ook dierbaar was, en dat hij niet zou kunnen leven met de beslissing om nee te zeggen tegen de poging het leven van een kind te redden.

En dus was hij in de kleine uurtjes van de morgen tot de conclusie gekomen dat hij ermee zou instemmen, ongeacht de gevolgen. Maar eerst wilde hij deze belangrijke persconferentie achter de rug hebben. Hij schraapte zijn keel en deed een wanhopige poging om zich te concentreren op wat hij moest doen.

'Verder nog iets?' Hij keek vragend naar James.

'Ja, ik heb Ferguson van de *Journal* gevraagd een makkelijke vraag over vroedvrouwen te stellen zodat jij de nieuwe wervingsactie kunt aankondigen.' Hij gaf Nick een klopje op zijn rug. 'Er kan niets misgaan.'

Joe stond in de buurt van het Mandela Centre en bekeek het tafereel.

Er stonden allemaal mensen, waarschijnlijk journalisten, die hun pasje toonden aan twee beveiligingsmedewerkers voordat ze verder mochten naar het röntgenapparaat om hun tassen te laten controleren. In deze explosieve tijd zou hij er met bluf en mooie woorden alleen niet langs komen, wist hij.

Hij liep langs het gebouw totdat hij uit het zicht van de ingang was en schoot de hoek om, waar het er helemaal ondoordringbaar uitzag. Het was één grote muur met één nooduitgang, die dicht was, en een toetspaneel om binnen te komen.

Hij zuchtte, liet zijn hoofd tegen de muur zakken en vroeg zich net af wat hij moest doen, toen hij achter de deur iets hoorde. Snel dook hij weg tussen twee afvalcontainers die daar stonden. De nooddeur ging open en twee mannen in blauwe overalls slenterden naar buiten met een pakje sigaretten in hun handen.

Ze liepen slechts een klein stukje verder, maar keken geboeid naar de voorkant van het gebouw waar alle televisiebusjes stonden, en dus nam Joe zijn kans waar en dook hij naar binnen voordat de deur weer in het slot viel.

Zachtjes hijgend stond hij tegen de binnenmuur om te kijken of niemand hem had gezien. Aan de kale stenen muur en de metalen buizen tegen het plafond te zien was hij op een onderhoudsafdeling. De ruimte leek verlaten, waarschijnlijk doordat de enige twee arbeiders buiten een peuk stonden te roken. Lang leve het rookverbod, dacht hij toen hij naar de deur met daarop HOOFDGEBOUW liep.

Hij glipte door de deuropening en bevond zich in een algemene hal waar twee mensen heen en weer renden met opnameapparatuur, maar geen van beiden keurde hem een blik waardig. Toen hij naar links keek, zag hij de beveiligingsmedewerkers en röntgenapparatuur staan, maar hij stond nu een stuk verderop en een boze cameraman leidde hun aandacht af met een tirade dat ze hun baan niet zeker waren als hij de eerstvolgende nieuwsuitzending niet zou halen.

Joe trok zijn jasje recht en volgde het bordje CONFERENTIEZAAL totdat hij het onmiskenbare geluid hoorde van een spreker met een microfoon.

Toen hij de grote, vierkanten ruimte binnenliep, zweeg de stem, en hij zag dat Nick Bright midden op het podium zat achter een lange tafel waar nog drie mannen zaten. Een van hen – aan zijn zelfverzekerde houding te zien was dat James

Spender – tuurde door de zaal en nodigde mensen uit om vragen te stellen.

Joe sloop geruisloos door het middenpad en wurmde zich langs enkele mensen die fronsend naar hem keken. Hierna ging hij zitten en keek hij om zich heen.

Vooraan stond een batterij televisiecamera's met daartussendoor persfotografen die hun lenzen allemaal op Nick hadden gericht. Voor hem stonden zeker twintig microfoons met logo's van verschillende televisie- en radiozenders.

De persstoelen stonden in rijen achter elkaar. Op de eerste rij herkende hij enkele mensen van de televisie. Daarachter kwamen vermoedelijk de journalisten van de schrijvende pers, die druk in hun notitieboekjes zaten te schrijven, al gebruikten sommigen opnameapparatuur.

Nick beantwoordde in het kort een vraag over de NHS-wachtlijsten en James was alweer op zoek naar een volgende opgestoken hand. Hij wilde net een van hen aanwijzen toen Joe opsprong en met beide handen in de lucht zwaaide.

'Ik heb een vraag!' riep hij zó hard en brutaal dat iedereen zich omdraaide om te zien wie het was.

James keek hem boos aan. 'Neem me niet kwalijk, ik weet niet wie u bent, maar zo doen we dat hier niet.'

'Kan me niks schelen, ik ben geen journalist,' riep Joe, die er zeker van wilde zijn dat iedereen hem kon horen. Hij wist dat het nu of nooit was. 'Ik ben hier namens een klein jongetje dat Ben Eastman heet. Bens leven kan mogelijk door hém worden gered.' Hij wees naar Nick. 'Maar híj is er nog niet van overtuigd of hij dat wel wil. Dus mijn vraag is...'

Hij zweeg en richtte zich rechtstreeks tot Nick. 'Hoe kun jij in vredesnaam met jezelf leven?'

Er viel een verbijsterde stilte, waarop James overeind kwam, Nick met zich meesleurde en hem in de richting van een zijdeur duwde. Ze verdwenen zonder nog een woord te zeggen, terwijl in de zaal een hels kabaal losbrak en alle camera's flitsen.

Joe keek naar de twee beveiligingsmedewerkers die bij de ingang hadden gestaan en nu met een onwrikbare blik op hun gezicht op hem afkwamen. Toen hij zich weer omdraaide, besefte hij dat alle camera's op hem gericht waren.

Een man van zijn leeftijd kwam naast hem staan en gaf hem zijn visitekaartje, dat hij automatisch aannam.

'Jake Thompson van *The Post*,' zei de man snel, terwijl hij naar de beveiligingsmedewerkers keek die nu langs de rijen stoelen liepen. 'Wie is Ben? Moet hij een belangrijke operatie ondergaan die is uitgesteld, of zo?'

De beveiligingsmedewerkers waren eindelijk bij Joe. Ze gingen aan weerszijden van hem staan en sleurden hem zo hard in de richting van de deur dat zijn voeten van de vloer kwamen.

'Nee,' riep Joe, terwijl hij naar de deur werd gesleept. 'Ben is Nick Brights onwettige zoon en hij is heel erg ziek. Alleen zijn biologische vader kan zijn leven redden.'

Terwijl hij door de dubbele deuren de ontvangstruimte in werd gelanceerd, kon Joe in de zaal het kabaal weer horen losbarsten. Journalisten schreeuwden naar hun fotografen en cameramensen, en stoelen werden omgegooid.

Tegen de tijd dat Joe langs de röntgenapparatuur was gesleept en letterlijk op straat was gegooid, leek hij wel de Rattenvanger van Hamelen met een sliert ratten die hem op de voet volgden.

In de paar seconden die hij nodig had om zichzelf tot rust te brengen en zijn kleren glad te strijken was hij omringd door schreeuwende journalisten en werd hij alle kanten op geduwd terwijl grote, logge cameralenzen zich verdrongen voor een goede plek.

'Hoe oud is Ben?' gilde een vrouw, die haar microfoon zo heftig voor zich uitstak dat Joe hem bijna tegen zijn lip kreeg.

'Wat is uw rol hierin?' riep een door de zonnebank gebruinde man die hij vagelijk herkende van een of ander lokaal televisieprogramma.

Joe hief zijn handen in de lucht en gebaarde dat ze stil moesten zijn. Het leek te werken.

'Ik zal een korte verklaring afleggen, meer niet...'

'Harder!' zei een stem achter in de menigte, die nu zeker zes mensen dik was.

'Mijn naam is Joe Eastman, en mijn vrouw Karen heeft een zoon Ben van negen maanden.' Hij zweeg even zodat de verslaggevers het allemaal konden opschrijven.

'Hij heeft een zeldzame ziekte die het syndroom van Diamond-Blackfan heet.' Hij zweeg opnieuw en negeerde iemand die vroeg of hij dat wilde spellen. 'Nick Bright is zijn biologische vader en als hij niet instemt met een procedure die preimplantatie genetische diagnostiek heet, zal Bens gezondheid gestadig achteruitgaan en zal hij mogelijk overlijden.'

Hij begon zich een weg door de menigte te banen, maar door de muur van mensen kwam hij maar een paar meter vooruit.

Een van hen was de verslaggever Jake Thompson, die zich eerder aan hem had voorgesteld. In tegenstelling tot de anderen was zijn gezicht onbewogen en was zijn blik constant op Joe gericht. 'Hoe lang weet Nick al van het bestaan van zijn kind?' vroeg hij.

'Neem me niet kwalijk, dit is voorlopig alles wat ik te zeggen heb.' Joe keek hem met een ijskoude blik aan. 'Als je het niet erg vindt, wil ik er graag langs.'

Ze stonden als twee kemphanen tegenover elkaar, omringd door toeschouwers. Toen deed Jake een stap opzij en blafte tegen de anderen: 'Laat hem erlangs.'

Terwijl Joe over het plein rende en een passerende taxi aanriep, barstte het lawaai onder de journalisten en fotografen opnieuw los. Ze praatten door elkaar en pleegden uitzinnige telefoontjes met hun redacties.

Joe staarde door de achterruit van de taxi en keek hoe de menigte steeds kleiner werd naarmate hij verder reed en het onbekende tegemoet ging.

Stella bleef abrupt staan, zette de boodschappentassen op de grond en strekte haar pijnlijke vingers. Ze had ook al pijn in haar voeten, die in een paar stugge, nieuwe leren pumps zaten.

'We hadden gewoon met de auto moeten gaan,' zei ze, en ze vertrok haar gezicht.

'Of, en dat is een heel radicale gedachte,' zei Judy met haar gebruikelijke zusterlijke sarcasme, 'je had niet zoveel moeten kopen.'

Stella stak haar tong uit. Judy was altijd de zuinigste van hen beiden geweest. Ze leek op haar moeder Anne, die zo gierig was dat ze elk theezakje minstens twee keer gebruikte en al cadeaupapier hergebruikte lang voordat het trendy was.

Meestal winkelde Stella liever in haar eentje, zodat Judy niet bij elke aankoop opmerkingen zou maken, maar vandaag hadden ze afgesproken om samen te gaan lunchen en dus had ze het gecombineerd.

Het bloed stroomde weer door haar vingers, dus pakte ze de boodschappentassen vast en wilde net verder lopen, toen Judy snoof en naar een etalage wees. 'Moet je zien, daar heb je Nick. Er valt verdomme niet aan die man te ontsnappen.'

Stella keek naar een aantal enorme flatscreen tv's die Sky News lieten zien en een beeld van Nick die tijdens de persconferentie aan het woord was.

'Hij zou een of andere belangrijke aankondiging doen vandaag.' Ze gaapte onbewust en wilde verder gaan, maar Judy greep haar arm vast en trok haar terug.

'Wacht even. Wat krijgen we nou?'

Ze staarden door het raam naar een man die opstond en iets riep waarop de persconferentie een grote chaos leek te worden. Het volgende beeld liet zien hoe Nick door James van het podium werd gesleurd en verslaggevers en fotografen over stoelen heen sprongen om de man in het midden van de zaal te bereiken.

'Zeker een of andere gek,' zei Stella, opgelucht dat Nick buiten het bereik van dit potentiële gevaar was. 'Een beroepsrisico, helaas. Je had de rare types eens moeten zien die vroeger bij kiesdistrictsvergaderingen waren.'

Ze fronste haar wenkbrauwen, want in deze licht ontvlambare tijden werd iedereen die mogelijk een probleem vormde – al was het vanwege een protest om een plaatselijke kwestie – de toegang ontzegd omwille van 'veiligheidsredenen'. Het feit dat deze man had weten door te dringen tot een belangrijke, lándelijke persconferentie was onbegrijpelijk.

'Misschien is hij zo iemand van *Fathers for Justice*,' mijmerde Judy.

Het beeld flakkerde iets toen de presentator overging naar een verslaggever bij het Mandela Centre. Onder in beeld stond: LIVE.

En daaronder kwam een onderschrift in beeld in felrode letters: VERMEENDE LIEFDESBABY VAN MINISTER VAN GEZONDHEID.

'O nee.' Stella pakte Judy's schouder vast toen haar knieën begonnen te knikken.

15

‘Kut, kut, kút!!’

Bij elk woord sloeg James met zijn voorhoofd tegen de autoruit. Zijn gezicht was vertrokken van woede.

‘Ik wíst dat ik had moeten instemmen,’ zei Nick zacht. Hij staarde zonder iets te zien voor zich uit.

Hij klonk kalm, maar vanbinnen vocht hij om zijn aanwakkerende woede in bedwang te houden. Hij was boos op James omdat die hem onder druk had gezet om nee te zeggen, maar hij was vooral boos op zichzelf omdat hij niet direct het lef had gehad de mening van zijn medewerker terzijde te schuiven en in te stemmen met de pre-implantatie.

Nu het onderwerp openbaar was geworden onder niet te controleren omstandigheden, zou zijn draaierij hem duur komen te staan. Erger nog, hij had de indruk gewekt dat hij een keiharde klootzak was die tijd nodig had om te kiezen tussen zijn politieke carrière en het leven van een kind. Zo simpel was het natuurlijk niet, maar zo zou het morgen wel in de kranten staan.

‘Ik moet Stella bellen,’ zei hij somber. Hij stak zijn hand in zijn binnenzak en pakte zijn mobieltje. Hij was zo halsoverkop van het podium geduwd en bijna letterlijk in een wachtende auto bij een zijdeur gegooid dat hij daar nog geen tijd voor had gehad. Alles was zo snel gegaan dat het aanvoelde als een moordaanslag. In veel opzichten was het dat ook, dacht hij bedroefd. Een verbale moordaanslag.

Hij voelde zich klote en wilde Stella's nummer intoetsen, maar James legde een hand op zijn arm om hem tegen te houden.

'Ze weet het al. We gaan nu naar haar zus,' zei hij kordaat. 'Leg het daar maar uit.' Hij tikte met zijn vinger tegen de telefoon. 'Je weet nooit wie meeluistert.'

'Is het niet een beetje laat om nu nog de schade te willen beperken?'

James negeerde hem, leunde naar voren en gaf de chauffeur opdracht onbekendere achterafwegen te nemen en de grote wegen te vermijden, waar het ongetwijfeld zou wemelen van de paparazzi op motoren.

'Heb je Stella gesproken?' vroeg Nick, en hij vroeg zich af waar James de tijd vandaan had gehaald.

'Nee. Ik heb het Ged laten doen.' Ged was James' veel bekritiseerde assistent. 'Maar ze had het al op het nieuws gezien.'

Nick liet het elektrische raam omlaag zakken en stak zijn hoofd naar buiten. De plotselinge koude lucht blies al zijn gedachten even weg, voordat ze met verpletterende kracht terugkeerden naar zijn vrouw die dit verschrikkelijke nieuws op het journaal had moeten horen en niet van de man op wiens liefde en respect ze had vertrouwd. Hij voelde zich afschuwelijk en was bijna in tranen. Dat was sinds zijn negende niet meer gebeurd, toen John Kinnear tot aanvoerder van het voetbalteam was gekozen in plaats van hij.

Met vochtige ogen door de emotie en de bijtende kou trok hij zijn hoofd terug en wreef hij verwoed over zijn gezicht in een poging zich te concentreren op wat hij tegen Stella moest zeggen. Maar James had andere ideeën.

'Wie was die klootzak trouwens?' snauwde hij. 'En hoe is hij verdomme binnengekomen?'

'Ik denk Karens man... de vader van de jongen. En wat betreft je tweede vraag heb ik geen idee.'

James' mobiele telefoon ging en hij schoot overeind. 'Shit, het kantoor van de premier.'

Hij nam op. 'Dag David... Ja, ik weet het, het is allemaal nogal vervelend, helaas... Goed, verbind maar door.'

Hij hield zijn vinger over het spreekgedeelte. 'Hij gaat je op een beveiligde lijn doorverbinden met de premier. Die wil een verklaring.'

Als een robot duwde Nick de telefoon tegen zijn oor en wachtte.

Karen knipperde met haar ogen toen ze uit het metrostation het daglicht in kwam. Ze stak haar hand in haar zak en haalde haar boodschappenlijstje tevoorschijn. 'Melk, brood, kaas en luiers.'

Ze liep snel naar de kleine 'No Cost'-winkel om de hoek en glimlachte voor de zoveelste keer om de misleidende naam.

'Betekent dat dat ik alles mag pakken en het zonder te betalen mee mag nemen?' had ze de eigenaar Rami gevraagd, toen Joe en zij er net een paar maanden woonden. Rami had geduldig uitgelegd dat dit toch niet helemaal de bedoeling was, maar dat het meer een zegswijze was.

Toen ze een mandje pakte, piepte haar telefoon als signaal dat iemand een bericht had ingesproken. Ze trok haar linkerschouder op, duwde de telefoon tegen haar oor en liep in de richting van de zuivel, waar ze twee liter halfvolle melk mee griste. Het bericht was van Tania.

'Karen, met mij. Waar zit je, verdomme? Bel me zodra je dit hoort... Het is dringend.' Tania klonk overstuur. Ze was altijd een beetje een aanstelster geweest, maar Karen wist met misselijkmakende zekerheid dat dit serieus was.

'Misschien weet je het nog niet, maar Joe is komen opdagen bij Nicks persconferentie en daar heeft hij voor de camera's alles over Ben verteld. Het is overal op tv. Bél me.'

Karens lichaam werd ijskoud en ze kreeg kippenvel.

'Shit.' Ze liet het mandje met inhoud met een harde klap op de grond vallen, viste de telefoon van haar schouder en rende naar de uitgang, terwijl Rami haar met grote ogen nakeek.

Ze dook tussen de stroom forenzen door en was in recordtijd thuis. Haar telefoon was meerdere keren overgegaan, allemaal vrienden die waarschijnlijk het nieuws hadden gezien, maar ze had alle telefoontjes laten overgaan op haar voicemail. Ze wilde eerst zien wat er aan de hand was voordat ze iemand sprak.

Ben was bij Gloria en Joe was kennelijk niet thuis. Ze smeet haar handtas op de bank en zette de tv aan.

'A-oh!' Po danste over het scherm met een van de andere Teletubbies.

'O, verdomme,' mompelde ze, en zocht Sky News op. Door haar leven met een nieuwsjunkie als Joe was ze eraan gewend geraakt dat Sky News of News 24 altijd op de achtergrond aanstond, en ze verwonderde zich erover dat Joe de hele dag naar dezelfde berichten kon kijken. Nu was ze er dankbaar voor.

'We beginnen de uitzending met het bericht dat minister van Volksgezondheid Nick Bright een liefdesbaby zou hebben,' zei de nieuwslezer monotoon. 'Het kind heeft dringend een stamceltransplantatie nodig en het hele land houdt zich bezig met de vraag: zal Nick Bright zijn best doen om zijn leven te redden?'

Er werden beelden van de persconferentie getoond, Nick op het podium en de camera's die allemaal Joe's kant op werden gedraaid op het moment dat hij van achter uit de zaal begon te roepen. Het voelde heel onwezenlijk om haar man in beeld te zien en om het onderwerp van gesprek te zijn bij zogenaamde 'deskundigen in de studio'.

Karen vroeg zich af hoeveel zo'n medisch 'deskundige' waard was als hij alles uit zijn handen liet vallen en binnen een uur in een televisiestudio zat. Zulke mensen hadden toch zeker belangrijker zaken? Moesten die geen levens redden? Ze schudde de gedachte weg en hoorde Joe's stem door de tv bulderen: 'Neem me niet kwalijk, dit is voorlopig alles wat ik te zeggen heb.'

Karen sloeg haar handen voor haar gezicht en staarde tussen haar vingers door naar het scherm. 'Je hebt verdomme wel genoeg gezegd, stomme idioot.'

Toen de zwarte Jaguar langzaam de doodlopende straat in reed, staarde een groepje kinderen naar hen.

'Jezus, hebben die lui nog nooit een auto gezien,' grauwde James geërgerd.

'Alleen Fiat Punto's en Honda Civics,' antwoordde Nick. 'Dit is een burgerlijke voorstad, jongen, hier vind je geen opzichtige toestanden. Dat vinden ze vulgair.'

James deed behoedzaam het portier open en keek wantrouwig naar de kinderen alsof ze elk moment in paparazzi konden veranderen.

'Is dat jouw auto?' vroeg een jongen van een jaar of twaalf.

'Nee, ik heb hem geleend van Justin Timberlake.'

'Echt waar?' De kinderen deden een stap naar voren om beter te kijken, waardoor Nick niet kon uitstappen.

'O, jij bent het,' zei de twaalfjarige jongen, toen hij Nick zag. Zijn teleurstelling was overduidelijk. 'Hij is familie van háár,' zei hij tegen de anderen, en hij gaf een ruk met zijn hoofd in de richting van Judy's keurige halfvrijstaande woning uit de jaren dertig. 'Mijn vader zegt dat hij een van die sukkels is die dit land besturen.'

'Ah, de scherpzinnige kiezers van de toekomst,' glimlachte James tussen op elkaar geklemde kiezen. 'Goddank ben ik tegen die tijd al met pensioen.'

'Wees blij.' Nick liep naar het huis. 'Ik ben morgen waarschijnlijk mijn baan kwijt.'

'O?' James kneep zijn ogen samen. 'Kreeg je die indruk van de premier?'

'Niet als zodanig,' zei Nick, terwijl hij zijn schouders ophaalde en met lood in de schoenen aanbelde. 'Hij maakte zich niet zozeer druk om de jongen, als wel om het feit dat we hebben geprobeerd de kwestie te verdoezelen.'

'Wé? Heeft hij mij bij naam genoemd?' James keek bezorgd.

'Ja, een paar keer zelfs.'

Dat was niet zo, maar Nick wilde James even laten lijden. Hij was een typische ambtenaar die maar al te graag vooraan stond bij de successen in het leven, maar die zich zelden liet zien als er klappen werden uitgedeeld.

Een grimmige Judy deed de deur open. Zij en Nick hadden het nooit goed met elkaar kunnen vinden, en hij wist dat ze nu de perfecte gelegenheid had om haar reeks afkeurende blikken, van kalme teleurstelling tot pure haat, op hem los te laten. Vandaag was het zonder meer de laatste.

'Kom binnen,' zei ze met tegenzin, en ze deed een stap opzij. 'Ze zit in de woonkamer.'

Nick wilde net de deur aan zijn rechterhand binnengaan, toen hij zag dat James achter hem aan liep. Hij bleef abrupt staan, waardoor James tegen hem aan botste.

'Ik wil haar alleen spreken.'

'Is dat wel verstandig?'

'Het is mijn vróúw, goddomme.'

James stak zijn handen als gebaar van overgave in de lucht. 'Geen probleem. Judy wil vast wel even een kopje thee voor me zetten.' Hij keek haar met een stralende glimlach aan, maar hier werd niet op gereageerd.

'Nee.' Nick schudde zijn hoofd. 'Neem jij de auto mee terug naar kantoor. Ik bel je wel als ik je nodig heb.'

'Ik denk niet...'

'Ga. Nú,' onderbrak Nick hem, die geen zin had om in discussie te gaan.

Zonder verder op een reactie te wachten, liep hij naar de woonkamer. Hij wilde aankloppen, maar vond dat te formeel en dus duwde hij de deur open.

Stella zat samen met Judy's jongste, de vierjarige Oliver, op de grond te puzzelen. Ze had altijd een hechte band met haar neefje gehad, en de jongen leunde vol vertrouwen tegen haar aan omdat hij haar al zijn hele leventje kende.

De pijnlijke ironie ging niet aan hem voorbij en hij voelde een steek van pijn.

Ze keek op toen hij binnenkwam en haar vriendelijke blik veranderde in zichtbare afkeer. Ze gaf Oliver een aai over zijn bol, tilde zijn kin op en glimlachte.

'Ga maar gauw aan mama vertellen dat je heel goed gepuzzeld hebt. Misschien heeft ze wel een koekje voor je!'

Het kind stond op en rende met een schichtige blik op Nick naar de deur. Ze hadden elkaar wel eens tijdens familiegelegenheden gezien, maar niet vaak genoeg om een band te kweken.

Er stonden twee grote, zachte banken in de kamer, maar Stella liep direct naar de harde leren stoel waar Judy's man Mike in zat als hij last van zijn rug had. Ze zat kaarsrecht met haar handen in haar schoot en met vlekkerige gezwollen wangen van het huilen.

De televisie stond op Sky News. Het geluid stond uit, maar de schreeuwerige teksten onder in beeld gingen nog steeds voornamelijk over Nick en zijn 'vermeende' onwettige kind.

Hij liep ernaartoe en zette hem met een gekwelde blik uit. Daarna draaide hij zich om en ging op zijn knieën bij Stella zitten. Hij putte troost uit het feit dat ze niet direct opsprong en wegliep.

'Gaat het?'

Tot nu toe had ze hem amper aangekeken en had ze alleen wazig voor zich uit gestaard. Maar zijn stem leek haar gedachten te doorbreken

'Is het waar?' vroeg ze afgemeten, zonder hem aan te kijken.

Hij knikte in stilte en zijn blik verborg zijn schuldgevoel en schaamte.

De klap was hard en snel. Hij schoot geschrokken naar achteren met zijn hand tegen zijn prikkende wang.

'Dat heb ik verdiend.' Hij stond op en liep naar een van de banken. Ongemakkelijk ging hij op het randje zitten.

Vrijwel direct leek haar woede te zijn verdwenen en begon ze te huilen. Met de rug van haar hand veegde ze de tranen weg en met trieste ogen keek ze hem aan.

'Hoe lang weet je het al?'

Hij wilde haar in zijn armen nemen en haar zeggen dat alles goed zou komen, maar dat kon hij niet. Hij geloofde het zelf niet eens.

Nick was binnen hun relatie altijd degene geweest met ogenschijnlijk het meeste zelfvertrouwen, degene die op een podium kon staan om moeiteloos duizenden mensen toe te spreken. Maar Stella was de stille kracht thuis, de persoon die hem zekerheid bood, een kostbaar, volwassen en verstandig klankbord vormde voor zijn politieke ideeën, degene die waar nodig zijn buitensporigheid intoomde. Hij wist dat zij zonder hem verder zou kunnen, maar hij kon zich een leven zonder haar niet voorstellen.

'Hoe lang, Nick?' herhaalde ze bedroefd.

'Een paar dagen nog maar.' Hij haalde zijn hand door zijn haar. 'Als het jochie niet ziek was geworden, was ik het denk ik nooit te weten gekomen.'

'Waarom heb je niets gezegd?' De tranen liepen weer over haar wangen en ze deed geen moeite om ze weg te vegen.

Het was de grote vraag, een vraag die hij niet met overtuiging kon beantwoorden.

'Omdat ik eerst zeker wilde weten dat het waar was... Omdat ik het juiste moment wilde vinden om het je te vertellen, vooral omdat je net... onze baby had verloren...' Hij haperde, voelde de emoties in zich opwellen bij die gedachte.

'Dus niet omdat jij en James het stil wilden houden zodat ik van niets hoefde te weten?' vroeg ze stekelig, en ze staarde hem ingespannen aan.

'Nee, zo was het niet,' antwoordde hij slap. Hij werd rood van schaamte omdat hij wist dat ze hem had betrapt zoals zo vaak wanneer hij haar probeerde te bedotten, al waren die dingen veel minder erg. Hij wist niet zeker of ze hem echt geloofde, maar ze leek genoegen te nemen met zijn antwoord.

'Wie is ze?' Haar gezicht was verwrongen van verdriet.

Nick wilde de vraag wegwuiven als een hinderlijke vlieg. Maar hoe irrelevant hij Karen Eastman ook vond, hij wist dat ze op dit moment cruciaal was voor Stella, die elk detail wilde weten. Details die hij zelf waarschijnlijk niet eens kende, want zo kort was hun seksuele contact geweest.

Opnieuw wilde hij zijn vrouw troosten, haar huid tegen de zijne voelen, haar in zijn armen nemen en zeggen dat hij zoveel van haar hield. Niet alleen om háár, maar ook zichzelf gerust te stellen. Hij vond de afstand tussen hen bijna ondraaglijk.

Intuïtief stond hij op en liep met uitgestrekte armen naar haar toe. Maar ze kromp zichtbaar ineen en haar verdriet veranderde in een blik van walging.

'Raak me niet aan,' zei ze monotoon.

Hij zag dat ze niet langer huilde, maar een harde blik in haar ogen had van nauwelijks onderdrukte woede. Ze staarde hem uitdagend aan en wachtte op antwoord.

'Ze is een vriendin van Tania Fletcher. Ik heb haar een keer ontmoet tijdens de plaatselijke verkiezingen toen wij die belachelijke ruzie over de politiek hadden gehad en je naar je moeder was gegaan.'

'Dat was al afgesproken.'

'Sorry?'

'Dat ik naar mijn moeder zou gaan. Dat was áfgesproken. Je doet net of ik daarnaartoe ging omdat wij ruzie hadden.'

Nick knipperde een paar keer met zijn ogen en fronste zijn wenkbrauwen. Hij kon niet geloven dat ze hem had onderbroken met iets wat in zijn ogen volkomen onbelangrijk was. Maar dat was typisch Stella. Ze was heel methodisch, zei wat ze dacht, en chronologie en details waren voor haar net zo belangrijk als de emoties die erbij hoorden. Ze was ook buitengewoon slim en hij wist dat ze ervoor wilde zorgen dat hij hun ruzie en haar daaropvolgende afwezigheid niet kon gebruiken als een excuus voor zijn ontrouw.

'Best, ook goed,' zei hij afgeleid, en hij probeerde zich weer te concentreren op wat hij wilde zeggen. 'We hadden goed gescoord bij de verkiezingen, ik had te veel gedronken en, nou ja, van het een kwam het ander.'

Ze keek hem zonder met haar ogen te knipperen aan alsof ze hoopte dat hij iets anders zou zeggen. Maar wat Nick betrof viel er verder weinig te zeggen. Hij had een bondige beschrijving gegeven en in zijn herinnering was er niet veel meer.

'Dat was het?'

Hij knikte en haalde toen zijn schouders op.

'Kansloos.' Ze schudde langzaam haar hoofd. 'Als de situatie andersom was geweest, zou jij dan werkelijk willen suggereren dat je genoegen zou nemen met die karige, ronduit beledigende verklaring over de publiekelijke ellende waar we ons nu in bevinden?'

'Waarschijnlijk niet, nee,' gaf hij met een beschaamd gezicht toe. Hij verwonderde zich over Stella's talent om onder druk kalm en beheerst te blijven. Maar hij wist dat haar verdriet en teleurstelling niet ver onder het oppervlak lagen en dat vond hij vreselijk.

'Nou, begin dan maar bij het begin. Hoe heet ze, hoe oud is ze en hoe lang is ze al met hem getrouwd?' Ze knikte naar het zwarte televisiescherm, waarop enkele minuten eerder Joe's gezicht te zien was geweest.

'Karen Eastman, ze is begin dertig en ze was al getrouwd met hem toen ik haar ontmoette, maar verder weet ik niets over ze,' mompelde hij met het gevoel dat de muren op hem af kwamen.

'Maar jullie waren allebei zo ongelukkig getrouwd dat jullie enkele uren na jullie ontmoeting de behoefte hadden om te neuken?' Haar blik was keihard.

'Zo was het niet.' Hij schudde langzaam zijn hoofd en staarde naar de vloer. 'Het is geen excuus, maar ik was dolgelukkig met de uitslagen, had te veel gedronken en was bloedgeil. Ik kon moeilijk met een paal in mijn broek bij je moeder aan komen zetten, en zij...' Hij haperde en zweeg.

'Zij wát?'

'Zij was daar toevallig,' zei hij schouderophalend. 'Dat is alles. Het stelde niets voor, Stella, dat kan ik niet genoeg benadrukken.'

'Jammer genoeg stelde ik kennelijk ook niets voor toen dit allemaal gebeurde.'

Er viel een boze stilte, waarin Stella hem woedend aankeek. Ingespannen staarde hij naar een trouwfoto van Judy en Mike op een van de tafeltjes naast hem. Hij zou er alles voor over hebben om weer terug te gaan naar die zomerdag in 1998 toen hij en Stella net een hartstochtelijke relatie hadden en ze hem had uitgenodigd om in één klap haar hele familie te ontmoeten. Stella was dertig en een hoogvlieger bij de bank. Nick daarentegen was net parlementslid met een schamel inkomen, en dus was zij de kostwinner geweest. Pas vijf jaar geleden, toen zijn carrière echt een vlucht had genomen, hadden ze samen besloten dat zij zou stoppen met werken en de ondersteunende huisvrouw zou zijn die voor iedere belangrijke politicus zo'n rots in de branding is.

Zijn herinneringen werden verstoord door het geluid van haar stem.

'Ze moet toch wel eerder hebben vermoed dat het kind niet van haar man was?'

Hij tuitte zijn lippen. 'Misschien. Ik weet alleen dat ze er pas met zekerheid achterkwam toen zij en haar man DNA-onderzoek ondergingen om te kijken of hun beenmerg geschikt was om hun zoon te helpen.'

Ze schudde het hoofd en haar blik verzachtte. 'Dat arme jongetje, zijn leven is amper begonnen.'

Nick knikte. De waarheid was dat hij alleen zijn eigen mening en die van Stella in overweging had willen nemen, verder niet. En toch moest hij steeds weer aan de jongen denken.

Nick dacht nog even aan Ben en schraapte toen zijn keel.

'Stella, je moet me geloven als ik zeg dat ik daarvoor en daarna nooit meer zoiets heb gedaan. Ik hou te veel van je.'

Het leek of ze niet luisterde. Ze kneep haar handen samen en keek troosteloos voor zich uit.

'Wat is het leven toch wreed, hè?' prevelde ze bijna komisch. 'Probeer ik al die jaren zwanger te worden, krijg dan een miskraam... en jij hebt een snelle wip met een vreemde en hebt een zoon.'

Bij deze laatste woorden snikte ze, en sprongen de tranen in haar ogen. Ze veegde met haar mouw over haar wangen.

'Toe, alsjeblieft.' Nick leunde naar voren om haar geruststellend een klopje op haar knie te geven, maar ze draaide haar benen weg zodat hij er net niet bij kon. 'Denk je dat je het me ooit kunt vergeven?'

Ze glimlachte verdrietig naar hem, maar de blik in haar ogen weerspiegelde die glimlach niet. 'Zo eenvoudig is het niet. Dit is nog niet alles, we moeten nog meer ondergaan. Tenzij...' Haar blik veranderde plotseling en ze keek hem aan alsof hij een vreemde was. 'Je was toch niet serieus van plan om de jongen niet te helpen? Is dat de reden waarom zijn vader de persconferentie verstoorde?'

Nick schudde zijn hoofd. 'James wilde...'

'O, ik had het kunnen weten,' onderbrak ze hem, zichtbaar geïrriteerd.

'... maar ik had al besloten dat ik het zou doen. Ik had meer bedenktijd gevraagd omdat ik het eerst met jou wilde overleggen, maar ik denk dat Joe Eastman daardoor dacht dat ik zou weigeren en hij me daarom in het openbaar te schande heeft gezet.'

'Ik zou precies hetzelfde gedaan hebben in zijn situatie,' zei ze resoluut. 'Je moet die jongen helpen.'

Hij knikte. 'Natuurlijk, maar in de tussentijd móét ik weten... Hoe moet het nu met ons?'

Ze fronste haar wenkbrauwen en pulkte ongemakkelijk aan een van de sierknopjes in de leren stoel.

'Het korte antwoord,' zei ze uiteindelijk, 'is dat ik het niet echt weet. Het is allemaal zo'n schok. Ik heb tijd nodig om na te denken.'

'Tijd samen met mij, of zonder mij?' Hij wist dat het niet eerlijk was om haar dat te vragen, maar de gedachte haar kwijt te raken, zelfs al was het maar voor een paar dagen of weken, was ondraaglijk. Al zei ze nooit meer iets tegen hem, zolang hij haar maar kon zien, bij haar kon zijn. Hij was doodsbang dat ze nooit meer terug zou komen als ze nu wegging.

'Zonder jou,' zei ze zacht.

16

Joe duwde de sleutel in het slot en voelde hoe de deur opening. Hij zat niet op het nachtslot, wat betekende dat Karen thuis was. Hij had het gevoel dat zijn maag zich omkeerde bij de gedachte.

Ze zat roerloos in de leunstoel naar het televisiescherm te staren. Er was een oude zwart-witfilm op, maar aan haar gespannen schouders kon hij zien dat BBC News 24 of Sky News haar alles al had verteld over waar hij die ochtend was geweest.

'Nu helpt hij ons nooit meer.' Ze keek hem niet aan, waarschijnlijk was ze boos, maar toch klonk haar stem verrassend verzoenend.

Hij wilde een zucht slaken, maar het kwam eruit als een gefrustreerd, geërgerd gehijg toen hij zijn jas over de rugleuning van de bank gooide.

'Hij had alleen "misschien" gezegd en we weten allemaal dat dat een tactiek is om het uiteindelijke "nee" uit te stellen.'

Ze draaide zich om, keek hem aan en haar blik leek te zeggen dat ze hem na drie jaar huwelijk helemaal niet kende.

'Niet noodzakelijkerwijs. We hadden hem kunnen ompraten… subtiel. In plaats daarvan hebben we hem in het openbaar vernederd. Verdiende hij dat nou echt?'

'Met "we" bedoel je mij, neem ik aan?' wilde hij weten. 'En sinds wanneer tellen zijn gevoelens mee? Pas maar op, straks denken ze dat je nog steeds verliefd op hem bent.'

'Dat is zo'n kinderachtige, sensatiebeluste opmerking dat ik er alleen maar minachting voor heb,' zei ze afgemeten. 'Hoor eens, ik weet dat je het met de beste bedoelingen hebt gedaan, maar...'

'Maar wát, Karen? Naar mijn idee heb ik hem nu in een zodanige positie gemanoeuvreerd dat hij het wel móét doen.' Hij zei het stellig, maar vanbinnen voelde hij zich een stuk minder zeker van zichzelf.

'Misschien.' Ze haalde haar schouders op. 'Of hij denkt nu: mijn politieke carrière is afgelopen, mijn vrouw weet toch alles, dus ik hoef helemaal níéts meer te doen.'

Hij dacht na over wat ze had gezegd en werd plotseling overweldigd door een gevoel van moeheid en verslagenheid. Treurig liet hij zich op de bank vallen.

'Je hebt gelijk. Ik heb alles verkloot.'

Hij wilde haar als de vijand beschouwen, tegen haar tekeergaan om het feit dat ze een zoon had die de zijne niet was, maar hij kon het niet. Niet nu, in elk geval. Ondanks hun verschillen wist hij dat ze een heel belangrijk gezamenlijk doel hadden: ervoor zorgen dat Ben de beste kans kreeg om te overleven. Daarna zou hij zich wel op het grotere geheel richten.

Toen hij in de taxi had gezeten en had gezien hoe de chaos zich achter hem ontvouwde, had hij een merkwaardig uitgelaten gevoel gehad van de adrenaline die door zijn lijf gierde. Maar binnen enkele minuten was dat verdwenen en was hij leeg en ongelukkig achtergebleven.

De kussens op de bank zakten dieper weg toen Karen naast hem kwam zitten en aarzelend een hand op zijn knie legde. Haar aanraking was zo zacht dat hij hem nauwelijks voelde.

'Je moet niet zo hard voor jezelf zijn,' zei ze zacht. 'We verzinnen wel iets.'

Zo zaten ze een paar seconden zonder iets te zeggen. Als

Karen al een oplossing wist, dan noemde ze die niet, en Joe kon helemaal niets bedenken. Het verstoren van de persconferentie had vanmorgen een briljant plan geleken, maar nu het hele verhaal op elke nieuwszender breed uitgemeten werd en Bens toekomst nog net zo onzeker was, leek het steeds meer een onbezonnen en roekeloze daad.

Terwijl ze daar zo zaten, naast elkaar, Karens hand op zijn knie, besefte hij dat hij in de war was, verscheurd tussen zijn intense boosheid op haar en zijn verlangen om troost bij haar te zoeken.

Als er een voorbeeld bestond van liefde die zowel verrukking als intense pijn kon veroorzaken, dan was dit het wel, dacht hij treurig. De vrouw op wie hij altijd had gerekend voor emotionele steun, die hij zo onvoorwaardelijk had vertrouwd was dezelfde die hem zo gruwelijk had bedrogen. Het dilemma was een kwelling.

Hij wilde niet in de logeerkamer slapen. Met elke vezel in zijn lichaam wilde hij aan de andere kant van de overloop liggen, haar armen om zich heen voelen en teruggaan naar hoe het was. Maar dat kon hij niet. Het zou alleen een tijdelijke pleister zijn op een wond die zo diep was dat hij misschien nooit zou helen. En dus hield hij afstand, zowel emotioneel als lichamelijk, en wachtte hij tot hij goed kon nadenken over de situatie waar hij zich nu in bevond.

De deurbel ging en bij het horen van het schelle geluid schoven ze allebei opzij; het ongemakkelijke gevoel van daarvoor was weer terug.

Karen stond op en keek uit het raam. 'Het is Tania. Ze had gezegd dat ze even wilde langskomen.'

Ja, vast, dacht hij opstandig, terwijl hij keek hoe ze de kamer uit liep. Hij hoorde dat de deur openging en ze gedempt met elkaar praatten. Enkele seconden later kwam Karen de kamer weer binnen, gevolgd door Tania die een overdreven beleefde uitdrukking op haar gezicht had.

De relatie tussen een man en de beste vriendin van diens

vrouw was maar iets vreemds, mijmerde hij. Hij moest toegeven dat hij het best verontrustend vond dat iemand anders zo verweven was met hun leven en waarschijnlijk beter op de hoogte was van de diepste gedachten van zijn vrouw over hun huwelijk dan hij. Meestal modderden hij en Tania maar wat aan, stoorde zij hem niet zo en ging hij in een grote boog om haar heen.

Maar nu ze de woonkamer binnenliep, zag hij haar als de vijand, als de vrouw die het vunzige slippertje van zijn vrouw had gepland en hem had beroofd van zijn bloedband met Ben.

'Nee maar, de voorhoede van de schadebeperking,' zei hij laatdunkend.

Tania bleef abrupt staan, wist niet goed of ze zich uit de voeten moest maken of moest gaan zitten, maar Karen pakte haar bij de arm, duwde haar verder en keek ondertussen boos naar Joe.

'Hou op. Ze is hier om ons te helpen.'

Hun vluchtige toenadering van enkele ogenblikken eerder was alweer een vage herinnering. Er hing een opvallende twee-tegen-een sfeer in de kamer en hij was heel duidelijk degene die alleen was.

'Tania zegt net dat we waarschijnlijk ergens anders onderdak moeten zoeken, want zodra de pers erachter komt waar we wonen, kunnen we niet meer weg. En ze zijn zo snel, dat we niet veel tijd hebben.'

Joe wierp een blik op Tania, die verontschuldigend knikte. 'Dan gaan we bij mijn moeder logeren,' zei hij, en hij haalde zijn schouders op. 'Daar vinden ze ons niet.'

Karens blik duidde erop dat ze nog liever bij een journalist ging logeren.

'Jullie kunnen bij mij logeren,' zei Tania. 'Het is een beetje krap, maar het lukt vast wel.'

Joe besloot in een flits dat hij liever in de voortuin sliep in het felle schijnsel van de media, maar net toen hij zijn mond opendeed om dit te zeggen, ging de deurbel en was het moment voorbij.

Met de geoefende uitstraling van iemand die gewend is aan de ongewenste aandacht van de media, duwde Tania haar vinger langs de rand van het gordijn om door een kiertje te kijken. Onmiddellijk ging er een flits af.

'Te laat,' mompelde ze. 'Ze zijn er al.'

Gloria rommelde wat in haar smetteloze keuken en veegde het glimmende aanrecht af, terwijl Ben in zijn kinderstoel een banaan zat te eten. Zodra hij een stukje in zijn mond stopte of, god verhoede, een stukje op de grond liet vallen stond ze klaar met een velletje gebloemde keukenrol. Ze hield dolveel van haar kleinzoon, met heel haar hart, maar die liefde reikte niet uit boven de greep van haar dwangneuroses.

Vanaf het moment dat ze wakker werd tot het moment waarop ze haar hoofd op het kussen legde, bestond haar dag uit rituelen die voornamelijk met schoonmaken te maken hadden. Ze waste niet dwangmatig haar handen zoals veel patiënten met een obsessieve-compulsieve stoornis, en had ook niet de neiging om alles te tellen, maar werd wel geobsedeerd door rechte lijnen: alles moest netjes zijn en alles moest een plekje hebben. Als er in een restaurant een schilderij scheef hing, werd ze gegrepen door de aandrang het recht te hangen. En als het op alle hoeken aan de muur bevestigd was, moest ze ergens zitten waar ze het niet kon zien omdat het anders haar hele avond zou verpesten.

Joe en Andy hadden nooit echt last gehad van hun moeders ziekte, maar hadden er juist hun voordeel mee gedaan, want als kind hoefden ze nooit iets in het huishouden te doen en als volwassenen zelden. Dat wilde Gloria niet, want zij had altijd het gevoel dat niemand een taak kon uitvoeren zoals zij. En zelfs de slechtste psycholoog zou haar kunnen vertellen dat alles zelf doen haar het gevoel gaf dat ze nodig was.

Pas toen Joe Karen had ontmoet, stond Gloria plots tegenover iemand die haar vroeg hoe het zat met die dwangmatige netheid. Op een zondagmiddag lang voordat Ben was geboren, waren Joe en Andy in de achtertuin bezig om een bankje in elkaar te zetten voor hun moeder, wat gepaard ging met veel gekrab achter de oren in de stijl van Laurel en Hardy.

In plaats van gezellig naast haar schoondochter te zitten en te genieten van een kopje koffie, was Gloria druk bezig met het recht hangen van lijstjes en stofjes van het tapijt plukken, totdat haar schoondochter een verbijsterde frons op haar gezicht kreeg.

'Ga jij wel eens gewoon rustig zitten?' vroeg ze.

''s Avonds. Als er een goeie film op tv is.'

Karen stond op, liep naar de schoorsteenmantel en trok een van de lijstjes aan de muur scheef. 'Wat gebeurt er als je het zo laat hangen?'

Gloria had krampachtig bewogen, want ze wist wat er ging komen, maar ze voelde zich erg ongemakkelijk omdat niemand het er ooit met haar over had gehad.

'Niets. Ik vind het alleen niet mooi, dat is alles,' antwoordde ze, en ze trok het lijstje recht. 'Waarom zou je er een rommeltje van maken terwijl alles netjes kan zijn?'

Karen was er die dag over opgehouden, maar niet lang nadat Ben was geboren, had ze het onderwerp opnieuw aangesneden en had ze haar schoonmoeder gevraagd of ze wel besefte dat de dwangneuroses haar leven beheersten en of ze er niet iets aan wilde doen.

'Hoe bedoel je?'

'Nou ja, iemand raadplegen.'

'Een psychiater, of zo?' Gloria was geschokt. Wat haar betrof deden alleen mensen met ernstige geestelijke problemen dat.

'Nee, een psychotherapeut. Die kan proberen te ontdekken waarom je het doet en je helpen ervan af te komen.'

Op dat moment had Gloria luid en overdreven gelachen alsof er maar één gek in de kamer was, en zij het niet was. 'Naar een zielenknijper omdat je zo nu en dan wat opruimt,' had ze gezongen. 'Liefje, je bent een giller.'

Karen was er niet meer over begonnen, maar het zaadje was geplant en ook nu nog merkte Gloria soms dat haar rituelen haar minder plezier boden omdat ze niet goed wist waarom ze ze deed.

Daar was het weer, dat knagende gevoel toen ze met haar nagel over een piepklein vlekje op Bens kinderstoel gleed.

'Klaar?' Ze gaf hem een zoen op zijn voorhoofd en tilde hem uit de stoel naar de woonkamer, waar ze hem op een grote plastic mat zette die ze speciaal voor hem had gekocht.

Er werd op de voordeur geklopt en door het matglas kon ze een stevige figuur zien staan.

'O, misschien is dat de postbode wel met een pakje voor jou,' zei ze met een glimlach, terwijl ze de deur opentrok.

Het was een forse man van middelbare leeftijd in een donkerblauwe jas, en hij had geen pakje bij zich. Hij leek een beetje op een politieman en haar hart begon sneller te slaan.

'Mevrouw Eastman?'

'Ja, is er iets?'

'Bob Kemp. *The Journal*.' Hij haalde een notitieboekje uit zijn jaszak en sloeg het open. 'Ik vroeg me af of u iets te zeggen hebt over de uitbarsting van uw zoon?'

Gloria fronste haar wenkbrauwen. 'Sorry, waar gaat het over?' Ze kreeg een rilling. 'Welke zoon?'

'Joe.' Hij keek over haar schouder naar Ben die op de grond zat. 'Is dat Ben?'

Ze volgde zijn blik en draaide zich weer om met een frons op haar voorhoofd. 'Hoe weet u hoe hij heet? Sorry, maar wie bént u?'

Hij keek even ongemakkelijk en trok toen zijn wenkbrauwen op. 'Weet u het echt niet?'

Ze schudde het hoofd. 'U maakt me bang.'

'Neem me niet kwalijk, mevrouw Eastman. Uw zoon heeft Nick Bright vanmorgen tijdens een persconferentie ervan beschuldigd dat hij een onwettige zoon heeft.' Hij knikte in de richting van Ben. 'Uw kleinzoon...'

Ze staarde hem enkele seconden aan, liet tot zich doordringen wat hij had gezegd, schraapte toen haar keel en maande zichzelf tot kalmte.

'Het spijt me, ik heb geen idee waar u het over heeft,' zei ze stijfjes, waarna ze de deur dichtsloeg en direct het fluwelen handgenaaide gordijn dichttrok.

Ze tilde Ben op schoot en wiegde hem heen en weer, terwijl de journalist op de deur klopte en door de brievenbus tegen haar praatte.

'Jezus, jongen,' zei ze in tranen. Wat heb je gedaan?'

Met een bleek en gekweld gezicht legde Joe de hoorn op de haak. 'Dat was ma. Ze staan bij haar op de stoep. Hoe hebben ze haar zo snel gevonden?'

'Dezelfde achternaam als jij. Het telefoonboek. Het kiesregister. Wat dan ook. Het kost ze nooit veel tijd,' zei Tania monotoon.

De televisie stond weer aan, het geluid stond zacht. Ze keken zonder iets te zeggen naar het begin van het journaal van zes uur, en Joe kreunde toen hij de bekende beelden van zichzelf tijdens de persconferentie weer voorbij zag komen.

Tania gaapte en gluurde weer door de gordijnen, waarop een batterij aan camera's begon te flitsen.

'Allemachtig, een foto van mijn wimpers. Daar verkoop je kranten mee.' Ze ging weer zitten. 'Er staan ongeveer tien verslaggevers en fotografen en een paar cameraploegen.'

Joe keek naar het raam. 'Die gaan vanzelf weg.'

'Daar zou ik niet op rekenen.'

Karen kwam uit de keuken met haar mobiele telefoon in de hand. 'Kennelijk wemelt het in de praktijk ook al van de pers. Ik heb net de rest van mijn vakantiedagen moeten opnemen.'

Ze liet zich in de leunstoel vallen en gooide haar mobiele telefoon op het kleed. 'Mijn voicemail staat vol met berichten van journalisten die ons verhaal "met gevoel" willen brengen. Ja vast. En hoe komen ze verdomme aan mijn nummer?'

'Een gokje?' waagde Tania. 'Waarschijnlijk iemand bij de telefoonprovider. De wereld zit vol overwerkte, onderbetaalde arbeiders die maar al te graag tegen een leuk bedragje wat informatie aan de pers doorsluizen.'

'Echt waar?' Karen dacht hier even over na, ontsteld dat mensen zoiets deden. 'Maar goed,' zei ze met een zucht, 'ze hebben in elk geval geen foto van Ben.'

Tania knikte en glimlachte, maar Joe keek geërgerd.

'Dat doet er toch helemaal niet toe? Iedereen die mij kent weet dat hij het is, dus wordt het arme joch straks nog steeds op straat nagewezen, of niet?'

Hij schudde zijn hoofd in wanhoop toen de deurbel voor de tiende keer in tien minuten ging.

'Jezus christus,' mompelde hij, 'wat heb ik losgemaakt?'

'En wat willen ze van ons?' vroeg Karen.

Tania glimlachte treurig. 'Nick Brights hoofd op een presenteerblaadje.'

17

Stella stond bij de erker in het huis van haar zus, met een kop thee in haar handen door de vitrage naar het kleinsteedse leven te kijken. Ze durfde de vitrage niet open te trekken, want gisteren had er een fotograaf staan loeren die een heel lelijke foto van haar had gemaakt die vanmorgen op de voorpagina's had gestaan: haar gezwollen en afgetobde gezicht onder verschillende schreeuwerige krantenkoppen die allemaal doelden op de stress van het leven met een overspelige man. Haar ellende was compleet toen ze het ook breed uitgemeten op het journaal zag.

De buurvrouw van de overkant zette haar twee kinderen in de auto om ze naar school te brengen. Ze zag er gejaagd uit en Stella vroeg zich af of zij ook wel eens fantaseerde over een ander leven. Als zij naar mijn leven keek, mijmerde ze, zonder kinderen, met een zeer succesvolle, bekende man en schitterende sociale gelegenheden waar geen einde aan lijkt te komen, zou ze waarschijnlijk jaloers zijn en denken dat ik alles heb. Terwijl ik juist háár leven zou willen met de voorspelbaarheid en de gebruikelijke spanningen van het moederschap.

De echtgenoot van de vrouw kwam naar buiten met een versleten koffertje in zijn hand. Hij gaf zijn vrouw plichtmatig een zoen op haar wang, zwaaide naar de kinderen in de auto en liep in de richting van het station. Aan zijn afgedragen pak te zien was hij waarschijnlijk een manager die elke ochtend om negen uur begon, een uur lunchte en om zes uur weer naar huis sjokte om samen met zijn gezin te eten. Ze keek hem na tot hij in de verte verdween en vroeg zich af of ze gelukkig kon zijn met zo'n betrouwbaar iemand die zo bezadigd door het leven ging. Misschien was ze wel bij Nick – een levendige, soms niet te stuiten levenskracht – omdat ze niet anders wilde, uit angst dat ze zou stikken in iets wat zo meedogenloos voorspelbaar was. Ze slaakte vermoeid een zucht. Voorspelbaarheid leek op dit moment heel aantrekkelijk.

Toen ze de deur achter zich hoorde opengaan, keek ze om en zag ze Nick de eetkamer binnenkomen. Hij knoopte zijn overhemd net dicht.

'Jezus, wat is die bank ongemakkelijk.' Hij huiverde en wreef over zijn nek.

'Goed zo.' Ze meende het.

Hij reageerde niet, en ze wist niet zeker of hij dacht dat ze een grapje had gemaakt of dat hij de opmerking helemaal niet had gehoord. Hij deed zijn stropdas om en liep naar haar toe. Toen hij bij de erker kwam, stak hij onhandig zijn armen uit alsof hij haar wilde omhelzen, maar ze leunde naar achteren. Hij liet zijn armen langszij vallen en glimlachte even.

'Daar ben je nog niet aan toe.'

Zonder iets te zeggen schudde ze het hoofd en staarde weer naar de doodlopende straat die nu leeg was, op Nicks dienstauto na.

'Aha.' Hij bleef even ongemakkelijk dralen, voordat hij een arm uitstak en zijn vingers op haar onderarm legde. Deze keer trok ze zich niet terug. 'Ik moet ervandoor. Blijf jij hier?'

Ze knikte en toonde een zweem van een glimlach, meer om de ongemakkelijke sfeer wat te verzachten dan dat ze zich met hem wilde verzoenen.

'Wel zo verstandig, denk ik. Tot de rust weerkeert, in elk geval.' Hij zweeg en keek ongerust. 'Wanneer kom je naar huis, denk je?' Het had nonchalant moeten klinken, maar ze wisten allebei dat het een geladen vraag was.

'We hadden afgesproken dat je me niet op zou jagen,' zei ze zacht.

Hij knikte en keek verontschuldigend. 'Sorry, maar ik vind het een nare gedachte dat je weg bent, zelfs al is het maar voor een nacht.'

'Behalve als je stiekem zoons aan het verwekken bent.' Ze vond het akelig om te zeggen, maar ze werd overvallen door een plotseling verlangen hem te kwetsen.

'Au.' Hij pakte zijn koffertje. 'Dat had ik wel verdiend.'

Ze keek hem verdoofd na, toen hij van de voordeur over het tuinpad naar de auto liep, achterin instapte, de fotograaf negeerde die uit het niets verscheen, en nog even aarzelend naar haar zwaaide. Vervolgens reed hij snel terug naar Londen of waar dan ook naartoe.

Pas toen hij uit het zicht was, liet ze zich op haar knieën vallen en slaakte ze een dierlijke kreet die zo hard was dat Judy vanuit de achtertuin naar binnen kwam rennen om haar te troosten.

De kop koffie die voor Joe op tafel stond was ijskoud en er zat een donkerbruin laagje op. Hij staarde er met op elkaar geklemde kaken naar. Met een rukje tilde hij zijn hoofd op toen hij een mobiele telefoon hoorde, maar liet het weer zakken zodra hij besefte dat het Tania's telefoon was.

'Hoi,' hoorde hij haar kalm zeggen, voordat ze naar de woonkamer liep en hij haar niet meer kon verstaan.

Karen zat tegenover hem door een wekelijks makelaarskrantje te bladeren dat je tegenwoordig overal tegenkwam, vol met huizen waar ze vroeger smachtend naar keken maar die ze zich niet konden veroorloven. Voor Ben werd geboren lazen ze het vaak samen en dan zochten ze elk hun lievelingshuis uit en droomden ze van de dag dat ze de loterij wonnen of een geweldige uitvinding deden zodat ze het konden kopen. Maar voor zulke praalzucht was tegenwoordig geen tijd meer, omdat al hun tijd opging aan injecties, bloedtransfusies en optimistische zoektochten op internet in de hoop dat ze op een dag de tekst zouden tegenkomen: AMERIKAANSE ARTS ONTDEKT BEHANDELING TEGEN SYNDROOM VAN DIAMOND-BLACKFAN.

Karens stem doorbrak zijn gedachten.

'Kijk.' Ze wees naar de pagina voor haar. 'Twee miljoen pond voor een huis met drie slaapkamers. De wereld is gek geworden.'

Joe keek haar wazig aan en snoof toen minachtend. 'Wat ben je in vredesnaam aan het doen?'

'Sorry?'

'Je zit verdomme een makelaarskrantje te lezen?' Hij leunde naar voren, rukte de krant uit haar hand en smeet hem op de grond. 'Ons leven is een teringzooi en jij zit je op te winden over huizenprijzen?'

Ze keek naar het blad dat op de grond lag, trok toen langzaam een wenkbrauw op en leunde over tafel. Haar stem was laag en dreigend.

'Jij hebt die zooi veroorzaakt, dus waag het niet om mij aan te vallen. Ik probeer gewoon een beetje normaal te doen.'

'Heb ik het veroorzaakt?' Hevig verontwaardigd schoot hij overeind en beende door de keuken, wat gezien de afmetingen niet veel tijd kostte. Hij draaide zich om, keek haar aan en leunde tegen het aanrecht. 'Heb ík het veroorzaakt? Dat dacht ik verdomme toch niet. Jij bent degene die met een minister hebt geneukt.'

'Dat weet ik,' antwoordde ze kalm. 'Maar we hadden de situatie in de hand kunnen houden, alleen moest jij het zo nodig aan de hele wereld verkondigen.'

'Ja, om Bens leven te redden!' snauwde hij. 'Iets waar jij je niet zo druk om lijkt te maken.'

Zodra de woorden zijn mond uit waren, wist hij dat hij te ver was gegaan, maar het was te laat om ze nog terug te nemen. Ze was witheet van woede.

'Waag het verdomme niet om ooit aan mijn liefde voor mijn zoon te twijfelen!' schreeuwde ze. Ze sprong overeind en viel hem met opgeheven handen aan. Ze sloeg met haar vuisten tegen zijn borst en met elke klap kromp hij ineen en trok hij zijn hoofd weg.

'Dat was een goedkope kutopmerking,' zei ze huilend. 'Ik lig nachten aaneen wakker omdat ik me zorgen over zijn toekomst maak. Ik zou er alles voor over hebben, ik zou mijn leven over hebben voor een geneesmiddel, dus waag het niet om ooit te suggereren dat het mij niets kan schelen.' Ze hield haar vuisten stil, liet haar armen langszij vallen, deed struikelend een stap naar achteren en liet zich op een stoel zakken. Met haar armen op tafel, haar hoofd gebogen begon ze onbeheerst te snikken.

Geschokt was Joe blijven staan, verlamd van verdriet en spijt. Na een paar seconden ging hij aarzelend achter haar staan en liet hij zijn handen boven haar schouders hangen. Hij wilde niets liever dan haar aanraken, haar troosten, maar wist niet hoe ze zou reageren. Zelfs na alles wat er was gebeurd, vond hij het afschuwelijk om haar zo te zien.

Voorzichtig legde hij zijn handen op haar schouders en was gerustgesteld toen ze ze niet direct van zich af schudde. Daarna begon hij haar rug te strelen.

'Het spijt me zo,' zei hij zacht. 'Dat was niet eerlijk. Ik weet dat je van niemand zoveel houdt als van Ben.'

Ze gaf geen antwoord, maar haar gesnik ging langzaam over in sniffen. Ten slotte rechtte ze haar rug en legde haar hand over de zijne.

'En jij ook, dat weet ik.'

Hij was opgelucht dat ze hem de opmerking had vergeven die hij in onbezonnen woede had geuit en helemaal niet had gemeend. Met een zucht haalde hij zijn handen weg en ging op de stoel naast haar zitten.

'Je hebt gelijk. De zooi is míjn schuld. Ik heb het verkloot met mijn grote bek.'

Karen gaf hem een kneepje in zijn arm en glimlachte triest naar hem. 'Je hebt gedaan wat jou het beste leek. Dat kan niemand je kwalijk nemen. Ik ook niet.'

Er werd zachtjes op de deur geklopt en .beiden keken ze naar de woonkamerdeur, waar een bezorgde Tania om een hoekje verscheen.

'Is de kust veilig?' vroeg ze.

Ze glimlachten allebei. 'Ja,' zei Karen, 'ik ben uitgemept.' Ze wees naar de lege stoel aan de andere kant van de keukentafel. 'Kom erbij.'

'Ik had een ontzettend lullige opmerking gemaakt,' zei Joe schaapachtig.

'Jij? Nee, toch?' Tania leek opgelucht dat hun relatie tijdelijk weer de spottende rivaliteit als vanouds had. 'Dat is toch helemaal niets voor jou?'

Joe lachte en stak zijn tong uit, blij dat de sfeer nu een stuk luchtiger was. Hij wilde net voorstellen om verse koffie te zetten, toen Tania haar keel schraapte en verwachtingsvol van de een naar de ander keek.

'Dat was James Spender aan de telefoon.'

'O god, wat nu?' Karen keek angstig.

Tania straalde. 'Nick heeft ingestemd met de pre-implantatie.'

'*Yes*!' Joe schoot overeind en stak zijn vuist in de lucht, terwijl Karen sprakeloos naar haar vriendin staarde, alsof ze elk moment kon zeggen dat het een smakeloos grapje was. Toen tot haar doordrong dat het echt waar was, sprong ook zij op en sloeg haar armen om Joe heen, duwde haar rechterwang tegen zijn borst en klampte zich aan hem vast.

Joe schrok van dit eerste intieme contact sinds haar bekentenis, en hij wist niet goed hoe hij moest reageren. Aarzelend hield hij zijn armen in de lucht. Toen liet hij ze zakken en omhelsde haar snel voordat de adrenaline afnam en ze allebei ongemakkelijk een stap naar achteren deden.

'Dat is fantastisch nieuws,' zei Joe, bijna in tranen. 'Misschien is nu eindelijk het eind in zicht.'

Hij bedoelde het eind van Bens lijden. Het lot van zijn huwelijk was iets waar hij nog een beslissing over moest nemen.

'Stilte, alstublieft!' James stak zijn handen in de lucht. Hij was omringd door verslaggevers en cameraploegen die allemaal vragen op hem afvuurden en vochten om de beste plek. Ze stonden al twee uur bij Portcullis House – het gebouw dicht bij het Lagerhuis, waar Nick een kantoor had – sinds via de Press Association bekend was gemaakt dat om een uur een officiële verklaring zou volgen.

Het was nu tien over een en de menigte begon erg onrustig te worden. Met name van de avondkranten stonden ze te mopperen over hun deadlines.

'Zodra het rustig is, zal er een verklaring afgelegd worden,' bulderde James. Het leek te werken en er viel een ongemakkelijke stilte tegen de achtergrond van verkeersgeluiden.

'Juist. Dank u.' Hij keek over zijn schouder en knikte naar een bewaker die bij een glazen draaideur stond. Nick kwam het gebouw uit en ging naast James staan, waarop de verslaggevers allemaal weer opgewonden werden.

'Bent u van plan om af te treden?' riep de man van de *Evening Standard*, maar hij werd vastberaden genegeerd door Nick, die naar een vel papier in zijn handen keek en zijn mond opendeed.

'Ssst,' zei een boos kijkende vrouw bestraffend tegen haar collega's, en ze duwde haar radiomicrofoon verder naar Nick en James toe.

'De laatste tijd,' begon Nick langzaam en omzichtig, zodat hij geen fouten zou maken, 'domineert mijn privéleven de krantenkoppen in plaats van het goede werk dat mijn ministerie doet als het gaat om het verbeteren van de gezondheidsdienst die toch al wereldwijd benijd wordt...'

'Hoe zit het met de jongen?' riep iemand achter uit de menigte.

'Stilte!' grauwde James in de richting van waaruit de stem

was gekomen. Iedereen keek onschuldig. 'Ga door,' mompelde hij bemoedigend tegen Nick.

'Daar neem ik de volledige verantwoordelijkheid voor, en derhalve heb ik vanmorgen per direct mijn ontslag genomen in de hoop dat mijn collega's zonder afleiding verder kunnen met de belangrijke taak van de besturing van dit land.'

Er werd hoorbaar naar adem gehapt en de journalisten schreven verwoed alles op, terwijl de cameramensen keken of hun lenzen nog steeds scherpgesteld waren.

'Hoe reageerde de premier?' vroeg de vrouw van de radiozender, maar Nick stak zijn hand op om aan te geven dat hij nog niet klaar was.

'Wat betreft de zoon van wiens bestaan ik niet op de hoogte was, wil ik dat u weet dat ik zal meewerken aan de pre-implantatie genetische diagnostiek, en ik wil u allen hartelijk danken voor úw hulp om hem te beschermen tegen alle onnodige en schadelijke publiciteit. Ik hoop voor hem dat u dat zult blijven doen. Dit is het enige wat ik ooit over deze kwestie in het openbaar zal zeggen. Dat kan ik niet genoeg benadrukken. Dank u.'

Hij vouwde het vel papier op, glimlachte een beetje scheef en draaide zich toen om.

Onmiddellijk brak de hel los en verslaggevers schreeuwden vragen naar hem als: 'Houdt u contact met uw zoon?' En: 'Wat vindt uw vrouw hiervan?'

Nick negeerde ze en liep Portcullis House weer binnen waar twee beveiligingsmedewerkers de deur achter hem dichtdeden en ervoor zorgden dat niemand achter hem aan kwam.

James gaf hem een klopje op de rug. 'Goed gedaan. Dat was moeilijk, maar...' Zijn stem stierf weg, afgeleid door de minister van Binnenlandse Zaken die naar de lift liep.

'Ah, excellentie! Hebt u even...'

Hij liep haastig weg en liet Nick alleen achter.

'Dat is nog eens een goeie vraag.'

Judy knikte naar de televisie in haar woonkamer waar het journaal net had getoond hoe Nick de verzamelde pers achter zich had gelaten.

'Sorry?' mompelde Stella, die nog altijd naar het scherm staarde ook al had haar zus de tv uitgezet.

'"Wat vindt uw vrouw hiervan?" Ik zei, dat is nog eens een goeie vraag.'

Stella reageerde niet. Verslagen stond ze op en liep naar het raam waar een groepje kinderen op hun fiets rondjes reed. Zo nu en dan ging de vitrage van een van de huizen omhoog en tuurde een bezorgde ouder naar buiten om te zien of de kinderen nog steeds in de buurt waren.

'Nou? Wat vind je ervan?' drong Judy aan.

'Goddank is het voorbij. Dat vind ik ervan.' Ze draaide zich om en keek haar zus aan.

'Voorbij? Echt niet.' Judy's blik was honend.

'Niet doen.' Stella's toon was opstandig, want ze wist wat er ging komen. Al haar hele leven vond Judy het nodig om op alles wat Stella deed of zei gevraagd en ongevraagd commentaar te geven, en dat had zo nu en dan voor fikse ruzies gezorgd.

Opgezweept door haar verontwaardiging sprong Judy met een bezorgde blik van de bank op.

'Wat moet Nick doen voordat je bij hem weggaat? Je in elkaar slaan?'

Stella lachte hol. Ze wist dat ze niet op deze vragen in moest gaan, maar zoals altijd wist haar zus precies hoe ze haar kon raken.

'Allemachtig, doe toch niet zo dramatisch. Als elk huwelijk strandde na een verhouding van een van beide partners, dan zouden we allemáál alleen wonen.'

'Niet elke man doet het met een ander. Mike heeft nog nooit een ander gehad.'

'Dat weet je niet.'

'O, jawel. En als ik ook maar een vermoeden had, zou ik hem het huis uit trappen.'

'Nou, knap van je.'

Ze staarden elkaar enkele seconden boos aan, en even was het weer alsof ze jonge meiden waren die ruzieden over een favoriet stuk speelgoed. Toen verzachtte Judy's blik en liep ze om de bank heen, ging zitten en klopte op de lege plek naast zich.

Stella had niet veel zin om naast haar te zitten, maar wilde het niet nog erger maken, bovendien was ze bang dat ze anders nergens meer een veilige plek had om te logeren.

'Vroeger was ik altijd zo jaloers op jou,' vertelde haar zus. 'Je was mooier dan ik, slimmer dan ik, en ook al heeft hij het altijd ontkend, je was papa's lievelingetje...'

Dat was allemaal niet waar. Stella had zich altijd een slons gevoeld naast haar veel extravertere zus, en Judy was net zo pienter als zij, maar had ervoor gekozen op de middelbare school achter de jongens aan te jagen in plaats van indrukwekkende examenresultaten te behalen. Hun vader had zijn oudste dochter heimelijk bewonderd om haar levenslust en gezonde gebrek aan respect voor gezag.

'... je had elke man kunnen krijgen,' voegde ze er weemoedig aan toe.

'Ik ben verdomme getrouwd met een man die minister is geworden!' Stella kon haar minachting niet verbergen. Zoals altijd deed haar zus alsof ze ontzettend stom was. 'Dus niet echt een nietsnut die zijn uitkering spendeert aan heroïne, of wel? Ik begrijp niet wat je nou eigenlijk wilt zeggen.'

'Wat ik wil zéggen is dat je alles voor hem hebt opgegeven en hij niets voor jou.'

Stella schudde langzaam het hoofd. Ze hadden het hier wel eens vaker over gehad en ze had haar zus met veel moeite uitgelegd dat ze haar werk had opgegeven omdat ze dat wílde en omdat ze hoopte dat het haar kans om zwanger te worden zou vergroten. De suggestie dat haar man een ambitieuze politieke carrière zou moeten opgeven zodat zij kon blijven werken was absurd, maar Judy leek maar niet te willen accepteren dat hun situatie een gezamenlijke beslissing was geweest. 'Wat wil je nou zeggen?' Stella klonk boos en dat wás ze dan ook. 'Dat ik een onderdrukt huisvrouwtje ben dat van haar dominante man haar talenten niet mag ontplooien? Is dat het? Denk je soms dat ik niet in staat ben zelf onafhankelijk en rationeel na te denken over mijn eigen leven?'

Ze staarde boos naar haar zus die ongemakkelijk heen en weer schoof.

'Nee, natuurlijk niet.' Judy slaakte een gelaten zucht. 'Ik wilde het niet zeggen, maar mama heeft altijd gedacht dat hij niet goed genoeg voor je is.'

Stella staarde haar een paar seconden aan om te zien of ze op het punt stond te grijnzen bij die kinderachtige opmerking, maar dat was niet zo. En dus wierp Stella haar hoofd in haar nek en lachte ze luid en overdreven.

'Dat meen je niet! Hoor je wel wat je zegt?'

Judy perste afkeurend haar lippen op elkaar. 'Je kunt me belachelijk maken, maar het is waar. Mama zegt dat hij een ruwe bolster is, maar die hebben niet altijd een blanke pit.'

Stella schoot overeind, beende naar de haard, draaide zich om en staarde vol ongeloof naar haar zus.

'Tjonge, dan zullen jullie wel verrukt zijn dat jullie zo spectaculair gelijk hebben gekregen.'

'Zo is het niet...'

'Hou maar op,' onderbrak Stella haar zus fel. 'Misschien ben je zo verteerd door die jaloezie waar je het over had dat je het normaal vindt dat je achter mijn rug om over mijn huwelijk loopt te roddelen.'

Ze keek vragend naar haar zus, die haar hoofd schudde.

'Zo was het niet. We maakten ons zorgen om je omdat we van je houden, meer niet.'

'Waarom hebben mama en ik dan nooit van die gezellige onderonsjes over jou en Mike?' was Stella's weerwoord, ook al wist ze dat het kinderachtig klonk. 'Ik had goddomme met de paus kunnen trouwen en dan zou mama hem nog niet goed genoeg vinden voor onze familie. Die zit zo ongelooflijk vast in haar zeepbel van tuinfeesten en boekenclubjes met al die andere snobs dat ze geen idee heeft hoe de wereld in elkaar zit. Doe mij maar een jongen uit de arbeidersklasse.'

'Ook al bedriegt hij je?'

'Heeft bedrogen. Verleden tijd en eenmalig.'

Er viel een sombere stilte totdat Judy hoorbaar ademhaalde.

'Je bent van plan om bij hem te blijven, of niet?'

Stella liep naar de woonkamerdeur en liet haar hand op de sierlijke, koperen deurkruk leunen. Haar stem was koel. 'Ik weet nog niet wat ik ga doen. Maar als ik het weet, zullen jij en mama er vast van alles over te zeggen hebben.'

Ze liep naar de gang, deed een stap naar achteren en stak haar hoofd om het hoekje van de woonkamer.

'Trouwens, bedankt voor het gebruik van de logeerkamer. Zodra ik mijn spullen heb gepakt, ben je van me af.'

Halverwege de trap botste ze tegen Oliver aan die met zijn pratende Buzz Lightyear in zijn hand de trap af rende. 'Tante Stella, wil je ruimteoorlogje met me spelen?' vroeg hij op smekende toon.

'Dat kan ik niet, lieverd.' Ze glimlachte teder naar hem. 'Ik moet weg, maar we doen het een ander keertje, goed?'

'Waar ga je naartoe?' vroeg hij. Hij sloeg een arm om haar been en klemde zich tegen haar aan.

'Goeie vraag,' mompelde ze met tranen in haar ogen.

18

Joe lag op zijn zij op de vloer van de woonkamer, duwde Bens houten trein over het spoor en maakte tot grote pret van de kleine jongen de bijbehorende geluiden.

'Soms vraag ik me af wie er de meeste lol aan beleeft... hij of jij,' zei Karen met een glimlach.

Haar aandacht werd afgeleid toen er iets door de brievenbus werd gegooid.

'Jemig, hoeveel folders voor pizzatenten heeft een mens nodig?' mopperde ze. Het was te vroeg voor de postbode.

In de gang pakte ze een witte envelop van de grond waar met de hand *meneer en mevrouw Eastman* op was geschreven en liep ermee terug naar de woonkamer.

'Die is zeker met de hand bezorgd...' Ze fronste haar wenkbrauwen en scheurde de envelop open.

'Jezusmina!'

Joe keek vragend op.

'Een brief van Jake Thompson van *The Post*... die ons £200.000 biedt voor ons verhaal!'

'Heel grappig.' Hij speelde weer verder met de trein.

'Nee, ik meen het. Kijk maar.' Ze gaf hem de brief.

Met grote ogen las hij hem. 'Wauw. Daar kun je je leven mee veranderen.'

Ze knikte, verbijsterd dat wat zij te zeggen hadden kennelijk zoveel geld waard was.

'Daarmee zouden we Bens operatie kunnen betalen,' zei Joe praktisch.

Maar hij had het nog niet gezegd of ze schudde haar hoofd. 'Het zou de jacht op ons gezin openen. Zodra we ons leven voor hen openstellen, denken zij dat ze alles kunnen schrijven wat ze willen, wanneer ze maar willen.'

Ze slaakte een zucht, pakte de brief uit zijn handen, scheurde hem vastberaden in stukjes en gooide de snippers in de prullenbak bij de haard.

Joe staarde in gedachten verzonken enkele seconden naar de prullenbak.

'Maar we zijn toch al niet meer anoniem,' zei hij uiteindelijk en hij wees naar de stapel kranten op de eettafel. 'Vandaag hebben ze uitgebreid geschreven over mijn capriolen tijdens de persconferentie en, laten we eerlijk zijn, de komende dagen zullen ze alleen maar bagger over ons schrijven, dus kunnen we ons net zo goed laten betalen voor onze kant van het verhaal. Dan hebben we er misschien nog een klein beetje controle over.'

'Nee. Want dan denken die lui...' ze gaf met haar hoofd een rukje in de richting van het raam, '... dat ze ons tot het einde der dagen kunnen lastigvallen omdat we één keer hebben meegewerkt.'

'Niet noodzakelijkerwijs.'

'Jawel,' hield ze vol. 'Ik heb een keer een praatprogramma gezien, zoiets als *Parkinson*, en daar was een beroemdheid... ik weet niet meer wie... die het over roem had en dat het niet iets is wat je zomaar aan of uit kunt zetten.'

'Maar we zijn niet beroemd.'

'Beroemd, berucht, maakt niet uit. Zodra je zelf om aandacht vraagt, kun je niet klagen als het later niet gaat zoals je wilt.'

Joe ging rechtop zitten en was niet overtuigd.

'Maar heb ik die aandacht niet al gevraagd?'

Ze dacht hier zorgvuldig over na. 'Ik denk dat mensen zullen denken dat jouw optreden tijdens de persconferentie een wanhoopsdaad was om je zoon te redden. En daar kunnen ze zich in verplaatsen.' Ze liep naar de haard en leunde tegen de schoorsteenmantel. 'Maar als we de media hier uitnodigen en ons ervoor laten betalen?' Ze trok een gezicht. 'Ik denk dat we het vertrouwen dan verspelen.'

Hij haalde zijn schouders op. 'Jouw beslissing. Maar ik vind wel dat we er nog even goed over moeten nadenken, want zonder dat geld wordt het nog moeilijk om de kosten voor Bens operatie te dekken.'

'We kunnen het altijd aan Nick Bright vragen.' Ze huiverde toen ze het zei. 'Al was het maar een lening.'

Joe's gezicht was moeilijk te interpreteren, maar zijn woorden boden duidelijkheid.

'Over mijn lijk.'

In de kartonnen doos op zijn bureau had oorspronkelijk een printer gezeten, maar nu stond er met zwarte viltstift ROMMEL op geschreven. Nick glimlachte bij deze ironie. Was hij dat nu... rommel? Het zoveelste slachtoffer op de brandstapel van de politiek?

Zijn assistente had de doos gebruikt voor de standaard verzameling brieven van gestoorde kiezers die met groene inkt en schreeuwerige letters schreven over onderwerpen variërend van supermarktkarretjes tot busdienstregelingen. De brieven waren in de versnipperaar beland, en de doos zat nu vol met Nicks spulletjes die waarschijnlijk ook rommel waren, al had hij nog geen tijd gehad om ze uit te zoeken. Nu had hij meer tijd dan hij voor mogelijk had gehouden.

Hij pakte de ingelijste foto van Stella en keek er enkele seconden ingespannen naar. Waarom had hij haar bedrogen? Het was een vraag die hem kwelde sinds hij van Bens bestaan wist, maar die daarvoor nauwelijks bij hem was opgekomen.

De ochtend na zijn slippertje had hij zich wel een beetje schuldig gevoeld. Maar vol vertrouwen dat Karen niet het type was om uit de school te klappen had hij dat gevoel snel weggeduwd en het gebeurde afgedaan als een misstap die niets had betekend. Hij ging verder met zijn leven, ervan overtuigd dat Stella de enige vrouw voor hem was, zowel geestelijk als lichamelijk.

Waarom, vroeg hij zich weer af, toen hij in zijn lege kamer stond en een onzekere toekomst tegemoet ging, had hij dan met die korte seksuele ontmoeting met een vreemde zo'n risico genomen?

Altijd wanneer die avond in zijn herinnering bovenkwam, had hij hem zo snel mogelijke weggeduwd, waarschijnlijk omdat hij zich schuldig voelde. Maar nu concentreerde hij zich erop en de herinnering kwam gemakkelijk boven.

Het was de avond van de plaatselijke verkiezingen, en hij wist al dat hij zou worden voorgedragen voor een baan in het kabinet omdat hij in vertrouwen door de premier was gepolst. Hij en Stella waren de enigen die ervan wisten en ze moesten het geheimhouden omdat de vertrekkende minister nog niet wist wat hem boven het hoofd hing.

Door die wetenschap, in combinatie met de euforie van de fantastische uitkomst van de plaatselijke verkiezingen, was Nick uitzinnig en ongelooflijk geil. En Stella was bij haar moeder.

De eerste keer dat hij Karen zag, stond ze in een hoek van de kamer omgeven door partijmedewerkers de overwinning te vieren. Ze was blond, aantrekkelijk, niet het type waar hij normaal op viel. Maar de stille kracht in haar ogen trok hem aan. En eerlijk was eerlijk: ze had waanzinnige tieten.

Hij speelde met de gedachte die kant op te slenteren en gedag te zeggen, maar Tania verscheen in beeld en sleepte haar mee naar de bar. Hij ging ergens anders staan en werd in het nauw gedreven door een stelletje jonge eerstejaars politicologiestudenten die allemaal het idee hadden dat ze de wereld zouden veranderen. Wacht maar tot je je eigen rekeningen moet gaan betalen, net zoals de rest van de wereld, had hij gedacht. Het duurde niet lang voor hij genoeg had van hun idealistische gezever.

Meerdere drankjes en een enorme stijve later besloot hij het voor gezien te houden en naar huis te gaan om bij het eerste het beste pornokanaal zichzelf een handje te helpen.

Toen hij de koude buitenlucht in zijn gezicht voelde en probeerde een taxi te vinden, zag hij een paar meter verderop iemand tevergeefs hetzelfde proberen.

'Ik weet het goed gemaakt,' bazelde hij aangeschoten. 'Degene die als eerste een taxi scoort, deelt hem met de ander.'

'En als we niet in hetzelfde deel van de stad wonen?' antwoordde een vrouwenstem. Toen ze zijn kant op liep en uit de schaduw tevoorschijn kwam, besefte hij dat zij het was, die met de gave tieten.

'Ik woon in het centrum,' zei hij, en hij probeerde de kriebel in zijn boxershort te negeren.

'Ik ook.'

De tien minuten in de taxi babbelden ze over het feest en haar vriendschap met Tania, twee saaie, veilige onderwerpen die niets deden om zijn erectie omlaag te krijgen.

'Weet je?' zei hij met een glimlach. 'Ik had je daarstraks al willen opzoeken om met je te praten. Je hebt waanzinnige... ogen.'

'Dank je.'

Hij wist het niet zeker, maar het leek alsof ze ongelooflijk aan het flirten was met die ogen, die neergeslagen lange wimpers waar ze doorheen keek.

En toen gebeurde het. Bijna onbewust schoof hij dichterbij, zodat zijn gezicht vlak bij het hare was, en hij keek of ze zich zou terugtrekken. Toen dat niet gebeurde, drukte hij aarzelend zijn lippen tegen de hare en voelde dat zijn pik nog stijver werd. Binnen enkele seconden werden de verlegen kussen stevige tongzoenen en wreef hij met zijn stoppels over haar gezicht. Tegen de tijd dat de taxi tot stilstand kwam, had hij zijn hand in haar blouse en lagen zijn vingers om een van de schatjes die hij eerder op de avond van een afstand had begeerd.

'We zijn er, vriend.'

De hese stem van de taxichauffeur doorboorde de met seks geladen sfeer en Nick trok zich terug en keek haar even recht aan. Hij wist dat hij nu in zijn eentje kon uitstappen en kon vergeten wat er was gebeurd, of...

'Koffie?'

Ze knikte bij het horen van de eufemistische uitnodiging, stapte de taxi uit en liep achter hem aan naar het victoriaanse rijtjeshuis dat hij en Stella in de verkoop hadden staan omdat ze iets aan de rivier wilden kopen.

De deur was nog niet achter hen dichtgeslagen of Nick duwde haar tegen de muur, begon haar weer te zoenen en trok met zijn handen haar zijden blouse open terwijl zij aan de knoop en rits van zijn broek rukte.

Toen haar hand om zijn lul gleed en ze hem vastpakte, dacht hij dat hij flauw zou vallen bij het vooruitzicht van wat ging komen. Zijn seksleven met Stella was goed, maar seks met een vreemde had iets dringends en explosiefs.

Met zijn handen om haar borsten, net zo spectaculair als hij zich had voorgesteld, bracht hij zijn tong van de een naar de andere terwijl zij luid kreunde en haar rok uittrok. Hij was teleurgesteld toen hij zag dat ze een panty aan had, maar ze trok hem snel uit en hij plaatste zich voor haar om zijn kanon af te vuren.

Met tegenzin haalde hij zijn handen van haar borsten, trok haar slipje opzij en duwde zich bij haar binnen. Het duurde misschien twee minuten, maar hij moest toegeven dat het de spannendste seksuele ontmoeting was die hij ooit had gehad. Zij was aantrekkelijk, ze waren allebei bezopen, kenden geen remmingen, het was onstuimig en dringend, en hij vond het supergeil dat hij met haar neukte terwijl hij haar naam niet eens wist.

'Hoe heet je?' vroeg hij, toen hij zijn overhemd weer in zijn broek stopte.

'Karen.' Ze glimlachte en pakte haar handtas. 'En ik moet gaan.'

Hij wist dat hij een taxi voor haar moest bellen, maar dat duurde zeker twintig minuten. Twintig minuten met beleefd geneuzel en een ongemakkelijk gevoel. Dus glimlachte hij, gaf hij plichtmatig een kus op haar wang en liet haar in de donkere nachtlucht alleen.

Hij schaamde zich om het toe te geven, maar hij had er een paar keer aan gedacht als hij met Stella aan het vrijen was. Maar alleen in de zin van een anonieme pornofilm, niet omdat hij gevoelens voor Karen had. Sterker nog, tot de dag dat ze zijn kantoor was binnengekomen, achttien maanden later, had hij zich amper voor de geest kunnen halen hoe ze eruitzag.

En toch had die korte, betekenisloze ontmoeting iets voortgebracht waar hij en zijn vrouw, de vrouw van wie hij al jaren hield, niet in waren geslaagd... een kind.

Nick legde Stella's foto boven op de doos en hij stelde zich opnieuw die vraag: waarom had hij haar bedrogen?

'Omdat ik bezopen was en dacht dat ik ermee weg kon komen,' zei hij zachtjes in zichzelf, tijdens een zeldzaam moment van eerlijkheid.

Hij pakte de doos en keek nog één keer de kamer rond waar zoveel herinneringen aan zijn politieke carrière lagen. Toen liep hij naar buiten en trok de deur stevig achter zich dicht.

19

Karen liep de tuin in met een dienblad in haar handen en kneep haar ogen toe tegen de ochtendzon. Het was een mooie dag, maar nog niet warm genoeg voor alleen een T-shirt en dus had ze haar badjas aan en droeg Tania een van Joe's truien. Ben zat in zijn pyjamapakje op een deken in het gras met felgekleurde blokken te spelen.

'Waar is Joe?' vroeg Tania, toen ze twee bekers koffie van het blad haalde en ruimte maakte voor de borden met geroosterd brood.

Karen knikte naar het hek aan de achterkant van hun tuin die grensde aan de tuin van de buren.

'We mogen van onze achterbuurvrouw, een heel lieve dame die Jean heet, over haar hek klimmen en door haar huis gaan om de fotografen te ontlopen. Hij is even een krantje gaan halen.'

Met een zucht nam ze een hap brood en gaf Ben een beker sap. 'Voor het eerst ben ik blij dat mijn ouders in Nieuw-Zeeland wonen... ver weg van deze ellende.'

'Je kunt je nergens verstoppen.' Tania trok een onheilspellend gezicht. 'Het zal daar het nieuws ook wel hebben gehaald.'

'Ja, maar er wordt minder aandacht aan besteed dan hier,

goddank. Ik heb een paar ongemakkelijke telefoontjes van ze gehad en het kostte wat overredingskracht om ervoor te zorgen dat mijn moeder niet het eerste het beste vliegtuig nam, maar ik heb ze ervan verzekerd dat met ons alles goed is.'

Tania glimlachte. 'De fotografen moesten mij vanmorgen weer hebben. Een paar riepen zelfs mijn naam, dus ze weten wie ik ben.'

'Die schrijven niks over je...' Karen keek aarzelend. 'Toch?'

Haar vriendin haalde haar schouders op. 'Waarschijnlijk wel. Als ik niet voor Nick had gewerkt, zou jij niet op dat feest zijn geweest. De krantenkoppen van morgen luidden waarschijnlijk: TANIA FLETCHER, POOIER VOOR PARLEMENTSLID.

Karen kreunde. 'Sorry.'

'Ik maak een géintje. En verontschuldig je niet steeds!' Ze rolde met haar ogen en slaakte een zucht. 'Eerlijk gezegd heb ik andere dingen aan mijn hoofd.'

'Wat dan?'

Ze keek gekweld. 'Ik ben zwanger.'

'Wat? Hóé?'

'Zeg, zo lelijk ben ik nou ook weer niet.'

Grijnzend gaf Karen haar een por. 'De laatste keer dat ik je naar je seksleven vroeg, zei je dat het meer bedreigd was dan de reuzenpanda... en nu ben je opeens zwanger. Van wie?'

Tania rilde. 'James.'

'James?' In eerste instantie wist Karen niet over wie ze het had, maar toen sperde ze haar ogen open. 'Wat, James Spender?'

Haar vriendin knikte.

'Maar je hebt een hekel aan hem.'

'Alcohol is iets vreselijks.'

'Waarom heb je me nooit verteld dat je met hem naar bed bent geweest?' Ze voelde zich een beetje beledigd dat Tania het geheim had gehouden.

'Schaamte,' zei Tania met een grimas. 'Dezelfde reden waarom jij nooit iets over Nick hebt gezegd.'

'Je hebt niets om je voor te schamen. Je bent single en hij ook.'

'Weet ik, dat is het ook niet. Maar hij behandelt me altijd als oud vuil, en vervolgens is hij vijf minuten aardig tegen me en ik val direct voor hem. De oudste truc die er is.'

'Wees niet zo streng voor jezelf.' Karen gaf haar een klopje op haar schouder, maar keek haar toen bezorgd aan. 'Weet je zeker dat je zwanger bent?'

'De Predictor wist het zeker.'

'Ah. Wat ga je nu doen?'

Tania haalde haar schouders op. 'Ik hoopte dat jij ideeën had.'

'Heb je hem nog gezien?'

'Alleen op mijn werk.'

'Hij weet van niets?'

Ze knikte.

'Dus dit is niet het begin van iets moois tussen jullie samen?'

'Echt niet.' Ze blies een hap lucht uit die de koffie deed golven. 'Zwanger na een slippertje? Ik kan beter direct naar de abortuskliniek...'

Ze wierp een blik op Ben, besefte wat ze had gezegd en werd knalrood. 'Sorry, ik bedoelde niet...'

Maar Karen schudde haar hoofd al. 'Vergeet niet dat ik dacht ik zwanger was van Joe. Als ik had geweten dat het niet zo was, had ik het misschien ook wel laten weghalen.'

'Misschien?'

'Je kunt alleen afgaan op je intuïtie op dat moment.'

Tania knikte bedachtzaam. 'Ik heb laatst ergens gelezen dat twee op de tien mannen andermans kinderen grootbrengen zonder dat ze het zelf weten.'

'Ja, dat heb ik ook gehoord.' Karen beet op haar lip. 'De grote vraag is: hoeveel blijven er als ze het eenmaal weten?'

Hun gesprek werd afgebroken toen ze iemand achter in de tuin hoorden kreunen. Joe zat schrijlings op het hek en zijn broek zat vast aan een stuk metaal. Hij smeet de tas met kranten op de grond, maakte zich los en sprong van het hek, waarna hij Ben een zoen op zijn hoofd gaf. Met een gezicht als een donderwolk liep hij naar de tafel.

'Ze hebben me goed te grazen genomen.' Hij pakte *The Post* en wierp hem minachtend op een lege stoel.

Tania voelde aan dat dit een privémoment was en stond op. 'Ik ga ervandoor. Bedankt voor de koffie.' Ze wees naar de trui. 'Kan ik deze een ander keertje terugbrengen?'

'Natuurlijk. Ik spreek je nog.' Karen wierp haar een betekenisvolle blik toe en voelde zich schuldig dat haar vriendin weg moest terwijl ze het nog nauwelijks over Tania's zwangerschap en haar mogelijkheden hadden gehad. Maar aan Joe's dreigende houding was duidelijk te zien dat Tania er beter niet bij kon zijn.

Zodra ze weg was, pakte Karen *The Post* terwijl Joe toekeek. Bovenaan stond in reusachtige letters de kop: JOE WAS EEN BEEST IN BED. Daaronder stond de foto van een blond meisje met een onnozel gezicht.

Ze fronste haar wenkbrauwen verward en haar hart begon iets sneller te kloppen toen ze zich afvroeg hoe het zat met de timing van deze vermeende affaire. 'Wie is dat?'

Hij haalde nonchalant zijn schouders op, maar de frustratie stond op zijn gezicht. 'Een of andere meid die beweert dat ik het tijdens mijn studie met haar zou hebben gedaan. Ik kan me verdomme niet eens herinneren dat ik haar ooit heb gesproken, laat staan dat ik met haar naar bed ben geweest.'

'Maar waarom zou ze dan...'

Hij wreef met zijn duim en wijsvinger over elkaar als teken voor 'geld'.

'Ik was single, dus je kunt het denk ik geen smaad noemen, of wel? Ook al is het helemaal niet waar,' zei hij verbitterd. 'En moet je dit zien...' Hij pakte een andere krant en sloeg hem op de middelste pagina open. De kop zei: ECHTGENOOT IN NICK BRIGHT-SCHANDAAL NEEMT HET NIET ZO NAUW.

'Een vent van het reclamebureau waar ik heb gewerkt beweert dat ik een "hechte vriendschap" met Sally had. Volgens hem was dat de aanleiding voor jouw slippertje met Nick Bright.'

'Dat is wel smaad. Toen was je getrouwd.'

'Daarom noemen ze het ook een "hechte vriendschap", want ze kunnen het niet echt bewijzen, maar de lezer weet wel precies wat er wordt bedoeld. En trouwens, het is waar, dus ik kan ze moeilijk aanklagen.'

Hij sloeg met zijn vuist op de krant. 'Maar wat ik wil zeggen is dat ik die vent verdomme niet eens ken! Volgens mij heb ik hem ooit één keer gedag gezegd in de kantine.'

Ze zwegen en Joe staarde nog altijd vol ongeloof naar de artikelen en Karen fronste afkeurend haar wenkbrauwen.

'Ik snap het niet,' zei ze uiteindelijk. 'Waarom pakken ze jou? Ik dacht dat ík de kwaaie pier was.'

Zonder op antwoord te wachten, pakte ze alle kranten, beende ermee naar de grote zwarte vuilnisbak die ze voor bladeren en gras gebruikten, tilde het deksel op en gooide ze erin.

'Daar zijn ze goed voor.'

Ze zag hoe Joe worstelde om rustig te blijven. Hij had zijn lippen op elkaar geklemd en er trilde een spiertje in zijn wang.

'Godver,' snauwde hij. 'Ik wilde alleen Bens leven redden en nu word ik gekruisigd.'

Ze ging achter hem staan, sloeg intuïtief haar armen om hem heen en legde haar hoofd tegen zijn nek. Het was een eenvoudig gebaar, heel normaal voor een gewoon, gelukkig getrouwd stel, maar door hun omstandigheden voelde het ongemakkelijk, als een omhelzing tussen vreemden.

Zijn schouders verstijfden en hij deed geen moeite om haar handen vast te pakken, al trok hij zich ook niet los. Ze voelde zich vreemd genoeg gesteund door dit minieme teken van troost.

Met een glas whisky in zijn hand liep Nick van de keuken naar de woonkamer, waar de nabeschouwing op Sky Sports luid uit de tv schalde. Met een nijdige blik zette hij het geluid uit. Hij keek graag naar voetbal, maar niet naar het eindeloze, hoogdravende gezeik eromheen.

Hij ging op de bank zitten en pakte voor de tiende keer zijn mobiele telefoon om te zien of hij telefoontjes had gemist. Hij had de ringtoon uitgezet omdat het ding sinds zijn ontslag constant had gerinkeld en hij niet van plan was er tegenover de pers nog een woord aan vuil te maken. Maar hij wilde wanhopig graag een telefoontje van Stella en niet alleen het plichtmatige sms'je dat ze hem elke dag stuurde om hem te laten weten dat alles goed met haar ging.

Hij wist dat ze niet meer bij haar zus was, want dat had hij tijdens een lichtelijk vijandig gesprek van Judy gehoord, maar hij had geen idee waar ze dan wel was.

Wat hij wel wist was dat hij haar verschrikkelijk miste en wilde dat ze thuis was. Niet omdat ze alles voor hem deed of omdat hij snakte naar gezelschap; hij miste háár: haar verstandige woorden, haar gevoel voor het absurde, haar gave om hem te kalmeren na problemen op zijn werk, haar scheve glimlach, haar koele zachte huid tegen de zijne in bed. Alles.

Hij zakte achterover in de kussens, en de doffe pijn in zijn borst deed hem denken aan de tienerangst die hij had gevoeld toen zijn allereerste vriendinnetje hem had gedumpt.

Zijn kostbare carrière lag in duigen, maar het deed hem lang niet zoveel als het vooruitzicht dat zijn huwelijk diezelfde kant op ging.

De intercom zoemde en zijn hart ging tekeer van schrik en de hoop dat het Stella was.

Met de lenigheid van een berggeit sprong hij van de bank en rende ernaartoe.

'Hallo?' Zijn gezicht betrok. 'O. Ja? Goed, stuur maar door.'

Hij legde de hoorn op de haak en tuurde door het kijkgat naar de gang. Na een paar seconden deed hij de deur open en keek met opgetrokken wenkbrauwen naar wat hij zag.

'Kom je met me praten of wil je me beroven?'

Joe stond voor hem in een zwarte gebreide muts, een zwarte capuchon en een zwarte spijkerbroek. De capuchon was over de muts heen getrokken waardoor er een donkere schaduw over zijn gezicht viel, en hij droeg een zonnebril. Onder zijn arm had hij een doosje in wit papier gewikkeld.

'Het was de enige manier die ik kon verzinnen om langs die verdomde journalisten te komen die de voordeur blokkeren. Met een pakje onder mijn arm dachten ze dat ik een koerier was.'

'Goeie. Wil je iets drinken?'

'Graag.'

Nick wenkte met zijn hoofd naar de woonkamer om aan te geven dat Joe achter hem aan moest lopen.

Terwijl hij hem een glas whisky inschonk en zijn eigen glas nog eens bijschonk, raasden er allerlei gedachten door zijn hoofd over waarom Joe hier was. Hij had toch al ja had gezegd tegen de pre-implantatie?

Het voelde vreemd om zo dicht bij zijn aartsvijand te staan, de man die de chaos in zijn leven had bespoedigd. Maar hij was niet langer boos. Hij had genoeg tijd gehad om na te denken over Joe's daden om te weten dat hij er eigenlijk alleen maar bewondering voor had.

Maar aan Joe's lichaamstaal en kille houding te zien, voelde hij niet hetzelfde voor de man die achter zijn rug om met zijn vrouw had geneukt.

'Zo. Wat moet jij hier?' Hij gaf hem zijn borrel, ging op de bank zitten en gebaarde naar de leunstoel. Maar Joe bleef staan.

'We worden belaagd door de pers. Kun jij ze niet terugfluiten?'

Nick lachte zachtjes, maar besefte toen dat Joe bloedserieus was.

'Moet je horen, als ik enige zeggenschap over die lui had, zat ik nu nog in het kabinet. En dan zouden zij nu niet voor mijn deur staan.'

Joe fronste zijn wenkbrauwen. 'Hoe zit het dan met ons recht op privacy?'

Nick zette zijn lege glas op de salontafel, waarna hij achteroverleunde en zijn armen achter zijn hoofd vouwde.

'Ze zullen Ben beschermen omdat hij nog maar een kind is, maar ik vrees dat jij je eigen privacy hebt geschonden toen je die stunt tijdens de persconferentie uithaalde. Je kunt de media niet gebruiken voor jouw doeleinden om vervolgens te eisen dat ze uit je buurt blijven. Zo werkt het niet.'

Hij keek op, maakte zich plotseling zorgen om zijn eigen veiligheid toen hij Joe's dreigende gezicht en gebalde vuisten zag.

'Sorry,' zei hij haastig. 'Dat klonk zeker nogal pretentieus. Zo bedoelde ik het niet, dat krijg je ervan als je jarenlang in de politiek zit.'

Hij glimlachte zenuwachtig in de hoop de lucht te klaren, en het leek te werken. Joe's handen en gezicht ontspanden en hij ging met een vermoeide zucht eindelijk zitten. Gelaten schudde hij het hoofd.

'Dat dacht ik al. Karen zei het ook al toen ze ons geld boden voor ons verhaal.'

'Hoeveel?'

'Het was eerst £200.000, maar nu is het al £300.000.'

Nick floot zachtjes. 'Dat is zeker wel verleidelijk?'

Hij knikte een beetje beschaamd. 'Maar Karen wil er niets van weten. Ze is een vrouw met principes.'

'Bewonderenswaardig, maar daar betaal je de rekeningen niet mee.'

'Nee, we moeten nota bene betalen voor de behandeling om Bens leven te redden. Zet dat maar in eens een van je toespraken.'

Nick stak zijn handen in de lucht. 'Ik denk niet dat er nog iemand naar mij luistert. Ik ben oud nieuws.' Hij zweeg even en bedacht toen iets. 'Heb je geld nodig?'

Maar Joe schudde vrijwel direct zijn hoofd. 'Nee, dank je.'

Nick kreeg de indruk dat de weigering eerder te maken had met trots dan met de mogelijkheid dat ze het geld al hadden, maar de gedecideerde toon gaf aan dat hij beter niet kon aandringen.

Joe's stuurse blik verzachtte iets en het was even stil. Nick hees zich wat overeind, schonk zijn glas bij en stak de fles uit naar de ongenode gast, die hiervoor bedankte.

'Zeg,' vroeg Nick zich af. 'Nu ik erover nadenk, wist Karen eigenlijk dat je van plan was om naar die persconferentie te gaan?'

Joe schudde het hoofd.

'In dat geval zou je misschien juridisch kunnen hardmaken dat de media haar privacy niet mogen schenden en dat zij met rust gelaten moet worden. Hetzelfde geldt voor de rest van jullie familie. Maar jij bent een gemakkelijke prooi, ben ik bang. Ik ook.'

Joe kreunde bijna onhoorbaar. 'En je vrouw? Hoe vat zij het allemaal op?'

Nick haalde zijn schouders op. 'Lastig te zeggen. Ze is een paar dagen weg en ze heeft er nog niet meer over gezegd dan het eerste: "Klootzak!" En jij?'

'Ik richt me op Ben.'

'Je hebt een goeie band met hem, hè?'

Joe knikte en beet op zijn lip in een poging zijn emoties te beheersen. 'We hebben zo'n sterke band dat ik niet kon geloven dat hij niet mijn eigen vlees en bloed was.'

'Doet het ertoe?'

'Nee. Dat besef ik nu ook.'

Hij leek er niet verder over te willen praten en Nick drong niet aan. Hij hoefde ook niet zo nodig iets te weten, want hij had al genoeg problemen aan zijn hoofd zonder de ellende van een ander.

'Stella en ik zijn bezig zwanger te worden.' Hij staarde naar het Perzische tapijt. 'Ze had net een miskraam gehad toen dit allemaal gebeurde.'

'Dat moet heel moeilijk voor jullie beiden zijn geweest... Erachter komen dat jij al een kind had, bedoel ik.'

'Voor haar moeilijker dan voor mij, geloof ik. Ze verlangt heel erg naar kinderen.'

'En jij?' Joe keek hem ingespannen aan.

'Ik weet het niet goed. Ik denk dat ik er wel helemaal voor ga als het eenmaal zover is.'

Joe deed zijn mond open, maar zei in eerste instantie niets, alsof hij worstelde met wat hij wilde zeggen. 'Heb je erover nagedacht wat voor rol je in Bens leven wilt spelen?' vroeg hij toen beheerst.

'Hij is jouw zoon, niet de mijne.'

Joe keek enigszins verbaasd op bij het horen van dit antwoord. 'Wil je hem niet eens ontmoeten?'

'Om mezelf een goed gevoel te geven?' Nick schudde resoluut zijn hoofd. 'Nee, hij heeft jou, en als hij wat ouder is, zal hij wel begrijpen dat mijn beslissing geen afwijzing van hem is, maar alles te maken heeft met wat op dat moment de juiste beslissing leek.'

'En de volgende?'

Nick had het gevoel alsof iemand hem een stomp in zijn maag gaf. De volgende. Er zou nog een kind komen. Hij wist het en toch had hij er nog niet eerder concreet aan gedacht. Hij had aan het steriele proces in een of ander laboratorium gedacht, maar nu was het in zijn gedachten een baby met roze wangetjes. Maar weer met de verkeerde vrouw.

Hij deed zijn ogen dicht en vocht tegen de golf van misselijkheid die in hem bovenkwam.

'Mijn gevoelens zijn precies hetzelfde,' zei hij monotoon. 'Of jij bereid bent je verantwoordelijkheid te nemen en de papa te spelen is geheel aan jou.'

Met geoefende lenigheid sprong Joe weer over het hek, deed zijn muts af en liep naar de fel verlichte keuken. Hij kon zachte stemmen in de woonkamer horen en dacht dat Tania er weer was. Het leek wel of ze hier tegenwoordig woonde.

Hij ritste zijn sweatshirt los, slenterde de kamer binnen en zag dat Karen gespannen en met rode ogen op de bank zat. Zijn broer Andy zat naast haar met zijn arm om haar schouder geslagen.

'Wat is er gebeurd?' Zijn hart sloeg over.

'Ik was even naar de snackbar om eten te halen en toen riep

een of ander mens: "Waar is dat bastaardje van je?"' legde ze met een betraand gezicht uit.

Andy keek hem aan. 'Ik heb haar al gezegd dat dat soort achterlijke lieden nu eenmaal bestaan en dat ze zich er niets van moet aantrekken.'

Joe knikte heftig, ging in een leunstoel zitten en trapte zijn schoenen uit. 'Ligt Ben in bed?'

Karen knikte en veegde met het eind van haar mouw langs haar ogen.

'Neem jij lekker een lang bad,' stelde hij zachtjes voor. 'Dan letten Andy en ik wel op de kleine.'

'Dat ga ik doen.' Ze gaf Andy een zoen op zijn wang en mompelde: 'Bedankt voor alles.' Daarna liep ze de kamer uit.

Joe wachtte tot de vloerdelen boven hun hoofd kraakten, strekte toen zijn benen een zuchtte. 'Het wordt er niet makkelijker op, jongen.'

'Ik weet het, ik heb de kranten gelezen. Heftig, hoor.'

'Het is bágger. Ik heb dat mens in *The Post* nog nooit ontmóét, laat staan dat ik met haar heb geneukt.'

Andy knikte ernstig. 'Toen ze zei dat je een grote lul had, wist ik meteen dat ze de boel bij elkaar loog.'

Joe schoot in de lach. Dat voelde goed.

'En wie is er nou geïnteresseerd in een hoop gezeik over iemand die ze niet eens kennen?' wilde hij weten.

Zijn broer tuitte zijn lippen. 'Nou ja, iemand zal het wel zijn, anders zouden ze het niet publiceren. Vraag en aanbod, noemen ze dat volgens mij.'

'Tja, dat zal wel.' Joe haalde gelaten zijn schouders op. 'Ik weet dat ik het mezelf op de hals gehaald heb, maar het komt wel hard aan als ze over jóú schrijven. Geen wonder dat beroemdheden zeggen dat ze geen kranten meer lezen.'

'Ze zijn ook bij mij geweest. Ik heb gezegd dat ze konden oprotten,' zei Andy met zijn typische lompheid. 'Maar ma vindt het moeilijker om ze elke dag bij haar voordeur te hebben. Je weet hoe ze is: aan de ene kant wil ze ze wegjagen en aan de andere kant wil ze ze een kopje thee aanbieden omdat ze niet onbeleefd wil zijn.'

Hij stak zijn hand in zijn jaszak en haalde er een verfrommelde bruine envelop uit.

'Hier, voor jullie.'

Met een vragende blik pakte Joe hem aan en scheurde hem open. 'Toch niet je Pokémon-kaarten?' plaagde hij.

'Pleur op, man, daar blijf je met je gore fikken vanaf,' grapte Andy.

Joe keek in de envelop en zijn mond viel open. 'Dat is zeker een paar duizend pond...'

Zijn broer knikte. 'Drieëntwintighonderd pond, om precies te zijn. Ik was aan het sparen voor een motor, maar ik word er een beetje oud voor... Het wordt zo langzamerhand een beetje treurig.'

Joe gaf de envelop terug, terwijl de tranen in zijn ogen prikte. 'Dank je wel, maar dat kan ik niet aannemen. Die wil je al van kinds af aan.'

Andy haalde zijn schouders op. 'Prioriteiten veranderen. Ben is belangrijk. Pak het waar je het krijgen kunt, jongen, en vergeet de rest.'

Joe keek hem aan en knikte heftig. 'Je hebt hartstikke gelijk, maar hou jij je geld nou. Ik heb helemaal niets meer te verliezen, en ik heb een ander plan.'

20

Nick werd met knallende koppijn wakker en bedacht dat hij de vorige avond bijna een hele fles whisky naar binnen had gewerkt. Hij had altijd van het bruine vocht gehouden, maar toen hij minister was geworden had hij zijn best gedaan om te minderen, zeker omdat hij minister van Volksgezondheid was en anderen voorhield dat alles met mate moest.

Hij stommelde naar de keuken, zette de waterkoker aan en trok de koelkast open op zoek naar het sinaasappelsap waar hij zijn dag altijd mee begon. Maar het pak was bijna leeg en toen hij de inhoud in een glas schonk was het meer schuim dan sap.

Stella hield de koelkast en keukenkastjes altijd goed gevuld met alles wat hij lekker vond, en eerlijk gezegd had hij het altijd vanzelfsprekend gevonden dat ze zijn favoriete grove mosterd in huis hadden, en de Benecol-yoghurtdrank die hij elke dag achterover sloeg voor zijn cholesterol. Maar nu begonnen de voorraden uitgeput te raken en liep hij het risico dat hij zelf naar de supermarkt zou moeten.

Als iemand hem vroeg naar Stella's rol in zijn leven, beaamde Nick altijd grif dat zij zijn rots in de branding was, zowel in praktische zin als emotioneel. Het was een goedgeoefend antwoord dat moeiteloos van zijn tong rolde, maar nu ze weg was, besefte hij hoe waar het was. Zijn hart voelde zo leeg aan als de koelkast.

'Twee uitersten' hadden vrienden hen in het begin van hun huwelijk genoemd. Zijn getuige had het er zelfs over gehad tijdens zijn toespraak. Zij kwam uit een gegoede familie met aan het hoofd haar vader Ralph, die een succesvol bedrijf had geleid en in staat was geweest een groot huis op het platteland te kopen met een zwembad en stallen. Stella had een idyllische jeugd gehad met sportfeesten en zomerfeestjes aan de rand van het zwembad.

Nick daarentegen was opgegroeid in een klein rijtjeshuis in Fleetwood, even buiten Blackpool. Het was een kustplaatsje, en wat hij thuis tekortkwam aan materiële zaken werd goedgemaakt tijdens zomerdagen aan het strand of met fruitautomaten langslopen op zoek naar kleingeld. Zijn ouders Bill en Mary, die allebei op de plaatselijke visafslag werkten, hadden het niet breed gehad, besefte hij nu. Dat had hij toen niet in de gaten, en hij deed het juist goed op hun strenge liefde en de regelmaat van school, buiten spelen, thuis eten en om negen uur in bed. Bovendien had hij geen vriendjes die luxe levens hadden, ze zaten allemaal min of meer in hetzelfde schuitje, hadden allemaal ouders die worstelden om financieel het hoofd boven water te houden. Hij had dolgraag een broertje willen hebben om mee te voetballen, maar zijn moeder had gezegd dat ze zich geen tweede kind konden veroorloven. En dus was hij enig kind gebleven.

Hij was geen studiebol geweest, maar zijn liefde voor sport en zijn goeie babbel, geleerd in het vele gezelschap van volwassenen, hadden hem door zijn schoolperiode heen geholpen. Zijn ouders hadden hem nooit als een klein kind behandeld en hadden hem juist vaak betrokken bij hun keukentafeldiscussies over de toestand van het land. Bill was een verstokte aanhanger van de Labourpartij, en toen Mary in 1989 op Margaret Thatcher had gestemd, had hij een weeklang lopen mokken. Hij was overleden aan longkanker, door een verslaving van veertig sigaretten per dag die hij uiteindelijk had weten terug te brengen tot tien, voordat hij op zijn tweeënvijftigste de diagnose kreeg. Hierna had hij het nog twee jaar volgehouden.

Mary was kapot geweest van zijn dood. Ze kenden elkaar per slot van rekening al sinds hun zeventiende, waren getrouwd toen ze negentien waren en hadden vijfendertig jaar zij aan zij geleefd. Hun enige nacht uit elkaar was tijdens Nicks geboorte geweest, en zelfs toen was zijn vader om middernacht vertrokken en had hij zeven uur later weer in het ziekenhuis gestaan. Mary's leven was opeens heel leeg, en Nick en Stella gingen bijna elke weekend bij haar op bezoek. Maar achttien maanden later had ze hun een makelaarsadvertentie in de krant laten zien over een appartementencomplex aan de Costa del Sol dat gebouwd zou worden.

'Aan de ene kant wil ik het liefst voorgoed in Fleetwood blijven, omdat het me zo aan Bill doet denken, maar tegelijkertijd maakt het me gek, want hij is er niet en het is niet meer hetzelfde. Dus heb ik een beslissing genomen,' had ze gezegd.

De beslissing was om de boel te verkopen en het geld te gebruiken voor een driekamerflat in Spanje, ergens waar alles anders was dan ze gewend was, in de hoop dat ze verder kon met haar leven. En dat was gelukt. Ze was nu vierenzestig, zag eruit alsof ze vijfenvijftig was en had een geweldig actief leven vol goede vrienden. Nick had het haar nooit durven zeggen, maar het was bijna alsof Bills dood een verlossing was geweest, een kans om in een land te leven dat haar altijd had gefascineerd, maar waar Bill nooit naartoe had gewild vanwege 'dat vieze eten en al die buitenlanders'.

Omdat hij wist dat de Britse kranten ook in Spanje uitkwamen en er ongetwijfeld bemoeials waren die het haar zouden vertellen, had Nick haar een paar uur na de persconferentie gebeld om haar te waarschuwen. Ze had heel stil geluisterd en hem niet veroordeeld, waar hij dankbaar voor was, maar hij had de teleurstelling in haar stem gehoord en het had hem ontzettend veel pijn gedaan. Dit was per slot van rekening een vrouw die een zwaar leven had gehad, maar die als grote trots haar degelijke huwelijk en een gelukkig gezin voor haar enige kind had gehad. En nu betaalde hij haar terug door te bekennen dat hij een vunzige scharrel had gehad op een avond dat zijn vrouw niet thuis was, waaruit een 'liefdesbaby' was geboren, zoals de kranten het noemden. Ben, háár kleinzoon. Nick had gedacht dat ze de jongen misschien wel zou willen ontmoeten, maar ze was er niet over begonnen, en hij hoopte dat ze dat ook niet zou doen.

Hij dronk een glas water in plaats van zijn gebruikelijke sinaasappelsap, slaakte een zucht en keek naar de boekenplank waar een trouwfoto van hem en Stella stond. Het was geen overdadige affaire geweest, gewoon een snelle ceremonie op het stadhuis, gevolgd door een lunch voor ongeveer vijftig vrienden en familieleden, en daarna twee weken op huwelijksreis op de Seychellen. Dat was Stella's wens geweest, omdat haar moeder anders de hele boel zou hebben overgenomen, haar in een draak van een jurk zou hebben gehesen, het Londens Filharmonisch Orkest zou hebben ingehuurd om op het enorme gazon bij het huis van haar ouders te spelen, terwijl allerlei vreselijke, verwaande familieleden de dag zouden hebben gedomineerd met hun luidruchtige gezever.

Maar dat was nog niet eens de grootste teleurstelling voor haar ouders geweest. Die twijfelachtige eer was te beurt gevallen aan de echtgenoot die ze gekozen had. Ze vonden Nick best áárdig, hadden ze haar de dag voor de bruiloft gezegd – iets wat ze pas jaren later tegen Nick zelf hadden gezegd – maar ze vonden hem niet geschikt voor hun dochter. Niet uitgerust met de vaardigheden om het ver te schoppen in deze wereld, had haar moeder gezegd. Stella had hem dat allemaal verteld toen hij op een avond was thuisgekomen en haar in vertrouwen had verteld dat hij tot minister benoemd zou worden, en ze hadden allebei hartelijk moeten lachen om de ironie. Twee avonden later was hij naar het plaatselijke verkiezingsfeest geweest en had hij seks gehad met een ander – en zo had hij niet alleen zijn vrouw bedrogen, maar had hij ook nog eens in één klap alle bezwaren van haar ouders bevestigd.

Zijn hart maakte een sprongetje toen hij een sleutel in het slot hoorde. Hij wist dat het de werkster niet kon zijn, want die hadden ze ontslagen nadat ze haar hadden betrapt op gerommel in zijn privéadministratie, waarschijnlijk omdat ze op zoek was naar sappig nieuws om aan een krant te verkopen. Dus het móést Stella wel zijn. Hij voelde zich verstijven toen de voordeur openging en zij inderdaad, met een koffer in haar hand, in de opening stond. Ze zette de koffer neer en deed de deur achter zich dicht.

'Hallo.' Hij deed zijn best om luchtig en vriendelijk te klinken.

'Hallo.'

Zij niet. Hij wist direct dat ze het hem nog lang niet had vergeven, als ze het al ooit zou doen. Hij keek op zijn horloge. Het was halfnegen.

'Wat ben je vroeg.'

'Ik wilde je betrappen.' Ze glimlachte slapjes. 'O, wacht, daar is het een beetje laat voor.'

Ze pakte haar koffer, liep er snel mee naar de slaapkamer en kwam enkele seconden later met lege handen terug.

'Ik heb een afspraak. Dag.'

De voordeur viel in het slot en Nick stond zich enkele seconden af te vragen wat het allemaal betekende. Betekende de koffer dat ze bleef? Wat voor afspraak had ze? Bij de kapper? De dokter? Een echtscheidingsadvocaat? Er liep een koude rilling over zijn nek.

Haar toon was beslist kil geweest, maar ze was er weer, voor hoe lang het ook was, en haar koffer stond in de slaapkamer. Nick besloot het voorlopig te zien als een positieve ontwikkeling.

Karen haalde het strijkijzer over het enorme oppervlak van Joe's overhemd en neuriede mee een programma van Steve Wright op Radio 2. Er stonden nog heel veel vragen open in haar leven, maar ze was in lange tijd niet zo gelukkig geweest, eenvoudigweg omdat ze wist dat al het mogelijke in gang was gezet om Ben een beter leven te geven. Ze hoefde er niet meer voor te knokken en hierdoor was ze iets rustiger geworden.

Tussen haar en Joe moesten nog veel problemen worden opgelost, maar zolang ze het grote probleem negeerden, konden ze het redelijk met elkaar vinden.

'Ah, als je het over de duvel hebt,' mompelde ze, toen ze een sleutel in het slot hoorde.

'Ik stond net aan je te denken,' zei ze, toen Joe de kamer binnenkwam. Maar hij glimlachte niet naar haar en keek erg ongemakkelijk. Hij liep naar de schoorsteenmantel, stak zijn hand uit en zette de radio uit.

'Hé! Daar zat ik naar te luisteren.' Ze hield bewust haar toon luchtig en vergevingsgezind, hoewel ze voorheen waarschijnlijk zou hebben gesnauwd dat hij niet zo arrogant moest doen.

Hij begon te ijsberen en wees naar de leunstoel toen hij erlangs kwam. 'Wil je even gaan zitten? Ik moet je iets vertellen.'

Ze voelde paniek in zich opkomen, haar rust was verstoord. 'Wat is er?'

Allerlei mogelijkheden schoten door haar hoofd, maar de optie die steeds weer bovenkwam was dat hij bij haar wegging.

'Ik heb mijn verhaal verkocht.'

Karen was even opgelucht, maar ze fronste haar wenkbrauwen toen ze besefte dat ze niet wist waar hij het over had.

'Wélk verhaal?'

'Mijn gevoel over alles wat er is gebeurd.' Hij verschoof zenuwachtig in zijn stoel. 'Het wordt morgen in *The Post* gepubliceerd.'

'Dat meen je toch niet?' vroeg ze voorzichtig. 'Ik bedoel, we hadden toch afgesproken...'

Eén blik op zijn gezicht zei haar dat hij bloedserieus was.

'Hoe kún je?' Ze sprong overeind, wist niet wat ze moest doen en ging weer zitten. 'Na alles wat ik heb gezegd?'

'Honderdvijftigduizend pond, daarom,' antwoordde hij geergerd. 'We hebben geen cent te makken, en nu kunnen we

Bens behandeling betalen, we kunnen ma die tienduizend pond teruggeven, en Andy kan zijn motorfiets kopen.'

'Hoe zit het met de driehonderdduizend?'

'Dat was alleen als jij erbij betrokken zou zijn en er foto's van Ben bij zouden zitten.'

Vol ongeloof schudde ze haar hoofd en ze keek hem aan alsof hij een vreemde was. Het vóélde alsof hij een vreemde was. Als dit geen duidelijk bewijs van hun vervreemding was... Hij had in zijn eentje de media uitgenodigd om de donkerste hoekjes van hun gezinsleven uit te lichten, terwijl hij wist dat zij ertegen was.

Ze kon niets doen om hem op andere gedachten te brengen. Het was al te laat. Haar man had van alles over hun huwelijk verteld aan een journalist, dingen die hij haar waarschijnlijk nog niet eens had verteld, en ze was zelfs niet geraadpleegd.

Maar diep vanbinnen was ze vooral verdrietig omdat ze wist dat ze geen poot had om op te staan, dat de situatie waar ze zich in bevonden geheel haar eigen schuld was. Voor haar man had ze elk recht van spreken verspeeld.

'De druk is van de ketel, Karen,' zei hij gespannen. 'Je kunt ontslag nemen, je hebt je werk nooit echt leuk gevonden... en dan kunnen we er allebei voor Ben zijn totdat hij beter is.'

Ze knikte gelaten. 'Laten we hopen dat we niet bij elke stap die we zetten lastiggevallen worden door de media, nu jij geld hebt aangenomen.'

'Mij zullen ze lastigvallen, maar dat is toch niet te voorkomen.' Hij haalde zijn schouders op. 'Maar het schijnt juridisch zo te zijn dat de media jou met rust moeten laten, omdat je niets van de persconferentie afwist en ook niet hebt meegewerkt aan het interview in *The Post*. Hetzelfde geldt voor ma en Andy.'

'Echt waar?' Ze klaarde iets op.

'Ja. Ben en de nieuwe baby worden beschermd omdat ze nog maar kinderen zijn, maar ik ben van plan een deel van het geld te gebruiken om door een advocaat een brief te laten schrijven aan de media waarin staat dat jullie nooit om media-aandacht hebben gevraagd en recht hebben op privacy.'

'Wauw.' Ze trok verbaasd haar wenkbrauwen op. 'Als je dat voor elkaar kunt krijgen, ben ik voor altijd de jouwe.'

Ze glimlachten allebei nerveus.

21

'Kijk, ik eet met twee handen!'

Karen hield haar mes en vork demonstratief in de lucht en sneed toen een gepofte aardappel in tweeën zodat de gesmolten boter eruit liep. 'Ik hou zielsveel van Ben, maar god, wat is het heerlijk om even zonder hem te zijn.'

Ze zaten met zijn tweetjes op Tania's kleine terras op van die bistrostoeltjes met ouderwetse bloemetjeskussens. Voor iets anders was geen ruimte. Het tafeltje was gemaakt voor niet meer dan een paar koffiekopjes, maar ze waren erin geslaagd om er twee bordjes en een paar glazen bronwater op te zetten.

Karen slaakte een tevreden zucht. 'Het is grappig, maar ook al waarschuwen mensen je dat een baby heel veel tijd kost, je beseft het toch pas echt als je er zelf een hebt. Ik zit altijd met één hand te eten, als ik al tijd genoeg heb om mijn bord leeg te eten, en ik kan me niet herinneren wanneer ik voor het laatst in bad ben geweest zonder dat er kleine eendjes naast me dobberden.'

Tania knikte weemoedig. 'Iets om over na te denken.'

Karen pakte haar arm beet en gaf haar een kneepje. 'Jeetje, sorry, aan mij heb je ook niks, hè? Weet je al wat je gaat doen?'

Tot haar verrassing sprongen er tranen in de ogen van haar vriendin. Tania was altijd zo optimistisch, haar glas was altijd halfvol, zij was degene die in elke situatie het beste zag. De jaren waarin Karen leed aan de gebruikelijke tienerangst, zich zorgen maakte om pukkels en jongens, had Tania relatief ongedeerd en vrolijk doorlopen. Later had ze beweerd dat je een vriendje moest hebben voor dat soort emotionele ellende, en omdat ze grotendeels was genegeerd door jongens had ze ook nooit last gehad van de onvermijdelijke zorgen die met verkering gepaard gingen.

Karen was blond, had blauwe ogen en een wulps figuur en dus was ze populair geweest onder de jongens op school, maar Tania had rood weerbarstig haar gehad, had zich pas laat ontwikkeld en was zoals ze zelf zei 'het lelijke vriendinnetje' geweest.

Nog altijd leek ze ongevoelig voor extreme emoties, ook als ze naar een jankfilm zaten te kijken en ook toen haar opa overleed. Karen was met haar naar de begrafenis gegaan en had de hele dienst in tranen zitten luisteren naar de toespraken van zijn vrienden, terwijl Tania er met droge ogen bij had gezeten.

Tania was nog maar tien geweest toen haar moeder borstkanker kreeg. Twee jaar lang had ze moeten toekijken hoe haar moeder steeds verder aftakelde tot ze uiteindelijk was overleden. Tijdens díé begrafenis had ze zo hard moeten huilen dat Karen haar had moeten ondersteunen, en nog weken later kon ze op school ineens in tranen uitbarsten en dan werd ze zachtjes de klas uit geleid. Karens theorie was dat Tania door de vroegtijdige dood van haar moeder zoveel verdriet had gekend dat er sindsdien niets meer zo erg was geweest. Ze was uitgehuild.

De tranen die nu over haar wangen stroomden lieten zien hoe moeilijk ze het had met de zwangerschap.

Karen trok een zakdoek uit haar mouw en gaf hem aan Tania. 'Hij is schoon.' Zoals alle moeders met jonge kinderen had ze de behoefte om dit te verklaren.

Tania glimlachte dankbaar en snoot haar neus. 'Ik dacht dat ik had besloten het te laten weghalen, maar dan raak ik in paniek en denk ik dat ik misschien nooit meer een kind krijg en dan lul ik mezelf weer om. Ik weet het gewoon niet.'

'Dat is heel normaal. Al die hormonen... en het is een verdomd moeilijke beslissing om in je eentje te nemen.' Ze zette haar glas neer en pakte Tania's handen vast. 'Hoor eens, uiteindelijk komt het er gewoon op neer of je verder wilt in de wetenschap dat je een alleenstaande moeder wordt, en dat is niet makkelijk, of dat je een abortus wilt in de hoop dat je op een dag iemand tegenkomt die ook graag een kind wil en dat samen met jou wil.'

'Het klinkt zo simpel als je het zo zegt. Maar ik ben zo bang dat ik me vreselijk schuldig ga voelen als ik het laat weghalen omdat het mij niet goed uitkomt.'

Karen liet Tania's handen los en stak haar armen boven haar hoofd uit. 'Je bent ongeveer drie weken zwanger, dus je hebt nog even tijd voordat je moet beslissen. Misschien moet je het eerst James vertellen. Straks verrast hij je nog door voor te stellen om te trouwen en nog meer kinderen te nemen... Of zoiets.'

Tania sputterde: 'Voel jij je wel helemaal lekker? Ik zou nog niet met hem willen trouwen als hij de laatste man op aarde was.'

'Goed, misschien niet. Maar ik vind wel dat hij het hoort te weten.'

'Misschien. Ik zal er nog eens over nadenken, al doe ik op het moment eigenlijk al niet anders.' Ze schonk Karens glas bij. 'Kunnen we het nu over iets anders hebben, want ik word hier alleen maar treurig van.'

'Jij, treurig? Nee, dan ik.' Ze leunde naar voren en pakte *The Post* van de grond waar ze hem eerder neer hadden gegooid. Op de voorpagina stond een grote foto van een sombere Joe met daaronder in koeienletters: MIJN BABYVERDRIET. Ze bladerde door naar een dubbele pagina met de kop: EXCLUSIEF: IK WIL NICK BRIGHTS ZOON NOG STEEDS ALS MIJN EIGEN KIND GROOTBRENGEN.

Tania knikte ernaar. 'Je moet toch toegeven dat het hoop biedt.'

Karen haalde haar schouders op. 'Voor Ben wel, ja. Maar het betekent niet dat hij met mij getrouwd wil blijven.'

'Natuurlijk wel, verdomme. Hij is hartstikke gek op je.' Ze zette haar halflege bord op Karens lege bord en glimlachte. 'Ik kan me nog herinneren hoe jullie elkaar die avond tijdens dat feest ontmoetten.'

Karen glimlachte weemoedig bij de herinnering. 'Ik ook. Als de dag van gisteren.'

'En ík had hem nota bene als eerste gezien. Grappig hè, dat we toen zo vechtlustig waren.'

'Hij was zo aantrekkelijk, vond je niet? Dat is hij nog steeds, maar het was meer dan dat. Het klikte echt,' zei Karen. 'Mijn moeder zei altijd tegen me: "Als het de ware is, dan wéét je het gewoon." En dan zei ik: "Ja, ja." Maar zodra ik hem zag, wist ik precíés wat ze bedoelde.'

'Ik was stinkend jaloers,' zei Tania. 'Niet omdat hij regelrecht op jou af ging en niet op mij, maar omdat het betekende dat ik jou niet meer zoveel zou zien.'

'God, ja. In het begin zat ik nog bij hem op schoot als hij op de plee zat. Ik kon niet genoeg van hem krijgen.'

'Dat hebben jullie nog steeds, je bent alleen een beetje de weg kwijtgeraakt.'

Karen kreunde van spijt en verdriet. Ze voelde zich zo schuldig. 'Ik weet het niet. Ik hou nog steeds van hem, maar door alles wat er is gebeurd, kost het wel moeite. En ik heb werkelijk geen idee wat hij nog voor mij voelt.'

Tania trok haar wenkbrauwen op. 'En de seks?'

'Ja, graag,' antwoordde Karen met een grijns.

'Slaapt hij nog steeds op de logeerkamer?'

Karen knikte. 'Ik mis hem.'

Tania had haar altijd onvoorwaardelijk gesteund. Als Joe iets deed waar Karen boos om was, hoefde Tania niet te weten wat het was. Zelfs als ze de details kende en waarschijnlijk dacht dat allebei wel wat te verwijten viel, steunde ze haar vriendin. Het waren de regels van hun vriendschap.

Dus toen Tania een ongeduldige kreet slaakte en er een blik van ergernis over haar gezicht gleed bij Karens laatste opmerking, was dat heel ongewoon. Ongekend, zelfs.

'Ik wil niet flauw doen,' zei ze, en ze plaatste haar ellebogen op tafel en leunde naar voren naar haar vriendin, 'maar ik heb jullie vanaf het eerste moment samen gezien en hij heeft áltijd achter jou aan gezeten. Zo gaat dat bij jullie... Jij bent een beetje een ijskoningin en hij moet zijn best doen om jou te ontdooien.'

Ze zweeg, maar Karen was te geschokt om te reageren.

'Je moet doen wat je leuk vindt, hoor,' ging Tania verder, 'maar vind je niet dat het tijd wordt om de oude gewoonte te doorbreken en hém te versieren?' Ze zweeg en staarde Karen uitdagend aan. 'Met andere woorden, als je hem zo mist, hou dan op met zeuren en dóé er iets aan.'

Joe keek naar Karen die in de keuken heen en weer liep, de borden afruimde en ze in de vaatwasser zette. Ze had zelf lasagne gemaakt, gezien haar gebrek aan keukentalent niet geheel succesvol, maar hij had haar geprezen omdat ze wel haar best had gedaan.

Hij zag dat ze ook wat meer aandacht aan haar uiterlijk had besteed, haar haar had geborsteld en het los droeg zoals hij het mooi vond en wat make-up had opgedaan om haar gelaatstrekken te accentueren zonder overdreven te doen. Ze droeg een kort vestje dat net haar borsten bedekte als ze rechtop stond, maar iets meer liet zien toen ze zich bukte om de vaatwasser te laden. Hij merkte dat hij onwillekeurig opgewonden raakte.

Hij vond haar nog altijd aantrekkelijk, dat was een feit, maar hij vroeg zich af of dit kwam door de emotionele afstand die er tussen hen was ontstaan en het een soort verlangen naar seks met een vreemde was geworden, in tegenstelling tot het teder 'bedrijven van de liefde' met iemand die bij hemzelf hoorde.

Of misschien was het seksuele honger: het was per slot van

rekening alweer een aantal weken geleden dat hij haar in het bad had overvallen.

Vanaf de eerste minuut dat hij haar tijdens dat feest had gezien, had hij geweten dat zij zijn levenspartner zou worden. Hij had een reeks kortdurende opwindende ontmoetingen met vrouwen van allerlei maten en vormen gehad. Joe was dol op seks, maar tegen de tijd dat hij Karen leerde kennen, had hij genoeg van betekenisloze seks en was hij op zoek naar iets oprechters.

Haar maffe, roodharige vriendin had als eerste oogcontact gemaakt, maar ze was zijn type niet: te jongensachtig en te gretig. Ze was net een zuurstok waarop 'wanhopig' stond geschreven.

Karen was heel anders geweest: blond, ijzig, met lichtblauwe ogen die hem koeltjes bekeken hadden en snel verder waren gegleden naar een ander. De jacht was begonnen.

Hij had Tania's oogcontact gebruikt om op hen af te stappen, maar had haar toen genegeerd en zijn aandacht op Karen gevestigd, haar vermaakt met anekdotes en opmerkingen over de mensen in de kamer.

De doorbraak was gekomen toen Tania iets minachtends had gezegd over de gastvrouw die had opgeschept dat er een 'beroemdheid' op haar feest zou komen.

'Ik heb Stuart Little net in de keuken gezien. Telt dat ook?' had Joe gegrapt, en Karen was in lachen uitgebarsten. De bleke ogen waren hartelijker geworden en ze had zich wat omgedraaid zodat ze hem goed kon zien. Die avond had hij haar haar telefoonnummer weten te ontfutselen en was toen vertrokken omdat hij het lot niet wilde tarten en genoegen nam met de mogelijkheid om in de toekomst contact met haar op te nemen. Maar het had meerdere telefoontjes en een aantal kuise kopjes koffie in openbare gelegenheden gekost voordat hij haar had overgehaald om met hem uit te gaan.

Tijdens een dronken biecht op hun huwelijksreis had ze toegegeven dat ze hem direct al een lekker ding had gevonden, maar dat ze het idee had gehad dat hij het type voor een snelle wip was en zij niet een zoveelste betekenisloze verovering wilde zijn.

Joe slaakte onbedoeld een treurige zucht bij de herinnering.

‘Een stuiver voor je gedachten.’

Hij keek op en zag dat ze bij de vaatwasser stond en hem met een vragende glimlach aankeek.

‘Sorry?’

‘Dat was een diepe zucht. Waar zat je met je gedachten?’

Hij bloosde een beetje. Onder normale omstandigheden zou hij het haar direct vertellen: een gelukkig getrouwde man die weemoedig herinneringen ophaalt aan de dag waarop hij zijn vrouw ontmoette. Maar Joe’s hersenen overwogen de mogelijke gevolgen van een eerlijk antwoord. Zou ze het nemen voor wat het was: een onbeduidende gedachtegang die niets betekende voor hun huidige situatie? Of zou ze er meer in lezen, misschien wel denken dat hij op het punt stond om het haar te vergeven en bereid was opnieuw te beginnen?

Hij keek haar enkele seconden aan en waagde toen de sprong, terwijl zijn lichaam verstijfde. Het was een sprong in het diepe.

‘Ik dacht aan de avond dat we elkaar voor het eerst ontmoetten.’

Er gleed een verraste blik over haar gezicht, maar ze herstelde zich snel en glimlachte hartelijk.

‘Wat leuk. Zonder spijt, hoop ik.’

‘Ja, want anders...’ Hij zweeg abrupt toen hij besefte dat hij het standaardantwoord wilde geven dat zoveel stellen in zulke situaties geven, maar dat in zijn geval niet waar was.

‘Want anders... wat?’ Ze keek hem vol verwachting aan, wist niet wat hij had willen zeggen.

Hij overwoog om snel te liegen, een nietszeggende verklaring voor zijn zwijgen te geven, maar hij kon niets bedenken.

‘Ik wilde zeggen...’ ging hij zachtjes verder, ‘“... want anders hadden we Ben niet gehad.” Maar toen bedacht ik dat dat natuurlijk niet klopt.’

Haar glimlach verdween voor zijn ogen. Ze draaide zich om en liet haar hoofd hangen. Hij hoorde haar sniffen, maar kon haar gezicht niet zien.

'Gaat het?'

Ze knikte, maar draaide zich niet om.

'Het spijt me. Maar je vroeg ernaar.'

Ze rechtte haar rug en draaide zich om. Hij kon niet zien of ze had gehuild, maar haar ogen glansden en ze keek ongerust. Na een paar seconden liep ze naar de tafel, trok een stoel dichter naar de zijne en ging zitten.

'Je ziet er moe uit,' zei ze zacht, en ze legde haar hand op zijn knie. Het leek een terloops gebaar, maar aan haar gezicht kon hij zien dat ze zojuist de Grand Canyon van emotionele kloven had overgestoken.

'Als je nou eens boven op ons bed gaat liggen,' zei ze zachtjes, 'dan geef ik je een massage met warme olie.'

Hij voelde de zenuwen door zijn maag fladderen, maar wist niet of het van opwinding of onzekerheid was. De heersende emotie was verbazing over het feit dat Karen het initiatief nam, iets wat ze zelden deed. In het begin van hun relatie had hij daar niet mee gezeten omdat hij zich zeker voelde over zijn seksualiteit, maar nadat Ben was geboren en ze beiden wat volwassener waren geworden, was het een beetje gaan knagen.

Toen ze elkaar pas kenden, gaf ze hem vaak een massage voordat ze vreeën, maar de laatste keer was geweest toen ze net hadden gehoord dat ze zwanger was. Sinds Ben zei ze altijd dat ze te moe was of dat ze zich de hele dag had uitgesloofd voor de artsen en patiënten in de praktijk en 's avonds niet ook nog eens wilde sloven voor haar man.

En nu zat ze hier dicht tegen hem aan en bood ze hem een massage aan die, als hij dat wilde, waarschijnlijk tot seks zou leiden. Een maand geleden, zelfs te midden van alles stress en spanning omtrent Bens ziekte, zou hij de kans om de pijn die ze allebei voelden te verzachten – al was het maar voor een paar minuten – direct hebben aangegrepen. Maar dat was de gezamenlijke pijn van de ouders van een ernstig ziek kind. Deze nieuwe pijn, de wetenschap dat een andere man de vader van zijn zoon was, was van hem alleen en het kostte moeite om die te begrijpen, laat staan te verwerken.

Hij keek naar haar hand op zijn been. Zijn erectie was verdwenen, dat zei genoeg.

'Lief van je, maar ik heb nog van alles te doen. Administratie en zo...' Hij stond op en haar hand viel langs haar zij. Ze leek geschrokken door de afwijzing en de tranen sprongen in haar ogen. En hoewel hij haar vroeger bij het eerste teken van verdriet in zijn armen zou hebben genomen om haar te troosten, deed hij deze keer niets. Hij vóélde ook niets.

Toen hij de kamer uit liep om naar boven te gaan, keek hij niet eens achterom.

'Maar waaróm?'

Stella klonk kalm, maar Nick kon de koppige vastberadenheid in haar stem horen die zei dat ze de zaak pas zou laten rusten als ze een bevredigend antwoord kreeg.

'Dat heb ik al gezegd. Ik was bezopen. Jij was weg. Ik had medelijden met mezelf...'

Hij wist dat hij net zo slap klonk als hij zich voelde.

'Ben je echt zo zielig?' Het klonk niet spottend, eerder teleurgesteld, wat veel moeilijker te accepteren was.

'Het is maar één keer gebeurd, meer niet.' Hij slaakte een zucht en probeerde hem direct te onderdrukken... tevergeefs.

Er ging een flits van ergernis door haar ogen en ze keek hem boos aan. 'Je hebt het recht niet om zo beledigd te reageren. Heb je enig idee hoezeer je me hiermee hebt gekwetst?'

'Ik weet het, ik weet het.' Hij stond van de bank op en liep naar de tv. Het geluid stond uit, maar de beelden leidden hem te veel af en dus zette hij het ding uit. 'Gedane zaken nemen geen keer. Ik zou willen dat ik het kon terugdraaien, maar dat kan ik niet, dus moeten we uitzoeken hoe we verder kunnen.'

'Ik besluit zélf wel wanneer ik daar aan toe ben.' Ze zat al een halfuur aan de eettafel. 'Jij wilt misschien graag verder, maar zolang ik niet begrijp waarom je met een ander hebt geslapen, kan ik geen beslissingen over onze toekomst nemen.'

'Slapen is een groot woord.'

Zodra hij het had gezegd, had hij er spijt van. Hij was te ver gegaan en kon het niet terugnemen zonder haar nog meer pijn te doen.

'En wat wou je daarmee zeggen?' Ze staarde ingespannen naar zijn gezicht.

'Dat we niet een hele nacht in hetzelfde bed hebben doorgebracht,' zei hij omzichtig, in de hoop dat ze de verklaring zou accepteren, terwijl hij heel goed wist dat hij er niet zo gemakkelijk vanaf zou komen.

'Waar hebben jullie het dan gedaan? Dat wilde ik inderdaad nog vragen,' zei ze sarcastisch.

Er schoten allerlei mogelijke antwoorden door zijn hoofd, maar bestond er überhaupt een goed antwoord op de vraag van je vrouw waar je overspel had plaatsgevonden? Hij koos voor de waarheid en troostte zichzelf met de gedachte dat hij in elk geval niet levenslang op zijn woorden zou hoeven passen als het om dit onderwerp ging.

'In de gang.'

'Haar gang?'

Hij begon misselijk te worden. 'Stella, moet dit echt?'

'Welke gang, Nick?' vroeg ze monotoon.

'Die van ons,' mompelde hij, en hij liet zijn hoofd zakken. 'In het oude huis.'

'Aha.'

Ze staarde enkele seconden met een intens droevige blik uit het raam, en het liefst wilde hij haar in zijn armen nemen en haar pijn wegnemen. Maar hij had de pijn veroorzaakt en wist niet wat hij moest doen, bang voor haar reactie.

'Ik mag wel dankbaar zijn dat het niet in ons bed was.'

Haar toon was kil en hij besefte dat het goed was dat hij niet had geprobeerd haar te troosten. Een omhelzing van een massamoordenaar zou ze op dit moment nog aangenamer vinden. Hij wist niet goed of hij blij moest zijn dat ze niet woedend was, al wist je het met Stella nooit helemaal. Naast haar tastbare verdriet over het feit dat ze maar niet zwanger werd, had ze haar emoties altijd in de hand. Zelfs tijdens huwelijkse ruzies door de jaren heen was ze zelden driftig, maar klonk ze eerder afgemeten of, op zijn ergst, dreigend.

Dat maakte haar de perfecte vrouw van een politicus; praktisch, onverstoorbaar en beheerst in de aanwezigheid van televisiecamera's, wanneer ze haar echtgenoot begeleidde tijdens belangrijke gebeurtenissen. Maar nu had Nick liever dat ze wat extraverter was zodat hij beter kon inschatten hoe hij ervoor stond.

'Jullie waren dus zó overmand door lust dat je amper de voordeur open kreeg?' Ze stelde de vraag alsof het over het weer ging.

Nick deed zijn ogen dicht en wou dat alles wegging. 'Wat ik al zei, ik was bezopen en dacht niet helder na, en ik denk dat ik haar zo snel mogelijk weg wilde hebben.'

'O, de ironie,' zei ze, zonder glimlach.

Ze stond op, liep naar de keuken waar haar handtas op het aanrecht stond, pakte hem op en trok hem over haar schouder.

'Waar ga je naartoe?' Hij probeerde heel gewoon te klinken, wilde haar niet onder druk zetten, maar wilde wel heel graag weten of haar komst naar hun appartement alleen maar van korte duur was geweest. Haar ingepakte koffer stond nog steeds in de slaapkamer.

'Gaat je niks aan.'

'Ik wil alleen weten dat alles goed met je is, meer niet.'

Ze was onderweg naar de voordeur, maar bleef staan en draaide zich langzaam om. Misschien verbeeldde hij het zich, maar ze leek iets vergevingsgezinder te kijken.

'Dat was ik nog vergeten te vragen. Hoe ging het vanmorgen?'

Zijn ogen werden een fractie groter, en hij was verrast dat ze erover begon. Toen hij haar over zijn afspraak met Pickering had verteld en had gevraagd of ze met hem mee wilde, had ze geweigerd.

En dus had hij in zijn eentje in het kleine kamertje gezeten met een pornoblaadje en een plastic potje om het sperma te produceren dat een nieuwe leven zou creëren.

'Goed.' Hij haalde zijn schouders op. 'Het wordt ingevroren totdat ze het nodig hebben.'

Ze keek bedachtzaam. 'Wat gebeurt er met de embryo's die geen goede match zijn?'

Het was de vraag waar hij tegen op had gezien en hij voelde een steek van pijn toen ze het hem vroeg.

'Die worden vernietigd.'

Ze knipperde snel met haar ogen, maar niet voordat hij een glimp van een traan had gezien. Deze keer aarzelde hij niet, maar liep hij snel naar haar toe, sloeg zijn armen om haar heen en duwde haar hoofd tegen zijn hals.

'Lieverd, het spijt me zo. Het laatste wat ik wilde was jou kwetsen.'

Ze maakte zich los uit zijn omhelzing. 'Dat weet ik. Maar dat heb je wel gedaan.'

'Onherstelbaar?'

'Dat weet ik niet goed, het is allemaal nog zo vers.'

Hij knikte. 'Dat begrijp ik, maar ik moet iets weten. Wat vind je het ergst, mijn zwakte of de gevolgen ervan?'

Er gleed een lichte frons over haar gezicht toen ze over de vraag nadacht.

'Ik weet niet of ik die twee kan scheiden.'

Twee seconden later was ze weg.

22

Met duim en wijsvinger wreef Tania over haar slapen. Ze had een doffe pijn achter haar ogen waardoor ze zich onmogelijk kon concentreren. Ze wilde alleen maar naar huis, onder het dekbed verdwijnen en pas weer tevoorschijn komen als het wat beter ging met haar leven.

Ze huiverde toen iemand vlak naast haar oor in zijn handen klapte.

'Kom op, tempo, tempo.' Het was James die aan het commanderen was. 'Waar is die opiniepeiling over wachtlijsten waar ik op zit te wachten?'

Ze stak haar hand uit en gaf hem de papieren zonder op te kijken.

'Bedankt. Die moet ik Colin laten zien. Hij doet vanavond *Question Time*, dus ik moet hem klaarstomen.'

Colin Burton was sinds twee maanden de nieuwe minister van Volksgezondheid en zijn werk tot nu toe had de impact van een veer die op beton landde. Hij was een aardige maar buitengewoon oncharismatische man die doodsbang was voor James. De hoogste ministerieel medewerker kon daardoor onbelemmerd zijn gang gaan op het departement en dat had tot gevolg dat de sfeer nog ondraaglijker was dan anders.

Ze tilde haar hoofd op, kneep haar ogen samen van ongemak en zei wrang: 'Het politieke leven gaat door, nietwaar?'

Hij keek haar spottend aan. 'Wat wou je dan? Ontslag nemen omdat de vorige baas het heeft verkloot?'

Ze gaf geen antwoord, liet haar blik zakken en deed haar ogen dicht van de pijn. Dit was zó ongewoon dat zelfs James bezorgdheid toonde.

'Gaat het?'

Nee, het gaat helemaal niet, ik ben verdomme zwanger, wilde ze schreeuwen.

'Min of meer. Ik heb veel aan mijn hoofd, dat is alles.' Ze bleef met opzet vaag omdat ze niet in de buurt van de waarheid durfde te komen uit angst dat ze in tranen van zelfmedelijden zou uitbarsten. Maar haar ontwijkende antwoord had het verkeerde effect.

'Wij allemaal, schat,' zei hij lijzig, en hij keek over zijn schouder naar Colins kamer, alweer afgeleid door zijn werk. 'En het is buitengewoon vervelend dat je vanmiddag vrij neemt. Moet dat echt?'

'Ja, ik vrees van wel,' mompelde ze. 'Ik moet je ook nog even spreken voordat ik ga. Heb je vijf minuten voor me?'

Hij keek haar aan alsof ze had voorgesteld om een jaar lang als rugzaktoerist door de Baltische staten te trekken.

'Zolang het bij vijf minuten blijft,' zei hij arrogant. 'Heb je weer een geheim? Laat me raden, je hebt ontdekt dat Colin een travestiet is...'

Was het maar waar, dacht ze. 'Nee, ik wil je advies ergens over vragen.'

Hij legde zijn handen plat op haar bureau, hing boven haar en kneep zijn ogen samen. 'Denk je erover ontslag te nemen? Dan kun je nu direct oprotten. Staat hier soms geschreven dat ik loopbaanadviseur ben?' Hij trok met zijn vinger een streep over zijn voorhoofd.

Daarna wierp hij een blik op zijn horloge en liep in de richting van Colins kamer. 'Best, rond halfeen heb ik wel even. Ik zie je om twintig voor een bij Vito's.'

Ze bedacht dat ze hem nog iets anders wilde zeggen.

'O trouwens, een van de bevruchte eicellen is een volmaakte match voor Ben. Hij wordt vandaag teruggeplaatst.'

'Alsof mij dat interesseert.'

Vito's was bijna leeg, op een paar vrouwen van middelbare leeftijd na die waren omringd door boodschappentassen van John Lewis, plus een dakloze die van een kopje thee genoot en een daklozenkrant van de stapel in zijn tas zat te lezen.

Tania koos een tafeltje voor twee buiten gehoorsafstand en hing haar jas over de rugleuning van de stoel voordat ze naar de bar liep en twee kopjes koffie bestelde.

Cappuccino voor haar, zwart zonder suiker voor hem, net als zijn persoonlijkheid. Ze was vreselijk misselijk, maar wist niet of dat kwam door de zwangerschap of door de zenuwen, nu ze had besloten het hem te vertellen.

Ze liep terug naar de tafel, ging met haar gezicht naar het raam zitten en keek hoe de wereld aan haar voorbij trok. Er liepen veel jonge kantoormedewerkers die lunchpauze hadden en zich naar een van de vele bars en cafés in de buurt haastten.

Niet voor het eerst vroeg ze zich af waarom ze niet gewoon een makkelijk administratief baantje zocht waar je verplichtingen stipt van negen tot vijf waren en werkproblemen niet overliepen in je vrije tijd. Veel minder zou ze er niet mee verdienen, en haar leven leek op dit moment te bestaan uit haar werk, met twaalf- tot vijftienurige werkdagen en soms telefoontjes midden in de nacht wanneer een bepaalde krant met een schokkende politieke primeur kwam.

Maar diep vanbinnen, ondanks al haar twijfels, wist Tania dat ze genoot van de onvoorspelbaarheid van het leven in Westminster en dat ze gek zou worden van een veilige baan op een klein kantoor.

Misschien geldt hetzelfde voor mijn liefdesleven, dacht ze. Misschien voel ik me daarom altijd aangetrokken tot mannen die een uitdaging zijn, hoe bizar het ook is.

Ze dacht aan Bill, de surfer, die nauwelijks verder was gekomen dan zijn geboorteplaats Birmingham, maar altijd surfkleding droeg en permanent een muts op zijn hoofd had (zelfs in bed). Ze had hem leren kennen toen ze net haar allereerste baan had, bij het Central Office of Information in Birmingham, en zag zijn smaak in kleding toen als een eigenzinnig karaktertrekje. Helaas bleek hij een enorme zeur, en toen hij onder de douche zijn muts af moest zetten, bleek hij half kaal te zijn met het kleine beetje haar dat hij nog had over zijn hele hoofd gekamd.

Daarna had ze Rick ontmoet, de bezorger die op haar stoep had gestaan met een magnetron en waterkoker die ze via internet had besteld toen ze net naar Londen was verhuisd. Hij had gevraagd of hij even van haar toilet gebruik mocht maken, ze had hem een kop thee aangeboden, en had hem een schatje gevonden. Tegen de tijd dat hij de laatste slok uit zijn beker had opgedronken, hadden ze telefoonnummers uitgewisseld en afgesproken dat hij haar die zaterdag de 'bezienswaardigheden' zou laten zien, wat neerkwam op zijn stamkroeg en een Indiaas restaurant.

Rick had een toekomst als rockster, had hij haar verteld. Hij bezorgde alleen maar elektrische apparatuur totdat zijn muzikale talent zou worden ontdekt. Zes weken en enkele vrijpartijen later wist ze hem eindelijk over te halen wat van zijn 'demo's' voor haar te draaien, en met een gelukzalige glimlach op haar gezicht geplakt had ze geluisterd naar wat alleen maar kon worden omschreven als het geluid van twee vuilnisemmers die omver worden gereden door een tringelende ijscowagen. Met tranen in haar ogen van het lachen had ze het later aan Karen verteld.

En sindsdien was er niemand geweest, op haar korte, onbezonnen nacht met James na, die inmiddels tien minuten te laat was voor hun afspraak.

Ze had heel vroeg ontdekt dat ze zwanger was, maar had vervolgens acht weken geaarzeld of ze het hem moest vertellen. Soms was ze 's morgens vastbesloten het hem te vertellen, om vervolgens aan het eind van de dag onverrichter zake naar huis te sjokken omdat ze te schijterig was geweest. Ze had lange brieven geschreven om te zeggen hoe vervelend ze de situatie vond, maar dat hij het toch wel moest weten, en die had ze allemaal weggegooid uit angst en frustratie.

Nu was ze elf weken zwanger, en de tijd begon haar vijand te worden. Hoewel ze het liefst wilde vergeten dat zij en James zelfs maar gezoend hadden, moest er een beslissing genomen worden en ze wist dat het juist was om James erbij te betrekken.

Ze wierp een blik op haar horloge en zag met groeiende ergernis dat hij nu al een kwartier te laat was. Ze pakte haar mobiele telefoon en wilde hem net bellen toen hij met een verhit gezicht en een boze blik binnen kwam stormen, zich in een stoel tegenover haar liet vallen en een verafschuwde blik op zijn inmiddels koude koffie wierp.

'Had dit niet op kantoor gekund?' mopperde hij. 'Colin snapt totaal niet waar hij mee bezig is. Ik kan niet eens even naar de plee zonder dat hij naast me komt staan om een of andere infantiele vraag te stellen over de NHS die zelfs de domste *Big Brother*-deelnemer nog zou kunnen beantwoorden.'

Tania kromp ineen. 'Sorry. Wil je een nieuwe?'

Ze knikte naar de kop koffie, maar hij schudde zijn hoofd, knoopte zijn jasje los en leek zich een beetje te ontspannen.

'Vanwaar al die geheimzinnigheid?' zei hij met een grijns. 'Wil je ons nachtje soms nog een keertje overdoen?'

Ze voelde een nieuwe golf misselijkheid in haar lijf opkomen. 'Nee, dank je wel. Maar dat is wel de reden waarom we hier zitten... Indirect, in elk geval.' Ze wist dat James' concentratie beperkt was, dus was het beter om maar direct ter zake te komen. Nu hij wist dat haar uitnodiging niet seksueel getint was, begon hij alweer verveeld over haar schouder naar de andere gasten te kijken. Ze wist dat het geen zin had om het nieuws mooi in te kleden.

'Ik ben zwanger en vond dat je het moest weten.' De adrenaline kolkte door haar lichaam, gevolgd door blinde paniek omdat iemand die zo indiscreet was als hij nu haar diepste geheim kende.

Hij keek haar nietszeggend aan. 'Hoezo, ga je weg?'

Ze deinsde vol ongeloof terug en vroeg zich even af of hij deed alsof. Toch voelde ze intuïtief aan dat dit niet zo was.

'Nee, ik vertel het je omdat het van jou is.'

Hij snoof, pakte een theelepeltje en roerde traag door zijn koude koffie. 'Heel grappig.'

'James.' Ze sprak zijn naam kalm en zacht uit. 'Ik meen het.'

Hij kneep zijn ogen samen en bestudeerde haar gezicht. 'Jezus, je meent het verdomme echt! Maar ik heb een condoom gebruikt.'

'Dat was dus niet goed.'

Hij kreunde wanhopig, zakte over tafel in elkaar en legde zijn hoofd op zijn armen. Ze staarde naar zijn achterhoofd en vroeg zich af wat ze moest zeggen, maar even later kwam hij overeind met zijn vertrouwde arrogante, tartende blik.

'Hoe weet je zo zeker dat het van mij is?'

Ze fronste haar wenkbrauwen, perste haar lippen op elkaar en haalde diep adem in een poging zich in te houden en niet over tafel te leunen om zijn voorhoofd aan het theelepeltje te spiesen.

James besefte dat hij te ver was gegaan. 'Oké, oké, maar je houdt het niet.' Het was geen vraag.

'Ik hoef je dus niet te vragen hoe je erover denkt,' zei ze monotoon.

Ze wist niet goed wat ze verwacht had, maar ze was gekwetst door zijn automatische aanname dat ze het wel zou laten weghalen, alsof het om een afgedankte, oude zitbank ging. Ze had heus wel bedacht dat hij er niet sentimenteel over zou doen en met haar naar de dichtstbijzijnde babywinkel zou hollen, maar ze had gehoopt dat hij op zijn minst een klein beetje begrip zou tonen voor de moeilijke situatie waarin ze zich bevond.

'Hoor eens, ik wil je best helpen... als dat nodig is,' zei hij met een ongemakkelijke blik.

Ze voelde zich iets beter toen ze James in gedachten luiers zag verschonen en achter de buggy door het park zag lopen.

'Als je geld nodig hebt om de rekening van de kliniek te betalen, of zo.'

Het beeld verdween.

'Nou, bedankt,' mompelde ze sarcastisch. 'Je steun is overweldigend.'

Hij leek even geschokt van haar toon, alsof hij hem niet begreep.

'Tja, wat had je dan verwacht?' wilde hij weten. Zonder op antwoord te wachten voegde hij eraan toe: 'Je dacht toch niet serieus dat ik er blij mee zou zijn?'

'Nee,' zei ze met een zucht. 'Dat ben ik zelf ook niet. Maar ik ben degene die iets moet doen en geloof me, het is geen gemakkelijke beslissing.'

'Maar je laat het wél weghalen.' Hij keek haar ingespannen aan.

Ze knikte. 'Daarom heb ik vanmiddag vrij genomen.'

Zichtbaar opgelucht leunde hij achterover in zijn stoel. 'Geloof me, als het voorbij is, ben je het zo weer vergeten,' zei hij met zijn gebruikelijke ongevoeligheid.

'Hoe weet jij dat nou, heb je zoveel ervaring met dit soort dingen?'

'Nee, maar ik heb er veel over gelezen, toen we met het wetsvoorstel over abortus bezig waren.'

Hij pakte zijn mobiele telefoon van tafel en ze zag dat hij weg wilde, alsof ze uitgesproken waren over het onderwerp. Zijn nonchalante houding stoorde haar en ze wilde niet dat hij er zo gemakkelijk af kwam.

'Bij de kliniek zeiden ze dat iemand me naderhand moet

komen ophalen. Voor het geval ik nog wat suf ben of overstúúr,' zei ze indringend.

Hij schoof ongemakkelijk heen en weer en drukte op de toetsen van zijn mobiel. 'Kan je moeder dat niet doen?'

'Zij weet dit niet.'

'Karen dan.'

'Dat zei ik toch? Er wordt vanmiddag een bevruchte eicel teruggeplaatst.' De ironie van hun beider situaties ontging haar niet.

Hij keek afkeurend op. 'Je bedoelt toch niet dat ík je moet komen halen?'

'Stel je voor.' Ze slaakte een holle lach. 'Is dat zo ondenkbaar?'

'Hoor eens.' Hij bracht zijn gezicht dicht naar Tania. 'In de eerste plaats, stel dat ik word herkend en we in de media terechtkomen? Zie je de gevolgen al voor je? In de tweede plaats heb ik straks een helse middag op kantoor. Ik betwijfel of ik tijd heb om te schijten, laat staan om een uitje naar een of andere kliniek te maken.'

'Aha.' Ze staarde uit het raam en probeerde niet te huilen. James keek weer naar het schermpje van zijn mobiele telefoon.

'Als ik nu eens een auto voor je regel om je op te halen en naar huis te brengen?' zei hij, en hij staarde over haar hoofd heen.

Ze knikte zonder iets te zeggen, waarna ze opstond, haar jas van de rugleuning pakte en hem over haar arm gooide. Ze draaide zich om en keek hem aan.

'Ik zal je het adres van de kliniek wel sms'en,' zei ze intens verdrietig. 'Als alles goed gaat, ben ik om zes uur klaar.'

'Prima.' Ze stonden dicht bij elkaar. Geen van beiden bewoog.

'Dit gaat de situatie op kantoor toch niet ongemakkelijk maken, hè?' vroeg hij geïrriteerd.

'Niet meer dan anders, nee.'

Hij draaide zich om en liep weg. Tania liep achter hem aan het café uit en voelde zich net zo smerig en afgedankt als de verfrommelde wikkel die op de grond lag.

23

Op de rand van het ziekenhuisbed keek Karen met een bleek en gespannen gezicht naar Joe's rug. Hij stond bij een vlekkerig raam waarvan een van de hoeken met karton was afgeplakt.

Er ging een minuut voorbij voordat hij naar het bed liep en het klembord pakte waar haar gegevens op stonden.

'Doe niet alsof je snapt wat er allemaal staat,' grapte ze.

'Waarschijnlijk weten wij meer dan zij,' was zijn weerwoord. 'We hebben er zoveel onderzoek naar gedaan.'

Karen trok haar voet heen en weer over de grond langs een lijn in het linoleum.

'Wil je alsjeblíéft met me meegaan?' zei ze smekend, zonder hem aan te kijken. Ze hoorde hem zuchten, meer uit frustratie dan gelatenheid, en dus wist ze wat ging komen.

'We hebben het hier al over gehad. Het voelt gewoon niet goed.'

'Niet goed?' Ze was moe, had de vorige avond twee uur lang tevergeefs op hem ingepraat. 'Dit is de eenentwintigste eeuw, Joe, en niet de tijd van Jane Austen. Je bent mijn echtgenoot en ik wil dat je erbij bent, is dat niet genoeg?'

'Als je het zo zegt, wel. Maar als je er het kille feit aan toevoegt dat je straks zwanger bent van een andere man, dan snapt iedereen wat ik bedoel.' Hij beet op zijn duimnagel. 'Ik geloof niet dat ik daarbij wil toekijken.'

'Ik weet het, ik weet het,' zei ze begripvol. 'Maar zal niet iedereen het een beetje vreemd vinden dat jij er niet bent om mijn hand vast te houden?'

'Pickering niet.'

'Ja, maar hij is de enige die de omstandigheden kent. De anderen dan?'

Joe haalde zijn schouders op. 'Die gaan er waarschijnlijk van uit dat ik niet zo goed tegen die medische toestanden kan. En trouwens, het interesseert me niet wat ze denken.'

Het bekende kraken van de deur onderbrak hun gesprek. Joe keek met een vriendelijke glimlach naar de jonge verpleeghulp die aarzelend in de deuropening stond.

'Kom verder, joh.' Joe legde het klembord weg en keek met een quasi jolige blik naar Karen.

'Wip er maar op.'

Met een bezwaard gemoed ging ze op het bed zitten, terwijl hij haar kussens opschudde en de verpleeghulp aan het wielmechanisme morrelde.

'Ik voel me een beetje een aanstelster op dit ding,' mompelde ze. 'Kan ik niet gewoon lopen?'

Joe trok een gezicht dat ze niet moest zeuren. 'Het is belangrijk dat je je ontspant. Nu is niet het moment om je druk te maken over hoe het lijkt.'

'O, ik weet het niet, hoor.' Ze keek hem veelbetekenend aan. 'Ik vind het op dit moment juist erg belangrijk om de schijn op te houden.'

Hij glimlachte slapjes, maar meer voor de verpleeghulp die de spanning had opgemerkt en erg ongemakkelijk keek. Hij hield zijn hoofd laag en duwde het bed door de deur de gang op, terwijl Karen erop zat, zich vreselijk belachelijk voelde en een aanstelster bovendien.

Op de gang duwde Joe het loshangende koord van haar badjas achter haar rug en gaf haar een kuise zoen op haar voorhoofd alsof ze een stokoude tante was die op sterven lag.

'Succes,' prevelde hij.

Jezusmina, dacht ze, hij lijkt wel een vader die zijn kind aanmoedigt bij het zaklopen, maar ze voelde geen spot, alleen een intens verdriet.

Ze glimlachte slapjes terwijl de verpleeghulp haar door de gang duwde voor de ingreep die hopelijk het leven van haar zoon zou redden, maar die haar relatie met Joe waarschijnlijk voorgoed kapot zou maken.

Ze keek nog even ingespannen over haar schouder en zag hem als een standbeeld staan kijken tot ze om de hoek verdween en ze hem niet langer kon zien.

Met haar blik naar voren liet ze zich op haar elleboog zakken en vocht tegen haar tranen. Ze wist dat ze hem niet onder druk had moeten zetten, dat wat ze hem had gevraagd zelfs de sterkste man van streek zou maken, maar ze wilde zo wanhopig graag dat hij erbij was, ze had hem nódig. De gedachte het allemaal alleen te moeten doormaken was beangstigend en gaf haar hetzelfde kwetsbare gevoel dat ze als kind had gehad toen haar amandelen werden verwijderd en haar moeder van de verpleegkundigen op de zaal had moeten blijven.

Ze sloegen weer een hoek om en kwamen bij de liften waar een groepje bezoekers ongeduldig op de knoppen stond te drukken. Toen Karens bed naast hen tot stilstand kwam, staarden ze haar allemaal met een mengeling van medelijden en ziekelijke fascinatie aan. In gedachten vroegen ze zich waarschijnlijk af wat voor enge, levensbedreigende ziekte haar aan het bed had gekluisterd. De verleiding om van het bed af te springen en een dansje te doen was groot.

Ze hoorde het heel zachtjes achter zich, toen luider. Een warm gevoel ging door haar heen.

'Wacht op mij.'

Met een rood gezicht van de inspanning kwam Joe de hoek

om rennen. Hijgend ging hij naast haar staan en steunde met zijn handen op zijn knieën.

'Je hebt gelijk,' zei hij hijgend. 'Dit moet je niet alleen doen.'

Het was drukker in de wachtkamer dan Tania had verwacht. Er zaten al vijf andere vrouwen. Die hadden ogenschijnlijk rustig hun tijdschriften zitten lezen, maar Tania was ervan overtuigd dat de woorden over schoonheidsregimes en feesten van beroemdheden voor hun ogen dansten en dat ze bezig waren met veel minder aantrekkelijke gedachten over wat op het punt stond te gebeuren.

Het was allemaal zo snel gegaan. Ze had nog een kort gesprek met een arts gehad om aan te geven of ze dit echt wilde. Ze had enthousiast geknikt alsof ze een prijs in ontvangst nam, bang dat zelfs de lichtste aarzeling hun ertoe zou brengen haar weg te sturen om haar meer bedenktijd te geven.

Vervolgens had ze een ziekenhuisjasje aan moeten trekken, hadden de verpleegkundigen haar geruststellend toegesproken, en nu lag ze misselijk van de zenuwen en de besluiteloosheid op een brancard in een kamertje te wachten op de anesthesist.

'Gaat het?' De anesthesist keek met een vriendelijke glimlach op haar neer.

Ze knikte alleen maar, durfde niets te zeggen. Ze wou dat de banaliteiten voorbij waren, dat ze in haar flatje wakker werd met selectief geheugenverlies en dat de abortus achter de rug was.

'Akkoord, dan gaan we je nu in slaap brengen en je naar de OK rijden,' zei de anesthesist.

Ze voelde de naald in haar huid, merkte dat ze slaperig werd, en daarna niets meer, tot ze wakker werd en iemand hoorde huilen. Toen ze haar hoofd probeerde op te tillen, kwam er een verpleegkundige bij haar staan.

'Blijf maar even liggen, Tania,' zei ze zacht. 'Je bent nog een beetje suffig.'

Met haar gezicht naar de muur knipperde ze een paar keer

verward met haar ogen voordat haar herinneringen terugkeerden en ze weer wist waarom ze hier was.

Het was gebeurd. Hoewel ze een intens verdriet voelde, was ze ook opgelucht dat ze niet meer over een beslissing hoefde te piekeren.

Na een paar minuten draaide ze zich voorzichtig om en merkte ze opgelucht dat ze geen pijn had. Ze keek om zich heen en zag dat er aan weerszijden van haar twee vrouwen lagen die duidelijk dezelfde procedure hadden ondergaan. Eentje lag hysterisch te snikken.

'Gaat het wel goed met haar?' vroeg ze bezorgd.

'Ja hoor, het is gewoon een reactie op de anesthesie,' stelde de verpleegkundige haar gerust. 'Jij hebt er duidelijk minder last van. Kom, dan gaan we naar hiernaast.'

De verpleegkundige bracht haar naar een grote kamer vol hoge leunstoelen die met gordijnen waren afgeschermd.

'Ga hier maar zitten,' zei ze met een glimlach. 'Je voelt je goed, maar je moet nog wel een paar uur blijven om er zeker van te zijn dat je geen last van complicaties hebt. Als je zin hebt, kun je daar naar een kleine kantine gaan, of anders haal ik een kopje thee en een koekje voor je.'

'Ik loop er wel naartoe, dank je.'

Het verbaasde haar dat ze zich zo onaangedaan voelde, zowel lichamelijk als emotioneel, al had ze een vermoeden dat dit laatste van tijdelijke aard was en later los zou komen. Ze trok haar kleren aan, slenterde naar de kantine en haalde een kopje koffie uit de automaat.

De ruimte was leeg; ze kon kiezen uit vier formica tafeltjes. Net toen ze ging zitten, ging de deur open en kwam een vrouw binnen die ze nog herkende van de wachtkamer. De vrouw glimlachte en gebaarde naar Tania's tafeltje. 'Vind je het goed als ik bij je kom zitten?'

Ze bleek een moeder van drie te zijn die per ongeluk zwanger was geworden van een vierde.

'Het was een ramp,' legde ze uit. 'Mijn andere kinderen zitten allemaal al op school en ik heb net het gevoel dat ik mijn leven weer een beetje terug heb. Ik heb een parttime baan en voor het eerst sinds ons huwelijk hebben mijn man en ik wat geld over in plaats van elke maand de eindjes aan elkaar te moeten knopen. Het leven is goed. Dus toen dit gebeurde...' Ze zweeg en keek ongemakkelijk. 'Nou ja, de rest weet je.'

Tania knikte vriendelijk en bedacht hoe gruwelijk moeilijk het moest zijn geweest voor de vrouw om te besluiten de zwangerschap te beëindigen. Het had een broertje of zusje kunnen zijn voor de kinderen die ze al had en een kind van de man met wie ze gelukkig getrouwd was.

'En jij?' vroeg de vrouw nieuwsgierig.

Hoewel deze vrouw en moeder haar alles over haar situatie had verteld en ze met elkaar hadden meegeleefd wat betreft de ingreep, kon Tania zich er niet toe zetten een vreemde iets over haar situatie te vertellen. Niet de waarheid, in elk geval.

'Er was iets mis met mijn baby,' mompelde ze, 'dus ben ik hiernaartoe gegaan in plaats van af te wachten tot Moeder Natuur het zelf zou oplossen.'

Na het verhaal van de vrouw wist ze dat ze niet zo zwaar moest oordelen over zichzelf, zeker aangezien de 'vader' niet geïnteresseerd was en een lang en gelukkig leven samen er niet in zat. En toch was ze niet in staat vriendelijk voor zichzelf te zijn: een diepgewortelde ethische norm die haar een rotgevoel gaf over het feit dat ze een leven had beëindigd, hoe klein en onontwikkeld dat ook was. Ze deed liever alsof de abortus een makkelijke manier was geweest om af te zijn van een baby die zich nooit zou hebben ontwikkeld, dan dat ze de onaangename waarheid onder ogen zag dat noch zij noch de vader de baby had gewild.

Toen ze enkele uren later thuis in bed lag, zag ze een reclame voor Pampers met allemaal gezonde wolken van baby's die samen met hun moeders aan het lachen waren. Ze zette de tv uit en huilde tot ze in slaap viel. Ze had zich nog nooit zo eenzaam gevoeld.

Joe liep de slaapkamer binnen met een dienblad met daarop een kop thee en een bordje geroosterd brood met boter. Hij zette het op het nachtkastje, deed het leeslampje aan en trok de gordijnen dicht.

'Hoe voel je je?'

Karen glimlachte slapjes. Het was de zoveelste keer dat hij het vroeg sinds ze een paar uur eerder uit het ziekenhuis waren gekomen.

'Goed hoor, dank je.'

Lichamelijk voelde ze zich goed, prima in staat om op te staan en de woonkamer te schilderen als ze dat zou willen. Maar geestelijk had ze het zwaar omdat ze nog steeds geen idee had hoe het tussen hen zat, en die onzekerheid was moordend.

Toen ze zijn ademloze stem had gehoord nadat hij hen in het ziekenhuis had ingehaald, had haar hart een sprongetje gemaakt in de hoop dat dít de doorbraak was waar ze zo naar had verlangd.

Als hij bij de ivf-ingreep wilde zijn, dacht ze, was het misschien een teken dat hij zich verzoende met het idee om het tweede kind ook op te voeden, net zoals hij betrokken wilde blijven bij het leven van Ben. Ze hoopte het.

Maar hoewel hij er lijfelijk bij aanwezig was geweest, plichtmatig haar hand had vastgehouden in het bijzijn van het ziekenhuispersoneel, en vriendelijk had gereageerd op hun goedbedoelde, geoefende opmerkingen over het verkeer en het weer, was hij in gedachten ergens anders geweest. Zijn hand had slap in de hare gelegen en zijn blik was afwezig geweest. Zijn boodschap was duidelijk: ik ben hier om de schijn hoog te houden, maar trek er alsjeblieft geen conclusies uit.

Nu waren ze weer thuis, en hij voerde zijn verzorgende taken op bewonderenswaardige wijze uit, zoals de dokter had geïnstrueerd. Hij had een lauw bad voor haar laten vollopen, was de kamer uit gegaan toen ze zich had uitgekleed en stond er nu op dat ze iets at voordat ze ging slapen.

Ze pakte een stuk brood, nam een hap en kauwde automatisch voordat ze een slok thee nam om het mee weg te spoelen. Uit haar ooghoek zag ze hoe hij zijn spijkerbroek uittrok en over een stoel gooide, iets wat hij altijd had gedaan toen ze nog een kamer deelden.

Vervolgens liep hij naar zijn helft van het bed, trok het dekbed omhoog en ging eronder liggen.

'Pickering zei dat ik goed op je moest letten,' zei hij nonchalant, terwijl hij het lampje naast zijn bed uitdeed en met zijn rug naar haar toe ging liggen 'Welterusten.'

Karen zat verstijfd met een mond vol brood voor zich uit te staren toen de betekenis van deze ontwikkeling tot haar doordrong. Haar hart ging zo tekeer dat het bijna uit haar lijf barstte.

Goed, hij zei dat hij hier alleen op instructie van de dokter was... al zou hij haar vanaf de andere kant van de gang toch net zo goed kunnen horen als er iets was? Hij had zijn T-shirt en boxershort nog aan en had haar niet eens welterusten gekust.

Toch vond ze het een doorbraak dat hij niet meer in de kille logeerkamer lag. En voor die bescheiden zegen was ze immens dankbaar.

Ze nam de laatste hap brood, deed haar eigen lampje uit en staarde naar het plafond terwijl ze stilletjes tranen van hoop en opluchting liet lopen.

Negen maanden later…

24

Karen liep schommelend de woonkamer binnen en had het gevoel dat haar dikke buik tien minuten eerder was dan de rest van haar lijf. Ze kon zich niet herinneren dat ze met Ben zo dik was geweest, maar misschien lag het deze keer aan haar gebrek aan buikspieren, dacht ze spijtig.

Haar eerste zwangerschap was vreugdevol geweest; zij en Joe waren allebei verrukt geweest en zelfs Gloria had zich druk gemaakt en haar op haar wenken bediend. Vrienden hadden kaartjes en cadeautjes gestuurd toen ze het nieuws hoorden en hadden regelmatig gebeld om te vragen hoe het ging – en dat was verdomd fijn, moest ze toegeven. Ze had bijna geen last van ochtendmisselijkheid gehad en later had ze, naast een dikke buik, alleen wat kramp in haar kuiten en zo nu en dan, laat op de avond, wat brandend maagzuur gehad.

Deze zwangerschap verliep totaal anders.

Joe was er wel, dat wist ze omdat ze hem zo nu en dan zag als hij in de kamer zat of Ben zijn injecties gaf of naast haar in bed een boek lag te lezen. Maar hij hield zich totaal niet bezig met haar buik, liet nauwelijks merken dat hij wist dat ze zwanger was, alleen als hij iets zwaars voor haar tilde.

En haar schoonmoeder gedroeg zich, op zijn zachtst gezegd,

koel tegenover haar. Ze informeerde naar de gezondheid van 'het kind', zoals ze de baby altijd noemde, was erg bezorgd dat mogelijke problemen gevolgen zouden hebben voor Bens behandeling, maar verder deed ze alsof de zwangerschap niet bestond.

Op een enthousiaste 'tante' Tania en regelmatige brieven van Karens ouders uit Nieuw-Zeeland na, begonnen vrienden en vriendinnen zelden over haar groeiende buik en vonden ze de omstandigheden rond haar situatie duidelijk gênant. Haar zwangerschap was het onderwerp waar iedereen met een grote boog omheen liep.

Afwezig wreef ze over haar gezwollen buik, en ze voelde zich getroost bij de gedachte dat het kindje hopelijk de sleutel tot een gezonde toekomst voor Ben had. Dankzij regelmatige onderzoeken vanwege haar 'ongebruikelijke situatie', zoals Pickering het noemde, wisten ze al dat de baby een jongetje was. Karen was heimelijk verrukt, wilde graag een broertje voor Ben om mee te spelen en hoopte dat ze als broertjes een nog hechtere band zouden hebben. Maar Joe had nietszeggend geglimlacht toen ze het hem had verteld en had verder helemaal niets gezegd over het levende wezentje dat in haar groeide.

Zelf voelde ze zich precies hetzelfde als toen ze zwanger was van Ben: een overweldigend gevoel van liefde en de neiging om het ongeboren kind te beschermen. Het schrijnende verschil was dat ze die gedachten en gevoelens nu niet met haar man kon delen. Elke dag waren er wel een of meer momenten waarop ze een symptoom of gevoel met Joe wilde delen, maar dan moest ze zich ervan weerhouden uit angst dat haar zwangerschap hem nog meer zou kwetsen. De enkele keer dat ze het vergat en er toch over begon, glimlachte hij even of maakte een geluid om aan te geven dat hij haar had gehoord, maar verder niets.

Het enige positieve aan dit alles was dat ze, na de juridische brieven, door de media met rust gelaten was en dat haar dikke lijf niet op de voorpagina's van de kranten terecht was gekomen. In het begin had een enkele opportunistische freelancefotograaf nog wel een foto genomen als ze het huis uit ging, maar omdat er geen markt meer voor was, had de pers gaandeweg alle belangstelling voor haar verloren.

Ze liet zich op de bank zakken en glimlachte ongemakkelijk naar Gloria die met Ben aan het puzzelen was. Hij was nu eenentwintig maanden oud en babbelde een eind weg in zijn peutertaal met zo nu en dan een verstaanbaar woord.

Het was hartverscheurend dat zijn eerste woord 'papa' was, toen hij in zijn stoel had zitten toekijken hoe Joe een boterham voor hem maakte.

'Dat is meestal het eerste woord dat ze kunnen zeggen,' had Joe gezegd. 'Het is makkelijker dan mama.' Hij had het afgezwakt, maar Karen kon merken dat hij het geweldig vond.

Bens woordenschat breidde zich razendsnel uit met 'meer', 'wil' en 'dank je wel', en ook 'godver' na een ongelukkige uitbarsting van Karen toen ze haar teen tegen de poot van de eettafel had gestoten.

Maar lichamelijk leek hij jonger dan hij was. De meedogenloze injecties en transfusies hadden hun tol geëist. Zijn huid was een beetje geel en zijn armen en benen waren mager vergeleken met die van de jongetjes van zijn leeftijd die ze tegenkwamen in het speeltuintje in de wijk.

'Oma, wil,' zei hij nu, en hij wees naar een puzzelstukje dat tussen Gloria en hem in lag. Ze pakte het en gaf het hem met een toegeeflijke glimlach, altijd blij om te doen wat haar kleinzoon zei. De band tussen Karen en Gloria was nog net zo gespannen als voorheen, maar Karen moest heimelijk toegeven dat ze haar schoonmoeder bewonderde om de manier waarop ze was omgegaan met het nieuws dat Ben niet haar biologische kleinzoon was. Voorzover Karen kon merken, waren haar gevoelens voor hem niet veranderd.

'Klaar?' Joe verscheen in de deuropening met een peinzende blik op zijn gezicht en een weekendtas in zijn hand.

Karen knikte, kwam moeizaam overeind en haalde even een hand door Bens haar. 'Dag, dappere vent. Tot gauw.'

Ze glimlachte even naar Gloria. 'Lief dat je wilt oppassen. Tot stra...' Ze zweeg en keek naar de televisie.

'Snel, zet hem eens wat harder!'

Gloria deed het en alle drie staarden ze naar het scherm waar een nieuwslezer te zien was met een grote foto van Nick op de achtergrond.

'De premier heeft zojuist aangekondigd dat Nick Bright, de voormalige minister die ontslag nam na een buitenechtelijke relatie, terugkeert in de politiek als minister van Volksgezondheid, dezelfde post die hij verliet. Hij zal daarmee Colin Burton vervangen die naar het ministerie van Transport gaat. Het betekent voor de man die destijds een grootste toekomst was voorspeld dat hij niet langer uit de gratie is...'

Vol afkeer zette Joe de tv uit.

'Niet te geloven,' mompelde hij. 'Negen maanden. Dat is de duur van politieke boetedoening tegenwoordig?'

'Ze hebben zeker hoge verwachtingen van hem.' Karen staarde naar het zwarte scherm, verbijsterd dat ze weer een foto van Nick zag nadat de media zo lang over hem hadden gezwegen.

Er waren zo nu en dan wel wat artikeltjes geweest van bijtende journalisten die zich afvroegen waar hij uithing, en een paar paparazzifoto's van hem en Stella in een Toscaans dorpje – niet hand in hand, had ze gezien – maar verder was Karen ervan uitgegaan dat Nick voor een rustiger leven als gewoon kamerlid had gekozen. Ze hadden geen enkel contact meer gehad en hij had ervoor gezorgd dat ook Tania niet wist waar hij was. Zijn terugkeer naar de top van de politiek had haar volkomen verrast en ze vroeg zich bezorgd af of nu ook de media weer hun zinnen op haar en Joe zouden zetten.

'Daar gaan we weer.' Joe zei hardop waar zij bang voor was.

'Ik hoop het niet.' Ze deed haar best om optimistisch te blijven. 'Op de verhalen die er toch al waren na, en die ze steeds weer opnieuw uitkauwen, zullen ze mij en de kinderen waarschijnlijk wel met rust laten. Voor iets anders hebben ze geen grond, want ik heb me aardig gedeisd gehouden.'

'We zullen zien.' Hij leek niet overtuigd. 'Maar goed, laten we maar gauw naar het ziekenhuis gaan, voordat de eerste journalist weer op de deur bonkt om een reactie.' Zijn blik en toon waren sarcastisch. 'En ik hoef jou niet te zeggen dat je gewoon niet moet opendoen als er iemand voor de deur staat, ma.'

Gloria knikte. 'Succes met alles.'

Karen zag dat ze de opmerking alleen aan Joe richtte en niet in staat was hardop te zeggen wat er ging gebeuren.

'Dank je, Gloria. De bevalling gaat vast goed,' zei ze bits.

Ze staarde naar een vochtplek op het plafond terwijl ze dokter Pickering tegen haar buik voelde duwen. Ben was op natuurlijke wijze geboren, een onvoorspelbare mengeling van bloed, zweet en tranen in de kleine uurtjes van de ochtend. Tot nu toe leek een keizersnee een stuk beschaafder.

Zij en Joe waren om negen uur 's morgens in het ziekenhuis gearriveerd. Ze was naar de OK gereden en nu, om elf uur, lag ze met haar onderlichaam verdoofd op de tafel. Haar bovenlichaam was ook merkwaardig gevoelloos. Dit zou een van de mooiste dagen van haar leven moeten zijn, maar ze voelde zich vreselijk leeg, wilde alleen maar dat de baby gezond was en was bang voor wat de toekomst hun allen zou brengen. Anders dan bij Bens geboorte, toen haar gevoelens belangrijker waren geweest van die van Joe, was ze zich er deze keer scherp van bewust dat het andersom was, en heimelijk piekerde ze over elke blik en elke uitspraak in een poging te achterhalen wat er in hem omging.

Een groot scherm, centimeters van haar kin, beschermde haar tegen datgene wat erachter plaatsvond. Ze kon niets zien en voor hetzelfde geld was Pickering in haar darmen aan het rommelen op zoek naar zijn autosleutels.

Ze had geen pijn, maar ze zag aan Joe's bleke, bijna groene gezicht dat er waarschijnlijk een hoop bloed aan de andere kant van het scherm te zien was. Op aandrang van Pickering had hij een paar minuten geleden gekeken, en had sindsdien stellig geweigerd het nog een keer te doen.

Opeens had ze het heftige gevoel dat er aan haar gesjord werd, en vervolgens hoorde ze stemmen van het medisch personeel indringender worden voordat het gehuil van een baby de ruimte vulde.

Pickering stak zijn hoofd om het scherm, zijn mond verborgen achter zijn masker.

'Alles gaat goed,' mompelde hij. 'We moeten nu de navelstreng veilig stellen, en dan is hij helemaal voor jou.'

Karen keek glimlachend op naar Joe. Hij glimlachte ook, maar ze zag dat zijn ogen dit niet weerspiegelden. Al snel keek hij weer zorgelijk en vroeg ze zich af of hij zich zorgen maakte om de gezondheid van de baby en zijn nut voor Ben, of eenvoudigweg om het ongewone feit dat ze net het kind van een andere man had gebaard.

Vanaf het moment dat hij, de avond na de terugplaatsing, bij haar in bed was gestapt, was hij daar gebleven en had hij gaandeweg zijn spulletjes uit de logeerkamer teruggebracht. Eerst zijn wekker, toen een paar boeken, gevolgd door kleren en uiteindelijk zijn lievelingskussen.

Maar de hoop dat zijn terugkeer naar de slaapkamer betekende dat ook andere aspecten van hun relatie zouden herstellen was van korte duur geweest. Een week was voorbijgegaan en hij had haar elke avond eenvoudigweg een zoen op haar wang gegeven, waarna hij zich had omgedraaid en in slaap was gevallen. Een maand was voorbijgegaan.

Opnieuw had Tania haar aangeraden het initiatief te nemen, maar de paar keer dat ze al haar moed bijeen had geraapt was ze beleefd afgewezen. Hij had niet eens geprobeerd de afwijzing te verzachten door te zeggen dat het niet goed zou zijn voor de baby: hij had haar met een ongemakkelijke beweging of blik gewoon buitengesloten. Toen haar buik steeds dikker werd, had ze haar pogingen opgegeven en voelde ze zich zelfs zo ongemakkelijk dat ze zich elke avond in de badkamer uitkleedde.

'Ik word er gek van,' had ze op een avond verdrietig tegen Tania gezegd. 'Aan de ene kant wil ik er niet moeilijk over doen, want straks verhuist hij weer naar de logeerkamer, maar aan de andere kant vind ik het zo moeilijk dat hij naast me ligt, en dat ik hem niet kan aanraken, al was het maar uit vriendschap. Zelfs dat wil hij niet. Misschien moet ik hem gewoon vragen om weg te gaan, dan zijn we van de ellende af.'

'Waag het niet,' had Tania bestraffend gezegd. 'Misschien gaat het beter als de baby er eenmaal is. Vergeet niet dat je een enorme toeter van een buik hebt die hem er voortdurend aan herinnert dat je hem hebt bedrogen. Dus als je echt wilt dat alles weer wordt zoals het was, dan geef je hem tijd en wacht je af.'

Ze keek hoe Joe naar de verloskundigen en artsen staarde die de nieuwe baby onderzochten, en vroeg zich af of het ooit weer zoals vroeger zou kúnnen worden. Relaties overleefden tegenwoordig een paar ruzies al niet, dus de kans dat hun huwelijk het zou overleven na overspel van beide partijen, twee kinderen die niet biologisch van de man waren en van wie er een ook nog eens ernstig ziek was, was klein. Toch was hij hier, haar sterke, onverzettelijke Joe. Voor de buitenwereld een liefhebbende partner, maar was hij diep vanbinnen nog steeds de man op wie ze zo halsoverkop verliefd was geworden? Of was die voorgoed verdwenen?

Toen ze tijdens de zwangerschap een paar keer overvallen was door angst voor de toekomst had hij haar hand heel lief vastgehouden en haar gezegd dat alles goed zou komen.

'Ik ben erbij,' had hij altijd over de geboorte gezegd, maar verder liet hij niets los, en hij ontweek haar pogingen om over de toekomst te praten met de opmerking: 'Laten we ons nu eerst maar concentreren op de gezondheid van Ben.'

En nu kreeg ze de sleutel tot dit alles door Pickering aangereikt: een klein rood gezichtje met diep gefronste wenkbrauwen en oogjes die tegen het licht knipperden. Ze nam hem heel voorzichtig aan en legde hem, strak in een dekentje gewikkeld, tegen haar borst met zijn gezicht naar haar toe.

'Kijk, Joe.' Ze draaide haar hoofd om hem aan te kijken.

Joe deed een stap naar voren en bukte zich om naar de baby te kijken. 'Hij lijkt precies op Ben.'

'Wil je hem vasthouden?' Met elke vezel in haar lichaam hoopte ze dat hij ja zou zeggen.

'Nee, het is wel goed.' Hij deed een stap naar achteren. 'Hij ligt daar lekker.'

Karen keek naar Pickering en zag de bezorgde blik over zijn gezicht glijden die snel werd vervangen door een professionele glimlach.

'Nou, het is een sterk, gezond kereltje en de navelstreng zag er goed uit, dus hij zal ons goed van dienst kunnen zijn.'

Karen wou dat hij niet over de baby sprak alsof hij een product was, maar ze zei niets. Het was iets waar ze voortdurend mee bezig was; hoe ze ooit de omstandigheden rond de geboorte van dit kind zou moeten uitleggen, terwijl ze hem tegelijkertijd het gevoel wilde geven dat hij heel erg gewenst was en niet alleen was geboren uit een medische noodzaak. Opnieuw werd ze getroffen door de gedachte dat de verwekking en de geboorte het begin waren van een lange, moeilijke weg waarop ze nog volop hindernissen zou kunnen tegenkomen, niet alleen met de media, maar met leeftijdgenootjes die ooit achter de waarheid zouden komen en ernaar zouden vragen of – erger nog – hem ermee zouden pesten.

Pickering was weer achter het scherm verdwenen om het werk van de tweede chirurg die haar aan het hechten was te controleren. Tevreden knikte hij naar een van de verloskundigen.

'U kunt mevrouw Eastman naar de zaal brengen.'

Toen ze haar naar de lift reden, lag de baby tegen haar zij en keek Karen om zich heen om te zien waar Joe was.

'Is mijn man hier?' vroeg ze de verloskundige die met haar meeliep.

'Ja, ik ben hier.' Hij kwam met een verwarde blik achter het bed vandaan. 'Sorry, maar denk je dat je het even alleen aankunt? Ik moet een frisse neus halen.' Hij hield zijn mobiele telefoon op. 'Ik zal iedereen bellen om te laten weten dat alles goed is gegaan.'

'Natuurlijk, tot straks.' Ze glimlachte dapper, maar vanbinnen wilde ze het liefst in elkaar kruipen om een potje te janken. De gelukzaligheid na Bens geboorte, toen Joe niet bij haar weg te slaan was en alleen maar naar het bundeltje naast haar kon staren, was hier helemaal niet. Deze keer voelde ze zich ontmoedigd, depressief en gruwelijk eenzaam.

'Ik voelde helemaal niks.'

Joe staarde ellendig naar zijn biertje en keek hoe er een luchtbelletje doelloos bovenop dreef.

Hij voelde zich een enorme klootzak dat hij Karen op zo'n kwetsbaar moment in de steek had gelaten, en hij was niet in staat om het beeld van zich af te schudden hoe ze in haar eentje met de nieuwe baby in de ziekenhuiskamer had gezeten, maar hij moest daar weg. De druk om de toegewijde vader te spelen, terwijl hij zich absoluut niet zo voelde, was te groot.

Toen hij achter het bed de OK uit was gelopen had een van de verloskundigen hartelijk naar hem geglimlacht en hem gefeliciteerd, zich niet bewust van de soaptoestanden omtrent de komst van de baby. Vreemd genoeg was haar onwetendheid tegelijkertijd een steun die hem eraan deed denken dat er – ondanks het feit dat hij breeduit in de kranten had gestaan, van zijn zogenaamd 'grimmige' gezicht tot en met de intieme details van zijn vroegere seksleven – nog altijd wat mensen waren die dat soort pulp niet lazen en geen idee hadden wie hij was.

Joe had geprobeerd naar haar te glimlachen, maar de glimlach was snel verdwenen toen hij de emoties in zich had voelen opwellen en had geprobeerd ze weg te slikken, waarbij hij een heftige hoestbui had gefingeerd. Ze had hem bezorgd aangekeken.

'Gaat het?'

'Nee', had hij willen schreeuwen. 'Mijn vrouw heeft zojuist het kind van een ander gekregen. Weer een zoon, net als die andere thuis die ook al niet van mij is. Ik ben er verdomme kapot van.'

Maar in plaats daarvan had hij iets beleefds gemompeld en was hij snel weggelopen.

Hij was een paar passen achter Karens bed gaan lopen en had voor zich uit gestaard naar de zogenaamd dolgelukkige moeder met haar gezonde pasgeborene, een gebeurtenis die toch een van de mooiste in het leven van een nieuwe vader zou moeten zijn. Maar het was alsof hij naar het geluk van een vreemde keek, een vrouw die toevallig door de gang kwam, iemand die hij niet kende. Hij had zich afschuwelijk buitengesloten gevoeld en was overweldigd door het verlangen een paar uur weg te zijn, te wachten tot de onzekerheid en, eerlijk gezegd, ook de woede waren weggetrokken.

Hij had geen zin om in zijn eentje in de pub te zitten en dus had hij Andy gebeld, omdat hij zeker wist dat die alles uit zijn handen zou laten vallen voor een paar biertjes. Hij had gelijk gehad.

'Ik heb echt mijn best gedaan om iets te voelen.' Hij slaakte een diepe zucht en keek Andy droefgeestig aan. 'En ik weet hoe dolgraag ze wilde dat ik erbij betrokken was. Maar ik kon het gewoon niet.'

Zijn broer haalde zijn schouders op. 'Het is nog vroeg.'

'Dat weet ik, maar toen Ben werd geboren was ik diréct verliefd op hem. Helemaal. Ik kon niet wachten om hem vast te houden, zelfs zijn lichaamsgeur was haast een drug. Dat is het nog steeds.'

'De omstandigheden zijn totaal anders. Niet alleen omdat je wéét dat het kind niet van jou is, maar omdat je niet zeker bent van je gevoelens voor Karen.'

Andy was een man van weinig woorden, maar als hij iets zei, klonk het volkomen logisch. Hij had bij vrouwen nooit zo goed gescoord als Joe, gaf de voorkeur aan het minder veeleisende gezelschap van printplaten en satelliettelevisie, maar als iemand hem vroeg waarom hij geen relatie had, zei hij altijd dat hij in zijn eentje gelukkiger was. Gloria had Joe toevertrouwd dat ze vermoedde dat zijn broer misschien homo was, iets waar hij om had moeten grinniken.

'Daar verzorgt hij zich veel te slecht voor. Geen enkele zichzelf respecterende homo zou bij hem in de buurt willen komen,' had hij spottend gezegd.

Toen hij het Andy had verteld, had die met zijn ogen gerold. Dat hij zijn moeder niet op de hoogte hield van de enkele keer dat hij van bil ging, betekende nog niet dat hij moeite had met zijn seksualiteit, had hij gemompeld.

De keer dat Joe Andy aan Karen had voorgesteld, had Andy gewacht tot Karen even naar het toilet was, waarna hij zijn broer had toegegromd: 'Geile mazzelaar. Die is bloedmooi.'

Ze hadden een hechte band gekregen, en Andy had in zijn toespraak als getuige bij de bruiloft lyrisch gesproken over Karens schoonheid en hij had zich hardop afgevraagd wat ze in zijn broer zag.

'Nog een biertje?'

Zijn gedachten werden naar het heden teruggesleept door Andy, die zijn lege glas ophield.

'Een kleintje, dank je. Ik moet maar niet teruggaan naar het ziekenhuis met een alcoholwalm om me heen.'

Doordat de pub bijna leeg was, afgezien van wat eenzame drinkers die eruitzagen alsof ze geen thuis hadden, was Andy binnen enkele minuten terug met de twee glazen.

'Ik zat net te denken...'

'Allemachtig, waarschuw de media,' zei Joe met een grijns.

Andy trok een gezicht. 'Over toen je Karen net had ontmoet. Je kon over niets anders praten, en toen ik haar ontmoette begreep ik waarom.'

Joe knikte en voelde de spanning in zijn lijf toenemen bij de gedachte aan betere tijden.

'Wat is er veranderd?'

'Hè, behalve twee kinderen die niet van mij zijn, bedoel je?'

Zijn broer fronste zijn wenkbrauwen. 'Kom op zeg, je bent

beter dan dat. Kijk eens naar de kille feiten. Jij hebt een heuse verhouding gehad, zij had waarschijnlijk iets wat een onbezonnen slippertje uit wraak is geweest. Ze werd zwanger en dacht dat het van jou was, en nu krijgt ze nóg een kind van een andere man, niet omdat ze dat wil, maar omdat ze wel móét. Ben ik iets vergeten?'

Joe schudde wanhopig zijn hoofd. 'Ik weet wat je wilt zeggen, en ja, als je het zo brengt, zou ik me over de details heen moeten zetten en bedenken waarom ik in de eerste plaats verliefd op haar werd...' Hij zweeg en staarde naar de vloer. 'Maar ik kan het niet. Ik weet niet of het mijn gedeukte ego is omdat de jongens niet van mij zijn, of gewoon omdat ik niet meer van haar hou.'

'Wil je mijn bescheiden mening horen?' Andy legde een hand tegen zijn borst. 'Volgens mij is het het eerste en moet je je daaroverheen zetten. Geluk is waar je het vindt.'

'Heb je een psychologieboek zitten lezen, of zo?'

'Nee, een gelukskoekje bij de Chinees om de hoek.'

Joe grijnsde. 'Dat geluk is gemakkelijker gezegd dan gedaan, man. Ik lig elke avond naast haar en dan probeer ik mezelf zover te krijgen om haar de intimiteit te geven waar ze zo naar verlangt, maar ik doe het niet, want in haar buik zit het kind van een ander en dat kan ik niet vergeten. Ik haat haar daarom.'

'Welnee, dat denk je alleen maar. En de maatschappij verwacht dat ook van je... Je ziet het in al die ordinaire tv-shows.' Andy nam een slok bier en staarde bedachtzaam naar zijn broer. 'Goed, laat ik het zo zeggen... Stel dat ze geen slippertje had gemaakt en Ben was jouw biologische zoon...'

Joe knikte en vroeg zich af wat Andy nou wilde zeggen.

'Stel je voor dat alles rozengeur en maneschijn is, en dat je totaal onverwachts een telefoontje krijgt van dat mokkel met wie je die verhouding had...'

'Sally.'

'Die bedoel ik. Sally. Dat Sally negen maanden na jullie verhouding een kind had gekregen, maar dacht dat het van haar man was.'

'Ze was niet getrouwd.'

Andy keek zijn broer nijdig aan.'Ook goed, dan was het een andere vent met wie ze rotzooide in dezelfde tijd dat ze met jou aan de scharrel was. Maar dan blijkt dat het kind wel van jou móét zijn, omdat ze allemaal een DNA-test hebben ondergaan omdat het kind ziek is... bla, bla, bla... Je snapt wel wat ik wil zeggen.'

'Ja, dus je beweert dat Karen bij me zou blijven als de situatie omgekeerd was.'

Andy sloeg net zijn biertje achterover, maar hij stak zijn duim omhoog ter bevestiging.

'Dat weet ik nog zo net niet. En trouwens, die vergelijking gaat niet op, want zij zou het kind niet hoeven opvoeden in de veronderstelling dat het van haar was. En ze zou ook niet hoeven leven met het tweede kind in de wetenschap dat het niet van haar was.'

Zijn broer rolde met zijn ogen. 'Ik geef het op.' Hij wierp een blik op zijn horloge.'Ik moet weer aan het werk. Ik heb een zeikerd van een klant die zijn computer per se vanavond terug wil, anders gaat de wereld ten onder. Wat een spannend leven heb ik toch.'

Ik zou anders zo met je willen ruilen, dacht Joe.

Na een snelle blik over zijn schouder draaide Nick zich om van de eettafel waar zijn halve maaltijd nog stond. Hij pakte de afstandsbediening, die naast zijn wijnglas lag, drukte op de knop voor het volume en staarde ingespannen naar het scherm.

'We hebben het begin gemist,' mopperde hij tegen Stella, die koppig bleef zitten, haar vlees sneed en weigerde naar het reusachtige beeldscherm te kijken waar ze zo'n bloedhekel aan had.

Een verslaggever van het zes uur journaal van BBC 1 stond onder een paraplu bij het Lagerhuis en huiverde toen de regen in zijn gezicht striemde.

'We kunnen met recht zeggen dat de toekomst van de minister van Volksgezondheid er weer zonnig uitziet, ondanks het weer vandaag,' zei hij, voordat het beeld overging naar de studio.

'God, wat origineel.' Stella sloeg haar blik ten hemel en deed alsof ze moest gapen.

Met een grijns draaide Nick zich weer naar de tafel en at verder. 'Maar goed, hij klonk in elk geval opgewekt. De kranten van morgen zijn vast niet zo vergevingsgezind.'

Stella reageerde niet, had geen zin in een gesprek over politiek. Ze had andere dingen aan haar hoofd. Ze schonk nog wat van zijn favoriete Barolo in en voelde een kriebel van zenuwen.

'Karen heeft vandaag een tweede zoon gekregen.'

Hij hield halverwege op met kauwen en zijn blik verhardde voordat hij verder kauwde en zijn vlees doorslikte met een blik alsof het een homp rubber was.

'Dat heb ik gehoord. Nu kunnen we allemaal verder met ons leven.' Hij nam een grote slok wijn.

'Hij schijnt gezond te zijn.'

'Dan kan hij doen waarvoor hij op de wereld gezet is.' Hij toonde een vreugdeloze glimlach.

Ze wilde hem vragen hoe hij het wist, wilde dat hij interesse toonde en er verder over sprak. Maar ze wist dat hij dat toch niet zou doen. Nick vermeed datgene waar hij niets mee te maken wilde hebben, deed alsof het gewoonweg niet bestond.

Ze bleef stil, bestudeerde hem ingespannen en wachtte op een klein teken dat erop duidde dat hij van plan was de pijnlijke stilte te vullen. Maar er gebeurde niets. Vroeger zou ze het er waarschijnlijk bij hebben gelaten, als duidelijk was dat hij er niets over wilde zeggen, maar nu niet meer. Niet na alles wat hij haar had aangedaan. Ze wist dat zij van nu af aan altijd aan zet was, omdat hij oprecht van haar hield en doodsbang was geweest bij de gedachte dat hij haar zou kwijtraken. En nu zijn politieke carrière weer in de lift zat, waren de belangen nog groter.

'Wil je je zoons dan helemáál niet leren kennen?' vroeg ze resoluut.

Hij liet zijn mes en vork kletterend op zijn bord vallen. 'Stella, hou op. We hebben het hier al zo vaak over gehad.'

Ze keek hem onverzettelijk aan. 'Niet naar mijn tevredenheid. Je zegt dat je geen relatie met ze wilt, maar ik moet begrijpen waarom. Als ik twee kinderen had die ik nooit zag, zou ik 's nachts niet eens kunnen slapen.'

'Mannen en vrouwen zitten emotioneel verschillend in elkaar. En deze hele situatie is anders. Als jij twee kinderen had, zou dat zijn omdat je ervoor had gekozen zwanger te worden. Die keus heb ik niet gehad, en dus voel ik geen verplichting tegenover ze.'

Met zijn ellebogen op tafel legde hij zijn hoofd in zijn handen en wreef met zijn hand door zijn haar. 'Mijn kinderen, als ik die al krijg, wil ik samen met de vrouw van mijn keus, de vrouw van wie ik hou… met jou.'

Hij stak zijn arm uit, pakte haar hand vast en gaf er een kneepje in. 'Het is voor iedereen beter als we het gewoon laten zoals het is.'

Het was de meest uitgebreide verklaring die ze van hem had gekregen, zeker voor iemand als Nick, die niet het type man was dat zijn emoties of angsten snel onder woorden bracht. Hij had altijd onfeilbaar geleken, een sterk hoofd op brede schouders, een echte man zonder chauvinisme. Daarom had ze zich tot hem aangetrokken gevoeld, omdat hij mentaal net zo sterk was als zij en zich door haar krachtige persoonlijkheid en zeer succesvolle carrière niet geïntimideerd of ontmand voelde.

Zo iemand had ze nodig gehad na een serie brave vriendjes die, zo besefte ze nu, maar saai waren geweest, niet het lef hadden gehad om tegen haar in te gaan wanneer ze alle beslissingen nam of hen bekritiseerde. Ze hadden haar naar de mond gepraat, haar verwende gedrag geaccepteerd en aangemoedigd, waardoor ze voortdurend het slachtoffer waren van haar strijdlustige gedrag.

En toen had ze Nick ontmoet, de buldog tussen de poedels. Tijdens hun eerste afspraakje had ze bezwaar gemaakt tegen het restaurant dat hij had uitgekozen; hij had haar genegeerd en toch een tafeltje gereserveerd. Toen ze had geweigerd te gaan, had hij haar kil aangestaard en gegromd: 'Bel maar als je honger hebt.' En daarmee was hij vertrokken. Vanaf dat moment was ze helemaal verslingerd geweest aan een man die misschien niet een soortgelijke opleiding had gehad als zij, maar wel ontegenzeggelijk haar gelijke was als het ging om verstandelijke vermogens en karakter.

In de maanden sinds ze op de hoogte was van zijn verraad, had ze steeds weer opnieuw lopen piekeren over hoe het mogelijk was dat een man die zo sterk was – zowel qua persoonlijkheid als qua normen en waarden – zich zo'n moment van zwakte had kunnen toestaan. Het zou zo gemakkelijk zijn geweest om bij hem weg te gaan, hem emotioneel en politiek in de steek te laten. Maar ze wist dat de zoete smaak van wraak van korte duur zou zijn geweest en zou zijn ingenomen door het ontnuchterende besef dat ze nog altijd intens veel van hem hield en een goed huwelijk had weggegooid vanwege een vergissing. Als ze Nick had verlaten, zou ze de pers, om nog maar te zwijgen van haar zus Judy, gelukkig hebben gemaakt. Maar wanneer hun aandacht eenmaal was vervaagd, zou ze alleen zijn achtergebleven en zou ze haar sexy en geestige echtgenoot, haar rots in de branding hebben gemist.

En dus had ze besloten te blijven en af te wachten. En daar was ze blij om, want het afgelopen halfjaar was zoals het begin van hun huwelijk geweest. Ze hadden tijd voor elkaar vrijgemaakt en herontdekt hoe ze konden genieten van seks in de morgen zonder hinderlijke telefoontjes van James Spender.

Als Nicks ontrouw niet meer dan dat was geweest, zou het nu ergens achter in haar gedachten hebben gelegen, zonder ooit nog opgerakeld te worden. Maar er waren twéé belangrijke redenen waarom het gebeurde nu toch alle aandacht opeiste.

'Stel dat ze jou willen leren kennen als ze wat ouder zijn?' Ze keek hem vragend aan.

Hij haalde zijn schouders lichtjes op en keek haar een beetje hulpeloos aan. 'Dan zal dat denk ik wel moeten. Maar het zal nooit van mij uitgaan.'

'Zelfs als wij nooit kinderen krijgen?' Ze voelde zich misselijk worden toen ze haar grootste angst onder woorden bracht.

'Ja, zelfs dan,' antwoordde hij resoluut. Hij pakte haar beide handen vast. 'Moet je horen, deze nieuwe baan betekent dat alle aandacht weer op ons is gericht... interviews over gezondheidszaken waarbij ze vragen over ons huwelijk ertussendoor laten glippen, je kent het wel...'

Ze knikte in stilte, wist niet goed wat hij wilde zeggen.

'Dus wat ik je eigenlijk wil vragen... Zit het weer goed tussen ons?' Hij had een getergde blik op zijn gezicht. 'Alles líjkt goed, maar ik wil nergens zomaar van uitgaan.'

Hij zweeg, glimlachte aarzelend en keek haar smekend aan.

Ze leunde over tafel, duwde het puntje van haar neus tegen de zijne en staarde in zijn ogen.

'Mooie stropdas,' zei ze, en ze wierp een blik omlaag.

'Dank je. Een vrouw van wie ik ontzettend veel hou, heeft die voor me gekocht.'

Ze begon hem te kussen, duwde plagend haar neus tegen de zijne.

'Is dat een ja op mijn vraag?' prevelde hij.

Ze knikte, pakte zijn stropdas vast en trok hem mee naar de slaapkamer.

25

'Tania, dit is Charlie. Charlie, dit is tante Tania.'
Karen glimlachte hartelijk terwijl ze keek hoe haar vriendin Charlie uit zijn wieg haalde en een van zijn handjes vastpakte. 'Wat is hij mooi, hè?'
'Het evenbeeld van Ben toen hij net geboren was.'
'Dat zei Joe ook al,' mompelde Karen, en ze staarde naar de baby. Toen ze zich losmaakte uit haar gedachten en Tania aankeek, zag ze dat het gezicht van haar vriendin rood was en dat ze met tranen in haar ogen naar Charlie staarde.
'Gaat het?'
'Ja.' Ze knikte en er viel een traan op haar mouw. Met haar vrije hand wreef ze langs haar ogen. 'Ik ben nog steeds een beetje emotioneel na je-weet-wel.'
'Nou moet je eens goed luisteren, mevrouw.' Karens stem klonk streng maar vriendelijk. 'Ooit kom jij een man tegen die jou verdient en dan krijg je met hem een kind. Je hebt de juiste beslissing genomen, neem dat nou maar van mij aan.'
Tania zei niets, en liet haar duim over Charlies handje glijden.
Direct na haar afspraak met James in het café, waar hij nauwelijks interesse had getoond voor haar zwangerschap, had Tania Karen hysterisch opgebeld. Karen had zich vreselijk schuldig

gevoeld dat ze niet direct naar haar vriendin toe kon om haar te troosten – vooral omdat zij degene was die erop had aangedrongen het James te vertellen – en dat ze die middag niet met haar mee kon naar de abortuskliniek omdat er bij haar, een paar kilometer verderop, een embryo werd teruggeplaatst.

Vriendschappen komen niet vaak onder zulke druk te staan, en toch was Tania hier om haar te feliciteren met de nieuwe baby en bewees ze maar weer eens dat ze een trouwe vriendin was.

'Hoe gaat het met James?' vroeg ze aarzelend.

'Hetzelfde, eigenlijk. Met andere woorden: hij behandelt me als oud vuil.'

'Hij heeft nooit gevraagd hoe het met je is?'

'Nee.'

'Wat een gevoelloze hufter.'

'Helemaal mee eens.' Ze legde Charlie weer in de kleine wieg van plexiglas naast het ziekenhuisbed. Hij deed niet eens zijn ogen open.

'Dronken van de melk,' zei Karen. Ze wierp een blik op de deur en fluisterde: 'Maar daar moet hij maar niet aan wennen, want zodra ik van de spiedende blikken van de verloskundigen verlost ben, gaat hij aan de fles. Mijn borsten doen hartstikke zeer. Allemaal kloven, en ze bloeden.' Ze huiverde en wreef zachtjes over haar borsten.

Tania leek weer gekalmeerd en bekeek een druif in de fruitschaal. 'Hoe zijn jullie trouwens aan de naam Charlie gekomen?'

'Van *Charlie en Lola*.'

'Sorry?'

'Bens lievelingsprogramma. We hadden gezegd dat hij de naam van zijn broertje mocht bedenken.'

'Godsamme zeg, maar goed dat het geen Teletubbie is geworden. Dag allemaal, mag ik jullie onze nieuwe zoon voorstellen: Tinky Winky Eastman.'

Ze schoten allebei in de lach. Karen vond het fijn om te zien dat haar vriendin weer iets van haar oude pit en humor terug had.

'Hoe gaat het met je wond?' Tania keek onzeker naar Karens buik.

'Niet slecht, en de morfine helpt. Nog een paar nachtjes en dan mag ik naar huis, als er tenminste iemand is die op me let.'

'Heeft hij iets gezegd?'

Ze wisten allebei over wie ze het had.

'Niet echt. Hij komt, hij gaat, hij glimlacht als hij denkt dat het moet, niet als hij wil. Hetzelfde,' zei ze schouderophalend. 'Ik weet dat hij geen drastische dingen zal doen zolang ik nog niet op de been ben, maar als ik eenmaal beter ben...' Haar stem stierf weg en ze staarde naar haar handen. 'Ik heb geen idee wat er dan gaat gebeuren.'

'En hoe zit het met dit schatje?' Tania knikte naar de wieg. 'Wat gebeurt er nu met hem en Ben?'

Karen slaakte een diepe zucht met het gevoel dat er een onzichtbare last op haar schouders drukte bij de gedachte aan wat er nog voor hen lag.

'Ze onderzoeken het bloed uit de navelstreng om te zien of het echt zo'n goede match is als ze dachten bij de pre-implantatie genetische diagnostiek.' Ze zweeg even, afgeleid door de gruwelijke mogelijkheid dat hij toch geen goede match zou zijn. Toen vermande ze zich en ging verder. 'Daarna moeten we een paar maanden wachten om te zien of hij niet hetzelfde heeft als Ben... Dat is hoogst onwaarschijnlijk omdat het niet erfelijk is, maar ze moeten het wel in de gaten houden en het kan een tijdje duren voordat het duidelijk is,' zei ze vermoeid. 'Als hij het niet heeft, kunnen we verder met de transplantatie van de stamcellen uit het bloed van Charlies navelstreng die ze hebben opgeslagen.'

Ze had het uitgebreid besproken met het medische team en ze had er eindeloos veel over nagedacht, maar nu ze het in lekentermen aan iemand uitlegde, werd ze doodzenuwachtig van de onvoorspelbaarheid en de stress. Ze werd wat kortademig, voelde hoe haar keel werd dichtgeknepen waardoor er te weinig lucht in haar longen kwam.

‘Moet ik iemand roepen?’ Tania keek angstig naar haar met haar hand bij de alarmknop.

Karen schudde het hoofd en legde haar handpalm tegen haar borst in een poging zichzelf tot kalmte te manen. Ze deed haar ogen dicht en probeerde rustig te ademen. ‘Sorry. Een paniekaanvalletje, geloof ik. Het gaat wel weer.’

‘We gaan het gewoon over wat anders hebben,’ zei Tania zacht.

‘Nee, niet doen. Het is góéd dat ik hier emotioneel over ben. Met de artsen is het allemaal heel professioneel en met Joe... Nou ja, we hebben het er wel over, maar alleen als vreemden die de praktische zaken bespreken. Het is bijna een opluchting om even in te storten en toe te geven dat ik het moeilijk heb.’

Tania leunde naar voren en sloeg haar armen om Karen heen zodat ze allebei een traantje konden laten. Na een paar seconden kwam ze overeind, ging in de stoel naast het bed zitten en tuurde naar de wieg.

‘Wat is het een wonder dat zo’n klein en hulpeloos wezentje het leven van een ander kan redden.’

Karen knikte en droogde haar tranen. ‘Laten we dat maar hopen. Het alternatief is afschuwelijk. Dan is alles voor niets geweest.’

‘Behalve dan dat je er een prachtige zoon bij hebt.’

Karen knikte met tranen in haar ogen. ‘Ja. De angst die ik had of ik het wel om de goede redenen deed, is helemaal verdwenen. Ik hou zoveel van hem.’

Ze staarden allebei peinzend in de wieg voordat Tania haar haar achter haar oren duwde en op kordate toon zei: ‘Zo. Waar is Joe?’

‘Die brengt Ben naar Gloria. Hij zei dat hij na de lunch langs zou komen, dan is hij in elk geval lijfelijk aanwezig,’ zei ze moedeloos. ‘Ik had gehoopt dat hij door alle bloed, zweet en tranen van de geboorte zou bijdraaien, maar hij is alleen maar nóg afstandelijker geworden.’

'Geef hem tijd.'

Karen slaakte zo'n diepe zucht dat het leek alsof er geen lucht meer in haar lijf zat. 'Dat hou ik mezelf ook steeds voor. Maar elke dag zonder enige intimiteit tussen ons voelt als een nagel aan de doodskist van ons huwelijk. Het is verdomd moeilijk om daaroverheen te komen.'

'Het lukt wel.' Tania keek op haar horloge. 'Shit, ik moet ervandoor. Het is Nicks eerste dag vandaag.'

'Ga je iets zeggen?'

'Wil je dat?' Tania keek alsof ze nog liever haar eigen ogen in hete olie wilde koken.

Karen schudde haar hoofd met opgetrokken neus. 'Maak je geen zorgen, het heeft weinig zin.'

'Oké,' zei ze, blij dat ze daar onderuit was. 'Voor de verandering hou ik maar al te graag mijn mond.'

Ze leunde naar voren en gaf Karen een snelle zoen op haar wang. 'Ciao, baby.' Daarna draaide ze zich om en liet haar vinger over Charlies wang glijden. 'Dag, klein wondertje.'

Tania smeet haar tas onder haar bureau. Ze zat net toen Nick, met een kartonnen doos in zijn handen, voor het eerst in bijna een jaar het kantoor binnenkwam. Ze zag direct dat zijn houding was veranderd.

De oude Nick had een trotse houding gehad, hij was iemand die een ruimte vulde met zijn aanwezigheid, aandacht afdwong. Deze Nick leek veel bescheidener. Tania besefte dat het verdomd moeilijk voor hem moest zijn geweest om het gebouw weer binnen te gaan waar zo ongeveer iedereen zijn diepste geheim kende en waarschijnlijk achter zijn rug om over hem fluisterde.

Door de opzet van Westminster, waar zij, James en de anderen in dienst waren van de overheid en niet van de regerende partij, was het voor een politicus onmogelijk om zich uitsluitend met eigen mensen te omringen.

'Nick, hoi, wat leuk om je te zien!' zei ze enthousiast. Ze

sprong overeind, liep naar hem toe en gaf hem onhandig een zoen op zijn wang. 'Hoe is het met je?'

Hij glimlachte meesmuilend. 'Niet slecht. Kon beter.' Hij knikte naar de kartonnen doos. 'Die had ik nog niet eens uitgepakt. Hij stond thuis zo in de kast.'

'Ach, dat scheelt weer tijd,' antwoordde ze luchtig, zich ervan bewust dat ze bazelde in een poging gewoon te doen en vooral niet de naam 'Charlie' te noemen.

Ze gebaarde naar de deur van zijn oude kamer en wilde net met hem meelopen over de drempel, toen de dubbele deuren rechts van hen openzwaaiden en een krijtgestreepte wervelwind verscheen.

'Ah, Nick, je bent er weer!' James klapte in zijn handen als een meester die zijn leerlingen bijeen roept. 'Ik wist wel dat het niet lang zou duren.'

'Dan wist je meer dan ik.' Nick klonk afgemeten en maakte daarmee onomwonden kenbaar dat hij James ontzettend vervelend vond.

Nadat Nick zijn ontslag had ingediend, had Tania hem een lange brief geschreven om hem te laten weten hoe prettig hun samenwerking was geweest en hoe jammer ze het vond dat hij wegging. Ondanks zijn aanvankelijke weigering om haar vriendin te helpen, had ze toch geweldig veel begrip voor hem en de positie waarin hij zich ongewild had bevonden. Ze was van mening dat zijn kwaliteiten als werkgever niet vergeleken moesten worden met datgene wat in zijn privéleven speelde, en ze had hem altijd een uitstekende baas gevonden.

Maar toen ze James had gevraagd of hij ook de neiging had gehad om pen en papier ter hand te nemen om zijn voormalige baas een boodschap mee te geven, had hij haar aangekeken alsof ze een bordje om haar nek had met PAS OP, NIET VOEREN en gemompeld: 'Waarom zou ik dat in vredesnaam willen doen?'

Hoewel ze geen reactie van Nick had gekregen, had ze toch het idee dat haar brief veel te maken had met zijn vriendelijke houding, terwijl James' gebrek aan communicatie bijdroeg aan de merkbare kilte tussen hem en zijn baas.

James merkte het ook en werd direct zakelijk en efficiënt.

'Voor de duidelijkheid heb ik nog eens extra gecontroleerd dat het pasgeboren kind beschermd wordt onder dezelfde bepaling als Ben; het is allemaal geregeld.'

'Dat weet ik. Dat heeft mijn advocaat maanden geleden al geregeld,' zei Nick met een vernietigende blik. 'Als je het niet erg vindt, ga ik nu aan de slag.'

Hij liep zijn kamer binnen en deed de deur halfdicht om James te laten merken dat hij hem niet moest volgen.

Tania wilde net weer achter haar bureau gaan zitten toen Nick zijn hoofd om een hoekje stak en ontwapenend naar haar glimlachte.

'Tania, wil je me de meest recente getallen over de NHS-wachtlijsten brengen? Dank je wel.'

James keek haar nijdig aan toen ze snel naar de archiefkast liep.

Met haar hoofd in de la gedoken, zou ze durven zweren dat zijn wrok een gat in haar achterhoofd brandde, en dus nam ze alle tijd om het dossier te pakken, in de hoop dat de verveling zou toeslaan en hij zou verdwijnen.

Toen ze aarzelend opkeek, zag ze dat hij inderdaad was verdwenen, maar toen ze zich zelfverzekerd omdraaide bleek hij achter het reservebureau te staan dat gebruikt werd door een stagiaire, een lange, slanke blondine van achter in de twintig.

'Je zult het hier nog ver schoppen,' zei hij luid, zodat Tania het kon horen. 'Als je zin hebt, trakteer ik je na werktijd een keer op een drankje, dan kun je me uithoren over de politiek.'

'Dan zijn jullie gauw klaar.' Tania keek met een stralende glimlach naar het meisje, voordat ze een gespannen blik op James wierp. 'Neem me niet kwalijk, maar ík heb werk te doen.' Ze tikte op het dossier dat ze naar Nick ging brengen.

De stagiaire keek doodsbang en wist niet waarom James opeens in haar carrièremogelijkheden geïnteresseerd was, terwijl hij haar de twee weken daarvoor volkomen genegeerd had.

'Nou niet overdrijven, schat,' riep James haar na. 'Je brengt hem gewoon dat dossier en dan kom je direct terug.'

Met een zelfverzekerde houding beende ze naar Nicks kamer, klopte op de deur, liep naar binnen en gaf hem de papieren.

'Dank je, zei hij, met een glimlach alsof dat alles was.

Maar ze bleef onzeker staan, wierp een blik over haar schouder naar de open deur en deed een schietgebedje dat James niet zou binnenkomen en zou zien dat haar taak er alweer opzat.

'Verder nog iets?' vroeg Nick met gefronste wenkbrauwen.

'Moet je horen, ik weet dat het stom klinkt,' mompelde ze, 'maar zou je het erg vinden als ik de deur dichtdeed en hier een tijdje op de bank ging zitten, alsof we een heel belangrijke, vertrouwelijke vergadering hebben waar James niet bij betrokken is?'

Hij keek haar even verbijsterd aan en barstte toen in lachen uit. 'Ik begrijp het al. Ga zitten.' Hij gebaarde naar de leren tweepersoonsbank, liep naar de deur en stak zijn hoofd om een hoekje. 'Hou mijn telefoontjes tegen,' zei hij op luide toon. 'Ik heb een belangrijke vergadering.' Hierna deed hij de deur dicht, liep naar zijn bureau en grijnsde. 'Als dat ettertje zich daarmee buitengesloten voelt, vind ik het prima, want zo zal het van nu af aan gaan.'

Tania glimlachte en pakte de *Private Eye,* om die eens op haar gemak door te bladeren. Ze wist dat het een kleine, dwaze overwinning op James was, maar na de manier waarop hij met haar zwangerschap was omgegaan had ze nu wat waardigheid teruggekregen, hoe onbeduidend dan ook. En dat voelde verdomd goed.

Karen pakte Bens kaart en keek er voor de derde of vierde keer die dag naar. Het was een zelfgemaakte kaart, een dubbelgevouwen A4'tje met een gele vlek in de hoek, die vermoedelijk een zon moest voorstellen, en wat blauw gekrabbel onderaan, wat de zee moest zijn. Ze sloeg hem open en las: *Gefeliciteerd, mama. Liefs, Ben xxx*. Het was het grillige, onhandige schrift van een volwassene die een kind nadoet. Ze zag dat Joe zijn naam er niet bij had gezet.

Ze probeerde hem rechtop op haar nachtkastje te zetten, maar hij viel om. En dus zette ze hem tegen de muur naast een van de vele kranten waar een klein artikeltje in had gestaan dat de vrouw die een verhouding met Nick Bright had gehad, hun 'designer baby' had gekregen. Charlies naam was niet genoemd. Onvermijdelijk zou het kind de rest van zijn leven hieraan herinnerd worden, dacht ze triest.

Ze draaide zich om en schrok toen ze een vrouw in de deuropening van haar kamer zag staan. Ze was moe en moest haar ogen halfdicht knijpen om de gelaatstrekken van de vrouw goed te zien. Ze kwam haar bekend voor, en opeens voelde ze hoe haar nekharen overeind gingen staan.

'Jij bent Nicks vrouw.'

Stella knikte en bleef onzeker staan. 'Ik hoop dat je het niet erg vindt.'

Karen schudde verward haar hoofd, wist niet wat ze moest zeggen en gebaarde naar de lege stoel naast haar bed. Toen Stella dichterbij kwam, liep ze langs het wiegje en ze wierp er even een blik in.

'Hij heet Charlie.'

'Mag ik?' Ze stak haar handen uit alsof ze hem wilde vasthouden.

Karen knikte langzaam, wist niet goed hoe ze moest reageren. Dit had ze absoluut niet verwacht, en ze had geen tijd gehad om het handboek te lezen over wat te doen als de vrouw van de vader van je kind op bezoek komt. 'Ga je gang.'

Heel voorzichtig tilde Stella de slapende Charlie uit zijn wieg en legde hem in de kromming van haar arm alsof ze het al veel vaker had gedaan. Ze leek volkomen op haar gemak, keek glimlachend op hem neer en maakte koerende geluidjes.

In de korte stilte die viel raasden er allerlei gedachten door Karens hoofd, en één vraag in het bijzonder kwam boven.

'Waarom ben je hier?' vroeg ze vriendelijk. Ze wilde niet beschuldigend of vijandig klinkend.

'Dat weet ik eigenlijk niet goed. Ik stapte in de taxi en ben intuïtief hiernaartoe gegaan,' zei ze, terwijl ze met moeite haar blik van Charlie losmaakte en even naar de ingelijste foto van Ben keek.

'Is dat...?' Haar stem stierf weg, alsof ze zijn naam niet durfde te zeggen.

'Ben. Ja.'

'Hij lijkt op jou.'

Karen knikte. 'Weet ik. Daarom had ik ook niet door...'

Ze zweeg, overdonderd door de omvang van de situatie, beschaamd door de gevoeligheid.

'Het spijt me dat ik met je man naar bed ben geweest,' flapte ze eruit.

Stella glimlachte triest. 'Niet zo erg als hem.' Ze legde Charlie in zijn wiegje en ging op de leuning van de stoel zitten.

'Eerst wilde ik je haten,' zei ze nuchter. 'Maar toen besefte ik dat jij en ik elkaar niet eens kennen, dus het was niet jouw verraad, maar het zijne.'

Ze keek omlaag, liet haar vinger over de armleuning glijden en gaf Karen zo de gelegenheid om haar eens goed te bekijken.

De huid van haar gezicht was papierachtig, gaf haar een afgetobd aanzien, en ze moest duidelijk haar best doen om haar dunne haar dit volmaakte model te geven. Maar haar grote groene ogen met de dikke wimpers maakten deze minpuntjes meer dan goed, en ze was ontegenzeglijk een zeer stijlvolle, chique vrouw in een klassieke witte blouse en een beige katoenen broek.

'Wist je dat hij getrouwd was?' vroeg ze luchtig, maar haar ogen keken opeens ingespannen naar Karen.

'Nee, dat heeft hij niet verteld.'

'Dat doen ze nooit, hè?' Haar blik was vermoeid, alsof ze zelf ook ooit een getrouwde man was tegengekomen.

'Maar eerlijk gezegd, heb ik het ook nooit gevraagd.' Karen had geen gevoel meer in haar linkerbil en ze verschoof iets. 'Mijn man had een verhouding, en daarom ging ik op zoek naar ongecompliceerde seks om mezelf een goed gevoel te geven. Meer was het niet...'

'En nu ben je moeder,' zei Stella treurig. 'Tot tweemaal toe.'

Ze stond op, liep om het bed heen en bleef even staan voor de ingelijste foto van Ben. Ze pakte hem, veegde een stofje van het glas en staarde ernaar.

'Nick en ik proberen al jaren zwanger te worden.' Ze wilde niet beschuldigend of haatdragend te klinken; alleen melancholiek.

Karen huiverde inwendig en vroeg zich af wat ze moest zeggen.

'Het moederschap is mooi,' zei ze. 'Maar het is ook niet alles. Het is een uitputtingsslag... Je eigen leven wordt als het ware opgeslokt.'

Stella glimlachte welwillend. 'Dat zeggen mijn zus en mijn vriendinnen ook, maar zij hebben natuurlijk wel kinderen. Ik weet dat ze me willen troosten, maar de waarheid is dat ik veertig jaar een egocentrisch, kinderloos bestaan heb geleid en dat ik het niet leuk meer vind.'

Er schoot een gedachte door Karens hoofd en ze verstijfde. 'Wil je een relatie met de kinderen? Ben je dáárom hier?'

Maar Stella begon halverwege al met haar hoofd te schudden. 'Nee. Ik was gewoon nieuwsgierig, meer niet.'

'En Nick? Wil hij ze zien?' Ze betwijfelde het, gezien zijn reactie toen ze hem een foto van Ben had laten zien, maar ze moest het zeker weten.

'Nee.' Stella schudde opnieuw haar hoofd, deze keer iets heftiger. 'Mannen zijn vreemde wezens, vind je niet? Ze kunnen genen en opvoeding van elkaar scheiden zoals wij dat niet kunnen.'

'Dit geval is wel een beetje bijzonder, of niet?' Ze wilde graag Nicks beslissing steunen om geen band met de kinderen te willen. 'Ben heeft al een "papa" in Joe, en Nick is gedwongen vader van Charlie, dus ik kan het me wel voorstellen.'

'Misschien.' Stella haalde haar schouders op. 'Maar ik denk dat er maar weinig vrouwen hun rechten om hun kinderen te zien zouden opgeven, wát de omstandigheden waaronder ze waren verwekt ook zouden zijn.'

Karen knikte, maar wist niet wat ze moest zeggen. Ze had niet verwacht dat ze Stella aardig zou vinden. Ze was ervan uitgegaan dat het zo'n bevoorrecht typje was dat al kwebbelend de secretaresseopleiding had gedaan met als enig doel een rijke CEO te strikken. Ze was er ook van uitgegaan dat ze nogal seksloos zou zijn, een vrouw die haar beste jaren achter de rug had en wier man er een gewoonte van maakte het met andere vrouwen te doen.

Maar dit was duidelijk een intelligente, grappige, aantrekkelijkere en veel sympathiekere vrouw dan Karen bij het zien van een enkele korrelige krantenfoto had beseft. Ze realiseerde zich nu voor het eerst dat Nicks ontrouw inderdaad een korte, eenmalige, dronken dwaling was geweest van een man die ongetwijfeld veel van zijn vrouw hield en dat hij er alles voor overhad om haar niet kwijt te raken. Ze was opeens jaloers en besefte hoe ironisch dit was. Ze wou dat ze net zo zeker was van Joe's gevoelens voor haar.

'Proberen jullie nog steeds zwanger te worden?' vroeg ze.

Stella dacht even over de vraag na en keek alsof ze in huilen zou uitbarsten. Karen wist niet goed of het door de emotie vanwege haar onvruchtbaarheid kwam of door een weerzin om haar plannen met een vreemde te delen.

Uiteindelijk trok ze haar neus op en slaakte ze een zucht. 'Ik word er niet jonger op, dus ik betwijfel of het nog gaat gebeuren. Bovendien vermoeden ze dat mijn miskraam het gevolg is van een aandoening die ervoor zorgt dat ik geen enkele zwangerschap zou kunnen voldragen.'

Ze stond op en pakte haar handtas van de grond. 'Adoptie in het buitenland is misschien een betere optie. Laten we eerlijk zijn, er zijn verdomd veel kinderen die dolblij zouden zijn met een liefhebbend gezin.'

Karen knikte en glimlachte. Ze stak haar hand naar Stella uit. 'Wat het ook wordt, ik wens je heel veel succes.'

Stella schudde haar de hand. 'Dank je.'

Ze liep naar de deur, draaide zich nog even om en liet haar blik van Charlie naar Bens foto glijden.

'Maar ik denk dat jij het meer nodig zult hebben dan ik.'

Stella stak de sleutel in het slot en was verrast toen ze merkte dat hij niet op het nachtslot zat.

'Hallo?' riep ze aarzelend, en ze vroeg zich af of ze was vergeten de deur op slot te doen omdat ze zo had opgezien tegen het ongeplande ziekenhuisbezoek.

'Hoi.' Het was Nicks stem.

Met een verraste blik liep ze naar de woonkamer en tikte op haar horloge. 'Of je hebt alweer ontslag genomen of er is een brandweeroefening in Westminster.'

'Wat een sarcasme,' zei hij met een glimlach. Hij zat aan de eettafel omgeven door papieren. 'Maar dit is de nieuwe ik: vroeg thuis en met dingen bezig die ik anders op kantoor zou doen. Als ze me daarom willen wegsturen, dan gaan ze hun gang maar.'

Ze trok haar wenkbrauwen op. 'Wauw, ik voel me gevleid.'

Hij keek haar smekend aan. 'Toe, wil je water opzetten? Ik verga van de dorst.'

'Opeens voel ik me niet meer zo gevleid,' sputterde ze, en ze bedacht dat de lange dagen alleen in hun appartement vroeger toch niet zo vervelend waren geweest.

Vijf minuten later kwam ze terug met twee bekers thee. Ze zette ze op tafel en ging in de stoel naast hem zitten. Hij was nog steeds driftig aan het schrijven, maar na enkele seconden zette hij met een theatrale slinger zijn handtekening onder aan het papier en legde hij zijn pen neer.

‘Klaar. De werkdag zit erop.’ Hij nam een slok thee. ‘Heb je zin om een vroege film te pakken?’

Maar Stella had belangrijker zaken aan haar hoofd. ‘Ik ben vandaag bij Karen langs geweest.’

‘Sorry?’

‘Karen Eastman. Ik ben naar het ziekenhuis geweest.’

Vroeger zou hij door het lint zijn gegaan, niet alleen omdat ze het niet met hem had overlegd, maar ook omdat ze het risico had genomen gezien te worden door een passerende fotograaf die haar foto aan elke landelijke krant zou hebben verpatst.

Maar dit was de nieuwe Nick, minder opvliegend, omdat hij wist dat hij in het nadeel was en zich niet in een positie bevond om de beslissingen van zijn vrouw in twijfel te trekken.

‘Waarom?’ vroeg hij rustig.

‘Ik wilde zien hoe de zoons van mijn man eruitzagen,’ zei ze schouderophalend. Ze wist dat het een wrede opmerking was, maar ze kon er niets aan doen.

Zijn blik bleef in eerste instantie onbewogen, maar toen begon hij snel met zijn ogen te knipperen, en ze zag dat er een traan over zijn wang liep.

Stella sperde geschrokken haar ogen open. De laatste keer, de énige keer, dat ze haar man had zien huilen was bij de begrafenis van zijn opa, de man die meer dan wie ook in hem had geloofd.

‘O mijn god, lieverd, het spijt me zo.’ Ze stond op en sloeg haar armen om hem heen, hield hem stevig vast. Zo bleef ze enkele seconden staan. Zij streelde zijn achterhoofd en hij duwde zijn gezicht tegen haar borst. Toen maakte hij zich los.

‘Je hoeft je niet te verontschuldigen.’

‘Jawel. Ik had niet zo’n botte opmerking moeten maken. Ik had moeten beseffen dat de geboorte je meer raakt dan je laat merken.’

Hij slaakte een vermoeide zucht. ‘Dat is het niet.’

‘O?’ Ze was verbluft, en voelde zich misselijk worden uit

angst dat hij weer met een onverwacht nieuwtje zou komen. Ze wist niet of ze nog meer aankon.

'Ik vind het een akelige gedachte dat jij een baby hebt gezien van wie ik de vader ben en jij niet de moeder. Ik kan me niet eens voorstellen hoe pijnlijk dat voor je moet zijn geweest.' Hij fronste zijn wenkbrauwen bij die gedachte.

'Weet je?' Ze glimlachte kort. 'Het was eigenlijk niet zo erg als ik had verwacht.'

Ze ging naast hem zitten, schopte haar schoenen uit en strekte haar benen. 'Volgens mij had ik een prachtig plaatje in mijn gedachten opgebouwd van een waanzinnig aantrekkelijke vrouw die straalde van trots en geluk om haar zoons, de baby's die ik waarschijnlijk nooit zal hebben. Maar in plaats daarvan zag ik een vermoeide, eenzame vrouw die ook niet alle antwoorden in het leven heeft. Met andere woorden, ik kon het afsluiten.' Ze trok een vies gezicht en huiverde. 'Getver, niet te geloven dat ik dat woord gebruik.'

Ze had altijd de spot gedreven met de explosieve zelfhulpbusiness, in de overtuiging dat mensen er alleen maar egocentrische, saaie wezens van werden die hun problemen beter zouden kunnen oplossen door met vrienden en familie te praten.

'Echt waar?' Hij pakte haar handen vast en keek haar ingespannen aan. 'Want ik zou het afschuwelijk vinden als jij op die manier leed. Je bent het allerbelangrijkste in mijn leven.'

Nick was niet geneigd tot emotionele uitbarstingen, dus dit stond bijna gelijk aan een liefdesgedicht.

'En jij bent het belangrijkste in mijn leven,' zei ze zacht. 'Ik wil niet dat je dit allemaal wegstopt omdat je bang bent dat jouw gevoelens me zullen kwetsen. Je mag best interesse in ze tonen. Heus.'

Nick slaakte een diepe zucht waar een vel papier op tafel van ritselde. 'Dat is heel lief van je, maar het verandert niets aan wat ik al zei. Het gaat mij er alleen om hoe ze mijn relatie met jou beïnvloeden. Verder niet.'

'Maar ik weet dat je altijd een zoon hebt gewild.' Ze zocht in zijn gezicht naar een teken van emotie.

'Met jóú.' Zijn blik bleef onbewogen.

Ze veegde een lok haar uit zijn ogen. 'Ik geloof dat ik eindelijk ga accepteren dat dat misschien niet zal gebeuren.'

Hij had nog altijd haar handen vast, en met zijn duim en wijsvinger speelde hij met haar trouwring, draaide hem heen en weer. 'We hebben elkaar. Dat is het belangrijkste.'

Ze knikte, blij dat hij er zo over dacht. Maar ze moest nog iets zeggen, iets waar ze een paar jaar voor haar verdoemde zwangerschap ook al over was begonnen. Destijds was hij er fel tegen geweest, maar hun leven was verdergegaan, er waren fouten gemaakt en zij had het hem vergeven, wat betekende dat hij haar iets verschuldigd was.

'We kunnen altijd nog adopteren,' zei ze luchtig.

Zijn blik werd donker en hij liet een van haar handen los om door zijn haar te wrijven. Haar maag verkrampte, en ze was bang dat hij weer zou weigeren, in de wetenschap dat het tot een vreselijke ruzie zou leiden waarbij zij hem zou zeggen dat haar wensen voor de verandering ook eens op de eerste plaats kwamen en dat dit voor haar een dealbreaker was.

Maar tot haar verrassing en blijdschap knikte hij langzaam.

'Ja,' zei hij, en hij leek verrast door zijn eigen antwoord. 'Dat kunnen we ook nog doen.'

26

Zachtjes neuriënd pakte Joe de handdoek van de verwarming in Bens slaapkamer en liep ermee door de gang naar de slaapkamer.

Hij vouwde hem dubbel, duwde de badkamerdeur open en bleef abrupt staan toen hij Karen in bad zag liggen; haar borsten staken boven het schuimende water uit.

'Sorry,' mompelde hij onhandig. Hij legde de handdoek op het toiletdeksel en liep achteruit de badkamer uit.

'Doe niet zo mal,' zei ze met een glimlach. 'Je hebt me zo vaak naakt gezien. Waarom kom je er niet bij?' Ze ging rechtop zitten, schoof naar achteren en wees naar het water voor haar. 'Genoeg ruimte.'

'Dank je, maar ik ben al met Ben in bad geweest.'

'Dat is toch niet hetzelfde.' Ze glimlachte opnieuw en wierp hem een verleidelijke blik toe.

Joe kon wel door de grond zakken. Hij wilde haar niet ronduit afwijzen, maar kon met geen mogelijkheid de emotionele en lichamelijke kloof tussen hen overbruggen door zich uit te kleden en in bad te stappen alsof er niets aan de hand was. Hij keek over zijn schouder en deed alsof hij door iets werd afgeleid.

'Ik dacht dat Ben sliep, maar hij ligt nog wat te dreinen. Ik ga even kijken.'

Ze knikte, maar aan haar gezicht kon hij zien dat ze wist dat het een leugen was. Ze zag er zo triest en verloren uit dat hij heel even geneigd was haar snel in zijn armen te nemen en te zeggen dat alles goed zou komen. Maar dat deed hij niet, omdat hij het niet kon. Het gevoel was ook vrijwel direct weer verdwenen, kapot gedrukt door de overweldigende uitputting en de verdoofdheid die hij tegenwoordig vrijwel constant voelde.

Hij deed de deur achter zich dicht en liep naar Bens kamer alsof hij het smoesje voor zichzelf wilde verantwoorden.

De jongen lag diep te slapen, zoals hij hem vijf minuten eerder had achtergelaten. Joe liet zich in de stoel naast het bedje ploffen, zette zijn ellebogen op zijn knieën en staarde voor zich uit in de duisternis. Hij wist dat het tijd was om deze impasse te doorbreken.

Karen liet zich weer achterover zakken in het lauwwarme water, deed haar ogen dicht en probeerde de spanning in haar lichaam te negeren. Ze zou Joe het bad in kunnen trekken, maar ze kon niet bedenken wat ze verder nog kon doen om hem te laten weten dat ze het goed wilde maken, dat ze haar best wilde doen om het gevoel tussen hen beiden weer te herstellen.

Ze kon wel janken, maar de tranen kwamen niet. Alleen een alles verterend en overweldigend gevoel van eenzaamheid en een brok in haar keel. Nu wist ze wat mensen bedoelden als ze zeiden dat je beter alleen kon zijn dan de eenzaamheid van een mislukt huwelijk ervaren. Het probleem was dat het voor haar niet mislukt was, maar dat het werd geteisterd onder de druk van alles wat er gebeurd was.

Haar lichaam begon zijn oude vorm weer terug te krijgen, haar buik nam zijn normale formaat aan, haar tepels waren genezen na de korte en weinig succesvolle poging tot borstvoeding, die zoals ze Tania al had gezegd was geëindigd zodra ze het ziekenhuis uit was.

Ze had gehoopt dat Joe langzaam, stapje voor stapje, bij haar terug zou komen toen haar lichaam zijn normale proporties terugkreeg. Een knuffel, een zoen, zelfs alleen maar rauwe seks zonder enig teken van liefde. Maar deze laatste afwijzing gaf wel aan dat hun problemen nog lang niet voorbij waren.

Ze stond op, pakte de handdoek die hij op het toilet had gelegd, wikkelde hem om haar lichaam en staarde ondertussen naar zichzelf in de spiegel. Het licht was niet bijzonder flatteus, maar toch kon ze haast niet geloven dat ze de afgelopen twee jaar zo oud was geworden. Het wit van haar ogen, dat ooit kristalhelder was, leek nu wat gelig van uitputting, en de lijntjes eromheen waren veel zichtbaarder. Geen lachlijntjes, maar rimpels van meer dan een jaar lang tobben en piekeren.

De vier weken sinds Charlies geboorte had ze zich doelloos laten meedrijven met de stroom en ze had de spanning in huis genegeerd in de hoop dat hij zou verdwijnen. Maar eigenlijk werd het alleen maar erger.

Joe was uiterst vriendelijk, vroeg hoe Bens dag was geweest als hij zelf niet thuis was geweest, en vroeg of zij soms een schoen of paraplu had gezien als hij die kwijt was. Maar verder was het alsof ze in twee verschillende werelden leefden. Haar aanbod om voor hem te koken sloeg hij altijd beleefd af; hij haalde liever later op de avond een snack uit de koelkast. Hij rommelde wat boven of keek naar de kleine draagbare tv in plaats van beneden bij haar tv te kijken.

Zijn relatie met Ben was nog net zo sterk als voorheen en hij deed alles voor hem. Karen voelde zich soms gewoon een buitenstaander. Maar met Charlie was het een heel ander verhaal, alsof het kind een onzichtbaar hek om zich heen had waar Joe niet overheen kon – of wilde. Als het kind huilde pakte hij het wel op en zo nu en dan verschoonde hij de baby als Karen met iets anders bezig was, maar hij deed het met een plichtmatige afstandelijkheid.

Ze slaakte een angstige zucht omdat ze wist wat ze moest doen. Ze droogde zich verwoed af en pakte haar badjas die aan de deur hing. Ze had geen zin meer om alles onder het tapijt te vegen, was moe van het wachten en hopen dat alles wel goed zou komen. Ze móést weten wat er aan de hand was.

Toen ze de badkamerdeur opendeed, hoorde ze hem onder aan de trap naar de woonkamer lopen. Deze keer zou hij er niet met een smoesje of een vage verklaring vanaf komen, waardoor zij weer in het ongewisse achterbleef.

Hij keek verbaasd op toen ze vlak achter hem de kamer binnenkwam, terwijl haar natte haren op het tapijt druppelden. Ze trok haar badjas wat strakker om zich heen, maar bleef hem aankijken.

'Is alles in orde?' Hij keek gespannen.

'Nee, niet echt.' Ze wilde de confrontatie aangaan die ze al weken in haar hoofd had, maar het verlangen om hun relatie te redden was nog altijd overweldigend. Ze moest hem nog één keer uitdagen om er zeker van te zijn.

'Ik wil je armen om me heen voelen.'

Aan zijn gezicht te zien leek het wel of ze hem had voorgesteld in de Grand Canyon te bungeejumpen. 'Je bent nogal nat,' zei hij verontschuldigend, en hij bleef staan waar hij stond.

Ze liet zich met een diepe zucht in de leunstoel vallen. 'Er was een tijd was dat je bij me in bad stapte. Nog niet zo lang geleden...'

'Dat was voordat...' Hij zweeg, vond het niet nodig om te zeggen wat zo voor de hand lag.

'Wat is er aan de hand, Joe? Ik moet het weten.' Zo, ze had het gezegd. De confrontatie was begonnen, en hoe hij ook zou aflopen, ze was vastbesloten door te gaan tot ze antwoorden had.

'Sorry, ik weet niet waar je het over hebt.'

Ze staarde hem vastberaden aan. 'Dat weet je best.'

Zijn blik was gepijnigd. 'Ben krijgt straks de transplantatie en ik zorg dat ik erbij ben.'

'Dat bedoel ik niet.' Haar toon was geduldig, maar vermoeid; ze liet hem weten dat ze niet accepteerde dat hij de werkelijke kwestie probeerde te omzeilen.

Ze stond op, liep van de leunstoel naar de bank en klopte op het kussen naast zich. 'Ga alsjeblieft zitten. Ik wil je iets zeggen.'

Hij deed wat hem gevraagd werd, maar als een tegendraadse puber die mee moet naar de opera. Er bleef genoeg ruimte tussen hen voor een derde persoon, maar Karen schoof wat dichterbij en pakte zijn hand vast. Hij trok hem niet weg, maar liet hem slap in haar hand liggen. De weerzin was duidelijk.

Ze haalde diep adem, sloot haar ogen even, opende ze weer en voelde haar hartslag versnellen toen ze zichzelf de woorden hoorde zeggen die ze al zo'n tijd geoefend had.

'Nu we weten dat al het mogelijke gedaan wordt om Ben te helpen, ben ik in staat geweest om goed na te denken over andere dingen... Over jou en mij, voornamelijk.'

Ze zweeg, verwachtte een reactie, maar er kwam niets. Hij staarde haar zonder met zijn ogen te knipperen aan.

'Door alles wat er is gebeurd, besef ik hoeveel ik van je hou, hoezeer ik je nódig heb in mijn leven. Ik was zo boos over jouw relatie met Sally, dat ik iets anders niet kon zien. Dat ik niet kon zien hoe schadelijk mijn eigen verbitterde houding voor ons huwelijk was.'

Ze slaakte een zucht van verlichting toen ze de woorden sprak.

'Je bent een ongelooflijke vader, dat ben je altijd geweest,' zei ze zacht. 'Maar je bent ook een ongelooflijke mán. Dat heb ik je niet vaak genoeg gezegd.'

'Nooit,' zei hij met een trieste glimlach.

Ze voelde zich gesterkt door zijn humor, zag het als een doorbraak, en aangemoedigd ging ze verder.

'Van nu af aan zal ik het je nooit laten vergeten,' zei ze met een lach, en haar ogen glommen van hoop. 'Ik ga het je zo vaak zeggen, dat je het nog een keer zat wordt.'

Maar haar lach werd niet beantwoord, en ze dacht dat ze kapotging toen ze de onmiskenbare blik van ongemak op zijn gezicht zag. Toch ploeterde ze verder in de hoop dat haar optimisme het zou winnen.

Ze glimlachte teder naar hem. 'Wat zou je ervan vinden om over een paar maanden samen een kindje te maken, als we weten dat het met Ben allemaal goed is?'

Ze kon niet geloven dat ze het echt hardop had durven te zeggen, maar een onbestemde angst diep vanbinnen had haar het gevoel gegeven dat het nu of nooit was.

Joe keek naar hun in elkaar verstrengelde handen, maakte zijn hand uit de hare los, stond op en liep hoofdschuddend naar het raam, waar hij zich omdraaide en haar met gefronste wenkbrauwen aankeek.

De hoop die ze enkele seconden geleden nog had gehad was verschrompeld tot niets, en in plaats daarvan had ze een brok in haar keel.

'Ik ga weg.'

Zijn toon was enigszins verontschuldigend, maar resoluut, en ze wist direct dat dit geen loos dreigement was: hij meende het. Ze hoefde niet te proberen hem om te praten of uitvluchten te verzinnen. Toch kon ze zich er niet van weerhouden.

'Dat kan niet. Je houdt veel te veel van Ben.' Haar stem was iel en trillerig.

Joe schudde zijn hoofd. 'Het gaat niet om mij en hem. Ik ga bij jóú weg.'

Ze voelde een scherpe pijn in haar borst toen tot haar doordrong dat ze hem kwijt was. Ze wist dat hij zich emotioneel had teruggetrokken, maar zolang ze onder hetzelfde dak leefden, hoopte ze dat de situatie kon veranderen, dat ze op een dag ervoor kon zorgen dat hij weer van haar hield. Maar nu ging hij weg en was elke kans op een verzoening verkeken.

'Wanneer?' Het was het enige wat ze kon bedenken.

Hij haalde zijn schouders op. 'Ik ga denk ik een tijdje naar Andy, tot ik ergens in de buurt een huurhuis vind. Ik wil Ben wel elke dag zien... als dat goed is.'

Ze knipperde haar tranen weg. 'Goed? Natuurlijk is het goed. Joe, dit is waanzin... We hebben zoveel doorstaan, we kunnen nu niet opgeven.'

'Ik vrees dat ik het wel heb opgegeven.' Hij staarde naar zijn voeten. 'Ik doe dit niet zomaar, geloof me. Ik heb er lang over nagedacht, een besluit genomen, toen weer van gedachten veranderd, steeds maar weer...' Hij zwaaide met zijn hand heen en weer om het te illustreren.

'Dat betekent dan toch dat er nog iets tussen ons is,' zei ze op smekende toon, terwijl ze het gevoel had dat haar keel werd dichtgeknepen.

'Het dilemma ging over weggaan bij Ben, niet bij jou,' zei hij heel nuchter. 'Maar ik denk dat hij het verschil niet zo zal merken, zolang we de sfeer vriendelijk houden.'

Karen staarde intens verdrietig voor zich uit, totaal van streek door het feit dat haar man zo rustig sprak over de plannen voor hun scheiding.

'Het kan weer worden zoals vroeger,' zei ze op jammerende toon. 'Er is alleen wat tijd voor nodig...'

Maar hij schudde zijn hoofd al. 'Het heeft geen zin.'

'Hoe kun je dat nu zeggen?' Ze huilde stilletjes.

'Omdat ik bijna nergens anders aan heb gedacht sinds Charlie is geboren.'

'En hoe ben je tot die conclusie gekomen?' Ze wilde niet verbitterd klinken, maar dat kostte moeite.

Joe liep naar de leunstoel, ging een meter bij haar vandaan op de leuning zitten.

'Je moet toegeven dat het al niet lekker tussen ons liep voordat ik het van Ben wist...'

Ze schudde haar hoofd. 'Dat waren doodnormale huwelijksproblemen. Ga nou niet de geschiedenis herschrijven, Joe.'

'Voor een deel was dat het ook, en ik neem de volledige verantwoordelijkheid op me voor wat met Sally is gebeurd. Maar wát de oorzaak ook was, soms had ik het gevoel dat we co-ouders onder hetzelfde dak waren, alleen om Ben een stabiel leven te bieden.'

Ze snoof om aan te geven dat ze het er niet mee eens was. 'Doen niet alle getrouwde stellen dat, tijdens een moeilijke periode voortploeteren omwille van de kinderen? Daarin zijn we niet de enigen. En vergeet niet dat we een zíék kind hebben. Dat legt een enorme druk op een relatie.'

'Dat is waar,' zei hij, en hij knikte. 'Maar het is niet zomaar een moeilijke periode geweest, Karen, voor mij niet in elk geval, en zeker niet nu. Het voelt onherstelbaar.'

'Waarom?' Ze voelde en klonk verslagen.

'Jemig, wat een vraag.' Hij glimlachte moeizaam. 'Als het alleen om de schok over Ben was gegaan, had ik me er misschien overheen kunnen zetten. Maar er is meer. Boven ligt nóg een zoon die niet van mij is, en het spijt me...' zijn stem sloeg iets over, '... maar ik trek het gewoon niet. Ik dacht dat ik het aankon, maar ik kan het niet.'

'Hij is nog maar een paar weken oud...'

Hij schudde het hoofd. 'Ik hield onvoorwaardelijk van Ben vanaf het moment dat hij werd geboren en dat zal nooit veranderen. Maar met Charlie is het ánders. Ik schaam me kapot, maar ik geloof niet dat ik op dezelfde manier van hem kan houden. En ik heb niet het gevoel dat ik nog genoeg van jou hou om te doen alsof.'

Ze begon luid te snikken, veegde haar ogen en neus aan haar mouw af. 'Kun je me niet de tijd geven om het goed te maken? Ik zal doen wat je maar wilt, dat beloof ik je. We vormen toch een gezin,' zei ze smekend.

Hij leunde naar voren, pakte haar hand vast en streelde die met zijn duimen. Hij was in weken niet zo teder geweest.

'Het spijt me, maar ik kan dit niet meer. Het is te laat. Ik moet verder met mijn leven, en jij ook.'

Hij liet haar hand vallen en stond op. 'Ik ga naar boven om een paar dingen in te pakken.' Hij wipte ongemakkelijk van het ene been op het andere. 'Ik denk dat het beter is als ik vanavond al naar Andy ga, maar ik kom morgenochtend langs om Ben naar de crèche te brengen.'

Ze knikte ongelukkig en werd zo verteerd door verdriet dat ze amper kon ademhalen. Ze wilde zich aan hem vastklampen en tegelijkertijd wilde ze hem met haar vuisten bewerken omdat hij haar in de steek liet. Ze deed geen van beide, verlamd door het schokkende besef dat ze er van nu af aan alleen voor stond.

Acht maanden later…

27

Karen richtte haar sleutel op haar auto en wachtte op de vertrouwde piep ten teken dat hij op slot zat. Ze hees Charlie van haar ene heup op de andere, pakte Bens hand en keek naar links en naar rechts voordat ze overstak in de richting van het huis aan de overkant. Ze morrelde aan de klink van het verrotte, versplinterde hek, liep erdoor en deed het achter zich dicht. Ze wierp nog een laatste blik op haar auto en deed een schietgebedje dat hij al zijn banden nog had tegen de tijd dat ze terugkwam.

Zij en Joe woonden nu acht maanden gescheiden, en sinds een halfjaar woonde hij in deze troosteloze buurt waar ze elke keer weer haar hart vasthield als ze Ben bracht. Het was een grote, uitgestrekte wijk vol sociale woningbouw. De meeste bewoners waren heel aardig en deden hun best om de buurt gezellig te houden, maar er was ook een harde kern van herrieschoppers die iedereen het leven zuur probeerde te maken en op straat regeerde door mensen angst aan te jagen, met als gevolg dat de gewone buurtbewoners na zeven uur 's avonds alles op slot deden.

Het huis was een maisonnette, bestaande uit twee wooneenheden, waarvan Joe godzijdank de woning op de eerste verdieping had. Het betekende minder inbraken, al had hij wel een paar kapotte ruiten gehad door goed gemikte stenen in de kleine uurtjes van de ochtend.

De deurbel was al zo vaak vernield, dat hij niet de moeite nam hem nog te repareren, dus als Karen langskwam, moest ze altijd vijf minuten van tevoren bellen. En inderdaad, Ben rende het tuinpad over en Joe deed de deur al open om hem in zijn armen te nemen en hem met kussen te overladen.

Soms vroeg hij Karen binnen, soms niet. Maar vandaag had hij een brede glimlach op zijn gezicht. Hij knikte naar de trap. 'Kom je even boven? Het project is eindelijk af.'

Dat was zijn codewoord voor Bens slaapkamer. Joe was vanaf het begin van plan geweest om de kamer op te knappen, maar door al het geklus dat hij beroepsmatig deed, plus de kosten voor nieuwe spullen die hij niet van anderen had kunnen bietsen of lenen, had hij er geen tijd en geen geld voor gehad.

De eerste keer dat Karen Ben hier had laten slapen, was ze weggereden en had ze om de hoek een potje zitten janken. Het waren tranen van spijt en pijn geweest, want nu Joe zelf een woning had betekende het definitief het einde voor hen, maar ze had ook gehuild om het feit dat ze haar tweeënhalfjarige zoon in een armoedig huisje anderhalve kilometer verderop moest achterlaten. Toegegeven, Ben had nooit één traan gelaten als ze hem er achterliet. Zolang Joe er was, was alles goed.

Ze liep de trap op, probeerde niet te kijken naar de vergeelde, gehavende muren en deed haar best om positief te blijven. Joe had ontzettend hard gewerkt aan de binnenkant en had alles wit geschilderd met verf die hij had overgehouden na een schilderklus bij een plaatselijke boekhouder. Maar Bens kamer moest bijzonder worden, iets wat helemaal bij hem paste.

'Zo, jongeman.' Hij knipoogde over Bens hoofd naar Karen. 'Schoenen uit, en zet ze maar in je kamer.'

Joe volgde Ben, die de deur naar zijn slaapkamer openmaakte en hem met grote ogen in zich opnam.

De muren waren nu zo blauw als Thomas de Stoomlocomotief, met rode plinten, en er lag een Thomas de Stoomlocomotief-dekbedovertrek op het bed, dat op elk van de vier hoeken een beschilderd treinwiel van karton had.

'Wauw!' Ben dook op zijn bed, begroef zijn hoofd in het kussen en kwam toen met een grote grijns overeind.

'Wat vind je?' vroeg Joe aan Karen.

De waarheid was dat het kamertje door de gebruikte kleuren nog kleiner leek dan het al was, maar Karen wist ook dat dit de droomkamer van ieder jongetje was.

'Prachtig,' zei ze met een warme glimlach.

Charlie begon in haar armen te wriemelen en kromde zijn rug zodat ze hem steviger moest vasthouden. 'Wil je op de grond?' vroeg ze hijgend, en hield hem met moeite in bedwang. 'Nou, eventjes dan.'

Ze zette hem op de grond en hij kroop naar Ben, die hem naast zich op het bed tilde. Hij kraaide van pret toen zijn broer hem onder zijn armen begon te kietelen.

Karen keek weemoedig toe. De jongens waren ontzettend aan elkaar gehecht en het voelde zo raar om ze elke woensdagavond te scheiden als Ben bij Joe bleef slapen en Charlie met haar mee naar huis ging. Maar dat was de afspraak die ze hadden gemaakt toen Joe een eigen huis had gevonden en niet langer bij Andy op de bank sliep. Daarvoor was Joe elke ochtend langsgekomen om Ben naar de crèche te brengen, en soms was hij er rond etenstijd ook voor een snelle vader-zoonstoeipartij, al belde hij wel altijd even van tevoren. Karen wist dat Joe vooral een eigen huis had gezocht zodat Ben bij hem kon slapen, dus ze kon moeilijk klagen over deze wekelijkse routine, maar ze hoefde het ook niet leuk te vinden.

'Mama, mag Charlie blijven?' smeekte Ben. Hij had zijn armen om zijn broertje geslagen en sleepte hem door de kamer.

'Nee, lieverd,' zei ze luchtig. 'Hij gaat met mama mee naar huis.

'Waarom?'

Ze wilde schreeuwen: omdat je vader niet van hem houdt zoals hij van jou houdt.

'Omdat hij nog een beetje te klein is. Hij is nog geen grote jongen zoals jij.'

Ze wierp een snelle blik op Joe die voor zich uit staarde en keek hoe Ben en Charlie aan het stoeien waren op het tapijt.

'Het gebruikelijke plan?' vroeg ze. 'Jij brengt hem naar de crèche en ik haal hem op?'

Joe knikte. 'Prima. Ik...'

Maar hij werd onderbroken door Karens mobieltje dat onder in haar handtas rinkelde. Ze viste hem eruit en nam op.

'Karen Eastman...'

'Met dokter Pickering.'

'O, hallo.' Haar hart sloeg over zodra ze zijn stem hoorde en zich afvroeg wat voor hel er nu weer zou losbarsten.

'Ik heb goed nieuws voor u.'

'Ja?' Ze keek vol verwachting naar Joe, die zijn wenkbrauwen fronste. Hij besefte dat het een belangrijk telefoontje was en keek haar zonder zich te verroeren ingespannen aan.

Ze hoorde dat Pickering met wat papieren ritselde. 'Charlie is gezond. We kunnen Bens transplantatie plannen.'

Karen hapte naar adem, sloeg haar hand voor haar mond en snikte. De opluchting was zo overweldigend dat haar benen trilden alsof ze onderuit zou gaan. Ze legde haar hand tegen de deurpost om zich overeind te houden.

'Wat is er?' Joe's gezicht stond bezorgd.

Met een brede glimlach wiep ze een blik op de jongens die nog steeds over de grond rolden. 'Charlie is gezond.'

Joe kneep zijn ogen dicht. 'Goddank.'

'Ik bel u straks terug,' zei Karen tegen Pickering. 'Dank u voor het telefoontje.'

Ze beëindigde het gesprek, en zij en Joe stonden glimlachend bij elkaar, verbonden door hun opluchting en vreugde dat Charlie niet dezelfde slopende ziekte had, maar dat hij nu eindelijk kon helpen om Bens leven te redden.

'Dit is het. Het gaat eindelijk gebeuren.' Hij blies langzaam zijn adem uit. 'Duimen maar dat de injecties, de transfusies allemaal niet meer nodig zijn...' Zijn stem sloeg iets over en hij beet op zijn lip.

Ze gaf hem een kneepje in zijn onderarm. 'Hier hebben we zo lang op gewacht. God, laat het alsjeblieft werken.'

Hij knikte instemmend, rechtte zijn rug en klapte in zijn handen.

'Akkoord, ik moet maar eens aan het eten beginnen. Spruitjes met geroosterd brood, is dat goed, Ben?'

Ben trok zijn neus op. 'Getsie.' Hij klampte zijn armen weer om Charlies bolle lijfje en sleepte hem naar de deuropening waar Karen en Joe stonden. 'Mag Charlie alsjeblíéft blijven?'

Karen sloeg haar blik ten hemel. 'Ik heb al nee gezegd. Je ziet hem morgen weer.'

Ze bukte zich om Charlie op te tillen, maar beide jongens stribbelden tegen en de jongste barstte in tranen uit bij het idee dat hij gescheiden werd van zijn grote broer.

Joe ging op zijn knieën zitten en probeerde Ben tot rede te brengen. 'Kom op, jongen, hij moet naar bed. Hij mag nog niet zo lang opblijven als jij. Als hij weg is, kunnen wij een spelletje doen.'

Enigszins gesust liet Ben met tegenzin een blèrende Charlie los en keek mokkend terwijl Karen hem optilde en naar de voordeur liep.

'Godallemachtig, wat is hij toch mooi.' Ze staarde naar Ben. 'Hij ligt er zo vredig bij.'

Joe knikte, met bloeddoorlopen ogen door het slaapgebrek. 'Alsof zijn lichaam weet dat het ergste voorbij is.'

Ben snifte een beetje en bewoog even met zijn hoofd. Ze leunden allebei vol verwachting naar voren, maar zijn ogen bleven dicht.

'Hij is helemaal van de wereld, die arme jongen.' Karen streelde zijn haar.

Toen duidelijk was dat Charlie het syndroom van Diamond-Blackfan niet had, was alles snel gegaan.

Een week later had Ben chemotherapie gekregen om zijn bloedaanmaak te stoppen, waarna hij de stamcellen uit het bloed van Charlies navelstreng toegediend had gekregen in de hoop dat het zijn eigen gezonde beenmerg op gang zou brengen. Dat was twee uur geleden geweest en hij sliep nog steeds, ook al had Pickering hun ervan verzekerd dat alles goed met hem ging en dat hij gewoon moe was.

Joe legde zijn kin op Bens arm en staarde naar hem. 'Een algehele narcose is nogal wat voor zo'n kleintje. Ik denk dat hij nog wel een uurtje slaapt.'

Ze keek op haar horloge. 'Ik heb honger. Zullen we om de beurt naar de kantine gaan?'

Joe perste zijn lippen op elkaar en dacht even na. 'Ik ga met je mee. De verpleegkundige belt ons wel als hij wakker wordt, maar dat denk ik niet. Hij slaapt zo diep.'

Vijf minuten later zat ze aan een klein formica tafeltje in de ziekenhuiskantine terwijl Joe in de rij stond om af te rekenen. Hij had zijn mobiel op tafel laten liggen en het ding begon te piepen om aan te geven dat Joe een sms'je had.

Ze weerstond de neiging om de telefoon te pakken, maar wierp wel een blik op het scherm. Hij lag ondersteboven, maar ze kon duidelijk lezen: NIEUW BERICHT: EM.

Ze voelde een steek vanbinnen. Wie was Em, verdomme? Ze kende niemand die Emma of Emily heette en ze pijnigde haar hersenen met de vraag of hij ooit iemand met die naam had genoemd, maar ze kon alleen maar tot de conclusie komen dat dit niet het geval was.

Het gebeurt weer, dacht ze. Hij heeft een ander. Al waren ze nu natuurlijk uit elkaar en was hij in feite een vrij man, in staat straffeloos met iemand een relatie te beginnen.

Haar lip trilde en ze beet erop, probeerde zich wanhopig te vermannen. Ze was vreselijk bang geweest dat hij bij haar weg zou gaan, maar had nooit gedacht dat hij iets met iemand anders zou beginnen. Ze had gedacht dat hij net zo verward en vermoeid was als zij, te uitgeput en versuft om zelfs maar te denken aan een nieuwe relatie. Maar nu het bewijs voor haar neus lag, voelde ze zich enorm naïef. Waarom niet, per slot van rekening? Hun seksleven was al heel lang geleden opgedroogd, dus nu hij alleen woonde, bijna de hele week voor zichzelf had, was het logisch dat hij van de gelegenheid gebruikmaakte om het bed in te duiken met wie hij maar wilde. Ze werd er misselijk van.

Joe arriveerde bij het tafeltje met een blad met twee kopjes koffie en wat uitgedroogde broodjes rundvlees.

'Rood vlees is niet goed voor je, dat weet ik, maar wat vind je van groen vlees?' Hij trok zijn lip op toen hij de bovenste helft van het broodje optilde en naar het beleg staarde.

Karen nam een hap. 'Zal ik jou eens wat zeggen? Dit is mijn eerste hap sinds Ben is genezen, en hij smaakt hemels!'

Hij glimlachte, maar het was aarzelend. 'Rustig aan. We zijn er nog niet.'

'Maar Pickering zei toch dat alles goed was gegaan...'

'Dat is waar. Maar er kunnen nog altijd complicaties optreden.'

Karen was de optimist van hun tweeën; zij nam elke situatie zoals hij kwam, tenzij iets anders werd verteld, terwijl Joe veel voorzichtiger was, alle mogelijkheden overwoog en ervan uitging dat je alles aankon als je maar van de slechtste situatie uitging. Hierdoor vormden ze over het algemeen een goede combinatie, al waren er momenten geweest dat ze ernaar had verlangd dat hij zijn behoedzaamheid aan de kant zette en met haar in het diepe sprong. Vooral als het ging om het boeken van vakanties. Zij was geneigd de eerste de beste goeie deal die ze op internet tegenkwam te boeken; hij bestelde eerst folders, deed consumentenonderzoek, vroeg vrienden naar hun ervaringen, maakte er een hele poespas van waardoor ze soms het gevoel had dat elk beetje spontaniteit al was verdwenen. Een keer had ze hem overgehaald om het op haar manier te doen, en zo waren ze om twee uur 's nachts in hun Spaanse 'villa' aangekomen die meer op een koeienschuur vol kakkerlakken had geleken. Vanaf dat moment had ze iets meer waardering gehad voor zijn kieskeurigheid.

Langzaam kauwend op zijn broodje slaakte hij een diepe zucht. 'Maar het ziet er wel goed uit, hè?' Zijn blik en toon gaven aan dat hij bevestiging zocht.

'Absoluut. Volgens Pickering is er een kleine kans dat het niet werkt, maar goed, dat zeggen ze natuurlijk altijd. Ik ben er 99,9 procent van overtuigd dat het helemaal goedkomt.'

'Ik kan niet geloven dat het bijna zover is. Na al deze tijd...' Hij zweeg en staarde in de verte. 'Het leven begint hier.'

Ze glimlachte, maar vanbinnen had ze een overweldigend gevoel van droefheid. Het was misschien het begin van Bens normale leven, maar het betekende ook het einde van hun huwelijksleven, dat nu bestond uit het ophalen en afzetten van de kinderen en korte gesprekken in ziekenhuiskantines.

Verder was er niets veranderd. Ze had nog geen advocaat in de arm genomen en, voorzover ze wist, hij ook niet. Ze hadden nog steeds een gezamenlijke bankrekening en hun huis stond ook op hun beider naam.

Voordat ze er erg in had druppelde er een traan uit haar oog en spatte op tafel.

Joe zag het en keek bezorgd. 'Gaat het?'

Ze knikte, durfde niets te zeggen uit angst dat ze helemaal zou instorten. Ze wist niet of ze huilde van opluchting of om wat ze kwijt was, misschien wel om allebei, als het mogelijk was om tegelijkertijd zowel van geluk als verdriet te huilen.

'Ik weet dat ik wel bijspring, maar je moet het de afgelopen maanden echt zwaar hebben gehad,' zei hij zacht.

Dat was ook zo. Sinds Joe was verhuisd, had zij Ben zijn injecties moeten geven op de avonden dat Joe er niet was, en dat was loodzwaar geweest. Op de een of andere manier was Joe er altijd in geslaagd zichzelf te troosten met de gedachte dat het voor Bens welzijn was, maar zij had daar de kracht niet toe. Ze had het gevoel dat zij haar zoon pijn deed, in plaats van dat ze hem ertegen beschermde, en dat ging in tegen alles wat ze voor hem voelde. Meestal viel Ben snikkend in slaap als de pijn van de injectie wegtrok, en dan zat Karen tot in de vroege ochtend naar hem te kijken en maakte ze zich zorgen om dat kleine lijfje dat zoveel moest doorstaan. Ze sliep de laatste tijd nog maar vier of vijf uur per nacht. Tania belde regelmatig om haar te vragen mee uit eten te gaan, maar altijd bleven ze dan toch thuis met een afhaalmaaltijd, terwijl Ben en Charlie veilig boven lagen te slapen. Op de avonden dat hij bij Joe was, legde Karen Charlie vroeg in bed en genoot ze van een lang bad voordat ze zich in bed liet ploffen in de hoop dat ze de verloren uurtjes van de week kon inhalen. In tegenstelling tot haar eigen verschraalde sociale leven, stelde ze zich nu voor dat Joe lange, vrolijke avonden vol ongeremde seks had met iemand die Em heette.

Karen sloot haar ogen, vocht tegen de spanning in haar lijf en dwong zichzelf niet in te storten. 'Het gaat zo wel weer,' fluisterde ze. Ze schrok even toen hij zijn hand op haar onderarm legde en haar een kneepje gaf.

'Weet je nog dat je mij een keer gezegd heb dat ik een fantastische vader ben?' zei hij zacht.

Ze deed haar ogen open en keek hem aan. De tranen brandden in haar ogen en ze wist dat het geen zin had te proberen ze tegen te houden. 'Ja,' zei ze, en ze knikte met een gezicht nat van de tranen.

'Nou, jij bent een ongelooflijke moeder. Ben heeft in sommige opzichten pech gehad, maar hij heeft het grote geluk dat hij jou heeft.'

Haar onderdrukte snik trok de aandacht van twee vrouwen een paar tafeltjes verderop, maar toen ze hun kant opkeken en zagen dat het een privéaangelegenheid was, wendden ze snel hun hoofd af.

'Ziekenhuiskantines zullen wel veel tranen zien,' zei ze, en ze nam het zakdoekje aan dat Joe haar gaf.

'Ja, en die zullen vaak van verdriet zijn, dus wij mogen van geluk spreken.' Hij had nog steeds zijn hand op haar arm en streelde haar geruststellend.

'Stel je eens voor dat hij straks kan voetballen zonder buiten adem te raken,' zei ze met een glimlach, in een poging de sfeer wat luchtiger te maken. Ze wist dat ze dolgelukkig moest zijn over Bens ingreep, en dat was ze ook, maar het idee dat hij straks thuis zou komen naar een leven dat heen weer werd geslingerd tussen twee huishoudens vulde haar met wanhoop.

'En hij kan straks rond bedtijd zonder paniek tv-kijken omdat hij het niet meer hoeft te associëren met injecties,' zei Joe met een opgeluchte zucht. 'Zíjn leven wordt niet alleen beter, dat van ons ook.'

Hij trok zijn hand weg en ze kreeg even een rilling van eenzaamheid.

Ze knikte. 'En dat geldt ook voor Charlie.'

Het was waar. Charlie werd elke dag sterker en het was overduidelijk dat hij binnen een jaar sterker zou zijn dan zijn broer. Als een kind ziek is, gaat alle aandacht naar hem uit, maar Karen wist dat het net zo moeilijk kon zijn voor de gezonde broer of zus. Die werd tijdens ziekenhuisbezoekjes voortdurend aan de kant gezet en werd afgesnauwd door ouders die leden onder stress en slaapgebrek. Ze was blij dat Charlie daar niet langer last van zou hebben als alles goed ging.

'Zei je nou dat hij bij Tania was?'

Karen knikte en trok haar neus op toen ze een verdacht blaadje sla uit haar broodje trok en het op de rand van haar bord legde.

'Wie past op wie?' vroeg hij met een grijns.

De waarheid was dat Tania de afgelopen maanden een godsgeschenk was geweest. Als Karen rust nodig had, paste zij op Charlie. Karen was haar vriendin veel verschuldigd, al wist ze dat Tania er zelf ook van genoot – dat had ze gezegd.

'Sinds de abortus heb ik me veel beziggehouden met de vraag of ik kinderen wil,' had ze een keer onder het genot van een afhaalmaaltijd en een fles wijn aan Karens keukentafel gezegd. 'Daarvoor had ik er nooit echt over nagedacht, daar was ook geen aanleiding toe.'

Op Charlie passen was een goede manier om erachter te komen of het moederschap iets voor haar was, had ze gezegd. En dat was duidelijk zo, want ze bood het steeds opnieuw aan en er was een heel speciale band tussen hen ontstaan.

Karen was blij, want Ben had Joe en Gloria om hem op zijn wenken te bedienen, maar Charlie had alleen haar. Haar ouders woonden in Nieuw-Zeeland, Nick bemoeide zich niet met hem en Joe was op zijn zachtst gezegd afstandelijk. Dat haar jongste zoon een lieve 'tante' had was een hele troost.

Karen dronk het laatste beetje koffie op en keek op haar horloge. 'We zijn al een halfuur weg. Zullen we weer naar boven?'

Joe knikte en pakte zijn mobieltje. 'Ik kom zo. Ik moet nog even een paar mensen bellen.'

Die Em zeker, dacht ze verdrietig, toen ze de kantine verliet en naar de lift liep. Haar oudste zoon was herstellende van een operatie, zijn toekomst was nog altijd onzeker, haar jongste zoon ging een leven van schande en kritiek tegemoet en haar man zat een paar meter verderop te bellen met een andere vrouw.

Te midden van de andere bezoekers in het ziekenhuis die ook op de lift stonden te wachten, voelde ze zich eenzamer dan ooit.

28

'O, wat was dat lekker. Ik sta officieel op knappen.' Andy legde zijn handen op zijn buik en trok een gepijnigd gezicht, terwijl hij zijn benen strekte en zijn handen achter zijn hoofd vouwde.

Gloria wierp hem een geërgerde blik toe. 'Andrew. Ga eens rechtop zitten.' Ze sprak hem altijd bij zijn volledige naam aan als ze hem een standje gaf, en dat was heel vaak.

Joe was zo'n braaf kind geweest dat ze zich had afgevraagd wat mensen bedoelden als ze zeiden dat baby's net een handgranaat waren die in je leven werd gegooid. Maar toen Andy was geboren, had ze het helemaal begrepen.

Joe was een rustig kind geweest, in staat zich in zijn eentje te vermaken met een tekening of legpuzzel. Maar Andy had het concentratievermogen van een mug met ADHD gehad, en hij wierp zich in tranen op de grond als hij niet direct de aandacht van zijn moeder kreeg. Gloria had verwacht dat haar jongste zoon als een orkaan door het leven zou gieren en dat Joe een rustig en onopvallend bestaan zou hebben.

Niemand was zo verbaasd geweest als zij, toen bleek dat het andersom was: Joe begaf zich in de sociale, energieke wereld van de reclame, en zijn broer werd juist steeds teruggetrokkener, werkte thuis en gaf de voorkeur aan een bestaan alleen.

Andy kwam al jarenlang op zondag bij zijn moeder lunchen, waar hij genoot van een heerlijke warme maaltijd. Bij gebrek aan een vriendin was het alternatief thuisblijven en zelf iets klaarmaken. Meestal kwam hij ook met een lading wasgoed, maar dat vond Gloria niet erg, ze voelde zich er nuttig door.

Sinds 'die hele toestand', zoals zij het noemde, kwam Joe ook elke zondag, vaak samen met Ben.

Toen ze naar haar zoons en kleinzoon keek die aan de eettafel zaten, voelde ze een overweldigende blijdschap. Hoe ging die oude uitdrukking? Een zoon is een zoon totdat hij trouwt, een dochter is een dochter voor het leven. Ze wist dat ze geluk had dat ze nog altijd zo'n hechte band met haar beide zoons had, maar ze wist ook dat de redenen hiervoor niet de meest plezierige waren. Ze genoot van hun bezoekjes, maar had liever dat ze gelukkig getrouwd waren en zelf gezinnen hadden en dat zij bij hen langsging als ze werd uitgenodigd.

Hoewel ze het nooit goed had kunnen vinden met Karen, had Gloria wel gezien dat ze Joe in het begin van hun huwelijk heel gelukkig had gemaakt, en Gloria was in de wolken geweest toen Ben was geboren. Ze had altijd graag een kleinkind willen hebben, en doordat Karens ouders naar Nieuw-Zeeland waren geëmigreerd had zij alle ruimte gehad en had ze vele heerlijke middagen van hem kunnen genieten wanneer zijn ouders naar de bioscoop waren of vroeg uit eten gingen. Maar toen was hij ziek geworden en was het leven voorgoed veranderd.

Ze had er een nog hechtere band met haar kleinzoon door gekregen en het verlangen om hem te beschermen was zo nu en dan overweldigend geweest. Ze zou haar leven hebben willen geven voor zijn gezondheid.

Toen Joe haar het hartverscheurende nieuws had verteld dat hij niet Bens biologische vader was, had ze met haar geweten geworsteld, had ze diep in haar hart moeten kijken of dit gevolgen had voor de liefde voor haar kleinzoon. Maar dat was niet zo. De kracht van haar liefde voor hem was onveranderd, ook al was het niet Joe's bloed dat door zijn aderen stroomde.

'Oma?' Bens stem doorbrak haar gedachten.

'Ja, lieverd?'

'Mag ik ijs, alsjeblieft?'

Ze knikte met een glimlach en maakte aanstalten om op te staan. Maar Andy was haar voor de verandering voor.

'Ga maar mee, grote vent.' Hij woelde door Bens haar. 'Dat lust ik ook wel.'

'Ik dacht dat jij op knappen stond.' Joe trok vragend een wenkbrauw op.

'Mijn hartige trek is gestild. Mijn zoete trek nog niet.'

Hij pakte Bens hand en liep met hem naar de keuken, terwijl Gloria hen met een glimlach nakeek.

'Het gaat goed met hem, hè?'

'Hij is een grote dikzak,' grapte Joe.

'Ik heb het over Ben, niet over je broer,' zei ze, ook al was dat overduidelijk. 'En zeg niet zulke lelijke dingen.'

Joe glimlachte en nam een slok koffie. 'Hij doet het fantastisch. Boven verwachting.'

'Nou. Het is nu twee weken geleden, hè?' vroeg ze, zonder echt antwoord te verwachten. 'Wanneer kunnen ze zeggen of de transplantatie echt succesvol is geweest?'

'Dat verschilt, en hij kan nog altijd een terugslag krijgen, maar omdat hij al wat aankomt en niet meer kortademig is...' Hij slikte, voelde nare herinneringen in zich opkomen. 'Nou ja, laten we het lot niet tarten.'

Gloria knikte, gaf hem een klopje op zijn knie en besefte dat hij nauwelijks durfde te hopen dat Ben eindelijk een normaal leven zou kunnen leiden, laat staan dat hij het hardop durfde te zeggen.

Andy kwam met twee bakjes ijs binnen, zette ze op tafel en plofte in zijn stoel. Ben bleef staan met een glimlach op zijn gezicht.

'Oma. Televisie?' Hij keek naar de andere kant van de kamer

naar een kinderbureautje met stoel waar hij vaak tv zat te kijken.

Gloria aarzelde. Normaal gesproken werd er alleen aan de eettafel gegeten, daar was ze streng in, maar sinds de geboorte van haar lieve kleinzoon had ze wel meer regels genegeerd.

'Vooruit dan maar,' zei ze met een stralende blik. 'Voor deze ene keer.'

Ze keken alle drie toe hoe hij voorzichtig naar de andere kant van de kamer liep en de kom op het tafeltje zette voordat hij de afstandsbediening pakte en de tv aandeed.

Gloria schudde vol verwondering haar hoofd. 'Die kinderen van tegenwoordig. Ik weet zelf amper hoe dat ding werkt.'

'Dat verbaast me niks,' zei Andy zachtjes tegen zijn broer.

Joe grijnsde. 'Charlie heeft laatst zelf de *Teletubbies* opgenomen.'

'Maar dat is ongelooflijk!' Gloria's mond viel open van verbazing.

Achter haar haakte Andy zijn vinger achter zijn wang als een vis die aan een hengel zit.

'Dat was een grapje, ma.'

'O.' Ze liet zich niet uit het veld slaan en was eraan gewend dat haar zoons regelmatig de draak staken met haar goedgelovigheid. 'Nou ja, hoe is het eigenlijk met Charlie?'

Joe haalde zijn schouders op. 'Prima. Volgens Karen wordt hij later rugbyspeler. Hij heeft benen zo dik als boomstammen.'

Ondanks de biologische details van Charlies afkomst had Gloria ernaar uitgekeken om een rol te spelen in zijn leven, om weer een baby om zich heen te hebben. Ze had hem een paar keer gezien als ze Ben bij Karen afzette en het leek een schattig jongetje, iemand met wie ze graag wat meer tijd zou doorbrengen. Hoe kon je per slot van rekening nou niet van een baby houden?

Vanaf het moment dat Charlie was geboren, had ze Joe gevraagd hem mee te nemen als hij samen met Ben langskwam, maar in het begin was hij steeds met het verhaal gekomen dat Charlie nog te klein was of dat hij 's middags sliep en uiteindelijk had hij de smoesjes gelaten voor wat ze waren en had hij alleen vermoeid gemompeld: 'Laat nou, ma.'

Ze had overwogen om Karen zelf te bellen, ervan overtuigd dat die zo nu en dan wel eens wat rust kon gebruiken, maar door Joe's tegenzin om bij Charlies leven betrokken te raken, deed ze het toch maar niet. Haar loyaliteit lag per slot van rekening in de eerste plaats bij haar zoon.

Andy schraapte het laatste beetje aardbeienijs uit zijn kom en schoof hem vervolgens over tafel. Gloria pakte het bakje en stond op. 'Wil er iemand koffie?'

Ze knikten allebei en net toen ze de kamer uit liep, hoorde ze hoe Andy zijn keel schraapte.

'Hoe gaat het met jou en Karen?' vroeg hij nonchalant.

Gloria bleef halverwege de gang met de kom in haar hand stokstijf staan. Ze zou de vraag zelf niet hebben durven stellen, maar ze was dolblij dat Andy het wel deed en hoopte iets nieuws te horen als ze heel stilletjes bleef staan.

'Niet slecht.' Joe's stem was zacht en ze moest haar hand om haar oor leggen om beter te kunnen horen.

'Het voelt nog steeds vreemd, maar we raken eraan gewend.'

'Mis je haar niet?'

'Soms. Al weet ik niet goed of ik haar mis of gewoon het gezelschap. Lastig te zeggen.'

'Laat ik het dan zo zeggen... Als ík bij je kwam wonen, zou je haar dan nog steeds missen?'

'Ja. Met jou kan ik niet vrijen.'

Op haar plekje in de gang fronste Gloria haar wenkbrauwen. Zulke ordinaire dingen hoefde ze niet te horen, maar toch bleef ze staan.

'Ah, dus je mist de seks.'

'Logisch toch?'

'Ik zou het niet weten, jongen. De laatste keer dat ik van bil ben gegaan, zat koning George nog op de troon.'

Joe grinnikte. 'Wat ik bedoel is dat ik de seks met mijn vrouw mis. Niet dat we het nog regelmatig deden tegen de tijd dat ik wegging.' Zijn stem werd ernstig. 'Ik denk dat ik mis wat we waren, niet wat we zijn geworden.'

'Maar dat zijn jullie door omstandigheden geworden. Ze zeggen dat een nieuwe baan en verhuizen grote bronnen van stress zijn, maar dat stelt waarschijnlijk niets voor vergeleken met een ziek kind.'

'Zeker als je erachter komt dat het niet van jou is.'

'Ah, het egoprobleem weer. Ik dacht je daar zo langzamerhand wel overheen was.'

'Doe niet zo flauw.' Joe klonk gekwetst.

'Nou ja, iemand moet het je toch zeggen. Moet je horen, Joe, ik snap dat het hartstikke moeilijk voor je is geweest en ik zou er vast ook kapot van zijn als het mij overkwam, maar ik krijg de indruk dat je jezelf nog steeds dwingt om boos op Karen te zijn, en dat snap ik gewoon niet. Je zegt dat je bent weggegaan omdat je ongelukkig was, maar volgens mij ben je nu ongelukkiger dan ooit.'

Joe wilde antwoord geven, maar zijn stem was zo zacht dat Gloria een stap in de richting van de kamer moest doen om nog iets te horen. Ze kromp ineen toen de vloer kraakte, en snel liep ze naar de keuken, maar in een oogwenk stond Joe in de gang. Hij staarde naar de lege dessertkom die ze nog in haar hand had.

'Iets vergeten, ma?' vroeg hij plagend.

Ze kleurde van schaamte. 'Het spijt me, jongen, maar ik hoorde dat Andy vragen stelde die ik zelf niet durf te stellen en toen... Nou ja, ik wilde gewoon het antwoord horen, omdat ik graag wil weten of alles goed met je is.'

Hij keek haar aan, pakte de kom uit haar handen en zette hem om het hoekje in de keuken.

'Als jij nou even koffie zet en erbij komt zitten, dan beloof ik dat ik op al je vragen eerlijk antwoord zal geven.'

Vijf minuten later zette Gloria het dienblad met koffie op tafel en ging ze bij hen zitten, terwijl Andy uitlegde wat de voordelen van de nieuwste iMac waren. Ze was bang dat het gesprek alweer over andere dingen ging, maar tot haar verbazing wendde Joe zich tijdens een stilte in het gesprek tot haar met een verwachtingsvolle blik. 'Zeg eens, ma, wat wil je weten?'

Ze schrok even terug en wist niet goed hoe ze om moest gaan met deze open opstelling van haar zoon, die normaal gesproken alles deed om een persoonlijk gesprek uit de weg te gaan. Maar ze wist dat het nu of nooit was.

'Eh, nou, ik was benieuwd wat je van... eh, Charlie vindt,' zei ze hakkelend. 'Hij is zo'n schattig jongetje.'

Joe knikte. 'Dat is hij ook. Een geweldig kind.' Hij floot lang en zachtjes.

'Hoor ik daar een maar?' vroeg Andy zacht.

'Ja.' Joe keek bijna opgelucht toen hij het zei, alsof hij er behoefte aan had zijn last met iemand te delen. 'Mijn natuurlijke instinct is me in zijn leven te mengen, maar iets weerhoudt me ervan en ik weet niet goed wat dat is.'

'Natuurlijk wel,' was het snelle weerwoord van zijn broer. 'Je ego, omdat hij niet van jou is.'

Gloria maakte een afkeurend geluid, bang dat deze simplistische redenatie een eind aan het gesprek zou maken nog voor het goed en wel was begonnen.

'Nee, hij heeft gelijk,' onderbrak Joe haar op vermoeide toon, en hij wreef over zijn gezicht. 'Hij zal wel gelijk hebben. Ik weet dat het kansloos is.'

'Het is niet kansloos, lieverd.' Gloria legde geruststellend een hand op zijn arm.

'Jawel.' Andy keek serieus. 'Het kind kan er toch niets aan doen?'

'Dat weet ik wel, dat hou ik mezelf ook steeds voor. Maar zodra ik hem zie, moet ik aan Nick Bright denken.'

'En niet als je naar Ben kijkt?' vroeg Gloria.

'Nee. Mijn liefde voor hem overstijgt alles. Maar op die manier hou ik niet van Charlie.'

'Omdat je jezelf dat niet toestaat,' onderbrak Andy hem nuchter. 'Echt afstotelijk is hij niet, of wel?'

De twee mannen zwegen en Joe staarde naar de tafel. Andy wierp een blik op de tv en deed alsof hij geïnteresseerd was in het feit dat Tinky Winky zijn handtasje kwijt was. Gloria bekeek haar beide zoons, terwijl ze bedacht wat ze wilde zeggen. Maar ze wist dat ze haar woorden zorgvuldig zou moeten kiezen als ze haar doel wilde bereiken.

'Misschien moet je het van een andere kant bekijken,' opperde ze uiteindelijk.

'Sorry?' Joe's blik en toon waren verslagen.

'Nou, zo te horen bekijk je de Charlie-situatie alleen maar vanuit je eigen gezichtspunt.'

Andy had zijn aandacht weer bij het gesprek en Joe luisterde met een verbijsterde blik.

'Probeer het eens vanuit een andere invalshoek.' Ze knikte naar de andere kant van de kamer waar Ben opging in het televisieprogramma. 'Hij en Charlie zijn broertjes, net als jullie twee. Stel je eens voor hoe híj zich voelt als je ze elke keer uit elkaar haalt omdat jij zijn broertje geen kans wil geven. En geloof me, het wordt alleen maar erger als ze ouder worden. Nu is hij te jong om alle smoesjes waar je mee komt in twijfel te trekken, maar ooit weet hij hoe het echt zit. Hoe zal hij dan over je denken?'

Het was niet haar bedoeling geweest om zo scherp te klinken, maar toen ze eenmaal onder woorden bracht waar ze sinds Charlies geboorte bang voor was geweest, bleven de woorden komen. Of het nu prettig was om te horen of niet, ze moest op zijn minst eerlijk zijn, vond ze.

Joe keek enigszins verbluft, maar Andy zat te knikken.

'Ze heeft gelijk. Je kunt wel met je kop tegen dezelfde muur blijven slaan, maar probeer eens wat anders.' Hij haalde zijn schouders op. 'Je zegt dat je zoveel van Ben houdt. Doe het dan voor hem.'

Gloria en Joe staarden hem aan alsof hij net had verteld dat hij hormoontabletten slikte en van nu af aan als Andrea door het leven wilde.

'Dat is heel diepzinnig,' zei Gloria, en weerstond de neiging om er 'voor jou doen' aan toe te voegen.

'Wát?' gromde hij, en hij keek van de een naar de ander. 'Ik ben niet helemaal achterlijk, hoor.'

'Maar nog even waar we het over hadden,' zei Gloria, vastbesloten om niet af te dwalen. 'Ik weet dat Karen en ik het over veel dingen niet altijd eens zijn geweest en ik zal het haar nooit vergeven dat ze jou heeft bedrogen... maar, afgezien daarvan... Ze móést Charlie wel krijgen, ze had geen keus. Elke moeder zou in haar situatie hetzelfde hebben gedaan. Je kunt haar niet straffen voor het feit dat ze Bens leven op de eerste plaats heeft gezet.'

'Ik wil haar niet straffen, ma, heus niet.' Joe slaakte een zucht. 'Daar gaat het niet om. We hebben alleen zóveel meegemaakt dat ik niet weet of er wel een weg terug is.'

'Ik weet dat jullie veel hebben moeten doorstaan, maar denk je niet dat je te snel bent weggegaan, zonder af te wachten of het beter zou gaan als Bens gezondheid verbeterde?' vroeg ze.

Hij haalde zijn schouders op. 'Wie zal het zeggen?'

Ben kwam bij de tafel staan en zette met veel gekletter zijn lege kom op tafel.

'Op!' zei hij triomfantelijk, met een mond vol roze ijs.

Joe trok hem op schoot en veegde zijn mond met een servet af voordat hij hem een zoen op zijn voorhoofd gaf. 'Kom, geef oma en oom Andy maar een kus, want we gaan naar mama.'

'En Charlie!' riep Ben opgewonden, en hij sprong meteen op de grond.

Joe wierp over het hoofd van zijn zoon een blik naar zijn moeder en broer en glimlachte treurig.

'Dit is Mila.'

De maatschappelijk werkster haalde voorzichtig een fototje uit het dossier en legde het neer met een hartelijke glimlach die suggereerde dat ze net zo blij was als zij dat de maanden van onderzoeken en papieren invullen eindelijk resultaat hadden gehad.

Haar naam was Rita en ze had Stella en Nick vanaf het begin bij het adoptieproces begeleid. Ze had hen tijdens vele frustrerende momenten gerustgesteld terwijl de molens van het Russische rechtssysteem tergend langzaam draaiden. Nu ze een klein meisje met de naam Mila hadden om naar te kijken, waren ze er bijna, afgezien van nog wat laatste 'administratieve foutjes', wat betekende dat de zoveelste ambtenaar financieel aangemoedigd moest worden om iets te regelen.

Stella hield de foto voor zich, maar zag door haar tranen bijna niets. Het was een lang, moeizaam proces geweest waarbij zelfs hun vrienden en familie vragen hadden moeten beantwoorden over hun geschiktheid als mogelijke ouders, en het was voor het eerst dat ze nu moest huilen. Ze wist dat het allemaal nodig was geweest, maar het voelde onrechtvaardig, want ieder jong meisje kon achter het fietsenschuurtje wat aanrommelen om negen maanden later een alleenstaande moeder te worden, zonder al die vervelende onderzoeken.

Maar nu ze een gezicht had om naar te kijken en de naam van het meisje kende – hun kleine meisje – deed het er allemaal niet meer toe en werd ze overmand door emoties.

'Wat is ze mooi,' fluisterde ze, en ze gleed met haar duim over de wang van het meisje.

Mila had donker haar, een schattig neusje en donkerbruine ogen die een ondeugende glinstering hadden. Hoewel ze bijna een jaar lang haar bedje niet uit was geweest, zag ze er energiek en vrolijk uit.

'Kijk eens, lieverd. Dit is onze dochter.' Stella gaf het fototje aan Nick, die ernaar keek en glimlachte.

In tegenstelling tot zijn vrouw voelde hij niets. Wat hem betrof had het net zo goed een ander kind kunnen zijn. Hij gunde het niets dan goeds, maar verder had hij er geen gevoel bij. Maar hij wist dat het kleine gezichtje dat hem aanstaarde alles betekende voor Stella, en dat zij, als alles goed ging, binnenkort hun leven zou delen en hen mama en papa zou noemen. En dus deed hij alsof.

'Ze is beeldschoon,' zei hij met een glimlach. 'Ik kan niet wachten tot we haar zien.'

'Dat komt. Binnenkort,' zei Rita stralend. Ze begon uit te leggen dat ze haar in Rusland konden ophalen zodra de laatste papieren door het Russische hof waren verwerkt.

Stella hing aan haar lippen, maar Nicks gedachten dwaalden af. Hij keek naar het fotootje en dacht na over dit kleine hummeltje dat hun gevestigde leventje zou versplinteren.

Hij had adoptie nooit als een goede optie voor zichzelf gezien, had het gevoel dat het ouderschap sowieso al een loterij was en durfde niet te hopen dat hij van een kind kon houden dat biologisch niet van hem was. En hij was eerlijk gezegd erg geschrokken van het feit dat Ben en Charlie hem niets deden – dat hij niet eens een foto van hen wilde zien. Misschien was hij gewoon niet geschikt om vader te zijn.

Daarbij kwam nog de zorg voor zijn opkomende politieke carrière. Zijn ministerschap verliep succesvol en de premier had al laten doorschemeren dat hij bij de volgende portefeuillewisseling in aanmerking zou komen voor Buitenlandse Zaken. Dat zou veel reizen en nog langere werkdagen betekenen, niet bepaald gunstig voor een nieuwe ouder. Maar de enige keer dat hij er aarzelend over was begonnen, had Stella hem afgewimpeld en gezegd dat het er niet toe deed omdat zij toch huismoeder werd en zij het huishouden wel zou bestieren terwijl hij hun brood verdiende. Ze had hem erop gewezen dat duizenden gezinnen van militairen het langere periodes zonder vader moesten doen, dus waarom zij niet?

Hij had ook gesproken over het publieke aspect van zijn werk, wilde alle valkuilen benoemd hebben voordat ze deze weg insloegen. Het kind zou voortdurend in de belangstelling van journalisten en fotografen staan, had hij gewaarschuwd. Elke beweging en vergissing zou worden vastgelegd.

Onzin, was Stella's weerwoord geweest. Met haar kennis van

de privacywetten wist ze dat het kind grotendeels beschermd zou zijn tegen de bemoeizuchtige media, zolang ze hun nieuwe kindje zelf maar niet gebruikten om een schattig familieportret neer te zetten. 'Trouwens,' had ze gezegd, 'veel erger dan dag in dag uit in een bed zonder enige interactie met anderen, kan het niet zijn. Hier wordt er van haar gehouden, en dat is veel belangrijker.'

Nick had nog steeds zo zijn twijfels, maar hij wist dat zijn liefde voor Stella ijzersterk was. Hij bevond zich niet in de positie om te zeggen dat haar behoeften en verlangens minder belangrijk waren dan die van hem. En dus zat hij hier in het bijzijn van een maatschappelijk werkster naar een foto van een kind te kijken dat zijn dochter werd, of hij het nu wilde of niet.

'Wat denk je?' Stella keek hem vragend aan.

'Sorry, ik was helemaal in gedachten. Ik kan mijn ogen niet van die foto afhouden,' zei hij enthousiast.

Stella's blik was zo liefdevol, verrukt en vol bewondering dat hij wist dat hij erin geslaagd was de juiste woorden te vinden.

'Rita vraagt net of we haar naam willen veranderen, en ik zei dat Millie me wel mooi lijkt omdat dat zoveel lijkt op haar echte naam.'

Hij knikte geestdriftig. 'Ja, Millie Bright klinkt goed.'

'Mooi.' Rita sloeg het dossier dicht en stopte het onder haar arm om aan te geven dat het gesprek ten einde was. 'Nou, ervan uitgaande dat de laatste fase soepel verloopt, is Millie met Kerstmis bij jullie, en anders uiterlijk in februari.'

Terwijl Nick en Stella stonden te wachten bij de lift in de sombere, enigszins groezelige hal van de afdeling Maatschappelijk Werk van hun gemeente, stak ze haar arm door de zijne en duwde ze haar neus tegen zijn hals.

'Dank je,' zei ze zacht. 'Ik weet dat dit voor jou heel moeilijk is en ik weet dat je het liever niet zou doen. Ik weet ook dat je doodsbang bent dat je niet van haar zult houden.'

Ze zweeg even en hief haar hoofd op om hem recht aan te

kijken. Haar blik was begripvol. 'Maar ik ken je beter dan jij jezelf kent, en ik beloof je dat je verliefd op haar zult worden en de beste papa van de wereld zult zijn.'

Nick slaakte een lange, afgemeten zucht van verlichting. Ze begreep het. Alles kwam goed.

29

Tania's hart maakte een sprongetje toen ze het geluid van de door de regen aangetaste, blikkerige bel hoorde. Met een brede glimlach op haar gezicht holde ze de trap af, trok met een zwaai de deur open en stak haar armen uit.

'Kom eens gauw hier, lekker ding.'

Charlie grijnsde van de pret toen hij haar zag, stak zijn armpjes uit, greep met zijn vingertjes haar haar vast en klemde zich zo strak om haar heen dat ze naar adem hapte.

'Tijd voor koffie? Of gaat er dan te veel ik-tijd verloren?' Ze keek Karen vragend aan en kromp ineen toen Charlie ruw aan haar haren trok en erop begon te sabbelen.

'Lekker.' Karen glimlachte en liep achter haar aan naar de keuken. 'Mijn ik-tijd bestaat uit een afspraak bij de kapper over een uur. Verder moet ik die rottige administratie doen waar ik geen tijd voor heb als ik aan elk been een kind heb hangen.'

Tania trok een gezicht. 'Ik haat administratie, maar gelukkig heb ik een gefrustreerde boekhouder als vader. Hij doet het meeste voor me, ook al heb ik stiekem nog een creditcard voor spulletjes als vibrators en glijmiddel. Kun je je voorstellen? "Tania, lieverd, er staat hier dat je een wild konijntje hebt gekocht? Had je niet gewoon een kat kunnen nemen, zoals andere mensen?"'

Ze grijnsde om haar eigen grapje, maar haar vriendin kon er niet om lachen.

'Joe deed de administratie altijd.' Karen slaakte zo'n diepe zucht, dat Tania zich afvroeg of er nog lucht in haar lichaam zat.

In de maanden nadat Joe was vertrokken, waren hun gesprekken over weinig anders gegaan. Elk detail van zijn gedrag, Karens emoties, zijn relatie met de jongens en de kans op verzoening was geanalyseerd.

Maar naarmate de tijd verstreek hadden ze elke nuance wel gehad, kwam het steeds minder ter sprake en gingen hun gesprekken meer over de dagelijkse dingen zoals wat er op tv was, het weer en Tania's meest recente afspraakje met de zoveelste ongeschikte man die ze via een internetdatingsite had ontmoet.

De laatste man was voor de verandering erg aantrekkelijk geweest en Tania was helemaal vol van hem geweest, bang dat hij te mooi was om waar te zijn. Ze had gelijk gehad. Tijdens hun derde afspraakje, toen ze met hem het bed in dook, had ze ontdekt dat hij tijdens het orgasme een geluid maakte als een plastic piepbeestje waar iemand op gaat staan.

'Ik was gelijk afgeknapt,' had ze een dag later klagerig tegen een griezelende Karen gezegd. 'Buiten het bed is hij hartstikke sexy, maar in bed lijkt hij wel een kermend beest.'

Karen had haar aangeraden vol te houden en geopperd dat zijn krijsende climax misschien eenmalig was, een gevolg van zenuwen. Maar nee. Twee avonden later had hij hetzelfde gedaan.

'Waarom zeg je hem niet gewoon dat je dat niet zo aantrekkelijk vindt en vraag je of hij een beter geluid kan maken?' stelde Karen voor, voordat ze allebei onbedaarlijk begonnen te giechelen en de rest van de dag geluiden maakten die 'acceptabele orgasmegeluiden' moesten voorstellen, wat varieerde van gedempt gekreun tot dierlijk gebrul.

Maar op veel lachen na resulteerden Tania's afspraakjes in niets dan het treurige gevoel dat alle goeie mannen homo waren of al iemand in hun leven hadden. Ze zag zichzelf nu als zo'n vrouw waar *Cosmo* en *Glamour* elke maand aandacht aan besteedden: iemand die tijdens haar pre-cellulitisjaren te hard had gewerkt en nu in de dertig was en besefte dat haar 'carrière' onvoorspelbaar en ondankbaar was en dat alle leuke mannen die ze ervóór had genegeerd nu leuke jonge vrouwen hadden. Zij bleef achter met de afdankertjes, mannen als de brulaap en James Spender.

Maar totaal onverwachts was er iets geweldigs gebeurd. Ze stond te springen om het Karen te vertellen, maar had gewacht tot ze langskwam.

'Ik heb iemand ontmoet. En hij is geweldig.' Er lag een brede grijns op haar gezicht en ze kon het zelf nog nauwelijks geloven.

'Weer een internetdate?' Karen trok Charlies honkbalschoentjes uit en zette ze bij haar stoel op de grond.

'Nee, juist niet. Een normaal iemand, iemand die ik al een tijdje ken via mijn werk.'

Karen keek sceptisch. 'Tania, er werken geen normale mensen in Westminster.'

'Weet ik. Hij werk er ook niet echt. Hij is zelfstandig ergonoom.'

'Sorry?'

'Hij deelt kantoren in, zorgt ervoor dat je stoel op de juiste hoogte staat en op een goede afstand van je bureau, dat soort dingen. Hij leidt nu al een tijdje de uitvoering van het nieuwe ontwerp voor het ministerie van Volksgezondheid, maar had bijzonder veel aandacht voor mijn "werkplek",' zei ze eufemistisch.

'En nu gaan jullie met elkaar uit... Hoe heet hij?'

'Ian. Ja, we zijn tot nu toe één keer uit geweest en morgen gaan we weer. Ervan uitgaande dat hij geen rare kreten slaakt in bed of balkt als een ezel, gaan we misschien zelfs met Kerstmis iets doen. Ik vind hem heel leuk.'

Karen glimlachte hartelijk. 'Mooi. Het wordt eens tijd dat je iemand ontmoet die jou verdient.'

'Dat klinkt bijna als een dreigement,' zei Tania lachend.

'Da's waar, maar zo was het niet bedoeld.' Karen keek op haar horloge. 'Ik ga zo weg. Hoe laat moet ik terug zijn?'

'Neem rustig de tijd. Charlie en ik gaan de eendjes voeren, daarna gaan we picknicken en misschien kijken we nog wel naar een paar afleveringen van de *Teletubbies*. Ik zorg dat hij helemaal klaar is voor zijn bedje, je hoeft hem alleen maar op te halen.'

Karen keek alsof ze in huilen kon uitbarsten. 'Ik weet niet wat ik zonder jou zou moeten. Echt niet.' Ze slikte. 'Ik zou hartstikke gek zijn geworden.'

'Anders ik wel,' zei Tania met een glimlach. 'Dit mannetje houdt me bij mijn volle verstand, dus ik heb er net zo goed wat aan.' Ze gaf Charlie een zoen op zijn hoofd en hij kraaide van de pret. 'Ik ben dol op hem.'

'En hij duidelijk op jou. Het zou me niets verbazen als jouw naam zijn eerste woordje wordt.'

Tania trok haar neus op om aan te geven dat ze dat betwijfelde, maar stiekem was ze helemaal verrukt bij de gedachte.

'Hoe gaat het met Joe?'

Dat vroeg ze altijd, en altijd zei Karen dan 'best' voordat ze op iets anders overgingen. Maar deze keer keek ze een beetje peinzend bij het horen van zijn naam.

'Volgens mij heeft hij een vriendin.' Ze keek alsof ze moest overgeven.

'Echt waar? Waarom denk je dat?'

'Toen we in het ziekenhuis waren voor Bens transplantatie, kreeg hij een sms'je van iemand die Em heette, maar ik heb het bericht niet gelezen. Eerst dacht ik dat het een vriendin was, maar toen dacht ik, ik moet niet zo stom doen,' ratelde ze, en de woorden tuimelden uit haar mond van de zorgen. 'Maar toen ik Ben gistermorgen bracht, lag er een briefje op de keukentafel. *Spreek je straks, Em x*. Dat zal ze wel hebben neergelegd toen hij nog lag te slapen,' concludeerde ze verdrietig.

Tania trok haar wenkbrauwen op en dacht na over wat ze had gehoord. Ze moest toegeven dat het niet goed klonk.

'Misschien is er een heel eenvoudige verklaring.'

'Zoals?' Karen keek haar vol verwachting aan.

'Eh...' Tania pijnigde haar hersenen. 'Eh... Ik kan niet direct iets bedenken, maar die is er vast.'

'Nee.' Karen zakte achterover in haar stoel. 'Ik heb gelijk.'

'Als dat zo is, wat vind je daar dan van?'

'Afschuwelijk, om kort te zijn.' Ze zuchtte en stond op. 'Ik moet weg, anders ben ik te laat voor mijn afspraak. Misschien laat ik me wel kaalknippen net als Britney en ga ik een tijdje in een kliniek liggen.'

Tania zette Charlie in de kinderstoel die ze tweedehands had gekocht, kwam overeind, pakte haar vriendin bij de armen vast en keek haar recht aan.

'Nou moet je eens goed luisteren. Toen Ben ziek was en tijdens die hele pre-implantatietoestand ben je hartstikke sterk geweest, je hebt het zelfs overleefd dat je man bij je weg is gegaan. Stort nou niet in omdat hij misschien wel of misschien niet een vriendinnetje heeft. Zelfs als het zo is, stelt het waarschijnlijk niks voor.'

'Dat weet ik ook wel,' antwoordde Karen, maar ze klonk niet overtuigd. 'Maar ik denk dat ik stiekem toch nog de hoop had dat hij terug zou komen. Als hij het met een ander doet, is dat niet waarschijnlijk.'

Nadat Karen was vertrokken, zat Tania met Charlie op schoot op de bank terwijl hij naar de *Teletubbies* keek en zo nu en dan zijn blik van het scherm losmaakte om haar aan te staren.

Toen ze hem met een glimlach aankeek, zijn bolle wangen kuste, zich helemaal niet belachelijk voelde en niet bang was om afgewezen te worden, verwonderde ze zich over de onvoorwaardelijke liefde tussen baby's en de mensen die van ze hielden. Karen was zo overstuur geweest door haar scheiding van Joe, dat Tania begon te begrijpen waarom sommige vrouwen in hun eentje een kind wilden, al was dat door een vluggertje of een tripje naar de spermabank. In zekere zin was dat gemakkelijker, want je had als enige de controle, kon doen wat je wilde zonder rekening te hoeven houden met de wensen en eisen van een ander. Je had nog steeds iemand om te knuffelen, maar hij of zij stelde geen vragen en hield zonder meer van je, zonder angst of overspel.

Haar korte relatie met Charlie had haar het hoognodige inzicht gegeven in het leven, en had haar doen beseffen dat haar werk een interessante afleiding was, maar dat het moederschap de grootste gebeurtenis in haar leven zou zijn.

Toen ze haar zwangerschap had laten beëindigen, had ze niet zeker geweten of ze wel kinderen wilde, maar nu ze de vierendertig naderde, wist ze zonder twijfel dat ze ze wilde. Dat was het geschenk dat Charlie haar had gegeven en ze wist dat hij altijd een bijzonder plekje in haar hart zou hebben, hoeveel kinderen ze zelf ook zou krijgen.

Wanneer ze die kinderen dan precies zou krijgen en met wie, was nog de grote vraag. Ondanks de aantrekkelijke kanten van het alleenstaande ouderschap, was ze ook een hopeloze romanticus die dolgraag de juiste man wilde ontmoeten om het op de traditionele manier te doen.

Misschien was Ian die man. De tijd zou het leren.

30

'Waaaaaahhh!' Charlie kromde zijn lijfje toen ze probeerde hem op te tillen. Hij gooide zijn hoofd in zijn nek en zijn gezicht was knalrood van de inspanning.

Na een nacht met weinig slaap voor hen beiden dankzij zijn aanhoudende hoest, was Karen lichamelijk en emotioneel uitgeput. Haar twee jonge jongens hadden een tomeloze energie en vroegen voortdurend om lichamelijke stimulans.

Charlie was altijd al een rouwdouwer geweest, en sinds de transplantatie was Ben van een klein, zwak jongetje veranderd in een sterke knul. Hij at alles wat los en vast zat en rende rond met evenveel energie als zijn leeftijdgenootjes.

Ze was voortdurend uitgeput, alsof ze elk moment van de dag en nacht te midden van een fanfarekorps stond met knallende drums en kletterende cymbalen. Ze snakte naar wat rust.

Charlies laatste driftbui was omdat hij had gezien dat Ben klaarstond om weg te gaan en hij zelf op blote voeten liep, waardoor hij intuïtief doorhad dat hij niet meeging. Karen zou dolgraag weer in bed kruipen om nog een paar uurtjes te slapen, daarna in een lekker heet bad te ontspannen en vervolgens in alles rust een beetje in huis te rommelen, maar ze wist dat ze met Charlie naar de speelplaats moest en hem eindeloos op de schommel zou moeten duwen om ervoor te zorgen dat hij niet constant zat te huilen omdat zijn broer er niet was. Met een beetje geluk zou hij daarna een uurtje dutten en zou ze dankbaar naast hem in slaap vallen. Steevast werd ze dan veel te vroeg wreed gewekt door zijn gejengel na zijn dutje.

Karen besefte dat zijn driftbui niet snel zou stoppen en dus gaf ze het op. Ze zette hem op de grond waar hij driftig lag te kronkelen omdat zijn grote broer klaarstond voor een dagje uit met Joe, terwijl hij bij zijn saaie, voorspelbare moeder moest blijven.

Ze keek uit het raam naar de sombere lucht en besefte gelaten dat ze die middag in het park nat zouden worden en bij thuiskomst zouden moeten luisteren naar de enthousiaste verhalen over Bens veel leukere dag in de dierentuin of het zwembad. Zij zou natuurlijk hetzelfde met Charlie kunnen doen, maar omdat hij een stuk jonger was, was het nog een vrij eenzame activiteit. Die kon ze net zo goed uitvoeren op de schommel in de buurt.

Tijdens de weekenden was het eenpersoons ouderschap het zwaarst, als ze overal ogenschijnlijk gelukkige gezinnetjes zag die kostbare tijd samen doorbrachten, voordat ze op maandag weer het hamsterwiel in moesten. Hoe saai sommige dingen ook waren, ze miste het samen maken van een boodschappenlijstje of het samen kiezen welk televisieprogramma het minst erg was.

Het gedeelde ouderschap betekende voor Joe dat hij zich regelmatig kon opladen en de dag met zijn kind vol energie en enthousiasme kon beginnen als een toegeeflijke peetouder. De minder spannende aspecten van het ouderschap – een nukkig kind in bad doen, de eindeloze stroom vuile was, de veel te vroege ochtenden – mocht de andere ouder opknappen.

Ze hoorde een autoportier en veegde met een diepe zucht haar haar uit haar ogen.

'Kom Ben, ik denk dat papa er is.'

En ja hoor, even later ging de deurbel. Ben rende naar de

voordeur en ging op zijn tenen staan om de deur open te maken. Karen deed het voor hem en glimlachte vermoeid toen Joe ineenkromp bij het horen van Charlies gekrijs.

'Welkom in mijn wereld,' zei ze met een grimas.

Joe kreeg geen kans om te reageren, doordat Ben in zijn armen sprong en zijn benen om zijn middel klemde, waardoor hij naar adem hapte.

'Papa!'

Karen glimlachte teder bij dit plaatje. Ze vond het altijd heerlijk om te zien hoe hecht de band tussen Joe en Ben was, ondanks alles wat er was gebeurd. Ze wist dat hij weg had kunnen gaan, dat niemand hem dat kwalijk zou hebben genomen, maar zijn liefde voor de jongen was veel groter.

'Je ziet er goed uit,' hijgde Joe, terwijl hij Ben op zijn heup zette. 'Je bent naar de kapper geweest.'

'Ja?' Karen speelde met haar haar en merkte dat ze rood werd. 'Ik bedoel, ja, dat klopt,' stotterde ze. 'Een verwennerijtje voor mezelf.'

'Groot gelijk. Moet je vaker doen.'

'Ik weet niet waar ik de tijd vandaan moet halen, eerlijk gezegd.' Ze knikte naar Charlie die in de woonkamer zat te blèren. 'Met de Keizer die elke minuut van de dag bepaalt.'

'Waarom huilt hij?'

'Omdat Ben weggaat,' antwoordde ze zakelijk, al besefte ze toen dat dit misschien een beetje beschuldigend klonk. 'Het komt wel goed. Tegen de tijd dat jullie de hoek om zijn, is hij alweer vergeten waarom hij zo moeilijk deed.'

Ze keek over zijn schouder naar buiten, waar Gloria vrolijk zwaaide in haar kleine rode Ford Ka. De auto was zeker vijf jaar oud, maar hij kwam bijna nooit uit de garage en zag er nog als nieuw uit.

Karen zwaaide terug. Vreemd genoeg was de relatie met haar schoonmoeder sinds de scheiding iets gemakkelijker geworden. Ze was een fantastische steun geweest met Ben.

'Je bent met de auto, zie ik. Gaan jullie ver?'

Joe haalde zijn schouders op. 'Weet ik nog niet. Ma heeft een picknick klaargemaakt... Genoeg voor een heel leger, eerlijk gezegd.' Hij grijnsde.

'Jullie gaan op de bonnefooi op avontuur?' zei Karen smachtend. Daar was ze dol op.

'Nou...' Joe keek wat aarzelend.

Haar hart maakte een sprongetje. Ze vroeg zich af wat hij wilde zeggen, en hoopte dat hij haar en Charlie wilde uitnodigen om mee te gaan.

Maar op dat moment kwam haar jongste zoon uit de woonkamer gekropen en klampte hij zich met al zijn kracht aan haar vast. Toen hij Joe zag, stopte hij met huilen en grijnsde aarzelend.

'Dag, grote jongen.' Joe ging op zijn hurken zitten en kriebelde Charlie onder zijn kin. Toen kwam hij overeind en keek Karen met een brede lach aan. 'Wat geef je dat kind te éten?'

'Niet meer dan een paar antilopen per dag.'

Charlie had haar been losgelaten en klampte zich nu aan Ben vast. Hij hees zich op zijn mollige beentjes overeind en wiebelde vervaarlijk heen en weer. Toen Karen hem wilde oppakken, begon hij oorverdovend te krijsen.

'Gaan jullie maar,' zei ze hijgend, terwijl ze Charlie van Ben probeerde los te maken. 'Ik regel het wel.'

Maar toen ze zijn kleine vingertjes lostrok, zag ze dat Joe zich niet verroerde en die aarzelende blik weer op zijn gezicht had.

'Eh, wil Charlie misschien mee?'

Karen bleef stilstaan en rechtte haar rug om hem aan te kijken. Meende hij dat nou echt? Zijn onverstoorbare blik zei niet veel.

'O, dat hoeft niet,' zei ze met een glimlach. 'Ik weet dat hij nu een scène trapt, maar hij wordt heus wel rustig. Zo gaat het altijd.'

'Ik weet dat het niet hoeft. Maar ik wil het graag. Ik wilde het je net vragen voordat hij uit de woonkamer kwam.'

Karen merkte dat haar hart sneller klopte. Misschien was het de gedachte aan dat lange, hete bad en een rustige middag, dacht ze quasi zielig.

'Weet je het zeker? Hij kan best lastig zijn.'

'Heel zeker. En ach, van wat vliegtuigspelletjes en een beetje kietelen wordt hij vast wel moe.'

Ze voelde een golf van opluchting en blijdschap over zich heen komen bij de gedachte dat Charlie eindelijk eens zou kunnen stoeien met een man, en het niet hoefde te doen met haar uitgeputte, halfslachtige pogingen tot ravotten. Hij was een echte stoere jongen die smachtte naar een mannelijk rolmodel in zijn leven. Ze had zich er zorgen om gemaakt. Ze wist niet zeker of deze uitnodiging eenmalig was, maar als het vaker zou gaan gebeuren, zou dat een geweldige verbetering voor Charlie betekenen.

'Zijn deze schoenen goed?' Joe wees naar Charlies blauwe sandalen, die in de gang stonden.

Ze knikte en gaf ze aan hem, waarna hij ze behendig aan Charlies voeten schoof en dicht gespte. Het kind was helemaal rustig geworden, alsof hij aanvoelde dat hij nu deel uitmaakte van Bens plannen en niet langer lastig hoefde te doen.

'Hij schreeuwt moord en brand als ik hem die schoenen probeer aan te trekken,' mompelde ze.

'Vreemde ogen dwingen op een of andere manier,' zei hij, waarna hij overeind kwam en Charlie op zijn heup zette. 'Moet ik verder nog iets weten?'

'Hij is net als Ben vroeger. Waarschijnlijk valt hij op de heenweg al in slaap, en hij houdt van boterhammen met chocopasta. Een heel makkelijk mannetje.'

Ze aaide Charlie over zijn wang, maar hij staarde naar Joe en haalde zijn vinger door diens haar. *Hij vindt je leuk*, wilde ze zeggen, maar ze hield haar mond dicht uit angst dat het te suggestief en wanhopig zou klinken.

'Wat een lief joch,' zei Joe lachend, toen Charlie zijn neus tegen de zijne duwde.

Karen glimlachte vertederd. 'Hij is een schat.' Ze weerhield zich ervan om te zeggen: *Ik hoop dat jij dat ook vindt.*

'Zo.' Joe legde zijn hand in Bens nek en leidde hem naar buiten, voordat hij Charlies autostoeltje pakte. 'We zijn om een uur of zes weer terug, als dat goed is.'

'Prima.' Ze bedacht opeens iets en zei zachtjes met een knikje in de richting van de auto: 'Vindt Gloria het niet vervelend dat je Charlie meeneemt?'

'Nee. Ik heb het onderweg hiernaartoe met haar besproken.'

Hij liep het tuinpad af toen Ben opeens riep: 'Ik wil bij oma slapen.'

'Een ander keertje, jongen. Ik denk dat mama jou vanavond graag weer thuis wil hebben.' Over Bens hoofd heen keek hij vragend naar Karen.

Ze haalde haar schouders op. 'Als hij wil en Gloria vindt het goed, mag dat best. Maar híj moet thuiskomen.' Ze knikte naar Charlie. 'Een nacht met hem wens ik op dit moment niemand toe!'

'Joepie!' Ben rende over het tuinpad om Gloria het goede nieuws te vertellen.

'Prima. Dan breng ik Charlie om zes uur terug,' zei Joe.

Toen hij zich omdraaide om achter Ben aan te lopen, voelde Karen de zenuwen door haar keel gieren omdat ze iets bedacht, iets wat ze meteen moest zeggen anders zou ze het waarschijnlijk nooit doen.

'Ik maak vanavond een stoofschotel.' Ze slaagde erin nonchalant te klinken. 'Als je zin hebt kun je blijven eten als je Charlie komt brengen.'

Tussen familieleden of vrienden was het een onschuldige uitnodiging waar je helemaal niet over nadacht. Maar in hun situatie voelde Karen zich helemaal naakt en rilde ze bij de gedachte dat zijn 'nee, dank je' een afschuwelijke afwijzing zou betekenen. Hij had vast plannen met Em, dacht ze opstandig.

'Nou, dat...'

Hij keek aarzelend en dat was genoeg voor haar om over de rest van zijn zin heen te walsen.

'Geeft niet. Maar ik sta toch in de keuken en ik dacht dat je misschien wel trek zou hebben, en dat scheelt jou weer tijd als je thuiskomt... Verder niet, dus het geeft niet als je niet kunt,' rebbelde ze zenuwachtig verder.

'Ik wilde net zeggen dat het me wel lekker leek,' ging hij met een geamuseerde blik verder.

'O, geweldig, goed dan! Tot straks dan!' Haar opgetogenheid over zijn komst werd overstemd door haar schaamte over de onhandige aanpak.

Niet te geloven dat ze bijna vijf jaar met deze man getrouwd was geweest; ze hadden hun intiemste geheimen met elkaar gedeeld, maar nu gedroeg ze zich als een puber die de voetbalster van de school mee uit vraagt naar het schoolfeest.

'Prima, tot straks dan!' echode hij, en hij liep het tuinpad af terwijl de verrukte Charlie nog steeds met zijn haar speelde.

Ze wist dat hij een beetje de spot met haar dreef, maar het kon haar niet schelen. Alles was beter dan de kille houding die hij de eerste maanden na hun scheiding had gehad.

Ze deed de deur achter zich dicht, leunde er met haar rug tegenaan en deed met een glimlach rond haar lippen haar ogen dicht.

Karen veegde haar handen aan haar schort af en wierp voor de vijfde keer in vijf minuten een blik op de klok. Het was 17.45 uur en de stoofschotel stond te pruttelen in de oven. Er stonden een paar biertjes in de koelkast en ze had ervoor gezorgd dat de keukentafel er net zo uitzag als anders. Ze wilde de indruk wekken dat dit niets bijzonders was, maar in werkelijkheid had ze het grootste deel van de middag als een kip zonder kop rond gerend en was er weinig uit haar handen gekomen. Ze had alleen even in een lauwwarm bad gelegen en geëxperimenteerd met verschillende make-uplooks.

'Mens, waar ben je mee bezig?' had ze op een gegeven moment gemompeld toen ze naar haar ordinair dichtgeplamuurde gezicht in de spiegel keek.

Hij had haar vaak genoeg 's morgens vroeg zonder make-up of met gezwollen, rode ogen gezien als ze zichzelf weer eens in slaap had gehuild om Ben, dus alles was beter dan dat. En trouwens, het was niet de bedoeling dat hij kon zíén dat ze de moeite had genomen, hij moest haar natuurlijke schoonheid bewonderen en zich niet afvragen uit welk potje die kwam.

Dus had ze uiteindelijk een 'natuurlijke' look gekozen met lichte mascara, een beetje Bobbi Brown-blusher en een vleugje Elizabeth Arden-crème die eruitzag als lipgloss, maar ook gezien kon worden als een middeltje tegen droge lippen. Het was belangrijk voor haar dat Joe niet zág dat ze moeite had gedaan, omdat ze doodsbang was dat ze daarmee hun relatie zou verstoren, terwijl die net wat plezieriger was geworden.

Ze wilde dat hij op zijn gemak aan de keukentafel zou zitten en genoeg tijd met haar doorbracht om te beseffen dat hij het gezinsleven miste en haar ook. Ze wilde hem niet opjagen.

Ze had die dag meerdere keren aan die akelige Em moeten denken, en ze vroeg zich af hoe ze het onderwerp tussen neus en lippen door ter sprake kon brengen. Het was nog te vroeg om hem zomaar naar zijn liefdesleven te vragen, maar ze wist ook niet hoe ze het anders moest doen, zonder als een wanhopige echtgenote te klinken die niets liever wilde dan dat haar man bij haar terugkwam. Al was dat natuurlijk wel zo.

Ze keek opnieuw op de klok. 17.47 uur. Ze deed haar schort af, duwde het in een la en streek haar rok glad. Het was een eenvoudige, katoenen rok, maar hij hing sexy om haar billen en erboven droeg ze een topje met kant waarvan ze wist dat hij het mooi vond. Het effect was aantrekkelijk, maar niet verleidelijk.

Vanuit haar ooghoek zag ze het wijnrek op het aanrecht, en voor de zoveelste keer vroeg ze zich af of ze hem wijn bij het eten moest aanbieden om hem wat losser te maken. Ze wilde haar eigen emoties de baas blijven en wist dat ze na een paar glazen soms kletserig en overdreven sentimenteel werd, dus zou ze het zelf bij kleine slokjes moeten houden.

Voor de zekerheid griste ze wat flessen uit het rek en legde ze in de koelkast. Ze kon altijd straks nog beslissen.

Ze had het bijna net zo warm als de stoofpot en ging even zitten om naar het journaal van zes uur te kijken, al drong het niet echt tot haar door, tot het item over twee celebrities die na tien maanden huwelijk uit elkaar gingen vanwege de stress 'omtrent hun werkzaamheden'. Ze snoof minachtend en verwonderde zich over het feit dat mensen zo gemakkelijk trouwden en scheidden, alsof het een saaie onderbreking in hun leven was, en ze geen idee hadden wat échte problemen waren.

Net toen het journaal om halfzeven was afgelopen, hoorde ze een bonk tegen de voordeur. Ze fronste haar wenkbrauwen en liep afwachtend naar de gang. Joe wist dat ze een deurbel had.

'Ik ben het,' siste een stem.

Het was Joe en dus deed ze snel de deur open en zag ze dat hij Charlie in zijn armen had, die diep in slaap was en met zijn hoofd één kant op hing.

'Ik wilde met mijn neus op de bel drukken, maar moest uiteindelijk tegen de deur trappen,' grijnsde hij.

'Breng hem maar gauw boven.' Karen rende de trap op, ging hem voor naar de oude logeerkamer die nu van Charlie was en trok het dekbed weg zodat hij hem in bed kon leggen.

'Ik heb hem een halfuur geleden verschoond, dus hij houdt het wel een tijdje uit,' fluisterde hij, terwijl hij Charlies lievelingskonijntje teder bij zijn rechterwang legde.

Toen Joe voor haar de trap af liep, keek ze naar zijn achterhoofd en bedacht vertederd hoe vaak ze dat had gedaan toen ze nog samen waren. Het was zo'n alledaagse handeling die zo vanzelfsprekend was als je met iemand samenwoonde. De aanwezigheid van de ander was op zich al zo geruststellend.

Ze liepen naar de keuken, waar hij ongemakkelijk bij het fornuis stond tot ze een stoel voor hem pakte.

'Ga zitten. Biertje?'

'Graag, dank je.' Hij ging zitten, keek om zich heen en richtte zijn blik op het prikbord waar Bens krabbels hingen, en nu ook die van Charlie.

'Ik zie dat er nog een kunstenaar in de familie zit,' zei hij met een glimlach.

'Ik kan het niet over mijn hart verkrijgen ze weg te gooien, maar als ik niet snel wat opruim, moet ik binnenkort een opslagruimte huren om ze kwijt te kunnen.'

'Die kleine is een leuk joch.'

'Ja. Wel een druktemaker.' Ze sloeg haar blik ten hemel.

Hij haalde zijn schouders op. 'Misschien is dat normaal. Vergeet niet dat wij alleen gewend zijn aan Ben, die op die leeftijd behoorlijk ziek was.'

Ze knikte en schepte de stoofpot in twee grote kommen met grote hompen brood met boter ernaast, zoals hij het lekker vond.

Ze zette de kommen op tafel en zag dat hij zijn bier bijna op had. 'Zin in een glaasje wijn?' Dat probleem was ook opgelost, dacht ze spottend.

'Lekker, graag. Ik pak het wel.' Hij stond op, trok de koelkast open, leunde opzij om de kurkentrekker te pakken, griste twee wijnglazen mee uit het keukenkastje boven zijn hoofd, en dat allemaal met het gemak van iemand die het huis op zijn duimpje kende.

'En hij heeft ook zo'n hechte band met Ben, hè?' kletste hij verder over Charlie. 'Alle broers hebben een band, maar die van hen is wel heel sterk.'

'Nou ja, Charlie heeft Bens leven gered. Dat is ook niet niks.'

'Ja, maar goed, dat weten zij nog niet.' Hij nam een hap van de stoofpot en trok een verheerlijkt gezicht. 'Wanneer ga je het ze vertellen, denk je?'

'Dat weet ik eigenlijk niet. Wanneer denk jij?' Ze wilde hem bij alle beslissingen die Ben aangingen betrekken.

Hij haalde zijn schouders op. 'Als de tijd rijp is, denk ik. Pas als ze oud genoeg zijn om iets van pre-implantatie genetische diagnostiek te kunnen begrijpen.'

'Tania snapt het nog steeds niet,' zei Karen lachend.

'Hoe gaat het met die ouwe heks?' vroeg hij gekscherend.

'Goed. Ze heeft een leuke man ontmoet die Ian heet en die ergonoom is.'

'Wát is hij?'

'Dat vroeg ik ook al. Hij deelt kantoorruimtes in, geloof ik.'

'En weet hij dat hij uitgaat met een vrouw die de weg van het ene bureau naar het andere nog niet kan vinden?'

'Het schijnt, en tóch heeft hij haar mee uit gevraagd, dus dat wil wat zeggen.'

Ze zweeg en zag toen dat hij zijn mond vol brood had. Bang voor de stilte die binnen een huwelijk heel gewoon zou zijn, maar nu door hun scheiding heel ongemakkelijk voelde, ging ze verder.

'Ze werkt nog steeds voor Nick Bright.' Ze kreeg het nog altijd niet voor elkaar om hem alleen bij zijn voornaam te noemen. 'Het schijnt dat hij en zijn vrouw een klein meisje gaan adopteren. Ik zag er laatst iets over in de krant staan, maar er stonden geen details bij.'

Joe schudde vol ongeloof zijn hoofd. 'Ik zal van mijn leven niet begrijpen hoe het mogelijk is dat hij twee kinderen heeft van wie hij het bestaan amper erkent.'

'Omdat het denk ik meer gaat om de tijd die je erin steekt dan om de genen,' waagde ze, zich bewust van het feit dat dit een gevoelig onderwerp was. Ze wilde niet belerend overkomen.

'Misschien.' Zijn mondhoeken gingen omlaag voordat hij nog een hap nam. 'O, wat is dit lekker. Hoe is het mogelijk dat jij opeens zo lekker kan koken?'

'Ik moest wel,' zei ze met een glimlach, en dacht bij zichzelf: omdat de vaste kok in huis vertrok.

Ze nam nog een slokje wijn en schonk hun glazen bij. Ze voelde hoe de zenuwen minder werden toen de alcohol zijn werk begon te doen.

‘Zo,’ zei ze opgewekt. ‘Hoe is het met jou?’ Al wilde ze eigenlijk gewoon weten of hij een vriendin had.

‘Goed.’ Hij keek niet overtuigd. ‘Ik heb mijn best op mijn flat gedaan, maar ik voel me er niet echt thuis. Ik denk dat ik er niet lang blijf wonen.’

Meer wijn. ‘Waar wil je dan naartoe? Weet je dat al?’

‘Ergens waar het wat netter is. Ik kwam laatst thuis en zelfs de hond stond op blokken,’ zei hij met een grijns.

‘En die heb je niet eens!’ Ze merkte dat ze iets te enthousiast lachte om alles wat hij zei, maar de wijn maakte haar uitgelaten.

Ze dronk nog wat. Ze hadden de tweede fles al bijna halfleeg en ze wist dat ze net zoveel had gedronken als hij en dat ze het schemergebied naderde dat in het verleden algehele hysterie en vreselijk kotsen had betekend. Ze was in staat emotioneel zelfmoord te plegen en toch kon ze niet stoppen. ‘Mag ik je iets vragen?’

Hij keek haar enigszins vermakelijk aan. ‘Tuurlijk. Al ben ik niet goed in hoofdsteden van de wereld, behalve de bekendste.’

Ze negeerde zijn poging om een grapje te maken en was vastbesloten om zo geconcentreerd mogelijk te blijven, voorzover dat mogelijk was na bijna vijf glazen wijn.

‘Wie is Em?’

Hij keek haar vragend aan. ‘Eh, de man die alle snufjes en speeltjes voor James Bond maakt?’

Ze keek hem verwijtend aan, nijdig dat hij haar niet wilde vertellen over zijn nieuwe vriendin.

‘Kan ik er iets mee winnen?’ vroeg hij met een grijns.

‘Doe niet zo vreselijk geee… geestig,’ mopperde ze. ‘Wie is ze?’

‘Zé?’ Hij tuitte zijn lippen. ‘Tja, ik ken er maar een, en die ken jij toch niet.’

‘Wie is ze dan? Die ik niet ken.’ Ze fronste haar wenkbrauwen in een poging te bedenken of haar zin wel logisch was.

‘Wacht even, voordat ik antwoord geef, hoe kom je eigenlijk aan de naam van de vrouw die jij eigenlijk niet kent?' Hij keek haar spottend aan.

Ze liet haar schouders zakken, sputterde verslagen en wist dat ze het hem gewoon moest vertellen.

'De naam Em stond op het scherm van je telefoon in het ziekenhuis... Je had hem op tafel laten liggen, ik was niet aan het spioneren,' zei ze klagerig. 'En toen zag ik later een briefje van haar op de keukentafel.'

'Aha.' Zijn blik werd serieus, hij staarde uit het keuken raam en krabde aan zijn hoofd. 'Ik wilde je het nog niet vertellen omdat het nog zo pril is.'

De teleurstelling was zo groot dat ze achterover in haar stoel zakte. Aan de ene kant wilde ze hysterisch lachen en aan de andere kant wilde ze zich wild snikkend aan hem vastklampen en hem smeken die ander te dumpen.

'Hoe lang heb je al wat met haar?' wist ze zachtjes uit te brengen.

'Sinds ik de flat heb,' antwoordde hij bot.

'Dat is niet pril, dat is bijna zeven maanden!' Ze hoorde dat haar stem oversloeg.

'Het is maar hoe je het bekijkt.'

Karen zwolg in zelfmedelijden en staarde zwijgend naar de vloer met een verdriet dat paste bij het besef dat haar droom ten einde was.

'Ben je verliefd op haar?' Ze slaagde erin rustig te klinken, maar haar emoties zeiden iets heel anders. Ze wist dat het een geladen vraag was. Ze dwong haar tranen terug en keek hem aan.

'Of ik verliefd op haar ben...' zei hij peinzend, en hij kneep zijn ogen samen. 'Wat zal ik zeggen?'

Ze luisterde ingespannen naar elk woord, volkomen ontnuchterd door de wanhoop die ze voelde.

'Nou, ze is blond en slank en ze maakt een heel schattige beweging met haar neus als ze het ergens niet mee eens is...' Hij wiebelde met zijn neus heen en weer en glimlachte toegeeflijk.

Karen werd misselijk.

'Ze is ook vijfenzestig en stronteigenwijs.'

'Sorry?'

'Em is mijn huisbaas,' zei hij met een lach. 'De telefoontjes, het bezoekje... dat ging over de huur. Ik ben de laatste tijd een paar keer laat geweest met betalen.'

Er ging een golf van opluchting door haar heen, gevolgd door vernedering omdat ze besefte dat hij haar had zitten plagen en ervan had genoten.

'Rotzak.' Ze stak haar tong naar hem uit.

'Sufferd,' zei hij met een glimlach. Maar de glimlach werd niet weerspiegeld in zijn ogen.

Ze voelde zich afschuwelijk kwetsbaar en dom. Hij wist nu dat ze zijn nieuwe leven meer in de gaten had gehouden dan hij had beseft, en ze wist niet wat dat betekende voor hun nieuwe, ongemakkelijke 'vriendschap' met gezellige, gezamenlijke stoofpotjes.

'Maar lief dat je meeleeft,' voegde hij eraan toe.

'Natuurlijk leef ik met je mee.' Ze wist dat ze veel te loslippig was door de alcohol en ze voelde zich enigszins losgeslagen. Maar ze was nu al zover gegaan, dat ze niets te verliezen had. 'Je bent de vader van mijn...' ze zweeg geschrokken, '... kind.'

Hij knikte en er lag een zweem van een glimlach rond zijn lippen. Ze wilde hem opeens van alles zeggen, maar ze wilde hem niet onder druk zetten en het risico lopen dat ze hem zou wegjagen.

'Zo,' zei ze overdreven opgewekt, omdat ze het wanhopig graag over iets anders wilde hebben. 'Hoe ging het met Charlie vandaag? Heeft hij zich gedragen?'

Joe haalde zijn schouders op. 'Ja, prima. Geen probleem.'

'Ah, dus hij maakt het alleen mij moeilijk.'

'Zo gaat dat.' Hij verschoof in zijn stoel. 'Het was eigenlijk makkelijker met allebei, want hij hield Ben veel bezig.'

'En Gloria?'

'Die was ook heel braaf.'

Ze gaf hem een speelse por tegen zijn arm. 'Je begrijpt me best. Hoe ging het tussen haar en Charlie?'

'Heel goed. Ze bleef maar zeggen dat hij en Ben haar zo deden denken aan mij en Andy, dus het spijt me, maar je hebt grote kans dat Charlie later een slonzige computernerd wordt.'

Karen schoot in de lach. Het was zo fijn om weer samen met Joe aan de keukentafel te zitten, en net als vroeger onder het genot van een wijntje te praten en grapjes te maken. Haar blik werd weer serieus.

'Dank je.'

'Waarvoor?' Hij keek oprecht verbaasd.

'Dat je Charlie vandaag hebt meegenomen. Dat betekent veel voor me.'

'Ik had zo'n idee dat je wel wat rust kon gebruiken, maar ik heb het eigenlijk voor Ben gedaan. Hij vond het geweldig dat Charlie mee was.'

Hij nam nog een slokje wijn en staarde weer uit het keukenraam. De zon ging onder en er lag een oranje gloed over de tuin.

'Ik mis dat uitzicht,' zei hij zacht.

Haar hart ging tekeer door de overweldigende aandrang van emoties, maar ze wist dat ze zich moest inhouden om het niet te verpesten.

'Nou, als je vaker komt eten, kun je er vaker naar kijken,' zei ze luchtig.

'Da's waar.'

Ze hoopte dat hij zou worden overvallen door het verlangen haar in zijn armen te nemen en te verklaren dat het uitzicht een excuus was en dat hij eigenlijk háár miste en direct terug wilde komen. Maar hij bleef zitten waar hij zat, met zijn armen over elkaar en een gezicht waarop niets af te lezen was.

Ze verdeelde het laatste beetje wijn uit de tweede fles over hun glazen en hief het hare. 'Lekker. Het is veel te lang geleden dat we zo hebben zitten praten.'

Hij keek in eerste instantie behoedzaam, maar glimlachte toen. Het leek oprecht. 'Ja.'

'Ik mis je.' De gedachte schoot door haar hoofd en ze flapte hem er direct uit voordat ze van gedachten kon veranderen. De woorden hingen een paar seconden in de lucht als een oprechte opmerking waarmee ze te ver was gegaan.

Na wat een eeuwigheid leek glimlachte hij kort naar haar. 'Ik mis wat we hadden.'

Ze wist niet goed wat hij daarmee bedoelde, en of daar de verbitterde woorden bij hoorden: en ik denk niet dat we het ooit nog terugkrijgen.

Ze wachtte, maar hij staarde naar zijn voeten en maakte geen aanstalten om nog iets te zeggen.

'Denk je er nog steeds zo over als toen je wegging?' vroeg ze zachtjes. 'Dat je nooit zoveel van Charlie zou kunnen houden als van Ben?'

Hij keek haar weloverwogen aan, sloot toen zijn ogen en slaakte een diepe zucht. 'Karen, ik ben één keer met hem op stap geweest, meer niet. Dat kan ik op dit moment echt niet zeggen.'

'En je gevoelens voor mij?'

Op zijn gezicht stond geschreven dat hij geen zin had in dit gesprek en ze wist dat ze hem zou kunnen wegjagen terwijl hij net een aarzelende stap in haar richting had gedaan. Maar dit was de man met wie ze, voor het oog van de media, de meest emotioneel verzengende pijn had gedeeld, en ze vond het moeilijk om zich in te houden en te doen alsof ze niet nog steeds de stille hoop had dat alles goed zou komen. Zeker na een paar glazen wijn.

Ze bleef hem aankijken, terwijl ze wachtte op een antwoord.

'Ik vind het nog steeds heel moeilijk,' zei hij met tegenzin. 'Maar het komt wel.'

Hij stond op, haalde zijn jas van de rugleuning en vouwde hem over zijn arm. Toen leunde hij naar voren en gaf haar een zoen op haar hoofd.

'Laten we het stapje voor stapje doen, goed?'

Ze glimlachte verontschuldigend en knikte.

Bij de keukendeur bleef hij even staan. 'Ik neem de jongens volgende week weer een dagje uit, als het goed is. En als je dan toevallig eten op tafel hebt staan, lijkt me dat ook lekker. Ik heb gehoord dat je eindelijk een lekkere gehaktschotel met aardappelpuree in de vingers hebt.'

'De beste die er is.'

'Tot kijk dan maar.'

En daarmee was hij weg.

Karen staarde een uur lang uit het raam naar het uitzicht dat hij miste en speelde de avond keer op keer in haar gedachten af, waarbij de herinnering aan zijn goedmoedige plagerijtjes haar ogen zo nu en dan deed oplichten.

Ze wist niet of het volgende deel van hun reis ook zo zou zijn, en of zij zijn uiteindelijke bestemming zou blijken te zijn. Ze kon slechts hopen, voor hem klaarstaan en afwachten.

Dankwoord

Mijn grote dank gaat uit naar dr. Mohammed Taranissi, die zijn kostbare tijd opgaf om mij alles te vertellen over pre-implantatie genetische diagnostiek, een procedure waarin hij in dit land nog steeds een pionier is.

Verder gaat mijn dank uit naar mijn agent Jonathan Lloyd en iedereen van Curtis Brown; naar Susan Sandon, Georgina Hawtrey-Woore, Rina Gill en alle mensen van Random House; naar mijn man Gary en mijn dochters Ellie en Grace, omdat ze het zo lang met me hebben uitgehouden, terwijl ik me in mijn kamer opsloot; en naar mijn moeder Pat voor het eindeloze babysitten.

En ten slotte, dank aan Paul Duddrige voor het legendarische 'Stel dat...?' – de woorden die alles in werking hebben gezet.